LISA KLEYPAS es autora de más de veinte novelas románticas históricas, muchas de las cuales han figurado en las listas de best sellers estadounidenses. Entre ellas figuran *El precio del amor*, *La antigua magia*, *Secretos de una noche de verano*, *Sucedió en otoño*, *El diablo en invierno*, *Dame esta noche* y *Donde la pasión nos lleve*, publicadas por Vergara. También ha publicado con éxito dos novelas románticas de contexto actual, *Mi nombre es Liberty* y *El diablo tiene ojos azules*.

Licenciada en Ciencias Políticas por el Wellesley College, publicó su primera novela a los veintiún años. Ha ganado, entre otros premios, el Career Achievement Award del Romantic Times. Vive en el estado de Washington con su esposo Gregory y sus hijos Griffin y Lindsay.

Su página web es *www.lisakleypas.com*

ZETA

Título original: *Somewhere I'll Find You*
Traducción: Ana Silvia Mazía
Ante la imposibilidad de contactar con el autor de la traducción, la editorial pone a
su disposición todos los derechos que le son legítimos e inalienables.
1.ª edición: julio 2011

© 1996 by Lisa Kleypas
© Ediciones B, S. A., 2011
   para el sello Zeta Bolsillo
   Consell de Cent, 425-427 - 08009 Barcelona (España)
   www.edicionesb.com

Printed in Spain
ISBN: 978-84-9872-531-5
Depósito legal: B. 18.867-2011

Impreso por LIBERDÚPLEX, S.L.U.
Ctra. BV 2249 Km 7,4 Polígono Torrentfondo
08791 - Sant Llorenç d'Hortons (Barcelona)

Mi bella desconocida

LISA KLEYPAS

ZETA

Para Griffin, con amor, de tu madre

Prólogo

Warwickshire, 1825

La música proveniente de los festejos del 1 de Mayo
que colmaba el aire llegaba flotando desde la aldea, hasta el castillo de piedras de color miel que había junto al
lago. Uno de los habitantes de ese castillo, Damon, lord
Savage, marqués de Savage, iba andando por el camino
a la aldea, atraído por esa música, a pesar de sí mismo.
Él no era un hombre frívolo, tampoco le agradaba participar en reuniones de muchas personas. A lo largo de los
dos últimos años, Damon había dedicado su vida a re-
construir la fortuna de la familia, y a cuidar de su hermano y de su padre enfermo. Las responsabilidades que
habían recaído sobre él no le dejaban tiempo para la diversión. En ese momento, una mezcla de curiosidad, soledad y la necesidad de estar al aire libre lo impulsaron a
dirigirse al pueblo.

Una multitud de muchachas vestidas de blanco, doradas por la luz malva del atardecer, bailaban en torno de un
árbol adornado con cintas y guirnaldas. Los aldeanos se habían reunido para celebrar las fiestas paganas del 1 de Mayo, riendo y bebiendo; continuarían así toda la noche.

Sin hacerse notar, Damon se mantuvo en el borde de
la muchedumbre, mientras caía la noche. Se encendie-
ron lámparas y antorchas que proyectaban sombras vaci-

lantes sobre la hierba. Damon había presenciado muchas veces los ritos del 1 de Mayo y, sin embargo, seguía impresionándolo el cuadro pintoresco que constituían las doncellas que enlazaban largas cintas en torno del poste pintado y adornado con flores que siempre se colocaba en el centro del lugar de los festejos. Ellas saltaban con gracia, en rueda, con su cabello adornado con coronas de flores, las largas faldas blancas ondulando en torno de sus piernas enfundadas en calcetines.

Al igual que todos los demás hombres presentes, Damon se fijó en las muchachas más atractivas. Hacía mucho tiempo que no estaba con una mujer. Se prometió a sí mismo que, más adelante, tomaría una querida y gozaría de los placeres a los que había renunciado, pero de momento tenía mucho que hacer. Rogó poder librarse del incómodo deseo de sentir el contacto de una mujer, del suave perfume de una piel femenina, de unos brazos esbeltos rodeándolo. De día, estaba demasiado ocupado para pensar, siquiera, en el tema pero, por las noches...

Un tenso suspiro agitó el pecho de Damon. Observó los festejos unos minutos más, percibiendo dentro de sí un vacío que no se apaciguaba. Decidió regresar al castillo y beber una gran copa de coñac; se volvió dispuesto a marcharse. De súbito, atrapó su atención un grupo de actores itinerantes que habían llegado para participar en los festejos. Entonaban un ruidoso canto, elevando sus voces; así se unieron a la multitud, marcando con sus palmas el ritmo de la música.

Unos aldeanos amistosos animaron a los recién llegados a que se sumaran a las doncellas que bailaban. Dos de las mujeres aceptaron la invitación pero la tercera, una esbelta muchacha de trenzas rubias sujetas en la coronilla, negó con la cabeza con gesto terminante. Los juerguistas insistieron, pese a su negativa, arrastrando y empujando a la muchacha hacia el poste de mayo. Alguien le puso una diadema de flores sobre la cabeza, haciéndola reír contra su voluntad, y ella se unió a las otras muchachas que giraban en torno del árbol lleno de guirnaldas.

Damon contemplaba, fascinado, a la muchacha. Se la distinguía sin inconvenientes gracias a su vestido oscuro y a la gracia con que se movía. Parecía un hada que hubiese surgido de pronto, emergiendo del bosque, y que se desvanecería en cualquier momento. El efecto que ejercía sobre él era extraño, pues sentía como si su cuerpo estuviese hueco de tanto desearla y todos sus sentidos estaban enfocados en ella, en su dulce y musical risa sonora.

«No es más que una niña», se dijo para sus adentros, intentando vanamente librarse de los deseos que lo consumían. «Es una niña como cualquier otra.» Pero no era cierto. Lo asustó, lo electrizó la intensidad de la reacción que esa muchacha le provocaba. Hubiese dado todo lo que tenía por pasar una noche con ella. Él nunca era presa de impulsos repentinos como ése, nunca se había dejado llevar por nada que no fuese la lógica y la razón. Tuvo la impresión de que la temeridad a la que jamás se había permitido ceder había caído toda sobre él en ese instante.

Damon se desplazó por el borde de la multitud con los deliberados movimientos de un depredador, con la vista clavada en ella. No sabía bien qué haría; sólo estaba seguro de que necesitaba estar cerca de ella. Ahora, ella danzaba a mayor velocidad, impulsada por la música y por los impacientes tironeos de las otras muchachas a cuyas manos estaba prendida. Ella logró romper el círculo, riendo y jadeando, y apartarse a los tumbos. La guirnalda de flores cayó de su cabeza y aterrizó cerca de los pies de Damon. Él se inclinó, sus dedos la asieron y, sin advertirlo, aplastó algunos de los fragantes pétalos.

La muchacha se secó la cara sudada con la manga y

se alejó en sentido contrario al de la muchedumbre. Damon la siguió, con el corazón palpitando con fuerza en su pecho. Aunque no hizo ruido, ella debió percibir su presencia. Se detuvo y se volvió de cara a él, mientras la gente seguía festejando el 1 de Mayo. Damon avanzó hacia ella y se detuvo muy cerca.

—Creo que esto es tuyo —dijo, en voz densa.

Ella levantó la vista hacia él y, en la oscuridad, él no pudo ver de qué color eran sus ojos. La tierna curva de sus labios dibujó una sonrisa.

—Gracias.

Alargó la mano hacia las flores, y sus dedos frescos rozaron un instante los de él, haciéndole sentir una especie de sacudida eléctrica en todo el cuerpo.

—¿Quién eres? —barbotó Damon.

La muchacha se echó a reír, tan sorprendida por la brusquedad de él como el propio Damon.

—No soy ninguna persona importante. Una simple actriz que viaja con su compañía itinerante —y, tras una breve vacilación—: ¿Y tú?

Él guardó silencio, sin poder responder y sintiendo el aroma embriagador de las flores, del vino y de la transpiración que llegaba a sus narices y aceleraba el ritmo de la sangre en sus venas. Sintió deseos de apartarla de la gente, llevarla en brazos al bosque, tenderla sobre el suelo cubierto de hojas húmedas... Quiso apretar la boca sobre su piel pálida y deshacer sus trenzas hasta sentir que su cabello ondulase entre sus dedos.

La muchacha lo observó con curiosidad, ladeando su cabeza.

—Tú debes de haber venido del castillo —dijo y, de inmediato, su expresión se tornó recelosa—. ¿Acaso eres uno de los Savage?

Damon negó con la cabeza, renegó de su identidad

con el deseo de separarse de todo lo que había en su pasado y en su futuro.

—Soy un visitante en este lugar —dijo, en voz un poco ronca—. Igual que tú.

Ella lo miró con incredulidad, pero se aflojó.

—¿De dónde eres? —preguntó Damon.

Los dientes de la muchacha relampaguearon en la oscuridad. Él nunca había visto nada tan bello como su sonrisa.

—Prefiero no pensar en mi pasado —respondió, echando atrás unos mechones de reluciente pelo rubio que habían caído sobre su frente—. ¿Qué te ha hecho salir, señor? ¿Fue la necesidad de tomar aire o de contemplar el baile?

—La necesidad de encontrarte.

Ella dejó escapar una risa queda y se puso tensa, como un pájaro a punto de volar. Damon percibió que ella iba a escabullirse y reaccionó sin pensarlo conscientemente. Puso las manos a ambos lados de la cabeza de ella y la retuvo, pese a sus alarmadas protestas.

—Déjame —susurró.

Un temblor recorrió sus dedos que apretaban las aterciopeladas mejillas de ella. Aplastó su boca sobre la de ella, que se quedó inmóvil. Damon sintió el aliento rápido y cálido de ella sobre su piel mientras su sabor se derramaba sobre sus sentidos embriagándolo de golpe. Él sintió su respuesta y el tiempo quedó en suspenso por un instante mágico, diferente a todo lo que le hubiese sucedido hasta entonces. Ella volvió su rostro apartándolo de él, y emitiendo una exclamación confusa. Damon tuvo una intensa percepción del aterciopelado contacto de la mejilla de ella apoyada en la suya, de la proximidad de su cuerpo. Los dos estaban en silencio, inmóviles, bebiendo la sensación de estar tan cerca uno de otro.

—Buenas noches —susurró ella.

—No te vayas —dijo él.

Pero ella se alejó andando, y él tuvo la impresión de que ella se fundía con la multitud.

Damon pudo haberla seguido pero prefirió no hacerlo. Le parecía imposible que una mujer así pudiera ser real. En cierto sentido, no quería que lo fuese. Era mejor que siguiera siendo una fantasía, una imagen que él pudiese conservar durante el resto de su vida, que permaneciera intacta, sin ser rozada por las realidades desagradables que tanto abundaban en su vida. Abandonó los festejos del 1 de Mayo, sin poder apartar de su mente la repentina intuición de que, de algún modo, algún día... volverían a encontrarse.

1

Llegaba tarde. Julia apretó el paso y, al mismo tiempo, trató de evitar que sus faldas se arrastrasen por el suelo enlodado mientras protegía su rostro de la persistente y fría llovizna de otoño. Si no llegaba pronto al teatro Capital, sus cabellos y sus ropas quedarían empapados.

—Mi prueba —murmuró, desesperada, abriéndose paso entre las personas que andaban por la resbaladiza acera.

Una pluma que había sido de un intenso amarillo cayó sobre el ala de su pequeño sombrero y ella la echó atrás, impaciente.

Ése era uno de los días más importantes de su vida. Si todo salía bien, ella pasaría a formar parte de la compañía de teatro de mayor éxito de Inglaterra. Por el contrario, si no lograba impresionar a Logan Scott con su talento, tendría que regresar al sombrío y minúsculo teatro Daly, en el Strand. El administrador de ese lugar, el señor Bickerston, consideraba prostitutas a todas las actrices y extraía ganancias de ellas organizando encuentros con hombres ricos. Estaba furioso con Julia porque ella se negaba a encontrarse con un viejo barón libidinoso que estaba dispuesto a pagar una tarifa exorbitante para tener el privilegio de acostarse con ella.

15

—Seguirás mis reglas —le había dicho Bickerston— pues, de lo contrario, no seguirás perteneciendo a la compañía. ¡La próxima vez que yo encuentre a un hombre para ti, si no lo aceptas, te irás al demonio!

Para empeorar las cosas, Bickerston tenía problemas con los juegos de azar y, con frecuencia, sucedía que no podía pagar a los actores. Si Julia no ganaba dinero pronto, no podría pagar el cuarto en el ático que había alquilado. Y no podía recurrir a lo que hacían las otras actrices: vender sus favores sexuales para aumentar sus ingresos. Esa alternativa no existía para ella, aun cuando se muriese de hambre.

Julia suspiró y se le erizó la piel ante la idea de volver al Strand. Tenía que hallar un sitio mejor para trabajar. Apretó más el fajo de papeles húmedos que llevaba en sus brazos, bajó la cabeza y aceleró el paso. De súbito, chocó contra un objeto duro que estuvo a punto de hacerla caer hacia atrás. Los papeles cayeron en cascada de sus brazos. Gracias a que un hombre la sujetó rápidamente por los hombros, ella no se cayó al pavimento enlodado.

—¿Está usted bien, señorita? —preguntó el hombre, ayudándola a estabilizarse.

Julia se inclinó para recoger sus papeles mojados. Para su consternación, el dobladillo de sus faldas se arrastró por un charco de lodo.

—Debería usted mirar por dónde camina.

—Yo podría decir lo mismo de usted, señorita.

La voz del individuo era tan seca y suntuosa como una copa de vino tinto. Él la ayudó a recoger los papeles caídos y, mientras tanto, les echó un vistazo.

Julia se los quitó antes de que él tuviese tiempo de leer algo.

—Estoy yendo a una prueba —dijo ella con rigidez—. Se me ha hecho muy tarde.

Echó a andar dejándolo atrás, pero él la hizo detenerse tocándole el hombro.

—¿A qué teatro quiere llegar?

Ella lo miró parpadeando, pues una ráfaga de viento cargado de lluvia azotaba su cara. El hombre era alto, de buen físico, sus anchos hombros enfundados en un pesado abrigo negro. A través del velo de la lluvia que goteaba desde el ala de su sombrero oscuro, ella vio que las facciones de él eran algo toscas pero atractivas y que sus ojos eran de un intenso azul.

—Estoy tratando de hallar el Capital —respondió ella.

—Ha llegado a él —dijo el hombre, indicándole una entrada que estaba cerca de ellos—. Por esa puerta se entra en la sala verde, que es la sala de espera y donde, por lo general, se realizan las pruebas.

—¿Cómo sabe usted eso? —preguntó ella, suspicaz.

La expresiva boca del hombre se curvó de un lado, en una sonrisa torcida.

—Soy miembro de la compañía.

—¡Ah! —exclamó Julia, desconcertada y un tanto envidiosa.

Qué sujeto afortunado, que formaba parte de un grupo de tanto prestigio, pensó ella.

El hombre siguió sonriendo mientras la contemplaba.

—Si quiere, yo puedo guiarla.

Julia asintió y traspuso la puerta delante de él, para entrar en un corredor silencioso y poco iluminado. Aliviada de no estar bajo la lluvia, sacudió sus faldas húmedas y trató de acomodarlas. Su acompañante tuvo la cortesía de esperar a que ella se hubiese quitado el sombrero que chorreaba y la capa, y los tomó en sus manos.

—Dejaremos estas prendas en un vestidor desocupado para que se sequen —dijo él, y procedió a abrir una puerta y colgar las prendas de unos grandes ganchos de bronce fijos a la pared.

Él también se quitó el sombrero y el abrigo y se pasó los dedos por el corto cabello ondulado intentando ordenarlo.

Julia alisó también sus cabellos oscurecidos, deseando contar con un espejo para arreglarse un poco.

—Usted tiene muy buen aspecto —comentó el hombre, como si le hubiese leído los pensamientos.

Julia le sonrió por primera vez, aunque algo insegura.

—Esperaba algo más que eso.

Él se alzó de hombros.

—Su apariencia no tendrá tanta importancia como su talento para actuar.

—Sí, claro.

Ella caminó tras él por el corredor y pasaron ante vestuarios, oficinas, talleres de carpintería y salas de guardarropa. El teatro Capital era un gran complejo que comprendía un teatro principal y cuatro construcciones anexas. Nunca se lo había considerado en el mismo nivel que el Teatro Real de Drury Lane hasta que Logan Scott se había hecho cargo de su administración. Bajo su brillante dirección y al impulso de sus impresionantes actuaciones, el Capital se había convertido en uno de los teatros más respetados de la ciudad.

A pesar de ser un hombre joven, que aún no había llegado a la treintena, ya había alcanzado un nivel legendario en el teatro. Y ante la perspectiva de conocerlo, el estómago de Julia dio un vuelco violento. Si él llegaba a la conclusión de que ella no tenía talento, su carrera habría acabado.

—¿Cuánto tiempo hace que está usted con la compañía? —preguntó Julia, sintiendo que su nerviosismo iba en aumento a medida que se internaban en el edificio.

Pasaron junto a unos trabajadores que circulaban

por el pasillo y giraron en una esquina donde se oían las voces de los actores en las salas de ensayo.

—Desde que comenzó, hace cuatro años —contestó su acompañante.

—Es usted muy afortunado de trabajar con él.

—¿En serio? —preguntó él, en tono seco—. Él tiene un carácter bastante fuerte, ¿sabe?

—Eso puede perdonarse en un artista tan brillante. El señor Scott es el más grande actor de Inglaterra. Todos lo llaman el nuevo David Garrick.

El individuo soltó un resoplido irónico.

—Yo creo que eso es una exageración.

Sorprendida, Julia le lanzó una mirada.

—¿No admira usted al señor Scott?

—A veces sí. Pero sucede que no creo que sea comparable con Garrick. Al menos por ahora.

Julia se encogió de hombros.

—Como todavía no lo he visto en el escenario, me reservo mi opinión.

Llegaron a la sala de espera que, en realidad, no era verde como se la llamaba, y Julia, apretando sus papeles, entró. La gran habitación pintada de color crema estaba llena de sillas y bancos gastados, mesas destartaladas y una bandeja donde se amontonaban pan, fiambres ahumados y queso. Había dos mujeres sentadas en un rincón, mientras que una muchacha y un joven repasaban una escena al otro lado de la sala y se interrumpían para reír ante alguna torpeza coreográfica. Un robusto caballero de más edad estaba sentado a un lado, leyendo una obra y recitando las líneas para memorizarlas.

Todos alzaron la vista cuando entraron los recién llegados. Al instante, se acercaron al acompañante de Julia agolpándose a su alrededor, hasta el punto de que la empujaron, alejándola. Él eludió un torrente de preguntas y exigencias con un gesto de sus manos levantadas.

—Después —les contestó—. En este momento tengo que ocuparme de cierto asunto: una audición.

Julia lo miró con los ojos dilatados. Ahora que se encontraban en la bien iluminada sala de espera, ella descubrió en él muchos detalles que se le habían escapado antes. El hombre iba vestido con ropas caras, de buen corte: pantalones oscuros, un suntuoso chaleco de color verde esmeralda, una corbata de seda negra. Ella nunca había visto a un hombre con un pelo tan hermoso, de rebeldes ondas castañas que despedían bruñidos reflejos caoba. Lo llevaba corto y cepillado hacia atrás; sin embargo, tenía apariencia desordenada y parecía pedir que una mano femenina lo alisara.

Emanaba del hombre un aire de autoridad inconfundible. Sumado a ello, el atractivo timbre de su voz de bajo y, sobre todo, esos fascinantes ojos azules, confirmaron a Julia de quién se trataba. Sintió que el corazón se le iba a los pies y supo que había palidecido.

—Usted es Logan Scott —murmuró—. Debería habérmelo dicho.

Los ojos de él brillaron de malicia y desafío:

—Usted debería haberlo preguntado.

Pesarosa, ella asintió admitiéndolo y se preguntó si habría estropeado todas sus posibilidades de producir una impresión favorable.

—¿Y cuál es su nombre? —preguntó él.

—Soy la señora Jessica Wentworth —respondió Julia, dando el nombre artístico que ella misma había inventado.

La media docena de personas que había en la habitación la observaron con curiosidad, y ella tuvo ganas de arrastrarse hasta un rincón oscuro y ocultarse.

—Muy bien, señora Wentworth —dijo Logan Scott en voz suave—. Veamos de qué es capaz.

Extendió una mano para recibir las piezas que ella había llevado para la prueba y hojeó los papeles mojados.

—Veo que ha preparado una escena de «Mathilda». Excelente. La temporada pasada, hicimos esa obra durante bastante tiempo. Charles está bastante familiarizado con ella —dijo él, llamando con un ademán a un joven alto y rubio que estaba a unos pasos de allí—. ¿Te molestaría hacerte cargo de la parte de lord Aversley, Charles?

El joven obedeció con presteza.

Scott se acomodó en la silla y los demás lo imitaron.

—Señora Wentworth, si no le importa, permitiremos que los otros miembros de la compañía observen su audición.

En realidad, a Julia sí le molestaba. Era mucho más difícil actuar una escena ante un grupo muy reducido que ante un gran público. Por añadidura, todas esas personas eran actores: el público más crítico de todos. Se burlarían de ella por su pretensión de formar parte del Capital... notarían de inmediato que ella no tenía preparación y que tenía muy escasa experiencia. Julia se obligó a sonreír y destrabó sus rodillas para reunirse con el joven en el centro de la sala.

Al parecer, Charles no era el lord Aversley ideal, pues se lo veía demasiado suave y apuesto para hacer el papel de un villano consumado. Pero, por otra parte, del joven trascendía un aire de seguridad en sí mismo que impresionó a Julia. Ella no tenía dudas de que él sería capaz de actuar de manera convincente en cualquier personaje que hiciera.

—Mathilda es un papel tramposo para una prueba —comentó Logan Scott. No podía discernirse si se lo decía a Julia o a los demás—. Por lo general, el papel de la heroína sufrida causa aburrimiento.

Julia asintió con aire grave y fijó la mirada en el rostro imperturbable de Logan.

—Procuraré no ser aburrida, señor Scott.

Hubo un temblor de risa contenida en las comisuras de la boca del hombre.

—Comience cuando esté lista, señora Wentworth.

Julia asintió y clavó su vista en el suelo para concentrarse, preparándose para la escena. La historia de «Mathilda» había dado fama a su autor, S. R. Fielding, hacía sólo dos años, primero bajo la forma de una novela, y luego, como clamoroso éxito en la escena. Al público le fascinó la historia de una ambiciosa muchacha del campo, su descenso a la prostitución y su posterior redención. Julia había elegido una escena crucial, en la que Mathilda, todavía virgen, era seducida por el diabólico libertino de lord Aversley.

Julia levantó su vista hacia Charles y comenzó a hablar con áspero acento campesino. Él, por su parte, le respondió con el tono aristocrático de Aversley. Julia sentía que, a cada línea, se sumía más profundamente en el personaje. Adoptó una actitud que era, a medias de coquetería, a medias de temor, avanzando y retrocediendo a medida que Aversley la perseguía por el salón.

Logan se concentró en la muchacha, que había absorbido todos sus sentidos. Era una mujer menuda, un poco por debajo de la estatura media y, sin embargo, gracias a su esbeltez, parecía más alta. Con su cabello rubio ceniza, sus intensos ojos azul verdosos y su rostro de delicados ángulos, era hasta demasiado bonita. Era poco común encontrar a una mujer de tan impecable belleza que fuese, al mismo tiempo, talentosa actriz. Por lo general, las mujeres realmente hermosas no solían tener la profundidad emocional ni el instinto como para hacer ningún otro papel que no fuese el de ingenua.

Logan no necesitó más que un minuto, desde el comienzo de la escena, para comprender que Jessica Wentworth tenía esa clase de presencia notable que le hacía erizar los cabellos de la nuca. Poseía el don de transformarse en el personaje que representaba. Sin la menor vanidad, sabía que él poseía la misma habilidad y que uno o dos de los actores de la compañía podían lograrlo, de vez en cuando. Pero era un talento raro en una muchacha que no debía de tener más de veinte años.

Jessica Wentworth interpretaba el personaje de Mathilda con aparente falta de esfuerzo. Su actuación era extrañamente conmovedora, imbuida de la curiosidad de una niña y la penosa fascinación hacia el hombre que le arruinaría la vida. Por añadidura, había una veta de cálculo en su actitud, una astuta y sutil comprensión de la desviada ambición de Mathilda, que la llevaba a tener en su poder a ese hombre rico. Logan sacudió apenas la cabeza, detectando la fluidez de su actuación. Echó una mirada a los otros actores y vio que ellos contemplaban embelesados a la recién llegada.

Julia comenzó a relajarse y a disfrutar el trabajo con un actor tan bueno como Charles. Él tornaba asombrosamente fácil para ella creer en ese Aversley que resoplaba con desdén y la acechaba por todo el salón. Sin embargo, cuando oyó que la voz de Logan Scott interrumpía el diálogo, ella titubeó y se detuvo.

—Yo terminaré la escena con ella, Charles.

Sorprendida, Julia vio que Scott dejaba su silla y se acercaba a ella. Indicó a Charles que se sentara y tomó su lugar. Por un momento, Julia quedó azorada al ver el cambio que se produjo en Logan Scott, el repentino restallar de la tensión en el ambiente, el chisporroteo de fuego azul que asomó en sus ojos. Él le dedicó una leve sonrisa y comenzó a hablar como Aversley. Fue emocionante. Julia tuvo ganas de sentarse y dedicarse a escuchar el poderío contenido que expresaba esa voz. Él confería una cualidad felina al personaje de Aversley, una ridícula jactancia y un inesperado toque de amargura.

Julia adaptó su actuación a la de él, respondiendo como Mathilda y, por unos instantes, le resultó fácil perderse en su papel, olvidarse de quién era ella. Aversley jugueteaba con Mathilda, se abalanzaba sobre ella prometiéndole placer y tortura con su voz sedosa y sus ardientes ojos azules. Él le sujetó los brazos, y Julia se sorprendió experimentando la auténtica sensación de verse atrapada. Forcejeó para soltarse pero él la retuvo cerca de sí y le habló con su boca próxima a la de ella, rozándole los labios con su aliento cálido.

Estaban en la parte de la obra en que Aversley besa a Mathilda y se la lleva del escenario, dejando librado a la imaginación del público el resto de la acción. En brazos de Logan Scott, Julia se puso tensa, sintiéndose presa de su fuerte apretón. Por un instante, pensó que él la besaría pero sintió alivio cuando la máscara desapareció de su rostro y él la soltó: la escena había concluido.

Todos los presentes guardaron silencio. Julia sentía sus miradas sobre ella y, dando un paso atrás, se frotó los brazos donde Scott la había sujetado.

Al verla, Scott se volvió hacia ella arqueando una ceja:

—¿Le he hecho daño? —preguntó, con cierto asombro.

Julia se apresuró a negar con la cabeza y dejó caer las manos. La sujeción no había sido dolorosa, pero sentía que el contacto perduraba en ella después de que él la había soltado.

Después de eso, se produjo una prolongada pausa, durante la cual los demás miembros de la compañía seguían mirando fijamente a Julia; Scott, por su parte, la observaba con aire especulativo. ¿Estaba complacido, decepcionado, dubitativo? ¿Opinaba que ella tenía méritos como actriz? Julia cedió al impulso de romper el silencio.

—¿Debo probar con otra escena? —preguntó, en voz baja—. ¿Tal vez otra obra?

—No será necesario —respondió él, súbitamente impaciente, echando en derredor una mirada de leopardo enjaulado. Alzó una mano elegante en un gesto para indicar a Julia que saliera con él—. Venga, señora Wentworth. La llevaré a recorrer el teatro.

Nadie se sorprendió por esa reacción. El hombre mayor que estaba en el rincón sonrió a Julia, cuando pasaba, como para darle ánimos. Una bonita joven de rizado cabello castaño y vivaces ojos verde mar se le acercó cuando ella había llegado a la puerta.

—Ha hecho la mejor Mathilda que he visto en mi vida —le dijo la muchacha.

Julia le sonrió a modo de agradecimiento y el comentario la fortaleció. Sin embargo, la opinión que podía significar vida o muerte era la de Logan Scott; hasta ese momento, él no había dicho una sola palabra.

—Usted tiene poco o ningún entrenamiento —le dijo él, guiándola a través de un laberinto de oficinas administrativas.

—Así es —dijo Julia, sin alterarse.

—Y no mucha experiencia.

—He realizado algunas giras por las provincias con una compañía itinerante. En estos últimos tiempos, he trabajado en el teatro Daly, en el Strand.

—El Daly —repitió él, sin mostrarse muy impresionado—. Usted merece algo mejor que eso.

—Ojalá sea así, señor.

Él se detuvo y le mostró la biblioteca del teatro, llena de anaqueles con libros sobre vestuario, escenografía y técnica actoral, como así también innumerables volúmenes de distintas obras. Se detuvo ante una pila de papeles, escogió una gastada edición de *Mucho ruido y pocas nueces* y se la entregó a ella. Julia apretó el libro contra su pecho y siguió a Scott hacia la salida.

—Yo exijo a los actores de mi compañía que se esfuercen por lograr el estilo más natural posible —señaló Scott—. No puedo soportar las posturas y las actitudes estudiadas que he visto en la mayoría de los teatros londinenses. Muchos actores no son más que tontos muy preparados que sustituyen la verdadera actuación por gestos y pausas extravagantes.

Julia, colmada de una admiración que lindaba con la fascinación, asintió, demostrando que pensaba lo mismo.

—Se dice que ha revolucionado usted la escena inglesa y europea, en general... —comenzó a decir ella, pero él la interrumpió con expresión irónica.

—No me agrada que me halaguen, señora Wentworth. Eso sólo sirve para inflar la opinión que tengo sobre mí mismo, y eso es peligroso. Ya soy demasiado arrogante sin elogios.

Sorprendida, Julia se echó a reír.

—Estoy segura de que eso no es verdad.

—Espere hasta que me conozca más.

En el pecho de la muchacha burbujeó la esperanza.

—¿Lo conoceré? —se atrevió a preguntar.

Él sonrió.

Qué extraño le pareció que la sonrisa de un hombre pudiese ser tan cálida y, al mismo tiempo, emanara de él la sensación de que era inalcanzable.

—Quizá —respondió él—. Tiene usted un gran potencial como actriz, señora Wentworth. No sería una mala adquisición para la compañía.

Llegaron al teatro pasando desde atrás del escenario. Julia acompañó a Scott hasta las luces del proscenio, en el borde del escenario, y miró hacia el patio de butacas. Era hermoso y estaba en penumbras, habría unas quinientas butacas y filas de palcos que se elevaban a alturas imponentes. Julia nunca había estado allí. Era un teatro magnífico, pintado de blanco, salmón y verde oscuro. Junto a las paredes se alineaban columnas cubiertas de dorado y con incrustaciones de cristales verdes, mientras que el interior de los palcos estaba revestido de suntuoso papel floreado.

El escenario estaba erigido encima de una pendiente, de modo que los actores en foro se elevaban unos centímetros por sobre los que estaban en proscenio. De pie sobre ese suelo cubierto de marcas, Julia podía imaginar cómo sería actuar ante una concurrencia de mil personas o más.

—Hay ciertas cuestiones de las que es necesario hablar —comentó Scott, de pronto—. Su paga, la cantidad de actuaciones pedidas, las exigencias que yo presento a los actores, como los ensayos, por ejemplo. Yo quiero que todos los actores y las actrices estén presentes en todos los ensayos, por muy bien que sepan sus partes. Usted puede llevar adelante su vida del modo que lo desee, pero cualquiera que falte a un ensayo o a una actuación se expone a ser multado o, incluso, despedido. Lo mismo se aplica a la ebriedad, a llegar tarde, al embarazo, a las aventuras con otros actores o cualquier otra cosa que interfiera con la rutina del teatro.

—Lo entiendo —dijo Julia, mientras un leve rubor trepaba por sus mejillas.

—Yo administro la compañía de acuerdo con un sistema particular —continuó él—. Si tiene una queja, hay un momento y un lugar adecuados para presentarla: más adelante se le informará por medio de qué canales. En mi casa jamás recibo visitas relacionadas con la administración del teatro. Asigno un alto valor a mi intimidad.

—Es lógico —dijo Julia, sintiendo que la excitación comenzaba a acelerar los latidos de su corazón.

Por el modo en que él le hablaba, tenía la impresión de que pensaba contratarla.

—Hay otra cosa que debe quedar clara —dijo Scott—. Fuera de los méritos artísticos que pueda tener, el Capital es una empresa comercial. Adopto todas mis decisiones de acuerdo con la necesidad de obtener ganancias... y nunca lo he ocultado. Si decido contratarla es porque usted hará ganar dinero al teatro. Todos los actores, incluyéndome a mí, comprendemos que nuestra presencia aquí se debe al provecho económico que aportamos.

Julia se puso rígida y, de súbito, todas sus esperanzas se desvanecieron. ¿Acaso estaría sugiriendo que ella se convirtiese en prostituta para apoyar al teatro?

—No tengo interés en ser proxeneta de nadie —murmuró Scott, divertido, adivinando lo que ella pensaba—. Sólo señalo que una de sus responsabilidades, así como una de las mías y la de todos los demás, consiste en atraer auspiciantes en cada nueva temporada. Usted puede aprovechar su talento y su encanto para lograrlo. No es preciso que se acueste con alguien... a menos que lo desee, claro.

—No lo deseo —replicó Julia, vehemente.

—Ése es un tema que sólo le concierne a usted —aseguró él. Un ceño fugaz apareció en su frente, mientras la miraba—. Acaba de ocurrírseme... que no recuerdo haber concertado una audición para nadie, el día de hoy.

La duda la sorprendió con la guardia baja, y ella respondió, de inmediato:

—Creo que fue concertada por medio de uno de sus gerentes...

—Aquí nadie hace nada sin mi permiso.

Julia asintió, y su rostro se tornó escarlata.

—He mentido —admitió—. De lo contrario, jamás habría logrado verlo a usted.

La carcajada de él tuvo un matiz de irritación.

—Pienso que usted nos prestará una buena utilidad. Dígame, señora Wentworth... ¿está realmente casada?

Aunque Julia se había preparado para la pregunta, sintió que se sonrojaba, incómoda. No podía decirle la verdad aunque supiese que él era un actor demasiado talentoso para aceptar con facilidad una mentira. Caminó al azar por el escenario, con los brazos cruzados sobre su pecho.

—En realidad, no —respondió ella, sin mirarlo—. Lo que pensé fue que si pasaba por señora estaría mejor protegida de avances no deseados.

—Muy bien.

Al ver que él no le hacía más preguntas, Julia le echó una mirada sorprendida.

—¿No va a preguntarme, usted, acerca de mi familia? ¿Mi ambiente?

Él negó con la cabeza mientras se tironeaba, distraído, de un mechón de pelo caoba rojizo.

—Supongo que, como mucha gente del teatro, tiene usted un pasado del que quisiera escapar.

—¿Usted también? —se atrevió a preguntar ella. Scott asintió.

—Ha habido sucesos en mi vida de los que he estado huyendo desde hace mucho tiempo. Pero nunca he llegado más lejos que aquí —dijo él, echando una mirada en torno por el escenario vacío. Pareció relajarse—. En ningún sitio me he sentido por entero cómodo, salvo en el Capital. Para mí, es el hogar... y confío que también llegue a serlo para usted, señora Wentworth.

El rostro de ella se iluminó con una sonrisa.

—Sí —murmuró Julia, percibiendo una parte del motivo por el que él amaba ese lugar.

No le costaba imaginarse los miles de historias y de personajes que habían adquirido vida en ese escenario, haciendo vibrar el aire con la música y las voces, comunicando al público las emociones de los actores: miedo, esperanza, amor...

En el teatro, uno podía olvidar quién era, al menos por un tiempo. Los actores podían convertirse en cualquiera que desearan ser. Eso era lo que ella quería para sí misma. Viviría como Jessica Wentworth y sepultaría hasta el menor rastro de Julia Hargate... y del secreto que la había acosado durante toda su vida.

—Yo te lo había dicho —decía Nell Florence, y su arrugado rostro se abrió en una rara y bella sonrisa—. La mejor alternativa que tenías era aproximarte a Logan Scott. Yo admiro su obra en el Capital. Pese a que es tan joven, es un director capaz. Sacarás más provecho formando parte de la compañía de Scott de lo que has logrado en Drury Lane —dijo, y un estremecimiento sacudió sus hombros frágiles y en su rostro apareció una expresión desdeñosa—. El empresario norteamericano Stephen Price, con su estrafalario gusto para el espectáculo, está arruinando a Drury Lane. Tú deberías de haber nacido hace medio siglo, para haber trabajado con David Garrick: él habría sabido bien qué hacer con una muchacha de tu talento. ¡Me imagino cómo habrías hecho el papel opuesto a él en *The Wonder*...!

—¿Eso significa que el señor Scott te parece bien? —preguntó Julia, llevándola con delicadeza otra vez al tema, antes de que la señora Florence cayera en una de sus largas reminiscencias.

—¡Oh!, sí. Sus producciones tienen un estilo maravilloso y su dedicación al arte de la actuación es indiscutible.

Permanecieron sentadas, bebiendo té en la sala de la señora Florence, con sus muebles tapizados de seda rosada que olían a humedad y sus paredes cubiertas de antiguos recuerdos de una vida dedicada al teatro. Julia había conocido a la anciana hacía unos meses, cuando la señora Florence había aceptado un pequeño papel en el teatro Daly. Por lo común, una aparición en el Daly habría estado por debajo del nivel de una actriz tan importante, que había actuado en el Drury Lane durante más de treinta años. Pero el señor Bickerston había pagado una fortuna a la señora Florence, consciente de que su nombre llenaría el teatro.

Después de una temporada de un mes de éxito con la obra, la señora Florence había abandonado a Bickerston y al Daly pero, antes, había llevado a Julia aparte y le había dado un consejo cargado de buenas intenciones:

Aquí, tus dones están desperdiciados —había dicho a Julia—. Tienes que encontrar otro teatro, uno respetable; así recibirás una buena preparación.

Julia se había sentido tan halagada que se había quedado sin palabras. Ella admiraba mucho a esa madura mujer cuya vida ella misma había convertido en un éxito. Nell Florence, nacida en el seno de una pobre y numerosa familia, en el extremo este de Londres, había sacado provecho de su considerable talento para la escena y, además, de algunas discretas aventuras amorosas con hombres de fortuna. Si bien su legendaria belleza se había desvanecido con los años, con su hermoso cabello rojizo, ahora veteado de plata, ella seguía siendo una mujer hermosa.

Hacía unos años, la señora Florence se había retirado y vivía en una casa en el centro de Londres, y la cuidaba una reducida dotación de sirvientes. Si se encaprichaba con un aspirante a actor o a actriz, cada tanto daba lecciones de actuación. Y si bien Julia no podía pagar sus elevadas tarifas, de todos modos la señora Florence había decidido cobijarla bajo su ala.

—Si lo deseo, puedo darme el lujo de enseñar por placer —le había dicho—. Estoy segura de que nuestro vínculo será beneficioso para ambas. Yo te ayudaré a lograr el éxito que tú mereces, y tú iluminarás mi vida con tus visitas. Los ancianos debemos tener cerca a personas jóvenes... tú te asemejas mucho a mí cuando tenía tu edad.

Una vez por semana, Julia visitaba a la señora Florence y, mientras bebían té en su atestada sala, en tazas de porcelana pintada, ella escuchaba, extasiada, las instrucciones de la anciana. Julia había sido contratada en el Capital; al saberlo, la señora Florence se había alegrado tanto como la propia Julia.

—Yo sabía que Scott no vacilaría en contratarte apenas te viese actuar —comentó la mujer mayor—. Tienes una cualidad que él no podía dejar de ver, querida mía. Lo das todo de ti cuando estás en escena... y sin embargo te reservas lo suficiente para que, quienes te vean, deseen más. Nunca lo des todo, Jessica, pues de ese modo no te valorizarán —siguió diciendo, tras reclinarse en la mullida silla y contemplar a Julia con ojos brillantes—. Y ahora, cuéntame, ¿cómo ha sido trabajar en una escena con un actor de su calibre?

—Conmovedor —respondió Julia, de inmediato—. Me hizo creer, casi, que estaba sucediendo de verdad. Jamás he conocido a alguien que haga que una escena de una obra parezca un momento de la vida real.

—Así sucede con los grandes —comentó la señora Florence, pensativa—. Pero, ten cuidado, Jessica, tras alcanzar esas alturas que, a veces, se alcanzan en el teatro, la vida real puede parecerte decepcionante. Quizás ocurra que despiertes una mañana y descubras que tu profesión te ha robado años preciosos. Y, en ese caso, estarás como yo, rodeada de objetos y retratos descoloridos, sin otra cosa que los recuerdos para sostenerte.

—Me encantaría ser exactamente como tú —dijo Julia, con fervor—. Tú has dejado tu marca en el teatro, eres respetable, llevas una vida cómoda e independiente... no podría pretender nada mejor que eso.

Por un momento, los ojos de la señora Florence se llenaron de tristeza.

—No siempre he hecho las elecciones correctas, hija. He tenido que vivir demasiado tiempo pagando las consecuencias.

—¿Quiere decir que...? —Julia la miró, perpleja—. ¿Lamentas, acaso, no haberte casado?

—Yo sólo quería casarme con un hombre en particular —explicó la anciana, con una mueca amarga en sus labios—. Por desgracia, él no estaba relacionado con el teatro. Él quería que yo lo abandonase todo, por eso... —extendió sus manos en un ademán de impotencia— dejé que se marchara. ¡Cuánto he envidiado a las mujeres que no se vieron obligadas a hacer esa elección!

Contempló a Julia con cierto toque de compasión en su semblante, como si estuviese convencida de que, algún día, la muchacha tendría que enfrentar el mismo conflicto. Julia deseó poder decir la verdad a la señora Florence: que nunca tendría que elegir entre el amor y su profesión, que ella, en realidad, ya estaba casada y que su marido no representaba el menor obstáculo.

En silencio, Julia fue hacia el dormitorio de su madre, situado en la sombría ala este de Hargate Hall. La lujosa mansión gótica era oscura y sólida, con altas chimeneas y ventanas estrechas y altas. Se erguía en medio de las colinas calizas de Buckinghamshire, y se comunicaba con el mercado del pueblo por medio de un hundido y antiguo sendero de un par de kilómetros de longitud, y que se hallaba en el mismo estado desde hacía décadas. Hargate Hall era sombría y silenciosa, con sus pesados muebles de caoba y sus cielos rasos decorados de bóvedas en forma de abanico, llenas de telarañas.

Entrar en el hogar que había abandonado hacía dos años llenaba a Julia de una sensación de incomodidad y de encierro. Con movimientos resueltos, subió por una de las largas escaleras laterales, temiendo, hasta cierto punto, oír la voz de su padre, cortante como un cuchillo, ordenándole que se marchase.

Nadie se atrevió a dirigirle la palabra, salvo unos pocos criados que ella conocía desde su niñez, que la saludaron con discreción. Todos, en Hargate Hall, sabían que ella no era una visita bien recibida, pues su padre le había prohibido poner un pie en la propiedad; sin embargo nadie le impediría visitar a Eva, su madre, ahora enferma.

El aire viciado que había en el dormitorio de Eva hizo fruncir la nariz a Julia, que se apresuró a correr las cortinas y a abrir la ventana para dejar entrar la brisa de afuera. Bajo las mantas, algo se agitó y llegó la voz débil de Eva:

—¿Quién es?

—Tu hija pródiga —respondió Julia con ligereza y, acercándose a la cama, se inclinó y besó la frente pálida de su madre.

Eva parpadeó y trató de incorporarse, con su rostro endurecido por la consternación. Era una mujer menuda, delgada, de cabello rubio ceniza veteado de plata y grandes ojos castaños. Daba la impresión de haber envejecido mucho en los últimos dos años, su piel incolora estaba surcada por pequeñas líneas y los huesos de su cara se veían más prominentes que nunca.

—Julia, no deberías estar aquí. ¡Es peligroso!

—No hay problema —dijo Julia, sin alzar la voz—. Tú me habías escrito diciéndome que hoy no estaría mi padre. ¿No lo recuerdas?

—¡Oh!, sí —dijo su madre, frotándose la frente con expresión afligida—. Este último tiempo, las cosas se van de mi cabeza con tanta facilidad... —se lamentó, suspirando y apoyando de nuevo sus hombros en la almohada—. He estado enferma, Julia...

—Sí, lo sé —repuso ella, apretando los labios y observando a su madre, que siempre había sido delgada. Ahora, estaba tan frágil que parecía un pájaro—. No tendrías que estar encerrada en este cuarto oscuro, mamá. Necesitas luz, aire fresco, caminar al aire libre...

—No debes quedarte mucho tiempo —dijo su madre, con voz débil—. Si llegara a volver tu padre en forma inesperada...

—Me echaría —concluyó Julia, esbozando una mueca sarcástica—. No te preocupes, mamá. No le temo. Ahora, ya no puede decir ni hacer nada que me importe.

Su rostro se suavizó al notar la aflicción de su madre, y se sentó con cuidado en el borde del colchón. Tomó en las suyas una de las delgadas y frías manos de su madre y la oprimió con delicadeza.

—He edificado una vida nueva para mí. Ahora, soy actriz; bastante buena —dijo, sin poder contener una sonrisa al ver la expresión de su madre. Actriz, no prostituta... si bien admito que la mayoría de las personas no perciben la diferencia. Esta temporada, trabajaré en el teatro Capital y me prepararé con la guía del propio Logan Scott. Tendré una buena paga, mi propio coche, una casa... y he elegido un nuevo seudónimo para mí: Jessica Wentworth. ¿Te gusta?

Eva movió su cabeza.

—No has nacido para eso —dijo, con sus labios resecos—. Tú no eres eso.

—¿Quién soy yo, mamá? —preguntó Julia en voz suave, aunque ya conocía la respuesta.

Una súbita desdicha oprimió su pecho.

—Eres la marquesa de Savage.

Julia se levantó de la cama de un salto, pues no podía soportar el mero sonido de ese apellido.

—Eso es así sólo porque no he podido evitarlo. Estoy casada con un hombre que no conozco, y sólo para satisfacer las ambiciones sociales de mi padre. Es una situación absurda. No conozco a lord Savage ni de vista y nunca he intercambiado correspondencia con él, siquiera. ¡A veces, me pregunto si existe de verdad!

—Al parecer, lord Savage no tiene más deseos que tú de reconocer el matrimonio —admitió la madre—. Ni tu padre ni el duque de Leeds hubiesen imaginado que los hijos de ambos guardarían tanto resentimiento con respecto al matrimonio.

—¿No guardar resentimiento de que te hayan robado tu futuro? —exclamó Julia, paseándose por la habitación mientras seguía hablando, acaloradamente—. Fui vendida para conseguir un apellido, lord Savage, a cambio de una fortuna. Mi padre tiene ahora un título para su hija, y los Savage se salvaron de la ruina económica. Y lo único que tuvieron que hacer fue sacrificar a sus hijos primogénitos.

—¿Por qué tienes que obstinarte en ese mal sentimiento hacia tu padre? —preguntó su madre con tristeza—. Él hizo algo muy similar a lo que hacen otros padres en nuestra posición. Se conciertan matrimonios continuamente.

—Esto fue diferente. Yo sólo tenía cuatro años de edad, y mi así llamado marido, no era mucho mayor —recalcó Julia, yendo hacia la ventana y mirando por entre las cortinas, haciendo pasar el terciopelo bordeado de seda entre los dedos—. Cuando yo me enteré de esto, tenía doce años y albergaba la fantasía de estar enamorada de un muchacho de la aldea... hasta que mi padre me llevó aparte y me dijo que jamás tendría el derecho de amar a ningún hombre porque ya estaba casada —recordó, moviendo la cabeza y riendo sin alegría—. Yo no podía creerlo. Aún no puedo. Durante años, me perseguían las dudas con respecto a mi «marido», me preguntaba si, al crecer, se habría convertido en un retardado, en un pesado, en un mujeriego...

—Por lo que hemos oído acerca de él, la reputación de lord Savage es la de un hombre tranquilo y responsable.

—No me importa cómo sea él —replicó Julia, aun sabiendo que a su madre le sonaría como pura terquedad de su parte y, quizás, en cierto modo tuviese razón.

Pero también se debía a la *convicción* de que si aceptaba la vida que su padre había elegido para ella, iría borroneándose hasta convertirse en la misma clase de persona dócil y desdichada a la que pertenecía su madre.

—No importaría aunque lord Savage fuese un santo. No pienso convertirme, nunca, en la duquesa de Leeds. No estoy de acuerdo con los planes que mi padre elaboró para mí. Ha controlado cada día, cada hora, cada minuto de mi vida hasta que, por fin, yo reuní el coraje suficiente para huir.

—Él quería abrigarte y protegerte...

—Mi padre me ha mantenido encerrada en esta propiedad, sin permitirme salir nunca ni conocer a nadie. Desde el día en que nací, estuvo decidido a que me casara con un hombre de título importante; me pregunto si alguna vez se le ocurrió pensar que, tal vez, un día yo podría conocer a un duque o a un conde, sin su *intervención*. ¿O pensó, alguna vez, en la posibilidad de que yo no quisiera eso para mí? Me imagino que sería esperar demasiado que él pudiera querer mi felicidad...

Julia se interrumpió al ver que sus dedos apretaban los pliegues de terciopelo. Los aflojó e hizo una inspiración profunda para calmarse. Le dolía saber que, si bien ella había escapado del dominio de su padre, Eva aún estaba bajo su control. El único recurso de su madre había sido refugiarse en la enfermedad, convirtiéndose poco a poco en una inválida. Ésa era la única defensa de Eva contra ese marido autoritario que había manipulado las vidas de todos quienes lo rodeaban.

Edward, lord Hargate, despreciaba cualquier enfermedad. En realidad, les temía porque las enfermedades eran ajenas a su vigorosa naturaleza. Era un hombre fuerte, con un impulso inflexible que lo llevaba a dejar de lado cualquier sentimiento que no fuese suyo. A veces era cruel, y negaba a las personas aquello que más deseaban para demostrar su riqueza y su poder. El resto de la familia Hargate, primos, hermanos, tíos y tías, lo evitaban todo lo posible. Sin embargo, cuando él estaba de su peor talante, su esposa lo defendía y lo apoyaba porque era su deber.

—Tiene que haber alguna otra cosa que puedas hacer —murmuró Eva— que no sea dedicar tu vida al teatro. Cuando pienso en mi hija viviendo entre esas personas, trabajando sobre un escenario... me suena muy sórdido.

—Estaré muy bien en el Capital —repuso Julia, con firmeza—. Es una compañía respetable. Y actuar es la ocupación perfecta para mí. Como he estado tanto tiempo recluida, cuando era niña, he desarrollado una poderosa imaginación.

—Recuerdo cuánto me afligía yo —murmuró Eva—. Tú parecías vivir en un mundo de fantasía casi todo el tiempo; fingías ser otra persona.

Julia volvió junto a la cama y sonrió a su madre.

—Ahora, me pagarán un buen dinero por hacerlo.

—¿Y qué me dices de lord Savage?

Julia se encogió de hombros.

—De momento él no ha dado señales de querer reconocer el matrimonio. No se me ocurre ninguna otra alternativa para llevar adelante mi vida —incómoda, hizo una mueca—. Qué raro resulta saber que pertenezco a un desconocido... que él tiene más derechos sobre mí que yo misma, desde el punto de vista legal. Esa idea me despierta el deseo de huir al último confín de la tierra. Admito que me da miedo descubrir qué clase de hombre es, en realidad. No estoy lista para eso... tal vez, nunca lo esté.

—No podrás escamotearle el cuerpo a la verdad para siempre —dijo Eva—. Algún día, lord Savage descubrirá que su esposa ha estado trabajando en el teatro. ¿Cómo crees que se sentirá?

—No me cabe duda de que querrá la anulación —repuso; de pronto, una sonrisa maliciosa apareció en el rostro de Julia—. Y yo tendré mucho gusto en complacerlo. Estoy segura de que seré mucho mejor actriz que duquesa.

2

1827

No bien el detective contratado salió de la habitación, Damon abandonó todo intento de fingir calma. Jamás se daba el lujo de perder el control de sí mismo, pero esta frustración era demasiado grande para soportarla. Sintió ganas de gritar, de golpear a alguien; a duras penas pudo contenerse. No tuvo conciencia de que tenía un vaso de cristal en la mano hasta que oyó que se estrellaba en la chimenea de la biblioteca con fuerte explosión.

—Maldita sea, ¿dónde está ella?

Unos instantes después se abrió la puerta y su hermano, lord William, asomó la cabeza.

—Parece que el detective no ha tenido la suerte de encontrar a nuestra misteriosa marquesa.

Damon guardó silencio, aunque un sonrojo poco frecuente en él delataba sus emociones. Si bien la semejanza entre los dos hermanos era notable, sus temperamentos no podían ser más diferentes. Los dos tenían cabello negro y las impactantes y bien cinceladas facciones características del clan Savage. Sin embargo, los ojos grises de Damon, de un color que recordaba al humo y a las sombras, rara vez dejaban ver sus pensamientos mientras que la expresión de los de William era, casi siempre, de picardía. William era dueño de un encanto y de un aire despreocupado que Damon, el mayor, nunca había tenido tiempo ni ganas de cultivar.

Hasta esa altura de su breve vida de veinte años, William se las había arreglado para meterse en un sinnúmero de enredos y situaciones difíciles. Había pasado por ellos con la juvenil convicción de que nunca le sucedería nada malo. A pesar de todo, era raro que Damon lo regañase, pues sabía que, en el fondo, William era un buen muchacho. ¿Qué importancia tenía si se permitía, de vez en cuando, entregarse a la alegría? Damon quería que su hermano menor tuviera toda la libertad y las ventajas que él jamás había tenido... y estaba dispuesto a proteger a William de las duras realidades que él no había podido ahorrarse.

—¿Qué ha dicho? —quiso saber William.

—Ahora no tengo deseos de hablar.

William entró en la habitación y enfiló hacia un aparador que había sobre un pedestal y donde se guardaban hileras de lujosos botellones de cristal tallado.

—¿Sabes una cosa? —dijo el joven, como al pasar—, no es necesario que encuentres a Julia Hargate para librarte de ella. Has estado buscándola durante tres años y no hay señales de ella ni aquí ni en el extranjero. Es evidente que los Hargate no quieren que la hallemos. Sus parientes y amigos no quieren o no pueden divulgar ninguna información. Yo me atrevería a afirmar que podrías obtener la anulación.

—Pero no lo haré sin que Julia lo sepa.

—Pero, ¿por qué? Dios sabe que tú no le debes nada.

—Le debo una fortuna —replicó Damon, torvo—. Mejor dicho, la familia se la debe.

William meneó la cabeza mientras entregaba a su hermano un vaso con coñac.

—Tú y tu condenado sentido de la responsabilidad.

Cualquier otro, en tu situación, se habría librado de Julia Hargate como si fuese un lastre no deseado. ¡Ni siquiera la conoces!

Damon bebió un generoso trago de coñac, se levantó de su silla junto al escritorio y comenzó a pasearse por el cuarto.

—Necesito encontrarla. En esta situación, ella fue una víctima tal como lo he sido yo. El acuerdo se realizó sin nuestro consentimiento pero, al menos, podemos disolverlo juntos. Además, no quiero dar ni un paso en ningún sentido sin hacer algún tipo de arreglo en beneficio de ella.

—Ella, con el respaldo de la fortuna de su familia, no necesita ningún arreglo.

—Existe la posibilidad de que ella haya roto con los Hargate. Y yo no lo sabré hasta haberla encontrado.

—Me cuesta creer que Julia sea una indigente, hermano. Lo más probable es que esté divirtiéndose en alguna playa de la costa francesa o italiana y viviendo muy bien con el dinero de papá.

—Si fuese así, a estas alturas ya la habría encontrado.

William vio que su hermano se acercaba a la ventana. Se gozaba, desde allí, de una vista espectacular, al igual que desde casi todas las habitaciones de ese castillo medieval modificado. Estaba construido sobre un lago, con grandes arcos de piedra que lo sostenían sobre el agua, y en los cuales se apoyaba la antigua construcción que se elevaba hacia el cielo. Muchos de los muros de piedra color ámbar, otrora impenetrables, habían sido reemplazados por magníficas ventanas cerradas con paneles de cristal en forma de rombos. Detrás del castillo se extendía la verde e interminable campiña de Warwickshire, con sus lozanas pasturas y sus jardines. Mucho tiempo atrás el castillo había sido una sólida defensa contra los invasores de Inglaterra; ahora, parecía haberse apaciguado hasta convertirse en un edificio de suave y graciosa madurez.

La familia Savage había estado a punto de perder la posesión de su hogar ancestral y todas sus otras posesiones, a consecuencia de las malas inversiones del actual duque, por no mencionar su inclinación al juego. Lo único que había salvado a la familia de la ruina había sido el matrimonio de Damon con Julia Hargate y la dote que había entregado el padre de ella. Y ahora, le debían a la joven el título de duquesa, que no demoraría en llegar a juzgar por el mal estado de salud de Frederick, el padre de ellos dos.

—Gracias a Dios que yo no soy el primogénito —dijo William con acento sincero—. Fue un acuerdo bastante extraño el que realizó nuestro padre casando a su hijo a los siete años para así poder contar con dinero para pagar sus deudas de juego. Y, más extraño aun, es el hecho de que tú no la hayas visto desde entonces.

—Yo nunca quise ver a Julia. Para mí, fue más fácil hacer como si no existiera. No podía aceptar que ella era... es parte de mi vida.

Los dedos de Damon se apretaron alrededor del vaso.

—¿El matrimonio es legal? —preguntó William.

—No... pero ése no es el meollo de la cuestión. Nuestro padre ha hecho una promesa hace años, y esa promesa me involucra a mí. Yo tengo la responsabilidad de honrarla o, al menos, reembolsar a los Hargate el dinero que habíamos recibido de ellos.

—Honor... responsabilidad... —reflexionó William, estremeciéndose y haciendo una mueca juguetona—. Las dos palabras que menos me agradan.

Damon hizo girar la bebida y clavó su melancólica

mirada en el vaso. Si bien Julia no tenía la culpa, cada una de las letras de su nombre era un eslabón de la cadena invisible que lo ataba. No podría estar en paz hasta que no resolviera la cuestión.

—He imaginado a Julia de cien maneras diferentes —dijo Damon—. No puedo dejar de especular acerca de ella y de preguntarme qué fue lo que la llevó a desaparecer de este modo. ¡Por Dios, cómo quisiera verme libre de ella!

—Quizá, cuando la encuentres, Julia quiera exigirte que cumplas tu obligación. ¿Habías pensado en eso? Tú has triplicado la fortuna de la familia desde que te hiciste cargo de las finanzas de los Savage —le hizo notar William, con un brillo burlón en sus oscuros ojos azules—. Y tú resultas atractivo a las mujeres, a pesar de tu carácter sombrío. ¿Por qué crees que con Julia sería diferente? Ella quiere lo mismo que todas las mujeres: un esposo con un título aristocrático y una fortuna que acompañe a ambas cosas.

—Yo no sé qué quiere ella de mí —dijo Damon, dejando escapar una amarga carcajada—. A juzgar por el hecho de que aún se oculta, parece no querer nada de mí.

—Bueno, será conveniente que hagas algo con respecto a esta condenada situación pues, de lo contrario, Pauline te convertirá en bígamo.

—No voy a casarme con Pauline.

—Ella ha dicho a todo el mundo en Londres que vas a casarte con ella. Por Dios, Damon, ¿no crees que deberías decir a Pauline que los rumores de que estás casado son ciertos?

La alusión a Pauline, lady Ashton, hizo que el ceño de Damon se profundizara. Esa viuda joven y sensual había estado persiguiéndolo durante un año, invadiendo su intimidad, arrinconándolo en cada una de las reuniones sociales a las que él asistía. Pauline pertenecía a esa clase de mujer que sabía muy bien cómo complacer a un hombre. Era una bella mujer de cabellos oscuros, sin inhibiciones en la cama y con un seco sentido del humor que atraía a Damon.

En contra de su propio sentido común, él había iniciado un romance con Pauline hacía unos seis meses. Después de todo, él era un hombre con las mismas necesidades que cualquier otro, y no le agradaban mucho las prostitutas. Tampoco tenía interés en las bandadas de vírgenes obsesionadas por el matrimonio que se presentaban en sociedad cada temporada. Ellas estaban prohibidas para él, si bien el hecho de su matrimonio no era demasiado conocido por el público.

El último tiempo, sin embargo, Pauline había iniciado una campaña para convertirse en la siguiente marquesa de Savage. Hasta ese momento, había tenido la astucia de no presionarlo ni exigirle nada. Más aun, todavía no se atrevía a preguntarle si era cierto el rumor de que él ya tenía esposa.

—Ya le he dicho muchas veces a Pauline que no abrigue esperanzas de forjar un futuro conmigo —replicó Damon, en tono áspero—. No la compadezcas: ella ha sido generosamente recompensada por el tiempo que ha pasado conmigo.

—¡Oh!, no compadezco a Pauline —aseguró William—. Tengo una idea bastante clara de las joyas, vestidos y cuentas bancarias que le has dado —dijo, dibujando una taimada sonrisa—. Debe de ser sobremanera entretenida en la cama para merecer todo eso.

—Ella es buena en muchos aspectos. Bella, encantadora e inteligente. En suma, no sería una mala esposa.

—No estarás pensando seriamente en... —William frunció el entrecejo y miró, sorprendido, a su hermano—.

45

¡Esta clase de conversación me alarma, Damon! Es probable que agrades a Pauline, hasta puede que esté encariñada contigo pero, en mi opinión, ella no es capaz de sentir amor.

—Tal vez, yo tampoco —murmuró Damon, con semblante inescrutable.

Se hizo un silencio extraño, durante el cual apareció en el rostro de William una expresión estupefacta. Entonces, lanzó una breve carcajada:

—Bueno, yo no diría que te haya visto locamente enamorado... pero haber estado casado desde los siete años es un obstáculo para ello. No has querido sentir nada por una mujer debido a una supuesta obligación por una muchacha que jamás has conocido. Yo te aconsejaría que te deshicieras de Julia... y tal vez te sorprendas de lo pronto que se deshiela tu corazón.

—Siempre el mismo optimista —le reprochó Damon, indicando a su hermano con un ademán que saliera de la habitación—. Tendré en cuenta tu consejo, Will. Entre tanto, tengo cosas que hacer.

Julia reprimió un bostezo de aburrimiento mientras recorría el salón con la mirada. El baile era una velada elegante, con música alegre, gran despliegue de tentempiés y bebidas, y una cantidad de invitados con título y fortuna. Hacía demasiado calor en el salón, aun cuando las imponentes ventanas rectangulares estaban abiertas y dejaban pasar la fresca brisa del verano que llegaba desde el jardín. Los invitados se secaban, con disimulo, los rostros sudados y bebían innumerables copas de ponche de frutas, entre una y otra pieza de baile.

Pese a las objeciones de Julia, Logan Scott había insistido en que ella lo acompañase a la fiesta de todo el fin de semana que daban lord y lady Brandon, en su casa de campo de Warwickshire. Julia tenía plena conciencia de que no era su compañía, precisamente, lo que Logan deseaba si bien, en los últimos dos años, habían entablado una cierta amistad. En realidad, él buscaba la ayuda de ella por su capacidad para atraer donaciones para el teatro Capital.

Julia, de pie junto a Logan en un rincón del salón, conversaba discretamente con él, antes de que cada uno de ellos se mezclara, por separado, con diversos invitados. Ella alisó la falda de su vestido de seda de color azul hielo, de sencillo diseño, con un amplio escote recto que casi dejaba al descubierto sus hombros. Fuera de las cuatro bandas de satén azul que ceñían el vestido a su esbelta cintura, su único adorno era el sutil dibujo de cordones y bandas de satén en el dobladillo.

Logan habló al oído de Julia, mientras su mirada perspicaz barría el salón.

—Lord Hardington está maduro para caer. Es aficionado al teatro y tiene debilidad por las mujeres bellas. Y, lo más importante, tiene un ingreso privado de diez mil libras por año. ¿Por qué no comentas con él la temporada que se aproxima y la necesidad que tenemos de contar con más auspiciantes?

Julia sonrió con fastidio mientras observaba al anciano y robusto caballero de mejillas rubicundas. Volvió su vista hacia Logan, que producía un impacto con su levita negra de fiesta, su chaleco de seda verde esmeralda y sus ajustados pantalones de color crema. Las luces de los candelabros hacían brillar su cabello como si fuese de caoba lustrada. Todos los presentes habían asistido a la fiesta por motivos sociales; Logan, en cambio, veía la reunión como una oportunidad para hacer negocios. Estaba dispuesto a usar su apostura y su encanto para solicitar fondos para el Capital... y, como siempre, tendría éxito. Casi todos querían asociarse con un hombre a quien se consideraba uno de los más grandes artistas de la escena que Londres había conocido.

Para sorpresa de la propia Julia, su popularidad había crecido rápidamente en el teatro y le había otorgado un relieve social que era considerado significativo para una actriz. Tenía una elevada paga que le había permitido comprar una casa en la calle Somerset, a poca distancia de la de su antigua profesora, la señora Florence. La anciana se enorgullecía del éxito de Julia como si hubiese sido suyo y la recibía calurosamente cada vez que Julia tenía la posibilidad de ir a tomar el té con ella y a conversar sin prisa.

En ese mismo momento, Julia deseaba estar con la señora Florence en lugar de estar perdiendo el tiempo con personas que se consideraban superiores a ella; soltó un suave suspiro.

—No me agradan estas reuniones con tanta gente —dijo, más para sí que para Logan.

—No se nota. Te mueves entre estas personas como si hubieses nacido en este medio —dijo Logan, mientras quitaba una pelusa de su manga—. Harías bien en reclutar a lord Landsdale, el de baja estatura, que está junto a la mesa de los bocadillos... y a lord Russell, que hace poco tiempo ha recibido un interesante patrimonio. Tal vez, una sonrisa cálida y un poco de animación lo convencieran de convertirse en patrono de las artes.

—Ojalá ésta sea, por un buen tiempo, la última fiesta de fin de semana a la que tenga que asistir. Me incomoda halagar a hombres viejos y ricos con la esperanza de que den parte de su dinero para el teatro. Quizá, la próxima vez puedas traer a Arlyss o a alguna de las otras actrices...

—No quiero a una de las otras. Tú eres tan eficaz en estas reuniones como lo eres en el escenario. En el término de dos años, te has convertido en la adquisición más valiosa del Capital... fuera de mí, claro.

Julia sonrió con picardía.

—Caramba, señor Scott, si sigue elogiándome, tal vez le pida un aumento en la paga.

Él resopló por la nariz.

—No me sacarás un solo chelín más. Ya eres la actriz mejor pagada de que yo tenga noticia.

Su expresión ceñuda hizo reír a Julia.

—¡Ah!, si el público supiera que al mismo individuo que me trata tan apasionadamente sobre el escenario y me ha conquistado miles de veces como Romeo, Benedick y Marco Antonio, fuera del escenario sólo le importan los temas relacionados con los chelines y los negocios... Es probable que parezcas un personaje romántico a las damas de Londres, pero tienes el alma de un banquero, no de un amante.

—Y gracias a Dios. Y ahora, ve y engatusa a los caballeros que te he indicado... ¡ah!, y no te olvides de ése —dijo Logan, indicando con la cabeza a un hombre de pelo oscuro que se encontraba en medio de un grupo pequeño, a pocos metros de allí—. Él ha administrado las propiedades de la familia durante los últimos años. Al ritmo que lleva, en cualquier momento va a convertirse en uno de los hombres más ricos de Inglaterra. Harías bien en convencerlo de que se interese en el Capital.

—¿Quién es?

—Lord Savage, el marqués de Savage.

Logan le dirigió una breve sonrisa y se alejó, para reunirse con algunos conocidos.

Lord Savage, el marqués de Savage. La confusión paralizó y enmudeció a Julia. De súbito, a su cerebro le costaba funcionar. Dudó de haber oído bien. Era extraño oír ese apellido y ese título de labios de Logan Scott, extraño que, después de haber imaginado tantas visiones temibles e indignantes, descubrir que el objeto de su resentimiento era un hombre de carne y hueso. Por fin, su pasado había aterrizado de cabeza en su presente. ¡Ah!, si ella pudiese hallar el modo de desaparecer... pero, al contrario, no atinaba a hacer otra cosa que permanecer ahí, atrapada a campo raso. Tenía miedo de que, si se movía, no podría contenerse y saldría corriendo como una zorra perseguida por galgos.

No se explicaba por qué no había esperado que su esposo fuese tan apuesto, espléndido, moreno y elegante como un príncipe extranjero. Era un individuo alto, de presencia potente y serena. Bajo una chaqueta negra, un chaleco a rayas ámbar y gris, pantalones gris oscuro, los anchos hombros dominaban sobre un torso que se ahusaba hacia la cintura y las caderas. Sus facciones eran austeras y perfectas, su mirada, vacía de emociones. Formaba un sorprendente contraste con los hombres con los que ella solía vincularse como, por ejemplo, Logan y los otros actores de la compañía, que se ganaban la vida gracias a la expresividad de sus rostros. Este hombre, en cambio, parecía inaccesible.

Como si él hubiese percibido su presencia, miró en su dirección. Su frente se crispó en un ceño intrigado y ladeó un poco la cabeza, como concentrándose. Julia trató de apartar la mirada pero él no se lo permitió, pues no apartaba la suya del rostro de ella. Dominada por un repentino pánico, ella se volvió y empezó a caminar con pasos controlados, pero ya era demasiado tarde. Él le cortó el paso y se acercó a ella, obligándola a detenerse, so pena de chocar con él.

Julia sintió que su corazón latía dolorosamente en su

pecho. Levantó la mirada y se encontró con los ojos más extraordinarios que hubiese visto nunca, fríos y grises, despiadados e inteligentes, enmarcados por pestañas negras tan largas que se le enredaban en los extremos.

—Usted me resulta conocida.

Su voz no tenía la suntuosa claridad de la de Logan Scott, pero vibraba en ella un atractivo y sutil matiz ronco.

—¿En serio? —dijo Julia, pronunciando con dificultad por los labios rígidos—. Tal vez me haya visto usted en el escenario.

Él siguió mirándola fijamente y ella, por su parte, sólo podía pensar: «Eres mi marido... mi marido».

A Damon le intrigaba la joven que estaba ante él. Tuvo la impresión de que la música y los colores que reinaban en el salón retrocedían hasta el fondo de la escena mientras él contemplaba el rostro de ella. Sabía que jamás los habían presentado; Dios era testigo de que él jamás hubiese olvidado a una mujer como ella, pero había algo tan familiar en ella que lo inquietaba. Era delgada, y parecía fría con su vestido azul claro, con su pose regia que no daba lugar al menor atisbo de incertidumbre. Su rostro se asemejaba más a la creación de algún artista que a un rasgo de una mujer real, fascinante, con los altos pómulos que formaban un pronunciado ángulo con las suaves curvas de las mejillas y la mandíbula. Lo más notable eran sus ojos azul verdosos, propios de un ángel caído de tan virginales, tiernos; sin embargo, reflejaban el conocimiento de las maldades de este mundo.

«Tal vez me haya visto usted en el escenario», había dicho ella.

—¡Ah! —dijo él en voz suave—. Usted debe de ser la señora Wentworth.

Ella era mucho más joven de lo que él hubiese supuesto de esa popular actriz cuya imagen se había difundido por toda Inglaterra en pinturas, estampas y grabados. El público estaba enloquecido con ella, como también los críticos que elogiaban su atractivo y su talento. Este talento era innegable pero, más que eso, lo que le había ganado el fervor del público, tornándola familiar y querible, había sido su calidez.

Con todo, ese personaje guardaba una distancia sideral con la joven que tenía ante sí, como una aparición. Le dio la impresión de que su cuello era demasiado delgado para sostener el peso de sus gruesas trenzas rubias, retorcidas y sujetas en su nuca. Él no tuvo conciencia de haber tomado su mano ni de que ella se la ofreciera pero, de pronto, los dedos enguantados de ella estaban entre los suyos. Cuando los acercó a sus labios, notó que ella temblaba.

Su mente se llenó de preguntas. ¿Ella le tendría miedo? ¿Por qué estaba sola, allí? Sin notarlo, bajó su voz hasta un tono más quedo que el habitual, como si no quisiera asustar a la criatura que tenía ante sí.

—¿Puedo servirle en algo, señora? Yo soy...

—Sí, lo sé. Usted es el marqués de Savage —interrumpió ella y, al instante, su semblante cambió y sus labios se abrieron en una sonrisa de compromiso. Retiró su mano—. Mi productor teatral, el señor Scott, deseaba que yo lo conociera a usted. Al parecer, cree que yo sería capaz de convertirlo a usted en un patrocinante del Capital.

Sorprendido por lo directo de su abordaje, Damon le respondió, sin devolverle la sonrisa:

—Si gusta, puede intentarlo, señora Wentworth. Pero yo nunca derrocho dinero en propósitos frívolos.

—¿Frívolos? ¿No cree usted, acaso, que las personas necesitan escapar hacia el mundo del teatro de tanto en tanto? Una obra puede hacer que el público viva una experiencia que jamás había imaginado. En ocasiones, descubren que después de haber visto una obra de teatro sus sentimientos y opiniones han cambiado y que contemplan su vida de otra manera... no se puede decir que eso sea frívolo, ¿no es cierto?

Él se encogió de hombros.

—Yo no necesito escapar.

—¿No? —replicó ella, mirándolo con más intensidad, si ello era posible—. Yo no creo eso, milord.

—¿Por qué no?

Ninguna mujer se había atrevido a hablarle con tanta audacia. Al principio, ella estaba temblando y ahora lo retaba. Si lo que ella quería era sacarle dinero, tenía una manera novedosa de intentarlo.

Por el cuello de ella trepó un sonrojo que subió hasta sus mejillas, como si estuviese haciendo un esfuerzo para contener cierta potente emoción.

—Jamás he conocido a una persona que se sienta en paz con su pasado. Siempre existe algo que nos gustaría cambiar u olvidar.

Damon permaneció inmóvil, con la cabeza inclinada hacia ella. Parecía tensa e inquieta, como un pájaro presto a levantar vuelo. Él tuvo que contener su necesidad de acercarse a ella y abrazarla, y retenerla consigo. Algo vibraba en el aire, entre los dos... cierta elusiva conciencia que lo atraía.

—¿Y usted? —murmuró—. ¿Qué es lo que trata de olvidar? Se hizo un prolongado silencio.

—Un esposo —susurró ella, ocultando los ojos azules tras sus pestañas.

Julia no supo qué la había movido a decir semejante cosa. Horrorizada por su temeridad, le dirigió una breve reverencia y se escurrió hasta perderse entre la multitud, antes de que él tuviese tiempo de reaccionar.

—Espere... —creyó oír ella, pero no hizo caso y huyó del salón. Damon se quedó mirando el sitio donde ella había estado y, en ese momento, la recordó y la imagen de ella ardió en su mente. Recordó la noche de Mayo en Warwickshire, la hechicera muchacha que bailaba a la luz de las antorchas. Ella era actriz y formaba parte de una compañía itinerante, y él le había robado un beso. No le cabía duda de que se trataba de ella y, en cierto modo, su premonición de que volvería a encontrarla se había cumplido al fin.

—Dios mío —dijo él, por lo bajo.

Atónito ante ese golpe de buena suerte, Damon quedó con la vista fija en el sitio donde ella había estado. Antes de que pudiese rehacerse, notó que lady Ashton se aproximaba a él. La mano de la mujer flotó sobre su manga en un gesto de propietaria.

—Querido —ronroneó suavemente muy cerca de su oído—. Al parecer, has conocido a una mujer. Ella se escapó antes de que yo pudiera llegar a ti. ¡Debes decirme de qué hablaron tú y la señora Wentworth! ¡Oh!, no frunzas así el entrecejo... ya sabes que yo me entero de todo lo que haces. Tú no tienes secretos para mí, querido.

—Tal vez tenga uno o dos —musitó él.

En los ojos negros de Pauline apareció una expresión interrogante y sus labios rojos dibujaron un mohín.

—¿Ella representó para ti?

—Me preguntó si patrocinaría al Capital en esta temporada.

—Y, como es natural, tú te rehusaste.

—¿Por qué lo das por cierto?

—Porque nunca te desprendes de un chelín a menos que sea indispensable.

—Soy generoso contigo —señaló él.

—Sí; eso se debe a que es la actitud indispensable para seguir conservando mi afecto.

Damon se echó a reír.

—Y bien que vale la pena —repuso él, dejando deslizar su mirada por el cuerpo voluptuoso de ella.

Llevaba un vestido verde mar que ceñía sus pechos redondos empujándolos hacia arriba en opulento despliegue. Una falda adornada profusamente con flores de seda y cuentas de jade contorneaba sus caderas plenas.

—Háblame de la señora Wentworth —pidió Pauline, alisando el cabello oscuro de él, con plena conciencia de que todos quienes los rodeaban notarían ese gesto de propietaria—. ¿Cómo era ella?

Damon rebuscó, inútilmente, en su vocabulario una palabra adecuada para describir a la mujer que había conocido. No halló ninguna y se alzó de hombros, impotente.

Los labios de Pauline se fruncieron en un mohín petulante y sacudió la cabeza haciendo balancear la pluma de color esmeralda que llevaba sujeta entre sus rizos oscuros.

—Bueno, no me cabe duda de que ella debe de ser como las otras actrices, que siempre están dispuestas a levantarse la falda ante cualquier hombre.

Damon pensó con cinismo que el comportamiento de Jessica Wentworth no era diferente del de Pauline, con la diferencia de que ésta estaba convencida de que su abolengo la convertía en un ser superior.

—No me ha dado la impresión de ser promiscua.

—En todo Londres se dice que tiene un romance con Logan Scott. Basta con verlos juntos para saberlo con certeza —afirmó ella, estremeciéndose un poco para dar énfasis a su comentario—. ¡El aire entre ellos arde, prácticamente! Estoy segura de que ése es el efecto que causa el señor Scott sobre cualquier mujer.

Damon no conocía mucho el mundillo del teatro aunque, como todos, conocía bien los éxitos de Logan

Scott. Éste promovía un estilo de actuación más natural que el que se había usado hasta ese momento. Su Hamlet, potente y, al mismo tiempo, vulnerable, era leyenda; por otra parte, manifestaba el mismo talento en papeles cómicos, como en *El marido engañado*. Y si bien Damon estaba lejos de ser un crítico calificado, había reconocido el extraordinario don que tenía Scott, que le permitía hacer participar al público de los pensamientos y emociones de cada personaje.

Mas impresionante aun era el flujo de dinero que Scott había aportado al Capital, convirtiéndolo en digno rival de Drury Lane. Era buen director, tanto de personas como de ingresos. Sin duda, un hombre de semejantes habilidades debía de ser cortejado por la crema de la sociedad y, por cierto, Scott tenía muchos amigos prominentes y de noble cuna. Sin embargo, nunca sería plenamente aceptado por ellos. Era un hombre que se había construido a sí mismo; la nobleza sospechaba que él aspiraba a una posición para la cual no estaba destinado. Los hombres y mujeres que abrazaban la profesión teatral existían para entretener tanto a las masas como a la aristocracia, pero no pertenecían a ninguna de las dos clases sino, más bien, a su propio mundo intermedio de arte e ilusiones.

La imagen del bello rostro de Jessica Wentworth apareció sin ser llamada en la mente de Damon. ¿Qué sería de ella cuando ya no pudiese ganarse la vida sobre un escenario? Una actriz no tenía muchas alternativas, salvo correr el riesgo de convertirse en la querida de un hombre de fortuna o, si tenía suerte, casarse con un viudo anciano o un noble poco dotado... pero la señora Wentworth ya estaba casada.

«¿Qué es lo que usted trata de olvidar?»

«A un esposo.»

¿Con qué clase de hombre se habría casado? ¿Quién sería él y por qué...?

—Querido, ¿en qué estás pensando? —le preguntó Pauline, tironeándole de la manga en actitud imperiosa—. No estoy acostumbrada a que la atención de un hombre discurra tan lejos de mí cuando yo estoy cerca.

Damon apartó sus pensamientos de Jessica Wentworth y miró a Pauline.

—Entonces, dame algo en qué pensar —murmuró él, y sonrió mientras ella se inclinaba hacia él para derramar provocativos susurros en su oído.

Cuando Julia llegó a la escalera de mármol por la cual se subía a los cuartos de la planta alta, se le había constreñido la garganta y las lágrimas le escocían en los ojos. Se detuvo en el primer rellano, aferrándose al pasamanos.

Jessica —oyó que la nombraba la voz inconfundible de Logan Scott, y sus pasos acercándose a ella por la escalera. Esperó sin volverse, pues no quería que él le viese el rostro—. ¿Qué pasó? —le preguntó, con cierta irritación—. Por casualidad, miré en tu dirección y te vi huyendo del salón como una gata escaldada.

—Estoy fatigada —logró decir ella, a duras penas—. Esta noche ya no puedo volver allí.

—¿Alguien ha dicho algo que te desasosegara? —le preguntó él, asiéndola del brazo y obligándola a volverse de cara a él. Contuvo el aliento al ver que ella lloraba—. Dime qué sucedió —insistió, con un chisporroteo de furia en su mirada—. Si algún canalla se ha atrevido a insultarte, lo sentaré de trasero y lo llevaré a puntapiés de aquí a...

—No —murmuró Jessica, soltándose de su duro

apretón—. Nadie me ha dicho nada. Estoy muy bien.

Logan se puso ceñudo mientras ella se enjugaba con disimulo las mejillas húmedas.

—Ten —dijo él, tras una rápida búsqueda en su chaqueta verde, entregándole un pañuelo de hilo.

Julia aceptó el ofrecimiento y se secó los ojos tratando de controlar sus emociones. No sabía muy bien qué era lo que sentía: miedo, enfado, tristeza... hasta alivio, tal vez. Por fin, había conocido a su marido, hablado con él, lo había mirado a los ojos. Savage daba la impresión de ser un hombre frío, controlado, un hombre con quien ella no quería tener nada que ver. Y él sentía lo mismo: no la quería, no le había escrito ni intentado hallarla, y se quedaría muy tranquilo ignorando su existencia. Por absurdo que pareciera, se sentía traicionada por él.

—Quizá yo pueda ayudarte de algún modo —ofreció Logan.

Una sonrisa amarga tensó los labios de la joven.

—Hasta ahora, nunca me habías ofrecido ayuda. ¿Por qué ahora?

—Porque nunca te había visto llorar.

—Me has visto llorar cientos de veces.

—Nunca en la vida real. Quiero saber qué ha sucedido esta noche.

—Está relacionado con mi pasado —respondió ella—. Eso es todo lo que puedo decirte.

—¿Es cierto eso? —dijo él y, cuando sonrió, sus ojos azules relucieron—. Nunca he tenido tiempo ni paciencia para resolver misterios... pero siento curiosidad con respecto a ti, señora Wentworth.

Julia se sonó la nariz y estrujó el pañuelo en el puño. Hacía dos años que conocía a Logan y él jamás le había hecho un comentario de índole tan personal. Se interesaba en ella del mismo modo que en todos los demás actores de la compañía: para extraer de ellos la mejor actuación que fuese posible. Julia se había acostumbrado a su amistoso autoritarismo, a sus explosiones de impaciencia, al modo en que, a veces, cambiaba su personalidad para lograr lo que quería. Aun así, admitir que sentía curiosidad con respecto a ella... no era propio de él.

—Mis secretos no son muy interesantes —repuso ella, sujetándose la falda y reanudando lentamente el ascenso de la escalera.

—No sé si será cierto —murmuró Logan, y se quedó observándola hasta que desapareció de su vista.

Para alivio de Julia, al día siguiente no vio a lord Savage en ningún momento. Los invitados a la fiesta, que se extendía todo el fin de semana, estaban ocupados en diversas actividades al aire libre. Era un bello día, y el cielo azul estaba estriado de blancas nubes semejantes a encajes. Las señoras caminaban por los cuidados jardines, probaban suerte con la arquería o iban de paseo en lujosos carruajes, a visitar los sitios interesantes de la localidad. Los hombres iban a practicar tiro en el bosque, pescaban en un arroyo cercano o se reunían a beber y conversar.

A pesar de que Julia estaba melancólica e inquieta, hizo todo lo posible por sostener animadas conversaciones con los otros invitados. Era fácil entretener a lady Brandon y a sus amigas relatando anécdotas relacionadas con el teatro. A las mujeres les fascinaban los detalles de un mundo tan ajeno a ellas como ése. Lo que más garantizaba un gran interés femenino era cualquier mención que hiciera de Logan Scott.

—El señor Scott desempeña muy bien el papel de amante en escena —comentó una de las mujeres, en un lascivo ronroneo—. Una no puede menos que pensar que es igual de amoroso fuera de la escena. ¿Podría aclararnos ese punto, señora Wentworth?

La escandalosa pregunta arrancó exclamaciones de indignación, aunque luego las mujeres del grupo se inclinaron un poco hacia delante para escuchar la respuesta. Julia sonrió a la hermosa mujer de cabellos oscuros a quien la anfitriona le había presentado, antes, como lady Ashton.

—Tengo entendido que el señor Scott es amoroso con una gran cantidad de señoras... pero sigue la política de no involucrarse jamás con una actriz, por motivos que jamás ha explicado.

—Yo os he visto a vosotros en Romeo y Julieta —exclamó otra de las mujeres—. ¡Daba la impresión de que entre vosotros hubiese un sentimiento genuino! ¿No era real, al menos en parte?

—En realidad, no —admitió Julia, sincera—. Salvo en algún instante, de vez en cuando, en momentos en que la actuación me parece tan real que llego a creerme el personaje que estoy representando.

—¿Y, en ese instante, se enamora usted del primer actor?

Julia se echó a reír.

—Sólo hasta que cae el telón.

Después del té, todos fueron a sus habitaciones a cambiarse para la noche. A su tiempo, las mujeres aparecieron con vestidos de finas sedas o gasas con galones, los hombres con resplandecientes camisas de hilo, chalecos estampados y estrechos pantalones sujetos con fajas para mantenerlos derechos. Julia se puso un vestido de seda de color champaña, de profundo escote, adornado con diminutos pétalos planos. La separación entre sus pechos estaba oculta, pero no del todo, detrás de una delgada banda de encaje de color natural. Las mangas cortas y abullonadas eran de gasa, bordeadas del mismo encaje.

La cena fue un despliegue espectacular de diversas carnes asadas, budines de formas caprichosas, gelatinas saborizadas y un gran número de platos preparados con verduras en salsa. Un ejército de criados se desplazaba con movimientos dignos para servir a los doscientos invitados sentados a las dos largas mesas situadas en el centro del comedor. Hacia el final del banquete, sirvieron cestas de merengue rellenos de cremas, pasteles y fuentes cargadas de bayas y frutas.

A pesar de lo tentadoras que eran las cosas que tenía delante, Julia comió poco. Ya sabía que, como solía suceder, iban a pedirle a Logan que entretuviese a los invitados después de la cena y que a ella se le pediría que contribuyese. Nunca había sido capaz de actuar bien con el estómago lleno pues, en ese estado, sentía pereza y somnolencia. Y esa noche, en especial, quería conservar la lucidez.

Julia entrevió a lord Savage en la mesa vecina, conversando con dos mujeres que estaban a su lado. Al parecer, para ambas la compañía de él era fascinante. Se llevaban con frecuencia la mano a la cabeza para arreglar sus rizos o jugueteaban con sus alhajas, como aves aleteantes que estuviesen exhibiéndose para conquistar la admiración de él. Julia se preguntó si todas las mujeres reaccionaban así ante Savage. Tal vez, fuese inevitable. Fuera cual fuese su temperamento, no se podía negar que era rico y apuesto. Aun más: su actitud reservada era de las que hacían que cualquier mujer se esforzara por atraer su atención. Para Julia fue un alivio que no mirase, siquiera, en su dirección. Al parecer, se había olvidado de ella, desviado su interés hacia otras mujeres más accesibles.

Cuando hubo concluido la comida, las damas se retiraron a tomar el té e intercambiar habladurías; dejaron a los hombres solos para que disfrutasen con una selección de puros y copas de buen oporto. Después, volvieron a reunirse en el gran salón donde se habían dispuesto, en grupos, sillas y sofás.

Julia entró en el salón del brazo de Logan y no se sorprendió cuando lady Brandon se les acercó con expresión ansiosa en su cara redonda. No cualquier anfitriona tendría la posibilidad de ofrecer a sus invitados un entretenimiento llevado a cabo por personalidades como Logan.

—Señor Scott —murmuró lady Brandon, enrojecidas sus gruesas mejillas—, tal vez quiera hacernos el honor de recitar algo o de representar un fragmento de alguna obra.

Con un elegante ademán, Logan tomó la mano rolliza de la dama e inclinó la cabeza hacia ella. Él tenía tal habilidad en su trato con las mujeres, cualquiera fuese su edad, su aspecto o las circunstancias, que las hacía desmayarse de gusto. En ese momento, miró a los ojos a lady Brandon durante un lapso tan prolongado que ella creyó que se sumergiría en las profundidades azules de su mirada.

—Será un gran placer para mí, señora... y constituirá una pobre recompensa por tan magnífica hospitalidad. ¿Prefiere algo en particular?

—¡Oh! —exhaló lady Brandon, su mano tembló de manera evidente. Sus labios sonrosados se estiraron en una sonrisa incontenible— ¡Oh!, cualquier cosa que usted eligiera estaría bien, señor Scott. ¡Pero... sería muy agradable que fuese algo romántico!

—Algo romántico —repitió Logan sonriéndole como si ella fuese la mujer más inteligente de la tierra—. Haremos lo mejor que podamos, señora —dijo, echando una mirada a Julia y enarcando sus cejas rojizas—. ¿Intentamos con una escena de mi nueva obra, señora Wentworth?

Julia respondió que sí con un murmullo acompañado de una sonrisa modesta, aunque sabía que él ya lo tenía preparado. Una o dos veces por temporada Logan presentaba una obra escrita por él, y siempre se trataba de una sátira social, llena de ingenio y de encanto. Si bien Logan no era un genio, era un escritor inteligente y tenía un certero instinto con respecto a lo que deseaba el público. Su más reciente creación, *Señora Engaño*, era la historia de un noble y una mujer de buena cuna que, a través de una serie de circunstancias improbables aunque divertidas, se encuentran cumpliendo los papeles de sus propios criados; él, como lacayo, ella como doncella. Como es de esperar, se conocen y se enamoran y con sus constantes esfuerzos por sostener sus respectivos engaños y, sin embargo, seguir siendo sinceros uno hacia el otro, provocan consecuencias bastante cómicas. La obra bromeaba gentilmente a costa de la aristocracia, burlándose de sus estrechas miras y de sus asfixiantes reglas sociales.

No se podía afirmar que fuese un tema original, si bien Logan tenía la habilidad de presentarlo bajo una forma fresca y entretenida. A Julia le gustaba la historia de esas dos personas que se descubrían mutuamente sin las restricciones de su vida habitual. Logan no había decidido aún quién haría el papel femenino protagónico. Era obvio que elegiría entre Julia y Arlyss Barry, otra joven actriz de la compañía. Julia quería el papel para ella, pero sabía que eso dependía de si Logan prefería el estilo romántico de Julia o el de Arlyss, más francamente cómico. Quizás esa noche todo saliera bien y eso inclinase la decisión de él en su favor.

Una vez que la concurrencia se hubo distribuido por

el salón, dejando un espacio libre al frente, Logan se adelantó, se presentó a sí mismo y presentó a Julia. Describió una síntesis de la escena que estaban a punto de representar para entretener a los invitados y anunció que, si querían ver la obra completa, sería exhibida en el teatro Capital, más avanzada la temporada.

Mientras Logan hablaba, Julia repasaba en su cabeza las líneas del diálogo. Sintió un extraño escalofrío nervioso que le recorría la espalda, y perdió la concentración al percibir la sombría presencia de lord Savage. Como si allí hubiese un imán, su mirada se dirigió al rincón donde él estaba sentado en compañía de lady Ashton.

Savage tenía un aire relajado y cómodo, con sus largas piernas estiradas ante sí y, aparentemente, prestando oídos al parloteo superficial de lady Ashton. Sin embargo, su mirada alerta estaba clavada en Julia. A ella le palpitó con fuerza el corazón al comprender que él, aun sin quererlo, se sentía tan fascinado por ella como ella por él. Tal vez, en cierto modo, él pudiese percibir el vínculo que había sido forjado entre ellos desde que eran niños, un vínculo que había cambiado el curso de la vida de ambos.

Julia jamás hubiese imaginado que, un día, estaría actuando ante la mirada de él. Ella ya había representado escenas similares con Logan o con los otros actores. Pero el hecho de actuar ante un público tan reducido confería a la situación una cualidad más íntima. Como estaban más cerca, no necesitaban levantar demasiado la voz, y ella podía emplear una variedad más sutil y fina de gestos y expresiones faciales. Por lo general, disfrutaba en situaciones similares... pero esta vez, no. Tuvo la sensación de que se le habían borrado, por completo, hasta el último vestigio de habilidad, hasta la última palabra de su memoria.

Logan hizo a Julia una seña para que se acercara en

el frente del salón. Ella trató de obedecerle pero, por primera vez en su vida, se paralizó. La única sensación que tenía en sus pies era un cosquilleo helado a la altura de los tobillos y un tamborileo de pánico en su pecho. No podía hacerlo... no podía representar la escena. Clavó los ojos en Logan y vio que su semblante se modificaba y que empezaba a hablar como un hombre enamorado. Sintió que ella misma se deslizaba sin esfuerzo hacia su papel, casi sin pensarlo. Se concentró como no lo había hecho nunca en su vida. Percibió, vagamente, la vibración excitada que reinaba en el salón pero estaba demasiado abstraída para ahondar en ello.

A medida que los personajes descubrían su mutuo engaño, iban pasando por una vertiginosa cadena de reacciones: descreimiento, indignación, defensa, alivio y pasión desenfrenada. Las bufonadas de Logan provocaban ataques de risa al reducido público, y la dulce, romántica y anhelante actuación de Julia equilibraba la escena, dándole una ternura asombrosamente profunda.

Damon contemplaba la escena sin parpadear, casi sin respirar. Parecía que cada palabra fuese espontánea, como si los actores estuviesen viviendo la escena en lugar de representar una obra que habría sido ensayada muchas veces. Ellos daban al arte de actuar la apariencia de algo que no costara esfuerzo alguno. Era evidente que Jessica Wentworth era una actriz de extraordinario talento.

—Dios mío, los dos son espléndidos —murmuró Pauline, que jamás elogiaba a nadie a menos que pudiese incluirse a sí misma en el elogio.

Damon no respondió. Pese a su admiración, mientras miraba a los dos actores lo inundó una desagradable sensación. ¿Sería verdadera la corriente subterránea de emoción que parecía fluir entre ellos? ¿Cómo era posible que tan apasionada intensidad fuese sólo una ilusión? Se preguntó si, alguna vez, Logan Scott había tenido en sus brazos a Jessica y la había besado de verdad, si alguna vez había aplastado su cuerpo exquisito debajo del propio. No le cabía duda de que, para cualquier hombre normal, ella habría constituido una tremenda tentación. Damon imaginó cómo sería Jessica Wentworth presa de su pasión, trémula y entregada a su amante.

Sintió que le corría el sudor bajo su corbata almidonada. Damon aspiró una profunda bocanada de aire, y creyó que sus pulmones estaban a punto de estallar. Aunque fuese una locura, quiso precipitarse hacia el frente del salón y arrancar a ella del lado de Logan Scott. Lo dejaba atónito la penetrante conciencia que tenía de la presencia de ella, el ansia enloquecedora de tocarla, olerla y saborearla. Él siempre había sido un individuo capaz de controlarse a sí mismo y a sus circunstancias; se había esforzado por serlo desde que tenía memoria. No había permitido que nadie adquiriese poder sobre él... desde mucho tiempo atrás, cuando había comprendido que habían sacrificado su futuro en aras del bienestar de su familia. Nunca había deseado a nadie con deseo tan irracional, con ese sentimiento que se apoderaba de su cuerpo y de su alma y que no le dejaba otra alternativa que obedecer a él.

La escena concluyó cuando Logan Scott se inclinó sobre Jessica y le dio un beso apasionado. Damon apretó los puños y sintió que los celos lo llenaban de una ola de veneno. Sonaron los aplausos en el salón, y los invitados lanzaron exclamaciones de deleite. Logan Scott, sonrió ampliamente y rechazó los ruegos que pedían otra escena, un monólogo, cualquier otra cosa para entretenerlos. De inmediato, él y Jessica Wentworth quedaron rodeados de admiradores.

—Una hermosa pareja —comentó Pauline, moviendo un abanico de seda y encaje para refrescarse la cara y el cuello—. Esta tarde, la señora Wentworth afirmó que la relación entre ellos es estrictamente profesional... pero sólo un tonto creería semejante cosa.

Antes de que Damon pudiese replicar, su hermano menor, William, se acercó a ellos e hizo una reverencia sobre la mano que Pauline le tendía graciosamente.

—Esta noche estás arrebatadora, lady Ashton... como siempre. —Pauline le dedicó una sonrisa coqueta.

—Qué encantador eres, lord William.

William se volvió hacia Damon, con los ojos azules encendidos de entusiasmo.

—Qué buena escena, ¿no crees? Jamás imaginé que pudiese existir una Logan Scott femenina... y hete aquí que la señora Wentworth es tan magnífica como él. Quiero conocerla, Damon.

—Es una mujer casada —repuso Damon, sin rodeos.

—Qué más da.

Tanta pasión juvenil hizo reír a Pauline.

—Como eres tan apuesto y de noble cuna, no creo que te resulte difícil, mi querido muchacho. Después de todo, ella es actriz. Sólo te advierto que tengas en cuenta que quizás ella te exija una fortuna en joyas a cambio de sus favores.

—Tendría que ser, de verdad, una fortuna para exceder tu precio, querida —dijo Damon sin alzar su voz. Pauline lo miró con su frente crispada en un altivo ceño, mientras William sofocaba una carcajada impúdica—. Disculpadme —dijo Damon, poniéndose de pie—; quiero hablar unas palabras con el señor Scott.

—¿Para qué? —preguntó Pauline de inmediato.

Pero él no le hizo caso y se dirigió hacia donde estaba Logan Scott, cuya cabeza de matices rojizos sobresalía por encima del corro que lo rodeaba. Damon experimentó la impaciencia más aguda que hubiese conocido. Quiso hacer desaparecer a todos los presentes en el salón, con excepción de Jessica Wentworth.

Por más que Scott estuviese atendiendo a otra gente, no pudo dejar de notar su presencia junto a él. Sus ojos azules encontraron la mirada de Damon y, si bien no habían sido presentados, hubo entre ellos una corriente de reconocimiento. Se las ingenió, con habilidad, para desembarazarse de las dos o tres conversaciones simultáneas que estaba desarrollando y se acercó a Damon. Si bien no era tan alto como Damon, sus hombros eran anchos y su cuerpo macizo. Scott tenía el aspecto del hombre próspero, de cultura superior, y su presencia de individuo acomodado desmentía que fuese hijo de un tosco pescadero del este de Londres.

—Lord Savage —dijo Scott, pasando su copa de vino de la mano derecha a la izquierda para poder estrechar la mano del otro en un firme apretón—. Lamento que no hayamos tenido la oportunidad de conocernos antes.

—Señor Scott —dijo Damon, retribuyendo el apretón—. Hace mucho tiempo que admiro su talento.

—Gracias, milord —respondió, y sus expresivas facciones adoptaron un aire de moderada interrogación—. Espero que haya disfrutado de la escena de esta noche. Es una pequeña muestra de las muchas producciones valiosas que esta temporada serán exhibidas en el Capital.

—Así fue. Más aun: la he disfrutado tanto que me he visto impulsado a hacer una contribución al teatro.

—¡Ah! —exclamó el actor; un relámpago de satisfacción asomó a los ojos azules de Scott y bebió un pequeño sorbo de vino—. Será debidamente apreciada, milord.

—Espero que cinco mil libras le resulten útiles.

Al oír la cantidad, Scott estuvo a punto de atragantarse con el vino. Recobró rápidamente la compostura, y miró a Damon con franca sorpresa.

—No dudo de que usted debe de ser consciente que su donación es de una generosidad poco común, lord Savage. Reciba usted mi más profunda gratitud, así como la del resto de los actores del Capital —hizo una pausa, con expresión especulativa—. Sin embargo... no puedo menos que sospechar que usted quiere algo a cambio de una suma tan elevada.

—Sólo un pequeño pedido.

—Eso pensé —repuso Scott, alzando las cejas a modo de interrogación.

—Me gustaría que la señora Wentworth cenara una noche conmigo en mi propiedad.

El pedido dejó imperturbable a Scott. Era indudable que muchos hombres habían manifestado ya el mismo interés por Jessica Wentworth.

—¿Y si ella se negara?

—El dinero seguirá siendo suyo.

—Me alivia saberlo, lord Savage, puesto que la señora Wentworth no es de esas mujeres a quienes se pueda comprar ni tampoco cortejar fácilmente. Podría hablarle de un gran número de caballeros que han fracasado ante ella. Al parecer, no le importan la riqueza ni la posición social y, que yo sepa, no desea la protección de un hombre. Para ser francos, apostaría a que ella no aceptará ninguna clase de invitación que usted le haga.

—Tal vez pueda usted ejercer alguna influencia sobre ella —sugirió Damon en voz baja—. Confío en que la empleará usted, en mi provecho.

Las miradas de ambos se encontraron, los ojos azules sondearon los de color gris acero. Damon no pudo discernir si a Scott lo impulsaba un sentimiento paternal con respecto a Jessica Wentworth o si había cruzado el umbral de los verdaderos celos. Scott habló en tono inexpresivo.

—No estoy dispuesto a ser responsable de obligar a la señora Wentworth a aceptar una situación que pudiera ser comprometedora o difícil para ella...

—Sólo quiero pasar unas horas con ella —dijo Damon, sin inmutarse—. Le doy mi palabra de que no será ofendida en modo alguno. Me gustaría que usted la convenciera de que aceptase mi invitación. De todos modos, aunque no la acepte, mi donación al Capital será entregada tal como he prometido.

Scott vaciló un buen rato y luego bebió un sorbo de vino. Como era un hombre de mundo, comprendía que era inevitable hacer alguna concesión... que era necesario, a pesar de las afirmaciones de Damon en contrario. Y no se podía afirmar que era demasiado pedir una cena a cambio de cinco mil libras.

—Muy bien. Conversaré con ella acerca de esto.

—Gracias.

El rostro de Damon se mantuvo inescrutable, aunque él sintió que podía exhalar una bocanada completa de aire por primera vez desde que Jessica Wentworth lo había atrapado en su hechizo. Debía hacerlo... Scott debía convencerla de que se encontrase y pasara unas horas a solas con él.

Cuando se separó de Logan Scott, Damon atisbó a Jessica, que estaba a unos metros de él, con un grupo de admiradores. Había clavado en él su mirada acusadora, como si ya supiera lo que él había hecho.

—¿Qué le has dicho? —preguntó Pauline, en cuanto él regresó junto a ella y a William.

Era evidente que no le había gustado quedar abandonada, aun unos pocos minutos.

Damon se encogió de hombros y la miró sin alterarse.

—He decidido patrocinar al Capital.

—¿Tú? —exclamó ella, mirándolo con aire escéptico.

—Nunca asistes al teatro a menos que te hayan dado un golpe en la cabeza y arrastrado hasta allí —comentó William—. ¿A qué se debe ese súbito interés en el Capital?

—Sí, ¿a qué? —preguntó Pauline, con la boca tensa por la sospecha.

—Quiero ensanchar mis intereses —respondió Damon, con una expresión en sus ojos que advirtió a ambos sobre la inconveniencia de seguir interrogándolo.

—¿Qué te ha dicho él? —preguntó Julia, en cuanto pudo separarse de los otros invitados y llevar a Logan Scott aparte para hablar con él en privado.

Los ojos de Logan eran dos estanques azules de inocencia.

—¿Quién?

—Lord Savage —respondió ella, entre dientes—. ¿De qué habéis hablado? He visto la expresión de tu cara: es la misma que tienes cada vez que alguien te ofrece dinero.

—Bueno, has acertado —dijo él, sonriendo y abriendo las manos en un gesto encantador—. Va a hacer una espléndida donación al Capital. Un tipo muy generoso. Agradable, caballeresco...

—¡Deja de elogiarlo y dime qué pretende a cambio!

—Ya hablaremos más tarde.

Julia, presa de una irritación que iba en aumento, asió la manga de él y hundió sus dedos en la fina tela beige de su chaqueta.

—¿Habló de mí?

—¿Por qué lo preguntas? —quiso saber Logan, sondeándole la mirada—. De hecho, sí lo hizo. ¿Qué sucede entre vosotros?

71

—Nada —respondió ella, de inmediato—. Y nada pasará. Yo no tengo el menor interés por él.

—Es una pena, porque yo he hecho una especie de promesa.

—¡Tú no tienes derecho de hacer ninguna promesa que me implique! —dijo ella con vehemencia.

—Tranquila —murmuró Logan, consciente de las personas que tenían cerca—. Nadie va a obligarte a hacer nada. Hablaremos después, cuando hayas controlado tus emociones.

Julia se esforzó por calmarse y soltó la manga de la chaqueta de Logan.

—Si no me lo dices ahora, me volveré loca.

—Savage quiere cenar contigo una noche de éstas.

—¡No!

—Antes de que te niegues, permíteme recordarte algunos hechos. Yo te doy la paga más alta de la compañía, aparte de la mía. No escatimo gastos cuando mando a hacer tus trajes con las mejores sedas y los mejores terciopelos, y cuando debo comprar joyas verdaderas para que tú uses. Te he rodeado de los mejores elencos que han estado jamás sobre un escenario y seleccionado obras para que tu talento se luzca más. No me parece que una cena platónica con lord Savage represente un sacrificio muy grande para ti, a cambio de las cinco mil libras que él donará al teatro.

—¿Cena platónica? —ironizó ella—. Señor Scott, si va a convertirse en un chulo, bien podría decirlo con franqueza. Yo no soy ninguna ingenua.

—No; sólo eres una desagradecida —replicó él, de inmediato.

—He trabajado duramente para ti durante los dos últimos años... y eso es todo lo que exige mi contrato.

—Cualquier otra actriz de la compañía aceptaría con agrado la invitación de Savage.

—Si es así, envía a una de ellas en lugar de mí. ¡Envíalas a todas!

—Maldita seas —dijo Logan en voz queda—. Rechaza a Savage, si debes hacerlo. Pero habrás de pagar un precio por ello. Esta noche, has demostrado que mereces el papel protagónico en *Señora Engaño*... pero no obtendrás ése ni ningún otro papel que desees durante esta temporada a menos que aceptes la invitación de lord Savage. Y antes de que clames que soy «injusto», recuerda que, sin el aprendizaje que yo te he brindado, sin mi especial atención a tu carrera, lo más probable es que estuvieses en gira por las provincias con un grupo de actores itinerantes.

Julia le disparó una mirada de furia impotente y se alejó de él rozando a los caballeros que estaban tratando de serle presentados.

Cuando llegó ante la puerta cerrada de uno de los dormitorios de la segunda planta, Julia levantó la mano para golpear, pero vaciló y la dejó caer a un costado. Era tarde, todos se habían retirado a sus habitaciones, a dormir. Tras esa puerta y tras muchas otras, se oían ruidos de cajones y armarios que se abrían y se cerraban, así como murmullos de los criados que ayudaban a los invitados a desvestirse y ponerse su ropa de dormir.

Julia había sobornado a un criado para que le dijera en qué habitación se alojaba el marqués de Savage y se había acercado a ella con una mezcla de miedo y decisión. Nunca, hasta entonces, había estado en el cuarto de un hombre pero pensaba que ésta era la única manera en que podría hablar con Savage a solas. Tenía que enfrentarlo, dejar en claro que, cualesquiera fuesen las intenciones de él, no obtendría nada de ella. Quizás, entonces, él retirara su invitación.

Estaba muy nerviosa, atenazada por el mismo pánico que había sentido horas antes. Hizo una inspiración profunda para serenarse y se obligó a llamar a la puerta. Sus nudillos temblorosos a duras penas rozaron la puerta pero, por más que el sonido hubiese sido leve, fue oído. Julia palideció al oír la amortiguada pregunta desde dentro.

Segundos después, el tirador giró y ella se encontró con los sombríos ojos grises de lord Savage.

Julia trató de hablar pero su garganta estaba cerrada, sólo atinó a permanecer allí en silencio. Su corazón latía de manera frenética y llenaba sus oídos el ruido de ese veloz tamborileo. Ella había visto a los actores del Capital en distintos grados de desnudez, cuando la necesidad de rápidos cambios de vestuario hacía imposible la intimidad... pero eso era por completo diferente a enfrentarse con un lord Savage cubierto sólo por una bata de seda bordó. En el ámbito más reducido de la suite él parecía mucho más grande que en el vasto salón de baile de la planta baja, con sus anchos hombros cerniéndose sobre ella, su dorado cuello desnudo a la altura de sus ojos.

Savage inclinó unos centímetros la cabeza sin apartar la vista del rostro de ella. Julia notó que lo había sorprendido con su aparición allí, a esa hora. Bueno, ella quería que él la viera audaz y confiada.

—¿Puedo entrar? —preguntó, en voz milagrosamente firme. En lugar de responder, él abrió la puerta y le hizo ademán de que entrase. Julia lo hizo, y luego se detuvo al ver a un valet que recogía sábanas en un rincón.

—Eso es todo —murmuró Savage al criado, quien asintió y se marchó de inmediato, cerrando la puerta sin ruido al salir. Estaban solos, en un cuarto lleno de detalles de brocado amarillo, muebles de caoba y pinturas que representaban armoniosas escenas pastorales... solos y frente a frente, después de tantos años. Era imposible que Savage supiera quién era ella, pero aun así se sentía expuesta y en peligro, como si su única protección fuesen sus secretos.

3

Savage siguió mirándola fijamente hasta que Julia comenzó a pensar que tal vez hubiese algo fuera de lugar en su aspecto. Incómoda, se alisó el cabello y luego apartó su mano con brusquedad. No tendría importancia que cada mechón de sus cabellos estuviese tieso: a ella la tenía sin cuidado lo que él opinase.

Savage reparó en su escasez de ropa y ajustó el cinturón de su bata de seda.

—Yo no tenía pensado recibir visitas —dijo él.

Ella se cruzó de brazos en una actitud que era tan aguerrida como protectora de sí misma.

—No me quedaré mucho tiempo.

Él volvió a mirarla con atención. Se sentía tan incómodo como ella con el silencio que se había hecho entre los dos... pero, por otra parte, él se sentía incapaz de romperlo. Julia intentó, en vano, leer sus pensamientos pero él no revelaba nada. ¿Qué clase de hombre era? Por lo general, ella no tenía dificultades cuando se trataba de discernir la personalidad de alguien, de percibir si se trataba de una persona intrínsecamente bondadosa, egoísta, tímida u honrada. Savage, en cambio, no mostraba nada de sí mismo.

Su rostro era bello y austero, con su larga nariz, los nítidos ángulos de sus mejillas y el contorno agresivo de su mandíbula. La ancha curva de su boca y los ojos grises de largas pestañas le conferían un sorprendente matiz de suavidad. Para muchas mujeres, debía de ser una tentación irresistible hacer sonreír a Savage, arrancarle una mirada de deseo, despertar cualquier clase de emoción en esas facciones enigmáticas. Ella misma se sorprendió tratando de imaginar cómo sería conquistar su confianza, tener su oscura cabeza apoyada sobre el regazo, acariciar sus gruesos cabellos...

—¿Por qué está aquí, señora Wentworth? —preguntó él.

Julia percibió que se ponía ceñuda y respondió en tono crispado:

—Pienso que usted ya lo sabe, milord.

—Scott ha hablado con usted.

—Sí, me ha hablado. Y yo he venido a rectificar la impresión de usted. Al parecer, usted piensa que, con dinero, puede comprar cualquier cosa.

—La mayor parte de las veces es así.

—Bueno, pero a mí no puede comprarme.

Ya la habían vendido una vez en su vida, a cambio de un título de nobleza que ella no había pedido ni quería. Nunca más volvería a suceder.

—Creo que ha habido un malentendido —dijo él, sin alterarse—. Si pone usted objeciones a la posibilidad de cenar conmigo, tiene plena libertad para negarse.

—Usted lo ha hecho imposible. Si no acepto, perderé todos los papeles de esta temporada en el Capital. ¡Si acepto, tendré esos papeles!

La expresión de él manifestó perturbación, sus cejas oscuras se unieron en un ceño.

—¿Quiere que yo hable con el señor Scott?

—¡No! Eso no haría más que empeorar la situación.

Savage se encogió de hombros y le respondió de un modo realista que enfureció a Julia.

—En ese caso, creo que no tendrá más remedio que soportarlo lo mejor posible.

—¿Y qué me dice de la mujer que estaba sentada con usted, en el rincón, anoche? —preguntó ella—. Lady Ashton, si no me equivoco. Da la impresión de estar muy encariñada con usted.

—Lady Ashton no tiene ningún derecho sobre mí. Entre ella y yo no hay más que un acuerdo.

—Muy sofisticado de su parte —replicó ella con ironía—. Permítame que le haga una pregunta, lord Savage. Si fuese usted un hombre casado, ¿seguiría deseando cenar a solas conmigo?

—Puesto que soy soltero —respondió él con calma—, la pregunta carece de importancia.

«¡Soltero!» Julia se llenó de indignación al comprender que él había decidido ignorarla, hacer de cuenta que ella había desaparecido de la faz de la tierra. En un esfuerzo por ser sincera consigo misma, ella había hecho algo semejante... pero las situaciones de uno y otro eran muy diferentes. Después de todo, ella había pasado los últimos años luchando por construir una vida nueva para sí, ¡mientras que él había disfrutado en su papel de señor de la heredad con la dote de ella!

—¿No le molesta a usted, en absoluto, que yo tenga marido? —preguntó ella—. ¿Que pertenezca a otro?

Él titubeó largo rato.

—No.

Julia movió lentamente la cabeza y le dirigió una mirada desdeñosa.

—Ya sé lo que piensa usted de mí, milord... todos los hombres de su posición piensan cosas semejantes acerca de las actrices. Pero puedo asegurarle que yo no soy una prostituta y, por cierto, no puede tenerme por el precio de una cena y unas pocas promesas...

—No es eso lo que yo pienso —repuso Savage, avanzando hacia ella al punto que ella pudo sentir la tibieza de su aliento sobre la piel, cosa que la enervó. Ella percibió la fuerza latente del cuerpo de él, una fuerza que la intimidaba aunque, cuando habló, su voz era amable—. No voy a aprovecharme de usted, señora Wentworth. Lo único que quiero es pasar una velada con usted. Si no disfruta usted en mi compañía, puede marcharse en cualquier momento que lo desee... pero no querrá hacerlo.

La arrogancia de él provocó en ella una risa insegura.

—Está usted muy seguro de sí mismo, ¿no es así?

—La esperaré en el Capital el viernes después de la función.

Julia apretó la boca mientras lo evaluaba en silencio. Savage era un individuo perspicaz. Si intentaba forzarla, directamente, ella se resistiría hasta su último aliento. Él se había percatado de ello y le había cedido la posibilidad de rechazarlo, si quería.

Savage esperó su respuesta con el aire expectante de un felino que estuviese acechando a un animal pequeño con el que se había encaprichado. Ella no supo bien por qué la paciencia de él la conmovió. En un instante de intuición, Julia pensó que, tal vez, él temiera y deseara, para sus adentros, las mismas cosas que ella. Él había sufrido la influencia de los mismos manejos que ella... y, tal vez, también se rebelase contra ellos a su modo.

¿Cómo podía no sentir curiosidad con respecto a él? ¿Cómo hubiese podido cualquiera resistir la oportunidad de saber más acerca del desconocido con quien estaba casada? Además, él no tenía idea de quién era ella. ¿Por qué no pasar unas horas con él? ¿Qué mal podría haber en ello? Casi todas las noches, después de la función, ella se iba directamente a su pequeña casa de la calle Somerset y leía un libro o permanecía pensativa contemplando el fuego. Este cambio sería interesante, por decir lo menos. Por lo demás, no era necesario que le dijese que ella era Julia Hargate.

Lo irónico de la situación le provocó deseos de sonreír. Qué buena broma sería, aunque sólo ella pudiese apreciarla. Si su padre supiera que, después de tantos años de rebelión, ella iba a cenar con su marido. ¡Le daría apoplejía!

—Está bien —dijo, y se sorprendió a sí misma de su tono práctico—. Lo veré el viernes.

—Gracias, señora Wentworth —dijo Savage, con una chispa de satisfacción en sus ojos grises—. Le aseguro que no lo lamentará.

—Parecería que él es un caballero elegante —dijo Arlyss, acomodando sus cortas piernas debajo del cuerpo al sentarse en la gastada silla de la sala de espera.

—No —repuso Julia, pensativa—. Ese término da idea de un carácter despreocupado, cosa que no distingue a Savage. Su actitud tiene algo de sobremanera controlado e intenso a la vez.

—Fascinante.

Las dos mujeres bebían de sus tazas de té y conversaban de manera relajada mientras esperaban a que las llamaran para el ensayo. Logan Scott, Charles Haversley, un apuesto actor rubio de poco más de veinte años, y otros dos actores ocupaban el escenario en ese momento, tratando de superar un complicado bloqueo. Estaban ensayando *La fierecilla domada*, producción que Julia disfrutaba especialmente porque era su primera oportunidad para desempeñar el papel de Katherine. A Arlyss le habían asignado el papel de Bianca, la hermana menor.

Aunque a menudo Arlyss y Julia competían por los mismos papeles, se habían hecho amigas en los últimos dos años. Cada una de ellas había llegado a reconocer que la otra poseía un talento diferente del de sí misma. Había papeles más aptos para el talento cómico de Arlyss, mientras que otros requerían la mayor versatilidad que poseía Julia. Entre ensayos y funciones, habían hablado acerca de su vida personal, de sus temores y ambiciones, aunque Julia siempre cuidaba de no revelar demasiado con relación a su pasado.

—¿Por qué esas cosas nunca me suceden a mí? —se quejaba Arlyss, revolviendo el azúcar que había agregado al té. Era una golosa incorregible y luchaba todo el tiempo para mantener su cuerpo bajo y bien formado sin gordura excesiva—. Adoraría que me pretendiese un atractivo marqués que, por añadidura, fuese tan rico como Creso. En cambio, lo único que consigo son hombres viejos y gordos que sólo quieren un rápido revolcón en la cama y, después, señalarme cuando estoy en el escenario y fanfarronear ante sus amigos.

Julia la miró con simpatía.

—Tú permites que los hombres se aprovechen de ti, Arlyss... y eso no es necesario. Eres bella, tienes talento... ¡eres una de las actrices más populares de la escena londinense! No tienes por qué dar tus favores con tanta facilidad.

—Lo sé —respondió Arlyss con un suspiro triste y jugueteando con su masa de rizos castaños. Se quitó algunas hebillas de su desordenado peinado y las volvió a colocar sin prestar demasiada atención a lo que hacía—. En lo que a los hombres concierne, no puedo evitarlo. ¡Yo no soy como tú, Julia! Esa voluntad de hierro no es natural en una mujer. ¿Acaso nunca te sientes sola? ¿No añoras a veces la compañía de un hombre en tu cama, aunque sólo sea para que te recuerde que eres mujer?

—A veces —admitió Julia. Fijó su mirada en su taza de té, contemplando sus ambarinas profundidades—. Aunque, por lo general, logro reservar esos sentimientos para emplearlos en el escenario.

—Quizá yo debería intentar algo similar —dijo Arlyss—. Después de todo, los hombres con quienes me relaciono no son otra cosa que sustitutos del que realmente querría.

Julia la miró con una mezcla de compasión y humor, pues sabía bien a quién se refería Arlyss.

—Ya conoces la regla que se ha fijado el señor Scott con respecto a las actrices. Por otra parte, no entiendo tu enamoramiento con él.

—¡Es más que un enamoramiento! Es un amor inextinguible. ¡Me cuesta entender que haya mujeres que no sientan lo mismo por él!

—El señor Scott dista de ser un hombre perfecto —dijo Julia con amargura—. ¡Por Dios, pero si ya te he contado de qué manera me obligó a cenar con lord Savage! Tal vez Scott dé la impresión de ser un hombre de sólidos principios pero, en el fondo, no es más que un codicioso.

Arlyss desechó el comentario con un ademán.

—Todos los hombres tienen defectos. Además, él tenía razón: cinco mil libras no es algo que se pueda desdeñar —dijo, y mordisqueó, con aire pensativo, una rebanada de tarta seca, bajándola con más té—. He oído decir que, en este preciso momento, hay una mujer viviendo en la casa del señor Scott: su última querida. Ella no le durará más de seis meses... nunca le duran más. ¡El señor Scott es tan contrario al matrimonio...! Debe de haberle sucedido algo en el pasado... algo sombrío y doloroso...

Ante la expresión soñadora de su amiga, Julia resopló por la nariz.

—Vamos, Arlyss, te aferras demasiado a las ilusiones románticas. Yo hubiese creído que la vida en el teatro te habría curado de eso.

—¡No, al contrario, lo ha empeorado! Si todo el tiempo tejes ilusiones románticas para otras personas no puedes impedir que te atrapen.

—A mí no.

—Tú estás hecha de hierro —dijo Arlyss—. Y no sé si envidiarte o compadecerte —comentó. Se inclinó hacia delante y sus ojos verdes se iluminaron de interés—. Dime, ¿cómo vas a vestirte cuando cenes con su señoría?

—Con algo sencillo y favorecedor.

—No, no, no... ¡ponte algo que le haga saltar los ojos de sus órbitas! Algo que le haga secar la boca, dar vueltas la cabeza, palpitar el corazón...

—Como si él sufriese una horrible enfermedad —dijo Julia, riendo.

—Tienes que ponerte el vestido negro y rosado —dijo Arlyss—. No voy a permitirte que lleves otra cosa.

—Lo pensaré.

Julia levantó la vista, pues uno de los empleados de la casa apareció en la sala de espera y les informó que el señor Scott las llamaba a escena.

Después de días de ensayos, la función del viernes de *La fierecilla domada* fue soberbia. Julia, tal como le había indicado Logan, puso todas sus energías en la resonante producción. En adaptaciones anteriores, habían presentado la historia diluida, transformándola en una especie de comedia ligera, despojándola de buena parte de su audaz humor. Logan Scott le había devuelto todo eso, además de acentuar el aspecto físico que asombró y encantó al público. Resultó una obra lozana y vigorosa ante la cual, muchos críticos lanzaron clamores de disgusto y, otros, de deleite.

Logan hacía el papel del distinguido Petruchio, junto

a la endiablada Katherine de Julia, y los dos hacían aullar de risa al público con sus volcánicas batallas y lo reducían a un hechizado silencio en las partes más tiernas y tranquilas. Lamentablemente, al final de la presentación Julia se sentía golpeada y dolorida. La obra exigía mucha entrega física, por ejemplo, en la parte en que Katherine trataba de atacar a Petruchio y éste se la sacudía de encima como si fuese una muñeca de trapo. Por muy cuidadoso que fuese Logan, a Julia no le extrañó encontrar algunas magulladuras en sus brazos y en su torso.

Sin hacer caso de los repetidos reclamos a su atención, Julia se encerró con llave en su camarín, se limpió la cara de sudor y maquillaje y se dio un concienzudo baño de esponja, empleando dos jarras de agua. Se puso perfume en la garganta, en el interior de los codos, entre los pechos y se concentró en el vestido que había llevado con ella. Había hecho caso de la insistencia de Arlyss y decidido ponerse su vestido de noche preferido. Estaba confeccionado en seda negra italiana, de tersa superficie surcada por finos cordones. Una rosa de intenso color rosado adornaba cada una de las mangas cortas y ceñidas. El único adorno era unas aberturas verticales de color rosado en el dobladillo, que se abrían y cerraban formando ondas, según el ritmo de su andar.

Julia se vistió con esmero y, dejando sin cerrar los ganchos de la espalda, se miró en el espejo. Una suave sonrisa apareció en su cara. Fuera lo que fuese lo que sentía por dentro, la tranquilizaba comprobar que estaba espléndida. La seda negra producía un contraste dramático con su piel blanca y su pelo rubio ceniza; los adornos rosados destacaban el color de sus mejillas.

—Señora Wentworth —se oyó la voz de una doncella a través de la puerta—. ¿Puedo entrar a ocuparme de sus cosas?

Julia abrió y dejó pasar a la muchacha rolliza de cabellos negros. Betsy era una criada eficiente, que se ocupaba de sus trajes, mantenía el orden en el camarín y la ayudaba en una multitud de otras pequeñas cuestiones prácticas.

—¿Me abrochas el vestido, por favor?

—Sí, señora Wentworth. He traído más flores.

—Puedes quedarte con ellas, si quieres —dijo Julia, indiferente.

El camarín ya estaba repleto de arreglos florales y su denso perfume llenaba el aire.

—¡Oh, pero éstas son tan bellas! Écheles un vistazo, nada más —dijo Betsy, acercando el imponente ramo.

Julia lanzó una exclamación de placer al ver la profusión de lozanas rosas, desde el rosado más suave hasta el rojo encarnado, mezcladas con exóticas orquídeas y altas varas de espuela de caballero en púrpura y blanco.

—¿Quién las ha enviado? —preguntó. Betsy leyó la tarjeta:

—Dice «Savage».

De modo que las había enviado lord Savage. Julia sacó una de las rosas rosadas del ramo. Jugueteó con sus pétalos y llevó la rosa hasta su tocador. Mientras Betsy le abrochaba el vestido, Julia formó rodete con su cabello y lo sujetó en lo alto de su cabeza, dejando que algunos rizos colgaran sobre su sien y su cuello. Tras un instante de vacilación, Julia quebró el tallo de la flor, envolvió la punta en un trozo de papel y la sujetó en el rodete con un largo alfiler.

—Está preciosa —aseguró Betsy, rompiendo el tallo de otra rosa y sujetándola al pequeño bolso de mano de Julia, que era de seda negra. Debe de ser un hombre muy especial si usted se toma tanto trabajo, señora Wentworth.

Julia tomó un par de suaves guantes negros que le cubrían los codos.

—Se podría decir que he estado esperándolo toda mi vida.

—Qué estupendo... —empezó a decir Betsy, pero se interrumpió al ver las marcas oscuras en los antebrazos de Julia y en el hombro desnudo; su cara redonda se crispó—. Dios mío, eso está muy feo.

Julia contempló sus cardenales con expresión compungida.

—Me temo que no pueden evitarse. Me extraña no tener más, después de los forcejeos que tenemos en el escenario el señor Scott y yo.

Betsy se apoderó de una pastilla de maquillaje facial de color carne, humedeció con agua las yemas de los dedos, frotó con ellos la superficie y luego esparció el color sobre los cardenales. Julia se quedó quieta, observando el trabajo de la doncella con sonrisa complacida.

—Así, a duras penas se notarán. Gracias, Betsy.

—¿Necesitará algo más antes de que guarde los vestidos?

—Sí... ¿podrías ir a ver si hay un coche esperándome fuera?

Pronto regresó Betsy para informarle que, en efecto, había un vehículo en la parte de atrás del teatro, un elegante carruaje negro con adornos plateados, un par de jinetes acompañantes, y dos cocheros enfundados en libreas rojo oscuro.

Julia sintió que se aceleraba el ritmo de su corazón hasta dolerle. Apoyó una mano en su pecho como si así pudiese calmar los violentos latidos y respiró hondo.

—¿Señora Wentworth? En este momento, de pronto, parece usted enferma.

Julia no respondió. ¿Qué pudo haberla llevado a pasar unas horas a solas con lord Savage? ¿Qué podrían decirse uno al otro... qué loco impulso la había llevado a hacer eso? Hizo acopio de valor y aflojó los hombros que parecían haberse trepado hasta sus orejas.

Betsy la ayudó a ponerse una pelliza de seda negra con capucha sobre la cabeza y los hombros. Dio las buenas noches a su doncella con un murmullo, salió de su cuarto de vestir y echó a andar por el laberinto de las salas del teatro.

Cuando salió por la puerta de atrás, un reducido grupo de espectadores avanzó al encuentro de ella e, incluso, algunos audaces se atrevieron a tocar su capa y sus brazos enguantados. Un imponente cochero la ayudó a pasar por entre la multitud y llegar hasta el coche que la aguardaba.. El hombre desplegó, con destreza, un peldaño para facilitar el ascenso de Julia al interior del lujoso vehículo y cerró la puerta tras ella. Todo fue realizado con tanta rapidez que Julia casi no tuvo tiempo de parpadear cuando ya estaba instalada en un asiento tapizado de terciopelo y de cuero blando.

Julia vio a lord Savage sentado frente a ella, un costado de su rostro como afilado por la luz de una de las lámparas del coche, y el otro sumido en sombras. Él le sonrió; su sonrisa tenía el peligroso encanto de Lucifer. Julia se apresuró a bajar la vista, fijándola en su regazo. Mantuvo las manos unidas, quietas cuando lo que ansiaba, en realidad, era retorcer sus dedos entre sí para dar rienda suelta a su agitación.

Lord Savage formaba parte de un mundo del que ella había estado huyendo desde hacía años. Ella tenía el derecho, y hasta se podría decir que el deber de asumir el título y la posición que sus padres habían conseguido para ella. Se había resistido a ello con toda su voluntad, movida por el resentimiento y, sobre todo, por el miedo a descubrir a qué clase de hombre había sido entregada. Julia no quería dejar de temerle a Savage, no quería que sus defensas se debilitaran en modo alguno. A pesar de todo, su curiosidad la había llevado a esto... además de la afligente atracción que había entre los dos.

—Esta noche, ha estado extraordinaria —le dijo Savage.

Julia parpadeó, manifestando su asombro.

—Eso significa que usted ha presenciado la función, ¿no? No lo he visto entre el público.

—Fue una actuación exigente para usted.

—Sí, es agotadora.

Por un instante, se preguntó qué habría pensado él del procaz intercambio entre ella y Logan Scott, si se habría divertido como el resto del público o si le había desagradado. Algo debió de haber expresado su semblante porque él se inclinó hacia delante y clavó en ella la mirada de sus desconcertantes ojos plateados.

—¿Qué hay?

Julia llegó a la conclusión de que no tenía nada que perder y le contó lo que había estado pensando.

Savage pareció sopesar con cuidado su respuesta y la pronunció marcando las palabras:

—Yo no tengo derecho de desaprobar lo que hace usted sobre el escenario. La actuación es la profesión que usted ha elegido.

—¿Y no tiene usted sentimientos personales? —preguntó ella—. En la parte cuando el señor Scott me besaba o me perseguía por el escenario y...

—No me agradó —dijo él, y ella tuvo la impresión de que la respuesta se le había escapado antes de que pudiese contenerla. Su boca dibujó una mueca de desprecio hacia sí mismo—. Usted y Scott fueron demasiado convincentes en sus papeles.

Julia tuvo la sensación de que él estaba tan sorprendido por esa admisión de celos de parte de él como ella misma. Tan alarmada como halagada, se echó hacia atrás hasta que sus hombros se hundieron en el tapizado de terciopelo.

—No es más que una representación —dijo.

—Yo había visto antes actuar. Vosotros parecéis... diferentes.

Julia se puso ceñuda y fijó su vista en su bolso. Conocía el difundido rumor de que ella y Scott serían amantes y también conocía la razón de esos rumores. Entre ella y Logan, en el escenario, se generaba una química especial, de esa clase que les hacía posible actuar juntos de manera tan convincente que ilusión y realidad se confundían con una perfección sin fisuras.

Sin embargo, esa extraña armonía que se daba entre ellos cuando actuaban juntos no podía ni debía extenderse más allá del escenario. Esa idea no había cruzado jamás por la cabeza de Julia. Recurría a Logan como todos los demás, en procura de dirección, de guía, elogio y crítica, pero para ninguna otra cosa que no estuviese directamente relacionada con su carrera. No había, en la actitud de Logan, nada confortable, nada que invitara a la confianza o al más remoto atisbo de seguridad y calidez, siquiera. Era obvio que Logan jamás amaría a ninguna mujer como amaba su teatro, ni se sacrificaría por persona alguna lo que era capaz de sacrificar a esos dioses gemelos que eran, para él, el arte y la ambición.

Quizá fuera ése, precisamente, el origen de la química sobre el escenario, porque ambos percibían que el otro sería incapaz de entregarse a otra persona. Eso brindaba seguridad, les daba la certeza de que no existiría entre ellos el riesgo del amor, el dolor, la desilusión... de que cualesquiera fuesen las emociones que se exhibieran sobre el escenario, cuando cayese el telón no quedaría nada de ellas.

Desde que había llegado a ser adulta Julia había tratado de conformarse con la independencia que tanto valor tenía para ella. ¡Ah!, si pudiera dejar de anhelar algo más... Ansiaba que alguien la entendiese y la quisiera, un hombre a quien pudiese entregarse por entero, sin temores ni dudas. Era su sueño más íntimo aunque detestaba confesárselo, incluso a sí misma.

En ocasiones, se sentía como dividida en dos; una parte de ella que deseaba aislarse del resto del mundo y la otra que ansiaba ser poseída y amada como nunca lo había sido en su vida. Su padre, con su forma de ser dominante, no tenía mucho amor que ofrecerle a nadie. Su madre siempre había sido tímida, había estado demasiado sumida en la sombra de su esposo para dar a Julia la atención que una niña necesitaba. Y el constante ir y venir de sirvientes en el hogar de los Hargate había impedido que Julia entablase un vínculo fuerte con ninguno de ellos. El amor era algo más temido que deseado.

Julia cobró conciencia de que había permanecido en silencio durante un lapso inusitadamente prolongado, y echó a Savage una mirada recelosa, temiendo que sus pensamientos se hubieran reflejado en su actitud.

—Ya casi llegamos —fue lo único que dijo él en un murmullo que, sin saber bien por qué, la tranquilizó.

El coche, que circulaba por la calle Upper Brook, giró para ascender por el largo sendero que llegaba hasta la imponente mansión donde predominaban el blanco y el crema. Era una construcción fría, bella y perfectamente simétrica, de altas columnas griegas y un ancho pórtico que adornaba el frente. Desde la estructura central se abrían dos graciosas alas blancas en las cuales se veían hileras de resplandecientes ventanas de estilo pseudoclásico. Era por completo diferente de la lúgubre mansión gótica en la que había crecido Julia.

Savage bajó el primero del carruaje y le tendió la mano para ayudarla a apearse. Con sus manos enguantadas la sujetó firmemente hasta que ella tocó el suelo y, entonces, le ofreció su brazo. Mientras caminaba a su lado subiendo los anchos peldaños de mármol para entrar en la casa, Julia tuvo aguda percepción de los duros músculos del antebrazo de él y de cómo medía sus largas zancadas para adaptarse a los pasos más cortos de ella.

Un mayordomo de rostro alargado los recibió y tomó la pelliza de Julia y el sombrero y los guantes de Savage. Lo que Julia vio en el vestíbulo de entrada y en los cuartos que estaban más allá de éste, la asombró: cielos rasos a doce metros de altura, columnas antiguas, suelos revestidos con exquisitas losas en verde, azul y ámbar.

—¡Qué bello! —exclamó.

—Sí —respondió Savage, aunque la miraba a ella y no al ambiente que los rodeaba.

—Muéstreme la casa —le pidió ella, impaciente por ver más. Savage la complació, acompañándola a través de diversos cuartos, deteniéndose para contarle la historia de algunos cuadros o de algún mueble. Era evidente que la familia Savage tenía gran aprecio por el arte. En muchos de los cielo rasos había medallones incrustados en los que se veían ángeles pintados con delicadeza, nubes y figuras mitológicas; además, en cada rincón había alguna rara escultura. Había paredes decoradas en dorado y blanco en las cuales se exhibían retratos pintados por Van Dyck y Rembrandt y paisajes de Gainsborough, Marlow y Lambert.

—Podría contemplarlos durante horas —dijo Julia, mirando con deleite un muro con pinturas colgadas en él.

—Yo no suelo tener tiempo para disfrutarlas.

—¿Qué lo tiene tan atareado, milord? Me imagino

que deben de ser todas sus inversiones y sus intereses comerciales.

—Hay muchas cosas de las que tengo que ocuparme —admitió él, mientras miraba pensativo el Van Dyck que había ante ellos.

De súbito, Julia se sintió mortificada por los indiscretos gruñidos de su estómago. Apoyó una mano en el vientre.

—Muy poco digno de una dama. Ahora caigo en la cuenta de que no he comido nada desde esta mañana.

Una sonrisa tironeó de las comisuras de la boca de él.

—¿Vamos a cenar?

—Sí, estoy muerta de hambre.

Julia se tomó otra vez del brazo de él y pasaron ante otros deslumbrantes cuartos llenos de obras de arte. Ella sabía que hubiese sido mejor elegir un tema neutral de conversación, pero no pudo resistir a la tentación de sondearlo.

—Estoy segura de que podría usted contratar a agentes de propiedad y administradores que se ocuparan de sus negocios, milord.

—Prefiero manejarlos yo mismo, en su mayor parte.

—Le cuesta confiar en otras personas —observó ella.

—Es verdad —confirmó él—. En especial, cuando están en juego las finanzas de mi familia.

Julia observó la línea inflexible de su perfil, sus cejas arqueadas en manifestación de moderada sorpresa. ¿Por qué habría de admitir semejante cosa ante ella? Todos los miembros de la aristocracia, sin excepción, hacían creer que sus recursos monetarios eran ilimitados y que podían ser dilapidados sin ninguna preocupación.

Savage continuó, sin modificar la inflexión de su voz:

—Mi padre se ocupó, en persona, de los asuntos familiares hasta que cayó enfermo, hace ya varios años.

Cuando yo me hice cargo del control de todo, descubrí que los Savage habíamos contraído una pesada deuda y que todos nuestros asuntos comerciales eran una ruina. El duque tenía inclinación por el juego; si alguna vez hizo una inversión provechosa, fue por pura casualidad.

—Al parecer, usted ha beneficiado bastante a la familia desde entonces. Su padre debe de estar complacido al saber que usted ha cambiado la situación.

Savage se alzó de hombros.

—El duque jamás admite haber estado equivocado con respecto a nada. No reconoce que ha cometido errores.

—Lo entiendo.

Pronunció las palabras en un susurro, pero Savage no podía saber hasta qué punto Julia, en efecto, lo entendía. Como ella siempre había sospechado, los padres de ambos eran el mismo tipo de persona. El duque de Leeds, al igual que lord Hargate, había tratado de controlar a su familia con mano de hierro. Cuando resultó evidente que era un mal administrador tanto de propiedades como de personas, había sacrificado el futuro de su hijo a cambio de una fuerte suma aportada por los Hargate.

Julia sospechaba que hacía ya mucho tiempo lord Savage había decidido que nadie volvería a controlarlo nunca más. Sintió un impulso de simpatía por él, hasta de hermandad, aunque estaba segura de que, como marido, sería inflexible, desconfiado y remoto. Un marido bastante poco recomendable, al menos para ella.

La abundancia de los platos servidos durante la cena podría haber satisfecho a doce personas. Julia se sentó a la derecha de Savage ante una larga mesa sobre la cual habían dispuesto floreros en forma de cáliz, llenos de orquídeas y mastuerzos colgantes. El primer plato era un consomé de verduras, seguido de ruedas de salmón cubiertas de crema y eneldo. Después, los criados entraron con unas humeantes bandejas en las que había faisanes rellenos de trufas y avellanas, y escalopes de ternera que nadaban en salsa Bordeaux.

Cuando vio que llegaban más platos, Julia protestó; budines, tartas abiertas, mollejas y verduras.

—Esto es demasiado. ¡Me sería imposible hacerles justicia!

Savage sonrió y la animó a probar un huevo de codorniz relleno de crema y cangrejo. Julia se permitió goces que hacía tiempo que no disfrutaba, bebiendo una selección de vinos franceses y dedicándose con placer al banquete. Savage demostró que, cuando quería, podía ser un compañero de cena encantador, capaz de conversar de manera agradable sobre una gran variedad de temas.

—¿Por qué te has convertido en actriz? —le preguntó, casi al final de la parsimoniosa comida, reclinándose en su silla mientras retiraban sus platos y colocaban ante ellos pasteles y frutas frescas.

Julia jugueteó con una roja frutilla que había en su plato.

—Tuve ese deseo desde que era niña. Abandoné el hogar de mi familia cuando tenía dieciocho años para unirme a una compañía de actores itinerantes, luego actué en un teatro del Strand hasta que tuve la buena fortuna de ser contratada por el señor Scott.

—¿Y tu familia aprueba tu carrera?

La idea hizo resoplar a Julia, en señal de ironía.

—Por cierto que no. Ellos querían que yo me quedara en casa... sólo que bajo ciertas condiciones que para mí eran inaceptables.

—¿Cuándo te casaste? —preguntó él—. ¿Cuando estabas en el Strand?

Ella frunció el entrecejo.

—Nunca hablo sobre mi matrimonio.

Una semisonrisa apareció en los labios de él.

—No estoy seguro de que, de verdad, tengas un marido.

—Lo tengo —aseguró ella, bebiendo un sorbo de vino.

«Él existe, del mismo modo que tu esposa existe», tuvo ganas de decir, pero se contuvo.

—¿No querrá él que dejes el teatro, alguna vez?

—Sería un gran hipócrita si pretendiese semejante cosa —dijo ella con altivez—. Él mismo es actor.

Contuvo una sonrisa al ver la chispa de interés en la expresión de él, consciente de que él tomaría sus palabras al pie de la letra. Con todo, era verdad. Era innegable que lord Savage tenía habilidad para ocultar la verdad y presentarse bajo una falsa apariencia. Era un actor tan talentoso como cualquiera de los que trabajaba en el Capital.

Parecía que estaba a punto de preguntar algo más pues, de pronto, entornó los ojos y clavó su mirada en el antebrazo desnudo de ella.

—¿Milord? —preguntó Julia, intrigada por su expresión.

Antes de que ella pudiese reaccionar, Savage había asido su brazo con una mano ancha y cálida y lo había acercado a la luz. Allí se distinguía con claridad la capa de maquillaje sobre el cardenal. Julia trató de soltarse y barbotó, confundida:

—No es nada... estoy perfectamente bien... esto pasa en la actuación, ¿entiendes?...

—Calla.

Él se volvió hacia un criado que se acercaba y le pidió, con brusquedad, que trajese un recipiente con ungüento de los que guardaba el ama de llaves.

Julia vio, en atónito silencio, cómo Savage mojaba la punta de una servilleta en un vaso con agua fría. La sorpresa la hizo ponerse tensa cuando él pasó suavemente el paño mojado por la magulladura. Savage descubrió otras marcas de dedos y una mancha oscura en el hombro. Quitó la pintura que disimulaba los cardenales con todo cuidado.

Sobre la piel de Julia se extendió un vivo sonrojo que subió desde el cuello hacia la cara. Ningún hombre la había tocado nunca de este modo. El rostro de él estaba tan cerca que ella podía distinguir el nacimiento de las oscuras patillas sobre su piel afeitada y el grueso abanico de sus pestañas.

Se desprendía de él una grata fragancia, en la que se mezclaban el perfume de la colonia con el olor de la tela almidonada. Su aliento estaba cargado con la dulzura del vino de postre. El corazón de Julia comenzó a palpitar con fuerza cuando cruzó por su cabeza la idea de rozar con las yemas de sus dedos ese cabello negro, la curva nítida de la oreja, el arco audaz de las cejas. Había bebido demasiado. Se sentía mareada, acalorada... quería alejarse y, sin embargo...

El criado regresó llevando una lata pequeña con ungüento y se la entregó a lord Savage. Al marcharse, cerró la puerta y se fue, dejándolos a solas.

—No es necesario que... —dijo Julia, titubeando.

Su voz fue apagándose mientras Savage destapaba el recipiente, que contenía una pomada rosada, de aspecto ceroso, que despedía fuerte olor a hierbas.

Los ojos grises de Savage elevaron su mirada hacia la de ella. Por primera vez, ella notó sutiles atisbos de azul y verde en lo profundo de sus ojos. Cuando él empezó a hablar, lo hizo en un tono más grave que el habitual.

—Scott tendría que tener más cuidado contigo.

—Lo tiene —susurró ella—. Lo que sucede es que me aparecen hematomas con mucha facilidad.

Sin apartar su mirada de la de ella, él hundió sus dedos en la pomada y se echó hacia delante. Una trémula negativa asomó a los labios de Julia pero, por alguna razón que desconocía, no pudo emitir sonido. Sintió que los dedos de él esparcían el ungüento sobre sus cardenales. La trataba como si ella estuviese hecha de porcelana y el contacto de sus dedos sobre la piel de ella era casi imperceptible. Julia nunca hubiese imaginado que un hombre podía ser tan delicado.

Él pasó al hombro ocupándose de ese hematoma mientras ella permanecía inmóvil. Julia sintió que se inundaba de locos impulsos: quería apoyarse sobre él, sentir toda su mano sobre la piel, guiar los largos dedos hacia la curva de sus pechos. Contuvo el aliento, procurando que esos sentimientos desaparecieran pero, al contrario, esos anhelos crecieron hasta tal punto que sus pezones se irguieron, levantando la tersa seda de su vestido. Impotente, aguardó a que él terminase, clavando su mirada en la cabeza inclinada de él.

—¿Hay otros más? —preguntó él.

—Ninguno que puedas ver —logró decir ella.

Una sonrisa cruzó el rostro del hombre. Tapó el recipiente y se lo dio a ella.

—Te lo obsequio, señora Wentworth. Estoy seguro de que necesitarás más antes de que terminen las representaciones de *La fierecilla domada*.

—Gracias —dijo Julia, recogiendo sus guantes negros, que se había quitado al comienzo de la cena, y con ellos se abanicó el rostro arrebolado—. Hace mucho calor aquí —dijo, sin convicción.

—¿Quieres que demos un paseo por el jardín?

Ella asintió agradecida, y salieron juntos del comedor, cruzaron una antesala para trasponer unas anchas puertas ventanas que daban al sendero de un jardín pavimentado. Afuera estaba oscuro y fresco; una picante brisa hacía susurrar las hojas de los árboles y las de los cercos.

Caminaron en silencio, pasando ante densos cercos de tejo y ante una hilera de ciruelos florecidos. Cerca del centro del jardín había una gran fuente llena de esculturas de ángeles. Julia se detuvo a admirar el paisaje y notó un seto hecho de rosales que llegaban a la altura del pecho y que bordeaban el sendero. Las flores le resultaban familiares, y eran como grandes llamas de color rosado pálido, que exhalaban un perfume indeciblemente dulce.

—Rosas Summer Glory —murmuró—. Las preferidas de mi madre. Ella solía pasar horas en su jardín, cuidándolas. Me decía que eran las más bellas y las más espinosas, también.

Savage la vio inclinarse sobre una rosa e inhalar su perfume embriagador.

—Ésta es una variedad muy rara, sobre todo en Inglaterra. La recibió mi familia, hace ya mucho tiempo, de manos de... —se interrumpió, y su expresión se tornó, sorpresivamente, alerta— un amigo — concluyó.

Pareció que las dos palabras pendían entre los dos, trazando un interrogante en el aire.

De repente, Julia sintió que sus pulmones se vaciaban de aire y tuvo que esforzarse por volver a llenarlos. Por cierto, las Summer Glory eran una variedad única. Lo pensó con cuidado y comprendió que sólo las había visto en la propiedad de su familia, y en ningún otro sitio. También comprendió que, sin ninguna duda, había sido Eva, su madre, la que había dado esquejes a los Savage, hacía tantos años. Antes de haberse convertido en una inválida, Eva se enorgullecía de su destreza para cultivar rosas exóticas y siempre regalaba plantas a sus amigos y conocidos.

Julia pensó de qué manera podía encubrir el tropiezo y optó por cambiar de tema lo más rápido posible. Pasó de largo ante el arbusto con fingida indiferencia.

—¿Está enterada lady Ashton de mi presencia aquí, esta noche? —preguntó, de pronto.

—Lady Ashton —repitió Savage, manifestando sorpresa ante lo abrupto de la pregunta—. No, no se lo he dicho.

—Si ella lo descubriese, ¿eso te acarrearía un problema?

—Ella no tiene ese derecho sobre mí.

—¡Ah!, sí... es cierto que tienes un «acuerdo» con ella... —dijo Julia encogiéndose cuando una piedrecilla se metió dentro de su zapato forrado de seda. Se detuvo para quitarse el zapato y lo sacudió para sacar el guijarro—. ¿Acaso lady Ashton no abriga esperanzas de casarse contigo, milord?

—Está usted formulando preguntas muy personales, señora Wentworth.

—Estoy segura de que es así —dijo Julia, respondiendo a su propia pregunta—. Eres un soltero muy codiciado, ¿no es cierto? Savage le quitó el zapato de la mano y se arrodilló para volver a calzárselo.

—No tengo intenciones de casarme con lady Ashton.

Julia saltó sobre un pie apoyándose en un hombro de él y descubrió, con asombro, que su chaqueta no tenía hombreras. Sintió sus músculos bajo la palma de la mano como si fueran de roble.

—¿Por qué no? —preguntó ella, contemplando el brillo marino del cabello de él a la luz de la luna—. ¿Ella no cubre tus elevadas expectativas?

Contuvo el aliento al sentir los dedos de él en su tobillo que guiaban suavemente su pie hacia el zapato.

La voz de él le llegó un poco amortiguada.

—Tengo la intención de casarme por amor.

La sorpresa que se llevó Julia estaba mezclada con un ramalazo de simpatía. De modo que, bajo ese exterior de individuo práctico, controlado, existía un sueño íntimo, el mismo que había sido arrebatados a ambos.

—No habría imaginado una idea tan romántica en un hombre como tú, milord.

—¿Qué habrías imaginado acerca de mí?

—Que te casaras por conveniencia y buscaras el amor en cualquier otro lado.

—Eso fue, exactamente, lo que hizo mi padre. Estoy seguro de que mi madre, que es una mujer sensata, no esperaba otra cosa de él pero yo creo que, aun así, eso la lastimaba. Me juré a mí mismo que yo haría algo diferente.

—Pero no siempre es posible.

—Para mí lo será.

¿Cómo iba a ser posible? Sin duda, debía de estar pensando en una anulación. Para poder casarse, antes tendría que librarse de ella, a menos que no le importara cometer bigamia.

—¿Cómo puedes estar seguro? —preguntó Julia—. Nada te garantiza que halles a tu alma gemela.

—Claro que no hay garantía —concedió él, soltándole el tobillo—. Sólo abrigo la esperanza.

Él se incorporó y la miró desde lo alto de su estatura. Su cabeza quedaba por encima de la de ella, su rostro estaba entre sombras. Julia hubiese debido soltarle los hombros pero se sentía falta de equilibrio, como si eso equivaliera a soltar el único sostén seguro que tenía en el mundo.

—Nosotros ya nos hemos visto antes, ¿sabes? —dijo él, en voz suave.

Esa afirmación provocó a Julia un escalofrío de alarma.

—Estás equivocado.

—Nunca he olvidado aquella noche —dijo él, ciñendo con firmeza la cintura de ella con sus manos, sosteniéndola y contemplando su rostro vuelto hacia arriba—. Hace tres años, en Warwickshire. Yo había salido del castillo a dar un paseo y presenciar los festejos del 1 de Mayo en el pueblo. Y te vi bailar.

Guardó silencio, observando cómo el semblante de ella pasaba del desasosiego a la comprensión.

—¡Ah! —dijo Julia, con voz débil—. Yo no me imaginé...

Al principio, pensó que él estaba refiriéndose al matrimonio entre ambos. ¡Buen Dios, así que él era el desconocido que la había besado aquella noche! Bajó la vista y la fijó en el centro del pecho de él, recordando de qué modo ese beso la había perseguido durante meses. Era increíble que el destino hubiese vuelto a reunirlos.

—Aquella noche, te pregunté si eras uno de los Savage y tú lo negaste. ¿Por qué no me dijiste, entonces, quién eras?

—No tenía modo de saber cómo reaccionarías tú. Podrías suponer que yo trataría de aprovecharme de ti.

—Lo hiciste: me besaste contra mi voluntad.

Una sonrisa renuente cruzó la cara de él.

—No pude evitarlo. Eras la mujer más bella que yo había visto. Aún lo eres.

Julia trató de apartarse pero él la mantuvo pegada a sí.

—¿Qué quieres de mí? —preguntó ella, vacilante.

—Quiero verte otra vez.

Ella negó con vehemencia sacudiendo la cabeza.

—No puedes comprar otra velada conmigo, aunque compres todo el teatro Capital.

—¿Por qué no? ¿Porque tu marido se opondría?

—Ya te he dicho que no hablaré contigo acerca de él.

—No permitiré que te niegues a explicarme por qué no quieres verme.

—Porque no me interesa tener una aventura contigo y, dadas nuestras respectivas situaciones, es lo único que estás en condiciones de ofrecerme.

La sangre de Julia adquirió un ritmo caprichoso. Con el cuerpo de él tan cerca del suyo, ella oía su respiración, sentía su calor y se veía atraída por él como una polilla por una llama. Quería echar su cabeza hacia atrás y sentir su boca sobre la de ella, apretarse contra él. Nunca había experimentado una tentación así, ni sentido la promesa de algo extraordinario tan a su alcance. Sin embargo, no estaba dispuesta a entregarse a ese impulso destructivo. Si lo hacía, sería un desastre.

—No volveré a verte —dijo, retorciéndose hasta que él la hubo soltado y ella quedó libre—. Debo marcharme.

Desanduvo de prisa el camino hasta la fuente y se detuvo en el cruce de dos senderos.

Oyó la voz de Savage justo a sus espaldas.

—Por aquí.

Volvieron a la casa en silencio, presos de una tensión que ninguno de los dos podía romper.

Cuando el carruaje se alejó con su adorable pasajera dentro, Damon, ya solo, cruzó el suelo de mármol del vestíbulo de entrada. Su mente estaba llena de ella; revivió cada instante de las horas pasadas y quiso más.

La quería a ella. La quería con una premura irracional, ciega, que estremecía todos sus nervios. Y le tenía rabia por eso mismo. Fue, con pasos lentos, hacia la larga escalinata que subía a las dos últimas plantas de la casa.

Se detuvo en el primer rellano y se sentó en un peldaño. Apoyó los antebrazos sobre las rodillas y miró, sin ver, los luminosos tapices medievales que cubrían la pared.

Jessica Wentworth estaba comprometida con otro. Él también. Habitaban mundos separados. Ella estaba en lo cierto: era poco lo que él podía ofrecerle, como no fuese una aventura. Y había que tener en cuenta a Pauline. Ella no merecía que la traicionara y la abandonase. Lo que había entre ellos era fácil y cómodo, y a él le había bastado... hasta que encontró a Jessica Wentworth.

Tendría que sacar de su cabeza a Jessica Wentworth. Era la única alternativa lógica. Sin embargo, algo dentro de sí se rebelaba ante esa perspectiva. Nunca se había sentido tan encerrado, con sus posibilidades limitadas por un pasado que pesaba sobre él como una cadena de hierro de un kilómetro de largo. Estaba casado con una mujer a la que ni siquiera conocía.

¡Ah!, si pudiera encontrar a Julia Hargate, maldita sea, y arrancarla de su vida de una vez y para siempre...

4

En cuanto entró en la sala de espera, Julia se encontró con media docena de miradas expectantes, fijas en ella. Estaban allí reunidos los actores principales de *La fierecilla domada*; manifestaban una impúdica curiosidad con respecto a lo que había ocurrido en su velada con lord Savage.

El único que daba la impresión de estar preocupado con las notas del ensayo como para advertir su entrada era Logan Scott.

—Llega tarde, señora Wentworth —dijo, sin levantar la vista.

—Perdón, me he quedado dormida —murmuró Julia, yendo hacia una silla desocupada.

Era cierto. Después de haber vuelto a su pequeña casa de la calle Somerset, había permanecido despierta durante largo rato, bebiendo vino y mirando fijamente a la nada. Se metió en la cama pero, de todos modos, el sueño se mostraba esquivo. Tenía la impresión de que, cuando al fin se había dormido, ya era la hora de levantarse y debió enfrentar el día con los ojos enrojecidos y ojeras.

No había podido dejar de pensar en Savage. La noche anterior se había producido la culminación de todos los temores y la curiosidad que la habían perseguido durante años. Ahora, todas sus fantasías concernientes a su esposo desconocido habían desaparecido. Él era real para ella, y más peligroso de lo que hubiese soñado nunca que fuera. Savage era un hombre espléndido: inteligente, poderoso, activo, de la clase de individuos capaces de dominar la vida de una mujer de modo tan completo que ella terminaría perdiéndose a la sombra de él. En ese sentido, él se asemejaba mucho a su padre. Julia no quería ser la esposa de un hombre fuerte, pues se había esforzado mucho para convertirse en Jessica Wentworth.

Habría sido más fácil hacer a un lado a Savage si no fuese por el matiz de vulnerabilidad que ella había detectado en él, por el modo delicado en que la había tocado, por la sorprendente confesión de que él quería casarse algún día por amor. ¿Habría más cosas escondidas tras ese exterior tan cerrado? Jamás podría correr el riesgo de averiguarlo. Pensar en lo que había sucedido entre ellos la llenaba de una extraña desesperación. Ella no había dejado lugar a dudas en cuanto a que no quería volver a verlo y, en el fondo de su corazón, sabía que era lo mejor. Entonces, ¿por qué se sentía como si hubiese perdido algo infinitamente precioso?

—Aquí estás —oyó el murmullo de Arlyss, y la menuda actriz le alcanzó una taza de té caliente.

Julia la recibió, agradecida, y bebió un sorbo del líquido dulce y vigorizante.

—Él no te ha dejado pegar ojo, ¿eh? —le preguntó Arlyss, encantada—. Nunca te he visto tan fatigada. ¿Tan bueno fue él, Jessica? Julia le dirigió una mirada severa y cansada.

—No he estado con él... como tú crees.

—Por supuesto que no —dijo el señor Kerwin, un robusto actor de unos sesenta años, quien se consideraba hombre de mundo. Era excelente desempeñando papeles de padres ansiosos, maridos atribulados, borrachos y bufones, todos con el sesgado encanto que le había ga-

105

nado el afecto del público—. Querida mía, nunca admitas nada: tu vida privada debe seguir siéndolo.

Subrayó el comentario con un guiño amistoso.

La voz de Logan, llena de ironía, se entremetió en la recién iniciada conversación.

—Señora Wentworth, ¿podrías venir con nosotros? Tengo una página llena de notas relacionadas con tus errores en la función de anoche. No me cabe duda de que querrás oírlas.

Julia asintió y siguió bebiendo su té, preguntándose a qué se debía el estado de tensión de Logan. Debería haber estado contento pues la función había sido bien recibida, tanto por el público como por la crítica, y ella había contribuido con el Capital asistiendo a la cena prometida con lord Savage. ¿Qué más querría él?

Antes de que Logan pudiese empezar a leer las notas, se abrió la puerta de la sala de espera y asomó la cara de uno de los utileros del teatro, con expresión incierta.

—Con vuestro perdón —dijo, para todos los presentes en general, y luego miró a Julia—. Acaban de entregar un paquete para usted, señora Wentworth. El muchacho que lo entregó ha dicho que debía ser puesto en sus manos de inmediato.

Intrigada, Julia tendió su mano hacia el pequeño paquete envuelto de manera sencilla, y el utilero se lo alcanzó. Al ver la expresión ceñuda de Logan, el utilero no tardó en desaparecer. Julia estaba muy tentada de abrir el paquete pero lo dejó a un lado para hacerlo después, sabiendo que Logan se enfadaría si se producían más interrupciones de la reunión de trabajo. Todos los integrantes de la compañía observaban con atención la misteriosa caja, sin hacer el menor caso de los gestos impacientes con que Logan hojeaba sus notas.

—¿Qué esperas? —le dijo, al fin, Logan a Julia, torciendo su boca en una mueca irónica—. Será mejor que abras ese maldito paquete. Es evidente que nadie va a prestar atención al trabajo que tenemos por delante hasta que lo hayas hecho.

Arlyss se asomó por encima del hombro de Julia, sus ojos brillantes de curiosidad, sus rizos castaños bailoteando de impaciencia.

—Lo ha mandado él, ¿no?

Julia desenvolvió con cautela la caja y encontró dentro un papel plegado. Todos se inclinaron más hacia ella como esperando que lo leyese en voz alta. Ella acercó la nota más a su cuerpo y la leyó en silencio:

Señora:

Tengo entendido que esto perteneció, en otro tiempo, a una dotada actriz, la señora Jordan. Merece ser usado por una persona que posea la gracia y la belleza para exhibirlo como es debido. Le ruego que acepte este obsequio en la comprensión de que no va acompañado de ninguna obligación por su parte, salvo el que lo disfrute.

Su servidor
DAMON, LORD SAVAGE

Con cierto recelo, Julia sacó de la caja un pequeño saco de terciopelo azul, entonces volcó su contenido sobre la mano. Arlyss lanzó una audible exclamación, mientras que el señor Kerwin aprobaba con un retumbante sonido gutural. Incapaces de resistirse, el grupo de actores formó corro alrededor de Julia para ver el regalo.

En el centro de la mano de Julia brillaba el broche más exquisito que ella hubiese visto: un diminuto ramo de rosas con resplandecientes pétalos de rubíes y hojas de esmeraldas. A ella no le costó trabajo creer que la señora Dora Jordan, esposa del hermano del rey, hacía muchos años, hubiese poseído una pieza tan magnífica. Si bien muchos pretendientes le habían ofrecido a Julia alhajas y regalos, que ella había rehusado, nadie le había regalado nunca algo tan elegante. Atónita, contempló el pequeño tesoro que tenía en la mano.

—Yo... yo tengo que devolverlo —dijo con esfuerzo, lo cual provocó un inmediato coro de desaprobación.

—¿Por qué?

—Consérvalo, chica, tienes que pensar en tu futuro...

—¡El marqués, con su fortuna, podría comprarte mil más de ésos y no sentirlo, siquiera!

—No te apresures —le aconsejó Arlyss—. Antes de hacer nada, piénsalo un día o dos.

—Está bien, ya es suficiente —dijo Logan, tironeando impaciente de un mechón de sus cabellos rojizos—. Tenemos cosas mucho mejores de qué ocuparnos que la conquista de la señora Wentworth.

Los actores, obedientes, volvieron a sus lugares. Julia encerró en sus dedos la alhaja, con su mente hecha un torbellino. Claro que debía devolverlo pues, hasta entonces, jamás había aceptado un regalo de un hombre. Pese a lo que había expresado lord Savage, ella sabía que él esperaría algo a cambio. No pertenecía a la clase de hombres que darían algo por nada. Entonces, un extraño pensamiento acudió a su cabeza. Él era su esposo; ¿por qué no habría ella de aceptarlo de parte de él? Ese matrimonio de tan larga data ya la había privado de muchas cosas. Por cierto, tenía derecho a una pequeña compensación. El broche era muy bello, muy tentador y armonizaba con ella a la perfección.

«La conquista de la señora Wentworth», pensó, sonrojándose de turbación y de deleite. No debería sentirse complacida de que lord Savage se hubiese interesado por ella sino, más bien, alarmada. ¡Qué asombroso giro del destino ser pretendida por su propio esposo! Debía poner fin a este coqueteo con el desastre antes de que siguiera más adelante.

Deslizó de nuevo el broche al interior del estuche y se esforzó por prestar atención a las notas de Logan. Estaba callada y alicaída, mientras que los otros formulaban preguntas y proponían cambios relacionados con la obra. Cuando terminó la reunión, ella fue a su camarín, deseosa de unos minutos de intimidad para poder pensar.

—Señora Wentworth —murmuró Logan cuando Julia pasó.

Ella se detuvo y lo miró, inquisitiva.

—¿Sí, señor Scott?

En el rostro de Logan se veía la expresión de quien se ocupa de cuestiones prácticas, pero sus cejas rojizas se crispaban, revelando cierto tumulto interior.

—Al parecer, la cena con lord Savage no ha sido una prueba tan dura, después de todo.

—No —dijo ella—. Fue bastante agradable.

—¿Volverás a verlo?

Mientras lo decía, sonrió como burlándose de sí mismo, como si le pareciera una tontería haberlo preguntado.

—No, señor Scott.

A Julia le extrañó que la expresión de él se hubiese relajado. ¿Estaría preocupado ante la posibilidad de que una relación con lord Savage dificultara la carrera de ella? ¿O habría algún motivo personal en la pregunta?

—Entonces, ha terminado —dijo.

Julia apretó en su mano el broche en su estuche de terciopelo.

—Desde luego, señor Scott.

Pauline, lady Ashton, estaba recostada sobre el cubrecama de seda marfil bordada de su cama, su cuerpo voluptuoso cubierto sólo con una bata rosada, levemente transparente. Con un lánguido murmullo, saludó a Damon que entraba en el dormitorio de la elegante casa londinense de Pauline. Habían estado separados durante una semana, mientras ella estaba de visita en la casa de su hermana, en Hertfordshire.

En cuanto había regresado, Pauline había enviado una breve esquela perfumada y sellada con lacre dorado a la casa de Damon en la ciudad. A juzgar por el tono imperioso del mensaje, Damon supuso que Pauline ya estaba enterada de sus últimas actividades. Dios era testigo de que lo vigilaba de cerca: daba la impresión de que había contratado a una red de espías para que lo siguieran.

—Hola, querido —dijo Pauline, indicándole con un gesto de su esbelta mano blanca que se acercara.

Atrajo hacia ella su cabeza y le dio un beso ardiente, reteniéndolo junto a ella con asombrosa fuerza. Damon echó su cabeza atrás y la miró con curiosidad. Vio en el rostro de ella una expresión que no le agradó, mezcla de excitación y triunfo, una luz expectante en sus ojos castaño oscuros. Parecía estar preparándose para la batalla... y estar en posesión del arma que le aseguraría la victoria.

—Pauline, quisiera decirte una cosa...

—Yo ya lo sé —le interrumpió ella, sin alterarse—. ¿Sabes?, es humillante soportar las risillas disimuladas y la falsa piedad de la aristocracia y comprobar que compiten por ser los primeros en decirte que te has encaprichado con una pequeña actriz de poca monta.

—No era mi intención ponerte en una situación incómoda.

—¡Fue muy astuto de tu parte planear una velada cuando sabías que yo iría al campo, a visitar a mi hermana! ¿Cómo estuvo ella, querido? Debe de haber sido emocionante tener en tu cama a tan famosa buscona...

—No sucedió nada entre nosotros.

Ella lanzó una carcajada escéptica.

—¿De verdad? Así que ése es el juego de ella. Yo misma he usado esa táctica, ¿lo recuerdas? Te hice esperar todo un mes antes de permitir que me poseyeras. La espera hace que la victoria sea mucho más dulce, ¿no es así?

Hasta ese momento, Damon no sabía bien qué era lo que quería de Pauline ni qué obligaciones había contraído con ella. Durante varios meses, ella había sido una compañera entretenida. Él nunca le había mentido, jamás se había apoderado de nada que no le hubiese sido ofrecido de manera voluntaria y había pagado generosamente por el privilegio de que ella lo recibiera en su cama. Él no había ido a la casa de ella con la intención de terminar la relación, aunque sabía que esta aventura se había puesto rancia. Nunca habían compartido otra cosa que el placer físico. No se había generado entre ellos una comprensión profunda ni una intimidad que fuese más allá de lo físico, y jamás sucedería.

—¿Por qué me hiciste venir? —preguntó él.

Ese nuevo matiz en la voz de él, ese frío desinterés que no había notado antes, la hizo ponerse rígida.

—Quiero hablar con respecto a tus intenciones, querido. ¿Piensas convertir a Jessica Wentworth en tu nueva amante?

—Eso no es asunto de tu incumbencia.

—¿Vas a dejarme por una mujer como ésa? Ella no es más que una bonita chuchería de la que pronto te cansarás... y cuando eso ocurra, volverás a mí.

La arrogancia de Pauline lo exasperó. Nunca le había permitido a nadie que le reprochase alguna de sus acciones, y no estaba dispuesto a otorgarle ese derecho a Pauline.

111

—Si yo me meto en la cama de otra mujer —dijo, en tono suave—, que me condenen si te pido tu aprobación.

—Muy bien, milord. ¿Puedo preguntarte, al menos, qué será de mí?

Damon la asaeteó con una mirada evaluativa. Con lo bella y deseable que era Pauline, no demoraría una semana en encontrar a un nuevo proveedor. Él no se había hecho ilusiones de que ella lo amara, pues no manifestaba síntomas de esa enfermedad. El fin de la relación entre ellos no le partiría el corazón ni la haría sentirse abandonada.

—Te las arreglarás muy bien —respondió él—. No creo que exista un hombre que te haya mirado y no te desee, Pauline —le dijo, y suavizó un poco el tono para proseguir—. He disfrutado contigo estos meses. Me gustaría acabar las cosas de un modo agradable, sin arruinar los recuerdos. Me cercioraré de que sean pagadas todas tus cuentas. Quiero dejarte un regalo de despedida: un coche nuevo, más joyas, una casa... tú sólo dime qué preferirías.

Los ojos castaños de ella se clavaron en los de él.

—Ya me has hecho un regalo de despedida —dijo, sin parpadear.

Había en su voz un dejo de ironía que él no comprendió. Llevó lentamente su mano a su vientre un poco redondeado y la deslizó sobre su tersa superficie en una caricia cargada de intención.

Aún sin comprender, Damon observó el movimiento de sus blancos dedos. Su mente no aceptaba lo que ella estaba tratando de decirle.

—¿Qué podría pedir? —murmuró Pauline, manteniendo su mano en el vientre en actitud protectora—. Tal vez, algo más de dinero, y luego debería prometerte que no volvería a molestarte con respecto a mi estado. Ése suele ser el arreglo habitual, ¿no? Los hombres en posiciones como la tuya conciben a menudo hijos ilegítimos y no sienten la menor obligación para con las madres de sus bastardos. Pero yo a ti te conozco, querido. Tú no eres como la mayoría de los hombres.

—Nosotros hemos tomado precauciones... —dijo él con voz áspera.

—A veces, esas precauciones fallan.

—Quiero que veas a un médico.

—Ya lo he hecho. Por supuesto, estás invitado a encontrarte con él para que te confirme la noticia —dijo ella y, tras una pausa agregó, con súbito arranque de vulnerabilidad—. Puede ser que no me creas o que afirmes que el niño no es tuyo, pero al menos yo sé que te he dicho la verdad.

Si era un engaño, era magistral. Pauline hablaba sin alterarse, sin el revelador sonrojo ni el pulso acelerado de una mujer que estuviese mintiendo. Conservaba una calma y una lucidez totales.

Un hijo... suyo y de Pauline. Todo su ser se rebeló ante esa idea. Durante toda su vida adulta, jamás se había descuidado en lo que a las mujeres concernía. Había elegido muy bien a sus parejas y, que él supiera, jamás había concebido hijos ilegítimos con ninguna de ellas. Pauline tenía razón: era rara la vez en que un hombre se creyera en la obligación de hacer algo con respecto a sus amantes embarazadas, salvo un aporte financiero para el sostén de sus hijos. Esto no debería ser una trampa... pero para él lo era. Sintió frío. Se volvió de espaldas a la cama para que Pauline no pudiese ver reflejada la repelente verdad en su semblante.

Ahora, no podía abandonarla, sin importar lo que sintiera por ella. Estaba ligado a ella para siempre a través de ese niño. Pauline lo conocía lo bastante bien para entender que él no podría vivir con su conciencia si no se hacía cargo de ella y del niño. Desde entonces en adelante, su vida estaría ligada a las de ellos.

Él sabía que Pauline quería convertirse en su esposa, que abrigaba esa expectativa con relación a él, y que él lo esperaría de sí mismo a menos que hubiera un obstáculo. Una sonrisa amarga torció sus labios y, para su propia sorpresa, dijo:

—No puedo casarme contigo.

—Entiendo tu renuencia, querido. De todos modos, hay que considerar ciertos hechos. Tú necesitas un heredero pues, de lo contrario, tu hermano heredará tu título. Por otra parte, hay que pensar en el bienestar del niño...

—Yo ya estoy casado.

Era la primera vez que Damon lo admitía, incluso ante sí mismo. Apretó los puños y una rabia impotente lo arrasó. ¡Maldito fuese su padre por haberlo llevado a semejante situación!

Se hizo en la habitación un silencio tan absoluto que él se volvió hacia Pauline. El rostro de ella estaba ceniciento, aunque él no pudo discernir si era de impresión o de furia.

—¿Qué? —exclamó, sibilante—. ¿De modo que los rumores son ciertos? Jamás lo habría creído de un hombre como tú...

—Sucedió hace muchos años. Yo era niño: tenía siete años. Mi padre lo arregló.

—Si ésta es una estratagema...

—Es la verdad.

En la cara de Pauline el tono ceniciento fue reemplazado por una oleada púrpura.

—Por Dios... ¿y por qué tenía que ser un endemoniado secreto? ¿Dónde has tenido escondida a tu esposa todo este tiempo?

—No he vuelto a verla desde el día en que nos casaron. Ambas familias estuvieron de acuerdo en que debíamos crecer separados y que nos «presentarían» cuando llegáramos a la edad apropiada —contestó Damon, haciendo una profunda inspiración para continuar—. Pero eso no sucedió nunca. Yo no sé cómo le explicaron los hechos a ella. Mi padre optó por subrayar qué afortunado era yo de estar vinculado a una familia rica y no tener que pasar nunca por los inconvenientes de tener que elegir una esposa por mí mismo. Yo lo odié por lo que me había hecho, cualesquiera hubiesen sido sus motivos. Yo me resistí a todo intento de mi familia de reunirnos a los dos, y Julia...

—Julia —repitió Pauline, aturdida.

—... al parecer, ella tenía tan pocas ganas como yo de que nos conociéramos. Cuando, al fin, yo decidí tomar el asunto en mis manos y enfrentarme con ella, había desaparecido. Eso fue hace tres años. Y todavía no he podido hallarla.

—¿Cómo que ha desaparecido? ¿Nadie sabe dónde está? ¿Ni su familia?

—Si alguno de sus amigos o parientes lo saben, no van a decirlo. He contratado detectives que han buscado en toda Europa sin hallar rastros de ella.

—Pero, ¿por qué habría de desaparecer de este modo? Algo tiene que haberle pasado —señaló ella, con una nota esperanzada en la voz—. ¡Quizás esté muerta! Sí, o desfigurada a consecuencia de un accidente... o puede que haya hecho votos y esté oculta en un convento...

—Hemos tenido en cuenta todas esas posibilidades, pero no existe evidencia alguna que las sustente.

—Si ella estuviese viva se presentaría a ocupar su lugar como la próxima duquesa de Leeds.

Damon se encogió de hombros.

—Existe la posibilidad de que no le agrade la idea de tenerme como marido —replicó él con sequedad.

En el semblante de Pauline se evidenció la lucha entre la ira y el deseo, que hicieron sobresalir las pequeñas venas azuladas de sus sienes y su garganta.

—¿Qué harás con respecto a la señora Wentworth? —preguntó, en voz temblorosa—. ¿O, acaso, pretendes tener a toda una colección de mujeres a tu disposición?

—Ella no tiene nada que ver con Julia Hargate ni contigo.

—Ella será mi reemplazante —dijo Pauline entre dientes—. ¡Y eso a pesar de lo que me has hecho a mí y de lo que me debes!

Mientras observaba las facciones enfurecidas de Pauline, en la mente de Damon surgió otra imagen: los claros ojos turquesa de Jessica Wentworth y el brillo de su piel bajo la luna. «Yo no tengo interés en tener una aventura contigo», había dicho ella, «y eso es lo único que tienes para ofrecerme.»

—No voy a volver a verla —repuso Damon, sin alterarse—. Ella merece mucho más de lo que yo puedo darle.

—¿Y qué hay con respecto a mí?

—Tus necesidades quedarán cubiertas. Y las del niño, también. Pero la relación entre nosotros ya no será la misma, Pauline.

Ella se aflojó; fue evidente que había optado por ignorar el significado de sus palabras.

—Es natural —dijo, en un tono mucho más suave—. Yo sabía que tú no me abandonarías, querido.

Se estiró hacia él en actitud suplicante, y sus labios rojos se abrieron, incitadores. Damon sacudió la cabeza y se encaminó hacia la puerta del dormitorio; tuvo que apelar a toda su capacidad de control para no salir corriendo de esa perfumada prisión.

116

—¡Damon, tenemos que hablar!

—Después —musitó él, cada vez más contento a cada paso que ponía distancia entre ellos.

No quería hacer el amor ni conversar; sólo quería dejar de pensar y de sentir, al menos por un tiempo.

En la tienda de madame Lefevrbre el ambiente estaba cargado de los olores acres de tinturas, telas y té hirviendo. En Londres había otras modistas con tiendas mejor dispuestas, con muebles tapizados de terciopelo y paredes cubiertas de espejos con marco dorado, pero ninguna de ellas atraía la clase de clientela rica y distinguida que concurría a la casa de madame Lefevrbre. A Julia le encantaban los diseños sencillos y sentadores de la emprendedora francesa, del mismo modo que las bellas sedas, muselinas y lanas que empleaba.

Madame Lefevrbre interrumpió la explicación que estaba dando a otra mujer y se acercó a recibir en persona a Julia y a darle la bienvenida a su tienda. Apreciaba que Julia fuese su cliente, no sólo por su creciente popularidad sino, también, porque Julia pagaba puntualmente sus facturas, al contrario que las innumerables mujeres que tenían que engatusar a sus renuentes esposos o amantes para poder pagar sus vestidos nuevos.

—Señora Wentworth, ha llegado temprano a la prueba —le respondió la señora Lefevrbre, conduciendo a Julia hacia una silla que había junto a una mesa cargada de pilas de diseños, muestras de tela y minúsculos maniquíes vestidos con versiones en miniatura de los últimos modelos—. Si no le incomoda esperar unos minutos aquí...

—De ningún modo, madame.

Se sonrieron, demostrando el respeto mutuo que había entre dos mujeres que estaban acostumbradas a mantenerse por sí mismas. Julia se sentó en la gastada silla, rechazó una taza de té y empezó a hojear las revistas de modas.

—Pronto volveré a atenderla —dijo la modista, y desapareció tras las cortinas de muselina que ocultaban la trastienda.

Mientras Julia observaba con atención el dibujo de un salto de cama de espigado corte, con cintas de satén que cruzaban sobre los pechos, notó que alguien ocupaba la silla vecina.

La atractiva mujer de cabello oscuro tomó una de las muñecas y jugueteó con el diminuto volante fruncido que le rodeaba el cuello. Echó una mirada a Julia y sonrió.

Julia le devolvió la sonrisa, que se desvaneció al caer en la cuenta de que esa mujer era lady Ashton. Gimió para sus adentros, sin poder aceptar que le hubiese ocurrido tan desdichada coincidencia. Sin duda, lady Ashton ya se había enterado de su encuentro secreto con lord Savage. Empezó a extenderse por su piel un rubor de culpa, y lo combatió razonando para sus adentros. Ella no había hecho nada malo al cenar con lord Savage y, además, después de tantos años... ¡tenía derecho a pasar una velada con su propio marido, aunque más no fuese!

Lady Ashton, haciendo gala de una sólida compostura, no manifestaba la menor turbación ante el encuentro fortuito de las dos.

—Señora Wentworth —dijo, con una voz aterciopelada—, qué grato verla otra vez.

Julia logró componer una sonrisa de aquiescencia.

—Es una sorpresa encontrarla aquí —comentó.

—No es tan sorpresivo. Yo procuré que madame me diese una cita cercana a la de usted. Esperaba que tuviésemos una oportunidad de conversar.

Julia se esforzó en que no se notara su incomodidad, y le clavó la vista arqueando una ceja.

—Cuántas personas la admiran, señora Wentworth —señaló lady Ashton, dejando la muñeca y tomando otra. Hizo resbalar una mirada sobre la figura esbelta de Julia—. Es encantadora, talentosa y deseada por la mayoría de los hombres de Londres. He visto grabados y retratos de usted por todas partes... pero si es la actriz más admirada de la escena inglesa. Estoy convencida de que podría conquistar a cualquier hombre con quien se encaprichase. ¿Quién podría resistírsele?

Se hizo entre ellas un tenso silencio, y Julia se maravilló de la capacidad interpretativa de la otra. Si lady Ashton se sentía indignada, herida o humillada, no dejaba escapar el menor indicio de ello.

—No sé muy bien a qué se refiere —dijo Julia, con una entonación inquisitiva en su voz.

La otra se alzó de hombros.

—Tal vez, lo que esté tratando de decir es que cualquier mujer, yo, por ejemplo, sería una rival perdedora ante una persona tan célebre como usted.

Julia la miró sin parpadear.

—No tengo deseos de rivalizar con nadie.

Lady Ashton lanzó una leve carcajada, pero en sus ojos castaños no apareció la menor traza de humor.

—Eso me tranquiliza mucho. Por cierto, espero que ninguna mujer que tenga sus ventajas intente arrebatar a un hombre que pertenece a otra.

A través de sus miradas, intercambiaron mensajes tácitos. «No trates de apoderarte de lo que es mío», decían los ojos de lady Ashton, y los de Julia replicaban en silencio: «No tienes nada que temer de mí».

En un momento dado, lady Ashton apartó su mirada y concentró su atención en el atuendo de encaje que llevaba la muñeca que tenía en brazos. Con sumo cuidado, la dejó sobre la mesa.

—Ésta es la primera vez que visito a madame Lefevrbre —comentó—. Me temo que necesitaré una gran cantidad de vestidos nuevos.

—Estoy segura de que usted estará muy bien con cualquier cosa que ella diseñe —replicó Julia, en forma automática.

Con un cuerpo esbelto y voluptuoso como el de lady Ashton, era probable que estuviera elegante aun vestida con un saco de arpillera.

—Es una pena que no vaya a ser así por mucho tiempo —replicó lady Ashton, palmeándose el vientre y mirándola con ternura—. En cuestión de meses, sufriré cambios significativos.

Las revistas temblaron en las manos de Julia, y las apoyó sobre su regazo. La noticia la sacudió como un rayo, convirtiendo a sus pensamientos en un caos. «¡Por Dios, un niño!» El hijo de lord Savage. Consciente de que lady Ashton la observaba con atención, se recobró lo suficiente de su confusión como para aparentar un gran interés en uno de los modelos. Se preguntó si lord Savage ya estaría enterado de ese embarazo antes, si lo sabría ahora, y cómo se sentiría al respecto...

Enfadado, tal vez. Y atrapado. Sobre todo, responsable. No sería tan despiadado como para abandonar a una mujer en cuyo vientre se gestaba un hijo suyo. Él le había dicho que no tenía intenciones de casarse con lady Ashton... que quería casarse por amor. Ahora, ese sueño era imposible. Julia estuvo tentada, casi, de compadecerlo pero no se podía negar que él mismo se había metido en la presente situación. Buena pareja haría él con esta mujer calculadora: los dos eran morenos y exóticos, los dos seguían inflexibles impulsos en pos de lo que querían.

Bueno; lord Savage tendría que vérselas con las circunstancias que él mismo había creado, y Julia redoblaría sus esfuerzos por mantenerse lejos de él. Que él y lady Ashton resolvieran sus problemas; ella tenía que ocuparse de su propia vida.

Para alivio de Julia, la grata voz de madame Lefevrbre interrumpió sus pensamientos cuando le indicó que fuese a la parte de atrás de la tienda para realizar la prueba. Se puso de pie y forzó una sonrisa, que dirigió a lady Ashton.

—Buenos días —murmuró—. Le deseo lo mejor.

La otra respondió con un cabeceo, evidentemente satisfecha de lo que había logrado esa mañana.

Hacía poco, Julia había recibido carta de su madre, Eva, y sabía en qué preciso momento su padre estaría ausente de Hargate Hall. Él iba con frecuencia a Londres para asistir a reuniones en el club o encuentros con sus asesores financieros. Julia podía visitar a su madre una vez al mes o cada dos meses; casi nunca desaprovechaba esa oportunidad de hacer el viaje de una hora en coche para visitar la casa de su familia. Nunca sabía en qué estado encontraría a Eva, pues su salud era irregular: a veces buena, a veces mala.

Ese día, Julia tuvo el gusto de encontrar a su madre sentada en su sala privada, con una ligera manta bordada sobre las rodillas. El cutis de Eva estaba más luminoso que de costumbre, y su expresión era serena. Sobre el suelo, cerca de sus pies, había un cesto con una labor a medio hacer. Eva abrió los brazos dándole la bienvenida, y Julia se precipitó a abrazarla.

—Me quitas el aliento —exclamó Eva, riendo, ante el fuerte apretón de su hija—. Caramba... creo que algo ha sucedido desde la última vez que viniste.

—Te he traído un regalo.

Abrió el cordón de su bolso, sacó el pequeño estuche y dejó caer el reluciente alfiler de rubíes en su mano.

—Fue un regalo que me hizo un admirador —dijo, con indiferencia—. He decidido que sería mucho más adecuado para ti que para mí.

Por mucho que le gustara la pieza, no podía conservarla. Quería deshacerse de todo aquello que le recordase a lord Savage.

—¡Oh!, Julia... —exclamó Eva en voz queda, al ver el ramo adornado con gemas.

—Pruébatelo —la animó Julia, sujetando el broche en el volante blanco que adornaba el cuello de su madre—. Ahí está: ahora siempre tendrás rosas, cualquiera sea la estación.

—No debería aceptártelo —dijo Eva, levantando su mano para tocar el delicado broche—. Es demasiado valioso; si tu padre lo viese...

—Él nunca se percata de estas cosas. Y si llegara a notarlo, puedes decirle que te lo ha dejado un amigo recientemente desaparecido —le aconsejó Julia, mirando a su madre con sonrisa radiante—. No rechaces mi regalo, mamá. Te va a la perfección.

—Está bien —dijo Eva, su expresión se despejó, y se inclinó para dar un beso a su hija—. Quiero que me cuentes de este admirador tuyo. ¿Es por eso que estás tan animada? ¿O es que el señor Scott te ha asignado el papel que deseabas en la nueva obra?

—Ninguna de esas cosas —respondió Julia, mirándola a los ojos, y sintiendo que sus mejillas se sonrojaban—. Yo... lo he conocido a él, mamá.

Eva se quedó mirándola, sin comprender hasta que, poco a poco, cayó en la cuenta. No tuvo necesidad de preguntar quién era «él». Sus labios se movieron pero no emitió sonido.

—¿Cómo? —preguntó al fin, en un susurro.

—Por pura casualidad. Fue en una fiesta de fin de semana. Al oír su apellido, me volví y ahí estaba él. Él no sabe quién soy yo. No pude decírselo.

Eva meneó lentamente la cabeza. Se veía el pulso latir en la fina piel de sus sienes.

—¡Oh!, Julia —exhaló, en voz débil y atónita.

—Él me invitó a cenar —continuó Julia, sintiendo un alivio indescriptible al poder contar a alguien lo que había sucedido—. Para ser más precisa, fui obligada. Él le prometió al señor Scott una generosa donación al teatro a cambio de mi compañía, por eso accedí.

—¿Cenaste con lord Savage?

Julia asintió con vigor.

—Sí, hace una semana, en su propiedad de Londres.

—Y no le has dicho...

La voz de Eva fue perdiéndose hasta el silencio.

—No, no pude. Y él ni lo sospecha. Para él, no soy más que una actriz en quien está interesado —dijo, y apretó con más fuerza las manos delgadas de su madre—. Él dice ser soltero. Creo que se niega a reconocer nuestro matrimonio.

En el rostro de Eva apareció una expresión de culpa.

—¿Qué opinas de él, Julia? ¿Te parece atrayente?

—Bueno, yo... —titubeó Julia, retirando las manos y jugueteando con los pliegues de su falda, doblando con los dedos la muselina de color verde agua—. Cualquiera diría que es apuesto. Y, por cierto, es un hombre fascinante —sonrió contra su voluntad—. Pienso que tenemos muchos defectos comunes. Él es reservado y desconfiado y, al parecer, está resuelto a controlar cada aspecto de su vida de modo que nadie pueda hacer lo que su padre le hizo hace tantos años —sacudió la cabeza y lanzó una carcajada—. ¡No me sorprende que nunca haya querido conocerme! Creo que nunca piensa, siquiera, en Julia Hargate, salvo con la esperanza de que yo haya desaparecido de la faz de la tierra, de alguna manera.

—Eso no es verdad, Julia —replicó Eva y, suspirando, apartó la cara y adoptó una actitud tensa e incómoda ante lo que estaba a punto de revelar—. Hace tres años, lord Savage vino a Hargate Hall exigiendo saber dónde estabas. Nosotros, por supuesto, no le dijimos nada excepto que estabas fuera del país y que no teníamos contacto contigo. Desde entonces, nos han visitado cada tanto personas empleadas por él que estaban haciendo nuevas investigaciones relacionadas contigo. No te quepa duda de que lord Savage ha estado tratando de encontrarte.

Julia la miró, confundida.

—¿Por qué... por qué no me han dicho que él estaba buscándome?

—No me pareció que estuvieses lista para enfrentar a lord Savage. Yo quería que tú decidieras el momento. Si alguna vez hubieses deseado conocerlo, podrías haberte acercado a él por tu propia voluntad. Y tu padre no quería que Savage te encontrase por temor a que reaccionaras de manera impetuosa y perdieses el título y la posición que él había logrado para ti.

Julia lanzó una exclamación de frustración y se levantó de un salto.

—¿Es que no vais a cansaros nunca de manipularme? ¡Deberíais habérmelo dicho! ¡Yo no sabía que Savage quería verme!

—¿Qué diferencia habría habido? —preguntó su madre en voz queda—. En ese caso, ¿habrías querido verlo?

—No lo sé. ¡Pero sé que tendría que haber podido decidirlo yo misma!

—Siempre has tenido esa posibilidad —señaló Eva—. Podrías haberlo conocido hace mucho tiempo, pero preferiste evitarlo. La otra noche misma tuviste la oportunidad de decirle quién eras y optaste por guardar silencio. ¿Cómo puedo yo saber qué es lo que tú quieres si tú misma no lo sabes?

Julia se paseó, enloquecida, por la sala.

—¡Quiero ser libre de él! Mi matrimonio con Savage tendría que haber sido deshecho hace mucho tiempo. Estoy segura de que él desea acabarlo tanto como yo, sobre todo después de lo que me ha dicho lady Ashton.

—¿Quién es lady Ashton? ¿Por qué la mencionas?

—Ella es su querida —respondió Julia con amargura—. Y afirma estar embarazada de él.

—Embarazada —repitió Eva, impactada, aunque, por lo general, evitaba las palabras contundentes—. ¡Oh!... qué terrible complicación.

—En absoluto. La situación es muy sencilla. Voy a cortar todo lazo con lord Savage.

Julia, te ruego que no actúes de manera precipitada.

—¿Precipitada? Me ha llevado años tomar esta decisión. Pienso que nadie podría acusarme de que me he precipitado en nada.

—Has pasado demasiado tiempo evitando las consecuencias de tu pasado, eludiéndolo a él —dijo Eva con fervor—. Tienes que enfrentar a tu esposo, al fin, decirle la verdad y resolver juntos la situación.

—Él no es mi esposo, puesto que yo jamás lo he aceptado como tal. Este mal llamado matrimonio no ha sido otra cosa que una farsa. No me resultará difícil hallar a un abogado que confirme su invalidez y se lo notifique a lord Savage.

—¿Y después, qué? ¿Así será por el resto de nuestra vida? ¿Tendré que verte en secreto el tiempo que me queda? ¿Nunca intentarás hacer las paces con tu padre ni te decidirás a perdonarlo?

Al oír la mención de su padre, la mandíbula de Julia se puso tensa.

—Él no desea mi perdón.

—Aun cuando fuese así, tú tienes que dárselo; no por el bien de él sino por el tuyo —repuso Eva, con sus ojos desbordantes de amor y de súplica—. Ya no eres una muchacha rebelde, Julia. Eres una mujer independiente, de fuerte ánimo, mucho más fuerte que el mío. Y aun así, no debes perder la parte amable de tu personalidad, esa parte tierna y compasiva. Si alimentas esa amargura dentro de ti, no sé qué será de tu vida. A pesar de todo, sigo teniendo los mismos sueños con respecto a ti, iguales a los que tiene cualquier madre con respecto a su hija: que tengas un marido, un hogar y una familia...

—No los tendré con lord Savage —se empecinó Julia.

—¿Hablarás con él, al menos?

—No puedo... —empezó a decir Julia, y la interrumpió una vacilante llamada a la puerta.

Era Polly, una criada que había estado empleada en el hogar de los Hargate desde hacía veinte años. Era una mujer sin sentido del humor pero bondadosa, de rostro pequeño que recordaba al de un búho. A Julia siempre le había caído bien por su inalterable devoción a su madre.

—Señora —dijo Polly en un murmullo a Eva—, hay un visitante que pide ver a lord Hargate. Yo le he dicho que el señor no está en casa... entonces, ha preguntado por usted.

El semblante de Eva reflejó preocupación. A causa de su mala salud, rara vez recibía una visita inesperada.

—No quiero perder el poco tiempo que tengo para estar con mi hija —dijo—. Por favor, dile que venga más tarde.

—Sí señora, pero... es que se trata de lord Savage.

—¿Lord Savage está aquí? —preguntó Julia, atónita. Tras el asentimiento de la criada, lanzó una sarta de obscenidades de tal calaña que las dos mujeres la miraron asombradas—. Él no debe saber que estoy en la casa —dijo, yendo hacia la habitación vecina, otra sala que pertenecía a la suite privada de Eva—. Mamá, hazlo pasar y averigua qué quiere... pero no le digas nada de mí.

—¿Qué vas a hacer? —preguntó Eva, evidentemente desconcertada.

—Voy a esconderme aquí, cerca. Por favor, mamá, no le digas nada... ahora no estoy en condiciones de adoptar ninguna decisión.

Julia le sopló un beso y desapareció en la sala contigua.

Damon sólo había estado en dos ocasiones en su vida, antes de ésta, en la propiedad de los Hargate. La primera vez, el día de su boda, cuando él tenía siete años. La segunda, tres años atrás, cuando había acudido a ellos para averiguar el paradero de Julia. Se había encontrado con que lady Hargate era una mujer pálida y callada, de voz y aspecto apagados. Era de imaginar que lord Hargate debía de ser un individuo frío, de esa clase de hombres que se consideran superiores a cualquier otra persona con la que se cruzan. Desde aquel día, Damon se preguntaba con frecuencia a quién preferiría Julia Hargate, si a su tímida madre o a su autoritario padre. Ninguna de las dos posibilidades le atraía.

Damon aguardó con paciencia en el vestíbulo de entrada. El interior de la casa tenía un aspecto lujoso, que intimidaba casi como una iglesia, con sus cielos rasos abovedados y su olor a madera encerada. ¿Cómo habría sido crecer en un ambiente así para una niña pequeña? ¿Habrían resonado en ese recinto los gritos caprichosos de Julia Hargate, rebotando en los altos cielos rasos? ¿O, quizás, habría jugado en silencio, en algún rincón propio, perdida en sus fantasías? La infancia del mismo Damon, con sus ausencias e incertidumbres era, con mucho, preferible a cualquiera de esas posibilidades.

¿Dónde estaría Julia, en ese momento? ¿A dónde huiría tras haber sido criada en un sitio como éste? Huir... Cruzó por su mente el recuerdo de Jessica Wentworth, la noche que se habían conocido en la fiesta de fin de semana, y de lo que le había dicho: «Jamás he conocido a una persona que se sienta en paz con su pasado. Siempre existe algo que nos gustaría cambiar u olvidar...»

La vuelta de la criada interrumpió sus pensamientos.

—Lady Hargate lo recibirá, milord, pero no tiene mucho tiempo. Por favor, señor, tenga en cuenta que su salud es delicada.

—Lo entiendo.

La criada lo condujo hacia la salida del vestíbulo, lo precedió por la escalera, anduvieron por corredores alfombrados, ante interminables extensiones de madera tallada. Damon no sabía bien qué iría a decir a lady Hargate. Hubiese preferido encontrar al padre de Julia y hacer lo que fuese para obligarlo a revelar el paradero de su hija. Pero, por desgracia, no era posible amenazar ni amedrentar a una mujer enferma.

Una madre enfermiza... Damon cayó en la cuenta de que ésa era otra semejanza que compartía con Julia Hargate. Hacía años, su propia madre había muerto de tisis, con su cuerpo en un estado de lastimosa fragilidad y su mente siempre arrasada por la constante preocupación que le causaba la suerte de su familia. Qué injusto que una mujer que ansiaba estabilidad se hubiese casado con un jugador compulsivo. ¡Ah!, si Damon hubiese sido capaz de protegerla de su padre, de darle la paz y la seguridad que ella merecía... La conciencia de que había fallado a su madre lo perseguiría toda la vida.

No pensaba abandonar a Julia Hargate y cargar con

ella también su conciencia. Su sentido del honor le exigía que la ayudara en cualquier forma que le fuese posible.

También tenía una deuda de responsabilidad hacia Pauline, pero había una diferencia entre ambas situaciones. Julia era víctima de circunstancias que no hubiese podido controlar. Pauline, por el contrario, hacía todo lo posible para manipularlo a él; estaba seguro de que su embarazo no tenía nada de accidental.

Entró en una sala de recibo decorada en tonos rosados claros y salmón, y vio a lady Hargate sentada en una silla grande. Su pose rígida, la forma en que se mantenía erguida, con su espalda recta, el modo en que le tendía la mano, sin levantarse, tenía algo de extrañamente familiar. Tenía el mismo aspecto que él recordaba, como el de un pájaro que prefería el cobijo de su lujosa jaula que el mundo que la llamaba desde fuera. Sin duda, debió de haber sido, en otro tiempo, una mujer encantadora.

Damon besó con respeto su mano delgada.

—Puede sentarse a mi lado —dijo, y él la obedeció de inmediato.

—Lady Hargate, le pido que me disculpe por lo inoportuno de mi visita...

—Es un grato placer verlo —lo interrumpió ella con dulzura—, además de que ya había sido bastante postergado. Dígame, ¿cómo está su familia?

—Mi hermano William está bien. Lamentablemente, mi padre ha sufrido varias hemorragias cerebrales y está muy debilitado.

—Lo lamento —dijo ella, en tono cargado de simpatía.

Damon guardó silencio un momento, pensando en cómo continuaría. No tenía interés en una conversación trivial y, a juzgar por el modo en que ella lo miraba, estaba esperando que él mencionara a Julia.

—¿Ha tenido usted noticias de su hija? —preguntó,

bruscamente—. Sin duda, habrá tenido alguna novedad de ella, puesto que han pasado tres años.

La mujer respondió en forma evasiva pero amistosa.

—¿Ha seguido buscándola, lord Savage?

Damon asintió, mirándola con expresión significativa.

—Sí, y no he tenido suerte. Al parecer, Julia Hargate no existe en ningún lugar del mundo civilizado.

Julia, en la habitación vecina, apretó el oído a la puerta, incómoda por estar escuchando sin que él lo supiera, pero incapaz de contenerse. Sentía una insoportable curiosidad por saber qué le diría Savage a su madre, qué táctica emplearía para tratar de descubrir la verdad.

—Y, en caso de que usted, en un momento dado, encontrase a mi hija —quiso saber Eva—, ¿qué intenciones tendría con ella, milord?

—A juzgar por todas las señales, o bien Julia me tiene miedo o no desea ocupar su lugar como esposa mía. Dios es testigo de que no la culpo. Somos desconocidos uno para el otro. Lo único que yo quiero saber es si ella está bien, y si tiene todo lo que necesita. Después, pienso resolver la cuestión del modo que Julia prefiera, cualquiera sea éste.

—¿Y si ella quisiera seguir siendo su esposa? Existe la probabilidad de que quiera convertirse en duquesa, algún día.

—En ese caso, que ella misma me lo diga —repuso Damon con aire sombrío y, de repente, su tensión se liberó de su control—. Que yo pueda verlo en sus ojos y oírlo en su voz. ¡Maldita sea, me gustaría saber qué desea para dejar de buscarla y terminar con esto de una vez! —en cuanto soltó la exclamación, se arrepintió, temiendo haber ofendido a tan delicada criatura—. Perdón —musitó.

Ella desechó la disculpa y lo miró con desconcertante comprensión.

—Por sobre cualquier otra cosa —dijo ella—, lo que más desea mi hija es poder elegir por sí misma... siempre se ha rebelado contra el hecho de que le hubiese sido arrebatada una de las elecciones más importantes de su vida. Estoy segura de que usted debe de sentir lo mismo.

De súbito, las emociones de Damon se precipitaron en su interior como un río que empujara una represa a punto de derrumbarse. No tenía a nadie en el mundo en quien confiar, ni siquiera en William. Siempre había tenido que cargar él solo con sus problemas y sus sentimientos, y él era el único responsable por ellos. Y, en ese momento, la necesidad de decírselos a alguien se transformó en una de las compulsiones más poderosas que hubiese experimentado jamás.

Damon flexionó sus manos y las estiró sobre las rodillas.

—Sí, yo siento lo mismo —dijo, en voz áspera. No pudo mirar a la mujer—. Yo sé por qué Julia se rebeló y por qué no puede enfrentar las consecuencias de lo que habían acordado lord Hargate y mi padre. Por más que siempre haya sabido que no era culpa de ella, aun así culpé a Julia por cosas con las que ella no tenía nada que ver. La he odiado durante años, casi tanto como he odiado a mi padre por ser un derrochador y un jugador compulsivo. Hasta he intentado olvidar su existencia misma. La muerte de mi madre y la mala salud de mi padre me dieron la posibilidad de sumergirme en un mundo de nuevas responsabilidades. Pero Julia siempre seguía ahí, en el fondo de mis pensamientos. Nunca he podido amar a nadie, nunca sentí que tuviese derecho a amar, a causa de su existencia. He comprendido que sólo podría ser libre de ella enfrentándola.

—Yo nunca comprendí de qué modo podría afectar el matrimonio a ambos —murmuró Eva—. En aquel entonces, parecía tener cierto sentido. Dos familias de buena sangre que aseguraban a sus respectivos hijos un compañero de vida apropiado... Sentí alivio, creyendo que el futuro de mi hija estaba asegurado y que, algún día, ella podría tener un título que todo el mundo respetaría. Tal vez hubiese sido un arreglo respetable para cualquier otra clase de hijo, pero no para Julia. Por desgracia, yo no sabía que mi familia se vería desgarrada por una decisión que yo acepté. No comprendía lo fuerte que era la voluntad de ella... que es —se corrigió, con sonrisa amarga.

—¿Cómo es ella? —preguntó Damon en voz espesa, para su propio asombro.

Julia no se asemeja a mí ni a su padre... al parecer, ya de niña sostenía sus propias opiniones y juicios en lugar de aceptar los ajenos. Ojalá no fuese tan independiente; yo no considero que sea una cualidad conveniente en una mujer. Y hay otro aspecto de ella que es fantasioso, apasionado y vulnerable. Ella tiene infinitos talentes e intereses. Nunca he visto que hiciera algo predecible, nada de eso...

Damon contemplaba a lady Hargate y, de pronto, atrajo su atención el brillo de una alhaja entre los volantes de su cuello. Ella seguía hablando pero, de repente, el significado de sus palabras comenzó a escapársele y sólo pudo percibir el fragor amortiguado del tamborileo de su corazón. Apartó su mirada para ocultar una expresión que pudiera traicionar sus pensamientos pero en su mente ardió una imagen que explotó dentro de él. Hizo esfuerzos por normalizar la respiración.

La mujer llevaba el broche de rubíes que él había regalado a Jessica Wentworth.

No existía otro como ése en el mundo, y no había posibilidades de que lady Hargate lo hubiese recibido de nadie que no fuese... Se lo había regalado su hija... Jessica Wentworth... Julia Hargate...

5

Damon no conseguía dejar de mirar fijamente el broche de rubíes. Él lo había comprado para Jessica Wentworth y había tenido el placer de imaginar que ella usaría algo que él le había regalado. Muchas cosas comenzaban a cobrar sentido: su actitud esquiva, su ausente y misterioso esposo, su reconocimiento inmediato de las rosas raras que había regalado su madre hacía muchos años.

Las preguntas quemaban en su mente, y las conclusiones subsiguientes hicieron que su boca se endureciera amargamente. ¿Por qué ella no le había dicho quién era? ¿Qué juego estaba llevando adelante? Él había creído que ella había sentido por él la misma atracción que él por ella, pero quizá todo había sido una ilusión. Ella era actriz, y talentosa. Podía haber planeado enamorarlo mientras, para sus adentros, se reía porque él ignoraba que ella era su esposa.

Su sangre se agitó a influjos de la ira y el orgullo herido. Ardía en deseos de ponerle las manos encima y estrangularla por lo que le había hecho pasar. Tres años de búsqueda infructuosa, mientras ella se ocultaba en el más público de los lugares posibles: el teatro. Había imaginado a Julia Hargate como una frágil paloma que se refugiaba para protegerse de las insoportables consecuencias de su matrimonio; en cambio, ella era una actriz de éxito y poseía habilidad para engañar.

No era de extrañar que su familia no quisiera admitir lo que había sido de ella. Era insólito que una joven de fortuna y buena familia se dedicara a la escena. La mayoría de los pares de lord Hargate lanzarían exclamaciones desdeñosas y afirmarían que Julia era una desgracia. Aun así, Damon tenía conciencia de una furtiva admiración por la audacia de ella. Hacía falta valor para lograr lo que ella había logrado: sobrevivir... no, prosperar sin apoyarse en otra cosa que en su propio talento. Había hecho tremendos sacrificios y arrostrado graves riesgos para alcanzar su objetivo. El despecho por el matrimonio arreglado y el deseo de contrariar los designios de su padre habrían sido muy potentes.

Él había luchado contra los mismos sentimientos durante todos esos años... sólo que habían reaccionado de manera diferente a las mismas circunstancias. Julia había dejado todo de lado: su reputación, su seguridad y hasta su apellido. Él, por su parte, había ocupado la posición de su padre como cabeza de familia y había resuelto controlar no sólo su propia vida sino también las de todos los que lo rodeaban.

Damon mantuvo los ojos fijos en el rostro de lady Hargate, y sintió un involuntario impulso de piedad por ella. Daba la impresión de ser una mujer bondadosa aunque mal preparada para vivir con un marido dominante y una hija voluntariosa. Lady Hargate, por su parte, lo miraba con expresión interrogante, pues había percibido un cambio en su expresión.

—Comprendo que Julia no quiera ser hallada —dijo Damon con calma forzada—, pero esto ya se ha prolongado demasiado. Yo tengo obligaciones que usted no conoce. Necesito tomar importantes decisiones, y debo hacerlo pronto. He esperado durante años a que Julia apareciese. Ya no puedo esperar más.

Su mirada directa incomodó a lady Hargate.

—Sí, lord Savage, lo entiendo. Si yo pudiera enviar un mensaje a Julia, trataría de convencerla de que se encontrara con usted. Antes de que Damon pudiese replicar, otra voz intervino en la conversación:

—¡No lo harás!

Los dos alzaron la vista al mismo tiempo, vieron al hombre que había entrado en la sala... y Damon se puso de pie para enfrentar a su suegro, lord Hargate.

—¡Edward! —exclamó Eva, y su rostro se puso blanco de consternación—. No esperaba que regresaras tan pronto.

—Fue una suerte que lo hiciera —repuso su esposo, con el rostro crispado en una expresión altiva e indignada—. Tendrías que haberte negado a recibir a lord Savage hasta que yo estuviese presente para verlo, querida.

—No podía rechazar al marido de Julia...

Edward Hargate no hizo caso de la débil protesta de su esposa y clavó una larga mirada en Damon, que se la retribuyó. Durante los últimos dos años, había envejecido mucho, su cabello acerado se había convertido en una melena estriada de plata. Una red de líneas finas no había contribuido a suavizar su rostro sino, más bien, le había dado la apariencia de una talla de granito gastada por el tiempo. Sus ojos eran pequeños y negros como olivas y estaban sombreados por espesas y despeinadas cejas. Era un hombre alto que no tenía un gramo de grasa de más y que parecía exigirse tanto a sí mismo como a los demás.

—¿A qué debemos el placer de su inesperada visita? —preguntó a Damon en tono cargado de sarcasmo.

—Usted ya lo sabe —respondió éste, cortante.

—No debería haber venido. Creo haber señalado con claridad que, acudiendo a nosotros, no averiguará nada acerca de nuestra hija. El rostro de Damon se mantuvo inescrutable, pese a la furia que crecía y se extendía a través de su ser. Quiso abalanzarse sobre el hombre mayor y barrer de su cara ese aire de complaciente superioridad. Era evidente que Hargate no sentía el menor remordimiento por nada de lo que había hecho ni le importaba haber herido a alguien.

—Esta situación no la he provocado yo —dijo Damon en voz baja—. Tengo derecho a saber qué ha sido de Julia.

El padre echó a reír con aspereza.

—No querrá saber la vergüenza que nos ha acarreado a todos nosotros... a sí misma, a su familia e incluso a usted, su esposo. Haga lo que quiera con respecto a ella, pero no mencione su nombre en mi presencia.

—Edward —dijo Eva en tono lastimero, con la voz quebrada—. No entiendo por qué las cosas tienen que ser así.

—Ella eligió esto, no yo —repuso él con vivacidad, sin conmoverse ante la lágrima que resbalaba por la mejilla delgada de su esposa.

En el cuarto vecino, Julia estaba inmóvil, aplastada contra la pared junto a la puerta, escuchando el encuentro entre lord Savage y sus padres. Su instinto de sobrevivencia la impulsaba a huir, se sentía en extremo vulnerable como si una palabra dura de labios de su padre fuera a hacerla trizas. Le aterrorizaba enfrentarlo. Sin embargo, la necesidad de verlo, de obligarlo a reconocer su presencia, la arrastró a la acción. Antes de poder tomar conciencia de lo que estaba haciendo, abrió la puerta y entró en el recibidor con paso seguro.

Al ver a su hija, Eva exhaló una exclamación consternada. Lord Savage no mostró ninguna reacción, fuera de la súbita rigidez de su mandíbula. Su aparición, en cambio, produjo en Edward el efecto de un rayo.

Julia se acercó a su madre y apoyó una mano en el hombro delgado de ella. Aunque tuviese la apariencia de un gesto de consuelo, en realidad, estaba destinado a darle fuerzas. La fragilidad de su madre que su mano percibía y la noción de que su padre había contribuido a la desdicha de Eva, aumentaron la cólera de Julia, haciéndole alcanzar nuevas alturas.

—¿Cómo te atreves a mostrarte aquí? —exclamó su padre.

—Créeme que no lo haría si hubiese otra forma de que yo pudiese ver a mamá.

—¡Habéis estado conspirando contra mí!

Julia lo observó, notando los cambios que había dejado el tiempo en él, las nuevas líneas que surcaban su rostro, la plata que estriaba su pelo. Se preguntó si él también notaría los cambios en ella, si vería que ella había perdido su suavidad de muchacha y se había convertido en una mujer. ¿Por qué él nunca había sido capaz de darle la ternura paternal que ella siempre había anhelado? Unas palabras bondadosas, una manifestación de orgullo por sus logros, podrían haber cambiado el curso de su vida. Ella hubiese querido librarse de la necesidad de su amor, lo había intentado desde que había abandonado el hogar, pero algo en su interior se negaba tercamente a renunciar a los últimos vestigios de esperanza.

Subió a sus ojos el humillante escozor de las lágrimas y se esforzó por no dejarlas caer.

—Nunca he podido complacerte —dijo, mirando a la cara pétrea de su padre—. ¿Acaso te extraña que al fin haya dejado de intentarlo? Nadie ha podido llenar nunca tus elevadas expectativas.

—Tú afirmas que yo esperaba demasiado de ti —repuso su padre, alzando las cejas—. Y lo único que yo te pedí era obediencia. No creo que sea una exigencia desmedida. A cambio, yo te di lujo, educación y un esposo de la nobleza... que Dios me perdone.

—¿Sabes por qué me he convertido en actriz? Porque acostumbraba pasar todo el tiempo imaginando cómo seria la vida si tú me amaras, si te importara un ápice lo que yo pensaba y sentía. Me volví tan hábil para fingir que ya no pude vivir de otra manera.

—¡Yo no tengo la culpa de tus fallas! —dijo Edward, lanzando una mirada mordaz a Damon—. Hay un hecho cargado de ironía: estáis hechos el uno para el otro, ambos sois rebeldes y desagradecidos. Bueno, ya no volveré a entrometerme en vuestra vida, y vosotros no interferiréis en la mía. Os prohibo regresar aquí.

Damon se adelantó en un movimiento instintivo para parar la discusión pero, cuando se acercó a Julia, ella se apartó lanzando una exclamación de sobresalto y lo miró con una expresión tan suplicante e impotente que lo dejó estupefacto. En ese momento, ella supo que él la comprendía, que quizá la comprendía más de lo que nadie jamás lo haría. Ella estaba poseída por la misma combinación de orgullo y añoranza que había teñido toda su vida. Ella ansiaba ser amada pero la aterrorizaba entregar su corazón por completo a alguien.

La mano de Damon se crispó a su costado. Estaba a punto de estirarse hacia ella, de sacarla de en medio de tan desagradable escena. Las palabras estuvieron por escapársele de los labios, ésas que jamás le había dicho, hasta entonces, a ninguna mujer: «Ven conmigo... yo me cuidaré de todo... Yo puedo ayudarte». Pero antes de que pudiera moverse, Julia se había vuelto y huía de la sala con la espalda recta y los puños apretados. Tras su salida, se hizo un incómodo silencio en la habitación. Al volverse, Damon vio que la escena había dejado a lord Hargate impertérrito.

—Cualesquiera hayan sido mis errores —dijo Hargate—, no merecía una hija como ella.

Los labios de Damon se estiraron en una mueca desdeñosa.

—Coincido con usted: ella es demasiado buena para usted. Hargate resopló, despectivo.

—Tenga la bondad de marcharse de esta casa, Savage.

Dirigió a su esposa una mirada de advertencia, una mirada que decía que la cuestión estaba lejos de haber concluido, y salió de la sala con pasos enérgicos.

Damon se acercó a lady Hargate, que comenzaba a adquirir aspecto enfermizo, y se agachó junto a su silla.

—¿Quiere que llame a una criada? —le preguntó—. ¿Quiere que venga alguien en particular?

Ella respondió balanceando la cabeza.

—Por favor —dijo, en voz titubeante—, tiene que tratar de ayudar a Julia. Tal vez ella parezca muy fuerte pero, en el fondo...

—Sí, lo sé —murmuró él—. Julia estará bien, le doy mi palabra.

—Es muy triste que esto haya terminado así —susurró la mujer—. Siempre tuve la esperanza de que algún día vosotros os encontraríais y que, entonces...

—¿Y entonces? —preguntó él, uniendo las cejas. Ella sonrió como disculpando su propia tontería.

—Y tal vez descubrieseis que, después de todo, erais el uno para el otro.

Damon contuvo un resoplido irónico.

—Ésa habría sido una solución cómoda... pero me temo que las cosas no son tan sencillas.

—No —admitió ella, mirándolo con tristeza.

Julia entró en su pequeña casa de la calle Somerset con una mezcla de pánico y alivio. Tenía ganas de esconderse en la cama, taparse con las mantas y encontrar el modo de borrar ese día de su memoria. Cuando se acercó la doncella, Sarah, Julia le indicó que no dejara pasar a ningún visitante en el resto del día.

—No quiero ver a nadie, por muy importante que parezca ser.

—Sí, señora Wentworth —dijo la doncella de cabellos oscuros, ya habituada a la inclinación de Julia por la soledad—. ¿La ayudo con sus cosas, señora?

—No, yo misma me desvestiré.

Julia fue a buscar una botella de vino a la cocina, y luego subió el estrecho tramo de escalera que conducía a su dormitorio.

—¡Dios mío! ¿Qué he hecho? —musitó para sí.

Nunca tendría que haber enfrentado a su padre, puesto que nada lograría con ello y, por añadidura, ahora lord Savage sabía quién era ella.

Se preguntó si éste estaría enfadado con ella. Sí, sin duda, debía de pensar que ella había estado tomándolo por tonto. ¿Y si él decidía tomar revancha? Julia bebió a hurtadillas un poco de vino. Dejaría pasar varios días antes de enfrentar a Savage. Para entonces, tal vez su ira se hubiese enfriado y quizá pudiesen tener una conversación sensata.

Julia entró en la soledad de su dormitorio moviéndose como una sonámbula. Las paredes estaban revestidas con un papel de delicado estampado de artemisas y rosas que armonizaba con su ondulante dosel de verde pálido y fresco. Los otros muebles que había en la habitación eran un armario y un tocador de caoba y una tumbona con marco dorado y tapizado de terciopelo de color champaña. Pendían de las paredes unos retratos de actores y de escenas teatrales, además de la página original de una de las obras de Logan Scott, que él le había regalado después del primer éxito de ella en el Capital.

Ella se paseó por la habitación, reconfortada por la presencia de sus objetos familiares, las posesiones que ella misma había conseguido. No había rastros de su pasado, ni recuerdos desagradables; sólo la seguridad y la intimidad de Jessica Wentworth. ¡Si pudiera volver a vivir el día pasado! ¿Qué clase de impulso destructivo la había llevado a revelar su identidad a lord Savage?

Recordó cómo la había mirado él en el instante previo a que ella se marchara de la propiedad de los Hargate. Su mirada la había atravesado; ella creyó sentir que él veía con claridad cada uno de sus pensamientos y cada una de sus emociones. Se había sentido impotente como una niña, todos sus secretos al descubierto, sus defensas destruidas.

Julia se sentó ante la mesa del tocador y terminó el vino en unos sorbos más. No se permitiría pensar más en Savage... necesitaba dormir y prepararse para enfrentar el ensayo del día siguiente, el de la nueva obra de Logan. No podía permitir que su vida profesional se viese alterada por sus problemas personales.

Se quitó la ropa, la dejó caer al suelo y se puso un sencillo camisón de muselina que se ataba en la delantera con cinco cintas de satén. Suspiró aliviada, se quitó las hebillas del pelo y se pasó los dedos por entre las desordenadas mechas rubio ceniza. Tomó una copia de *Señora Engaño*, e inició el movimiento de subir a la cama cuando un ruido interrumpió el silencio de la casa. Julia se quedó inmóvil y escuchó, atenta. Dos voces apagadas enzarzadas en una discusión le llegaron desde abajo, filtrándose en su habitación, y entonces oyó, desde lejos, el grito de alarma de la doncella.

Julia dejó la copia que tenía en la mano y salió de prisa de su habitación.

—Sarah —llamó, ansiosa, corriendo hacia la escalera—. Sarah, ¿qué sucede?

Se detuvo en el borde del escalón y vio a la doncella de pie en el centro del vestíbulo de entrada. La puerta de calle estaba abierta de par en par: lord Savage acababa de irrumpir en su casa.

Al ver su amenazadora figura la mente de Julia quedó en blanco por el susto. El rostro de él estaba tenso, sus ojos entornados, clavaban su mirada en ella.

—Señora Wentworth —balbució la doncella—, él... él entró por la fuerza... No pude detenerlo...

—He venido a hablar con mi esposa —dijo Savage, torvo, sin dejar de mirar a Julia.

—Su... —dijo la criada, confusa—. Entonces, usted debe de ser el señor Wentworth, ¿no?

En el rostro de Savage se formó un ceño crispado.

—No, no soy el señor Wentworth —dijo, con cortante precisión.

Sin saber cómo, Julia logró adoptar una expresión serena.

—Debe marcharse —dijo con firmeza—. Esta noche, no estoy preparada para discutir nada.

—Es una lástima —replicó él, iniciando el ascenso de la escalera—. Yo estoy preparado desde hace tres años.

Era evidente que él no le dejaría alternativa. Julia se preparó para la batalla y dijo a la asustada doncella:

—Puede ir a acostarse, Sarah. Hasta mañana.

—Sí, señora. Hasta mañana —respondió Sarah, no muy segura, echando una mirada al resuelto individuo que subía la escalera.

La muchacha se apresuró a desaparecer rumbo a su

habitación habiendo llegado a la obvia conclusión de que no era prudente interferir.

Cuando Savage llegó junto a ella, Julia levantó el mentón y le devolvió la mirada.

—¿Cómo se atreve a irrumpir en mi hogar? —preguntó, arropándose mejor en su camisón.

—¿Qué objeto tenían tantas mentiras? ¿Por qué no me has dicho la verdad la primera vez que nos vimos?

—Tú mentiste tanto como yo; me dijiste que eras soltero...

—No tengo la costumbre de contar secretos íntimos a mujeres que acabo de conocer.

—Ya que estamos en el tema de los secretos íntimos, ¿sabe lady Ashton que no eres el soltero que afirmabas ser?

—De hecho, sí lo sabe.

—Supongo que querrá desembarazarse de tu esposa y casarse contigo, por el bien de su hijo —dijo Julia, y tuvo la satisfacción de ver que las facciones de él expresaban atónita sorpresa.

—¿Cómo sabes eso? —preguntó él con suspicacia.

—Lady Ashton me lo dijo cuando coincidimos en la tienda de la modista. Ella intentó apartarme de ti... y yo le hubiese dicho que no era necesario. Tú eres el último hombre con quien elegiría relacionarme.

—¿A quién preferirías? —preguntó, en tono burlón—. ¿A Logan Scott?

—¡A cualquiera menos a ti!

—¿Por qué? —preguntó él, bajando la cabeza y lanzándole el aliento cálido en la mejilla—. ¿Porque te doy miedo? ¿Porque no puedes menos que desear lo mismo que yo?

Julia trató de retroceder pero las manos de él se apoyaron en sus hombros. La asía con firmeza y, aun así, si ella hubiese querido habría podido soltarse. Era otra cosa la que la retenía, una fuerza potente que le impedía apartarse.

—No sé de qué estás hablando —dijo, en tono inseguro.

—Tú lo sentiste la primera vez que nos encontramos... ambos lo sentimos.

—Sólo quiero que me dejes en paz —replicó ella, lanzando una exclamación cuando él la apretó contra su cuerpo duro.

En los ojos de él ardió un resplandor de fuego, convirtiendo el gris en plata fundida.

—Sigues mintiendo, Julia.

Ella tembló, confundida, y permaneció apretada contra él, con intensa percepción de su olor, del calor de sus manos, de la presión de su erección creciente en el vientre. El ascenso y descenso del pecho de él seguía el mismo ritmo de la respiración trabajosa de Julia. No era la primera vez que la abrazaba un hombre, pero siempre había sido en el contexto de una escena, siempre dentro del teatro. Nunca habían sido propios los movimientos ni las palabras, que estaban ensayados a la perfección. Los sentimientos se habían fabricado con suma habilidad para beneficio del público. Ahora, en cambio, por primera vez eran reales y ella no sabía bien qué hacer.

Savage deslizó sus manos por las finas mangas del camisón de Julia, y su contacto le infundió un ramalazo de tibieza desde los hombros hasta las muñecas desnudas. Le habló con la boca pegada a su mejilla, sus labios rozaban la piel de ella a cada palabra, muy cerca de su boca.

—La noche que fuiste a mi cuarto, en la mansión de los Brandon, yo habría dado una fortuna por tocarte así... cualquier cosa, con tal de estar cerca de ti. Me prometí que nada me impediría poseerte.

—Nada, con excepción de una esposa y una amante embarazada —dijo Julia, sintiendo el loco palpitar de su pulso.

Él echó la cabeza atrás, disimulando el brillo intenso de sus ojos tras las espesas pestañas.

—No estoy seguro de que Pauline esté embarazada. No sé si está mintiendo, ni sé qué haré si no está mintiendo —y, tras una vacilación, agregó en tono áspero—: lo único que sé es que tú eres mía.

—Yo no pertenezco a nadie —replicó ella, apartándose, tambaleándose un poco—. Por favor, ahora vete —dijo, desesperada, iniciando el camino hacia la protección de su dormitorio.

—Espera —dijo Damon, deteniéndola apenas había traspuesto la entrada y haciendo que se volviera hacia él—. Julia...

Todos los discursos convincentes que había ensayado se quedaron atascados en su garganta. Lo que él quería era hacerle entender que no era la clase de hombre que había dado la impresión de ser hasta ese momento. ¿Cómo era que su vida, tan bien organizada, se había convertido en semejante embrollo?

Tomó un mechón del cabello suelto de Julia y que, como una bandera dorada, descansaba sobre su hombro y bajaba hasta su cintura. Lo hizo pasar delicadamente por entre los dedos. Ella aguardó sin moverse ni emitir ningún sonido, presa de la misma sensación de inminencia que él. Era increíble que él hubiese abrigado un resentimiento contra ella y la hubiese negado durante toda su vida... y que ella hubiese terminado siendo lo que él más deseaba.

Damon pasó la mano por debajo de la caída de su pelo, hasta llegar a su nuca y curvó los dedos en torno de su superficie. Sintió que los músculos de ella se ponían rígidos con su contacto. Escapó de los labios de Julia una débil protesta cuando él la atrajo hacia sí, poco a poco, hasta que el cuerpo femenino quedó preso contra el masculino.

—Esto no está bien —susurró ella.

—No me importa.

Fuera de esa habitación, nada le importaba: ni la vida que tan cuidadosamente había diagramado, ni las cosas contra las que había luchado durante años. Las sepultó a todas en el fondo de su mente. Puso una mano debajo de la cintura de ella y apretó los cuerpos hasta hacerlos coincidir, y hasta que ella se estremeció y exhaló un sonido inarticulado.

Esperó a que ella hiciera el siguiente movimiento. Con movimientos delicados, ella llevó sus manos a la cabeza de él, entrelazando los dedos en su pelo. Bastó con esa leve insinuación del contacto de ella para que la boca de él cayera sobre la de Julia. El placer inundó todo su ser, bañando los nervios y los sentidos de Damon. La encontró deliciosa, sintiendo las curvas de sus pechos mullidos sobre la pared de su propio torso, sus caderas suaves y bien torneadas, que encajaban en las suyas. El río terso de su pelo caía sobre los brazos y las manos de él, que cedió al impulso de interrumpir el beso para asir un puñado de hebras relucientes y frotarlas contra su mejilla.

A Julia se le escapó un sollozo y él la sintió temblar contra él.

—Quisiera odiarte —dijo, en voz ahogada.

Damon clavó su vista en el rostro de ella y posó sus pulgares en el borde de su mandíbula aterciopelada.

—No soy ningún santo, Julia. He mentido a todo el mundo, incluyéndome a mí mismo, pero eso es similar a lo que has hecho tú. Construiste tu propia vida lo mejor que pudiste. Y yo hice lo mismo.

Julia sintió que de sus ojos manaban lágrimas y que los pulgares de él enjugaban de inmediato las tibias gotas. Era un alivio poder hablar sinceramente con él por primera vez.

—Yo no sabía que pasaste años tratando de hallarme.

—¿Por qué no me dijiste quién eras aquel fin de semana, en la propiedad de los Brandon?

—Intentaba protegerme.

—Te agradaba el hecho de contar con una ventaja sobre mí.

—No —repuso ella, de inmediato, pese a que un rubor traicionero caldeó sus mejillas.

Los labios de él se curvaron en una sonrisa amarga.

—Nunca quisiste decirme la verdad con respecto a quién eras en realidad, ¿no? —quiso confirmar, y adivinó la respuesta al ver que el rubor de ella se intensificaba. Sus manos descendieron por el cuerpo de ella en una caricia de propietario—. No te librarás de mí con tanta facilidad, Julia.

Ella trató de apartarse pero una mano de él, en el centro de la espalda y otra en la nuca, la retenían. Esta vez, el beso tuvo una intención claramente sexual, con la lengua de él explorando la suavidad de la boca de ella. Julia no pudo reprimir su respuesta y un gemido de placer subió a su garganta, hasta que apartó con brusquedad su cara y apoyó su mejilla en el hombro de él. Ella tenía tanta conciencia como él del desastre que estaban a punto de provocar.

—De todo esto no puede resultar nada —dijo, con la boca contra la tela de la chaqueta de él—. Yo nunca podría ser la clase de mujer que tú quieres. Y tú tienes tus responsabilidades...

—Siempre he tenido responsabilidades —interrumpió él, con la frustración vibrando en su voz—. He iniciado cada relación con la convicción de que jamás podría durar, de que no podía ofrecer a una mujer un apellido ni un vínculo permanente. Y ahora que te he encontrado a ti, no me dirás que no eres lo que yo quiero.

—¿Qué estás diciendo? —preguntó ella, con sonrisa penosa—. ¿Que no querrás una anulación? ¿Qué podría resultar de una relación entre nosotros? Yo ya no soy Julia Hargate. Me he convertido en una persona que no es adecuada para ti, en absoluto.

—Eso no importa.

—Importará —insistió ella, tratando de apartarse interponiendo sus brazos—. Tú querrías que yo abandonase todo aquello por lo cual he trabajado, todo lo que necesito para ser feliz. Tú no perteneces a la clase de hombre que podría soportar ver a su esposa sobre el escenario, abrazada, cortejada y besada por otros hombres, aunque supieras que sólo estarían actuando.

—Maldita seas —dijo él en voz baja—. Ya ahora no puedo soportarlo.

Aplastó con su boca la de ella, pidiendo entrada, devorándola, exigiendo hasta dejarla sin aliento, sin voluntad, sin pensamiento, sin otra cosa que la ardiente necesidad de recibirlo a él dentro de sí.

Con dedos bruscos, él tironeó de las cintas de satén del camisón hasta que la muselina resbaló por uno de los hombros de Julia, dejando al descubierto la prominencia pálida de uno de sus pechos. Él recorrió el contorno con la yema de sus dedos, dejando un rastro de fuego que provocó un dolor de ansiedad en el pezón de Julia. Ella se arqueó hacia él, apretando su pecho contra la mano de él, jadeando cuando su pulgar jugueteó con la endurecida punta.

Julia se dejó llevar por la temeridad. ¿Qué pasaría si lo dejaba hacerle el amor? No debía nada a nadie, excepto a sí misma. Estaba convencida de que, a esas alturas, había ganado el derecho de elegir por sí misma, sobre todo en este caso. Siempre se había disfrazado aprovechando uno u otro papel, ya fuese el de Julia Hargate, el de la señora Wentworth o el de mil personajes diferentes creados sobre el papel. Pero, en este momento, esas identidades habían sido olvidadas y ella estaba ante él sin disfraces.

—Nunca he cedido a la tentación —dijo ella, y sus manos temblorosas subieron hasta los costados del rostro delgado de él—. Es algo que no puedo permitirme. El trabajo, la disciplina, la confianza en mí misma, son las únicas cosas en las que puedo apoyarme. No quiero pertenecer a nadie. Pero, al mismo tiempo...

—¿Sí? —apremió él, en medio del silencio.

—No quiero estar sola.

—No tienes por qué estar sola esta noche.

—¿Aceptarías que te concediera una sola noche? ¿Y después te alejarías cuando yo te lo pidiese?

—No lo sé —musitó él, remiso a decir la verdad.

Una carcajada desesperanzada escapó de los labios de Julia, y admitió para sí que no le importaba. De súbito, nada era tan importante como la necesidad de estar con él, de conocer todos los secretos íntimos que le habían sido negados durante tanto tiempo.

Damon captó la expresión de sus ojos y tiró del camisón, bajándolo por los hombros. La prenda cayó al suelo con un susurro. Julia no se movió mientras la mirada absorta de él la recorría. Ella jamás hubiese imaginado que la contemplación del cuerpo de ella podría afectarlo a él de manera tan potente, haciéndolo sonrojarse y temblarle las manos, que se tendieron hacia ella.

Acarició con los nudillos la piel tierna debajo de los pechos femeninos y las líneas delicadas de las costillas y luego su palma se posó sobre el vientre de ella. Julia contuvo el aliento cuando sintió que él tocaba los rizos que ella tenía entre las piernas y sus dedos la exploraban hasta que ella se apartó, farfullando algo y sacudiendo la cabeza.

Él la siguió de inmediato, le rodeó la espalda con sus brazos y ella oyó el sonido de su voz de bajo como un trueno que le llenaba los oídos. Su boca buscó la de ella, y ella se abrió a él, entregándole el control que tanto le había costado ganar y que cedía por primera vez en su vida. Él la llevó a la cama, la empujó sobre el cubrecama de seda verde, y ella, por su parte, tironeó de las capas de hilo y de paño que lo cubrían a él.

—Julia —dijo él, en un hilo de voz—, si vas a detenerme... te ruego, por Dios, que lo hagas ahora.

Como presa de fiebre, ella apretó sus labios contra el mentón y el cuello de él.

—Quiero sentirte —susurró—. Quiero sentir tu piel en la mía. La respuesta de Damon fue un suspiro desgarrado y un torbellino de actividad, quitándose la chaqueta, la corbata y la camisa. Cuando llevó las manos a la abertura del pantalón, las manos más pequeñas de ella apartaron las de él. Con esfuerzo, él esperó pacientemente mientras su deseo estallaba en llamas al sentir los dedos de ella arrancando, tirando de sus ropas. Ella estaba seria, absorta en su tarea, haciendo pasar los pesados botones de la prenda por los pulcros ojales.

Una vez que estuvo suelto el último botón, Damon se sentó sobre el borde de la cama para quitarse los zapatos, los pantalones y los calzoncillos. Tras él se hizo silencio, y entonces sintió el roce húmedo de la boca de Julia donde comenzaba su columna. La sensación le hizo ponerse rígido, tenso cada uno de sus músculos, mientras recibía una sucesión de besos que siguieron al primero, empezando en su nuca y bajando hasta el centro de su espalda.

Ella lo rodeó con sus brazos, estrechándolo desde atrás, y sus pechos desnudos se apretaron contra la espalda, también desnuda, de él. Cayó sobre el hombro de Damon un mechón de los sedosos cabellos de Julia. Parecía una sirena curiosa que estuviese descubriendo a un hombre por primera vez, moviendo su cuerpo contra el de él, sus manos suaves deslizándose sobre la piel masculina. Ella recorrió los contornos del pecho de él y se detuvo para sentir mejor el palpitar de su corazón bajo la palma de la mano. Se atrevió a bajar y sus dedos rozaron los músculos prietos del vientre de Damon. Él cerró los ojos sintiendo el tímido roce en su miembro, dolorosamente erecto. Llevó sus dedos trémulos a los de ella, ayudándola a apretar hasta que el placer fue tan intenso que casi lo abrumó.

Damon se volvió, la hizo tenderse sobre la cama y su cuerpo descendió sobre el de ella. Ella atrajo, con ansias, la cabeza de él hacia ella, enredando sus dedos en el cabello de él y besándolo. Damon llenó sus manos con los pechos de ella, cubrió sus pezones con la boca y su lengua hizo erguirse, más aun, esas puntas rígidas.

Julia se elevó hacia él, perdida en la comunión de los dos cuerpos. En los últimos minutos, se había convertido en una desconocida para sí misma, en una desvergonzada que entregaba su cuerpo y su alma a la voluntad de otro. Quiso más, quiso acercarse a él más todavía, olvidar su propia existencia en la marea arrasadora del éxtasis.

Las manos y los labios de él se movían con destreza sobre el cuerpo de ella, provocando corrientes de sensaciones dondequiera que la tocaban. Empujó con su rodilla entre las piernas de ella y ella sintió sus dedos entre los muslos, descubriendo un principio de humedad entre los diminutos rizos. Tan audaz intimidad le hizo abrir los ojos y encogerse al ver el resplandor de la lámpara que había junto a la cama. Tuvo ganas de quedar oculta por la oscuridad.

—Por favor —dijo, en voz insegura—, la luz...

—No —murmuró él, con la boca sobre su estómago—. Quiero verte.

Julia trató de protestar pero las palabras se le quedaron en la garganta cuando la cabeza de él siguió bajando. Sintió que la boca de él se movía cada vez más abajo, a través de la suave mata de vello, y la lamía en lo profundo, buscando los secretos que allí se escondían. La lengua de él era cálida sobre su carne, y la hacía retorcerse y gemir como si le doliera... aunque no era dolor lo que sentía; más bien, era un embeleso demasiado intenso para poder comprenderlo. Las manos de ella bajaron hasta el cabello de él con la intención de apartarlo, pero luego se curvaron sobre su cabeza como suplicando. La atenazó un interminable estremecimiento de placer, y sus sentidos se galvanizaron hasta quedar al rojo blanco.

Damon alzó la cabeza y deslizó el cuerpo sobre el de ella. Julia se arqueó y suspiró, dispuesta a dejarlo hacer cualquier cosa que él deseara. Ya se había librado de cualquier recato virginal, y estaba flexible y abierta a cualquier deseo de él. Hubo una fuerte presión entre sus muslos, una advertencia de dolor. Se mordió el labio al recibir la invasión y rodeó la espalda de él con sus brazos, deseando con primitiva urgencia que él la poseyera; esa urgencia la asombraría más tarde, cuando pudiese reflexionar. Pero Damon se detuvo y se retiró, mirándola con creciente incredulidad.

—Eres virgen —susurró.

Julia lo ciñó con sus brazos, y sus manos pequeñas se movieron por la parte baja de la espalda de él acariciando, masajeando en inconscientes gestos de ánimo.

—¿Por qué? —fue lo único que atinó a decir él.

Los ojos de ella brillaron cuando lo miró.

—Nunca quise a ninguno, antes de ti.

Damon besó su garganta estirada, su mejilla, sus labios trémulos. Tuvo la sensación de que todo su ser estaba repleto de un deseo cegador equivalente al que había sentido durante toda su vida adulta. Con un solo movimiento decidido, empujó hacia delante con suficiente fuerza como para derribar la barrera de su inocencia. La sintió ponerse tensa entre sus brazos y hacer una brusca y veloz inspiración. Damon odiaba causarle dolor y, al mismo tiempo, experimentó una feroz satisfacción al saber que la poseía como ningún hombre la había poseído. Ella era muy apretada, y en sus tersas honduras se sintió retenido y envuelto en un intenso calor. Dejó caer una lluvia de besos sobre el rostro de ella, mezclándolos con palabras de elogio y de deseo, tratando de reconfortarla.

Poco a poco, Julia comenzó a relajarse, a adaptarse a la inflexible invasión. Él fue tierno con ella, y sus manos juguetearon sobre el cuerpo de ella en parsimoniosa exploración. Ella tembló al sentir que él penetraba más profundamente, iniciando un ritmo lento que enviaba corrientes de placer por todo su cuerpo. De algún modo, el dolor del comienzo se disipó y fue reemplazado por el impulso de elevarse más hacia él y de recibirlo más a fondo. Él accedió a la demanda sin palabras, hundiéndose recto y seguro en ella hasta dejarla sumida en otra oleada de deleite. Ella sintió que él la asía por las caderas, que sus dedos se apretaban en su carne y le oyó emitir un sonido bajo y atormentado cuando eyaculó dentro de su cuerpo. Tembloroso, Damon presionó con fuerza hasta que tuvieron la sensación de que sus cuerpos se habían fundido en uno solo.

Julia quedó sumida en una fuerte somnolencia durante largo rato, después, y descansó apoyada en el hueco del brazo de él. Damon había apagado la lámpara; habían quedado en una apacible oscuridad. Ella estaba soñando, con la cabeza ocupada por vagos pensamientos y los sentidos absorbiendo la tibieza y la textura del hombre que estaba a su lado.

Ella ya no era el personaje misterioso que excitaba la curiosidad del público, ni la actriz que pronunciaba las líneas bien ensayadas de una obra... ella había sido arrancada del pasado que la ataba. Giró la cabeza y contempló el nítido perfil del hombre que estaba a su lado. Lord Savage, su esposo. Si ella se lo permitía, él dominaría su vida. La mantendría a salvo, cobijada, y la inundaría de suficiente lujo como para que a ella ya no le importase estar encerrada en una jaula de oro. Sin embargo, ella no estaba dispuesta a permitir que nadie la poseyera. Había pasado la mayor parte de su vida bajo la planta de su padre, y ya estaba harta.

No se quedaría a la sombra de un marido como había hecho su madre. Reservaría con esmero esa parte de ella que se había esforzado por nutrir y proteger; eso significaba que cualquier tipo de relación con Damon era imposible.

6

Damon despertó lentamente y al encontrarse en una cama extraña se sintió confuso. Desde la almohada, a su lado, emanaba el esquivo perfume de una mujer. Todavía medio dormido, apretó su cara sobre la tela de lino color crema. Entonces, volvieron flotando a él los recuerdos de la noche pasada y abrió los ojos.

Estaba solo en la cama de Julia.

Julia... nunca había sido más que un nombre para él, una sombra del pasado y, de pronto, se había tornado muy real. Vio una mancha de sangre en la sábana, y no pudo quitar su vista de ella. Sus dedos se movieron, inciertos, sobre la roja mancha. No había imaginado la posibilidad de que Julia fuese virgen. Nunca antes había conocido a una mujer virgen sino sólo mujeres maduras, con plena experiencia en todos los aspectos de la pasión. El sexo había sido siempre un retozo, un placer pasajero; no la transformadora experiencia de la noche anterior. Julia era la única mujer en el mundo que sólo había pertenecido a él.

¿Por qué le había cedido a él ese privilegio que no había dado a ningún otro? Por cierto, él no era el primer hombre que la había deseado. Despertaba el apetito carnal de todos los varones de Londres. Pensó en todas las razones lógicas posibles pero, habiendo entre ellos tantas preguntas sin respuesta, no se le ocurrió ninguna.

Quería tenerla de nuevo en la cama, en ese preciso instante. Ella era increíblemente bella, tan despojada de artificios, tan confiada... Quiso excitarla y reconfortarla y acariciarla, quiso hacerle sentir cosas que ella jamás hubiese creído posibles. Y, después, tenerla abrazada durante horas mientras ella dormía, y custodiar su sueño. De pronto, esta obsesión se había abatido sobre él, esta necesidad de verla todos los días, todas las noches y, al mismo tiempo, con cada fibra de su ser supo que era un sentimiento permanente. Ya no podía imaginar el futuro sin ella.

Damon apartó las sábanas y anduvo desnudo, de acá para allá, por el cuarto, recogiendo las ropas caídas. Se vistió de prisa y corrió las cortinas de un verde apagado para mirar por la ventana. Afuera todavía era temprano y el sol matinal comenzaba a ascender sobre las chimeneas y los altos tejados de la ciudad.

La pequeña casa estaba en silencio y el único ruido lo constituían los pasos de la doncella que cruzaba el vestíbulo de la entrada. Al ver a Damon bajando la escalera, la muchacha se sonrojó y lo miró con recelo.

—Milord —dijo—, si quiere un poco de té y algo para desayunar...

—¿Dónde está mi esposa? —interrumpió él con brusquedad. La doncella retrocedió uno o dos pasos a medida que él se acercaba, sin saber si considerarlo un demente o no.

—La señora Wentworth fue al teatro, señor. Tiene ensayo todas las mañanas.

El Capital. A Damon le irritaba que Julia no lo hubiese despertado antes de marcharse. Pensó en seguirla y enfrentarse con ella de inmediato. Tenían mucho de qué hablar. Por otra parte, él tenía que ocuparse de ciertos asuntos, uno de los cuales, y no el menos importante, tenía que ver con Pauline. Miró, ceñudo, a la nerviosa criada.

—Diga a la señora Wentworth que me espere esta noche.

—Sí, milord —respondió la muchacha, retrocediendo mientras él iba hacia la puerta.

Había sido una mañana endiablada en el Capital. Julia sabía que estaba actuando mal en el ensayo, y que Logan Scott estaba exasperado a más no poder. Le costaba recordar su parte. Le resultaba imposible concentrarse en el personaje que debía representar o dar entrada a los parlamentos de los otros actores. Además de un dolor de cabeza que la cegaba, sentía inflamada cada una de las partes de su cuerpo... y, por sobre todo, su mente estaba llena de imágenes de la noche pasada y de lo que había hecho.

En un momento de irreflexión, había cometido un terrible error. La sensación de estar con Damon había sido tan buena... Ella se sentía sola, vulnerable; añoraba el placer y el consuelo que él podía brindarle. Y, sin embargo, a la cruda luz del día, todo era diferente. Una terrible pesadez se había instalado dentro de ella, sus secretos se escapaban, huían fuera de su alcance antes de que ella pudiese recuperarlos. Ni el ambiente familiar del teatro logró serenarla. Tal vez ahora Damon creyese que tenía derechos sobre ella. Era preciso que le dejara en claro que ella sólo se pertenecía a sí misma.

—No cometas el error de pensar que no puedo reemplazarte —le advirtió Logan por lo bajo, mientras ella tropezaba torpemente en otra escena más—. Todavía no es demasiado tarde para que confíe esta parte a Arlyss. Si no empiezas a demostrar cierto interés en lo que estás haciendo...

157

—Dale la parte a ella, si quieres —replicó Julia, lanzándole una mirada corrosiva—. En este momento, no me importa.

Logan no estaba acostumbrado a este tipo de rebelión y tironeó, distraído, de su cabello color caoba hasta dejarlo casi en punta. Sus ojos azules echaron chispas de ira.

—Haremos la escena otra vez —dijo, entre dientes. Hizo un gesto imperioso a los otros actores que estaban sobre el escenario: Charles, Arlyss y el viejo señor Kerwin—. Entre tanto, os sugiero que vayáis a la sala de espera y repaséis vuestras líneas. A estas alturas, no calificaría vuestras actuaciones más que un punto o dos por encima de la de la señora Wentworth.

En medio de algunas protestas, el pequeño grupo hizo lo que le decía, aliviado de poder escapar a la tensión que se vivía ese día en escena. Logan se volvió hacia Julia.

—¿Lo hacemos? —preguntó él con frialdad.

Sin decir palabra, ella fue hacia la izquierda, desde donde tenía que hacer su entrada. En esa escena, los dos personajes principales, Christine y James, se hallaban en las primeras angustias del amor. Era de suponer que Christine, que había vivido protegida, estaba encantada con la libertad que le brindaba pasar por una criada. Por otra parte, la afligía sentirse atraída por un simple lacayo pero era incapaz de resistir el impulso de arrojar toda precaución al viento.

Ella hizo su entrada esforzándose por expresar algo de la mezcla entre ansiedad e incertidumbre de su personaje... hasta que vio la alta y atractiva figura de James, que la esperaba. Lanzó una carcajada de excitación y corrió hacia él para arrojarse en sus brazos.

—No creí que vinieras —dijo él, haciéndola girar alrededor, y dejando que los pies de ella tocaran el suelo.

Le apartó un rizo de la cara como si no pudiese creer que ella fuese de verdad.

—No quise venir —repuso ella, agitada—. Pero no pude evitarlo.

Con aparente irreflexión, él se inclinó para besarla. Julia, por su parte, cerró los ojos sabiendo qué le esperaba. La habían besado muchas veces sobre el escenario, cada vez que una escena lo marcaba, tanto Logan como Charles e, incluso, una vez, el señor Kerwin, que hacía el papel de un anciano monarca casado con una novia joven y bella. Por muy apuesto que fuese Logan, sus besos nunca habían conmovido a Julia. Los dos eran demasiado profesionales para que eso sucediera. No era necesario que sintieran algo para convencer al público.

Sintió que los labios de él tocaban los suyos pero, de repente, el recuerdo de la noche anterior apareció en su mente como un relámpago: el calor de la boca de Damon, la presión de sus brazos que la apretaban contra su cuerpo, la pasión que la había arrasado...

Julia se apartó de Logan ahogando una exclamación y mirándolo, aturdida, mientras se tocaba los labios con los dedos temblorosos.

El personaje de James desapareció y en su lugar se vio la conocida expresión de Logan. Estaba confundido y meneaba lentamente la cabeza. En su voz vibraba una nota de cólera:

—¿Qué demonios te pasa?

Julia le dio la espalda y se frotó los brazos, agitada.

—¿Acaso no tengo derecho a estar en un mal día, como cualquier otra persona? Nunca eres tan áspero con los otros cuando tienen inconvenientes con una parte.

—Espero más de ti.

—Tal vez en eso consista tu error —replicó ella de

inmediato. La mirada de Logan perforó la espalda de Julia.

—Es evidente que sí.

Ella inspiró una profunda bocanada de aire y se volvió hacia él.

—¿Quieres volver a probar la misma escena?

—No —respondió Logan con acritud—. Ya me has hecho perder demasiado tiempo hoy. Tómate la tarde libre; yo trabajaré con los otros. Y te advierto que si, para mañana, no estás en perfectas condiciones, daré tu personaje a otra. Esta obra significa muchísimo para mí. Que me condenen si permito que alguien la estropee.

Julia bajó la mirada, sintiendo el aguijón de la culpa.

—No te decepcionaré de nuevo.

—Será mejor que no.

—¿Digo a los otros que vuelvan?

Él asintió y, con el rostro inescrutable, le indicó por señas que se marchara.

Julia lanzó un suspiro y salió del escenario hacia el lateral. Se masajeó las sienes y los ojos, tratando de disipar su dolor de cabeza.

—¿Señora Wentworth?

Irrumpió en sus pensamientos una voz de hombre joven y vacilante.

Julia se detuvo y miró a quien le había hablado: era Michael Fiske, un escenógrafo de talento excepcional. Armado de su pintura y sus pinceles, había creado algunos de los más bellos bastidores, piezas tridimensionales y telones de fondo que Julia hubiese visto nunca. También otros teatros habían reconocido el talento de Fiske e intentado arrebatárselo al Capital, obligando a Logan a pagarle un salario insólitamente alto para asegurarse sus servicios exclusivos. Fiske había informado a Logan y a todos los demás trabajadores del Capital, haciendo gala de su habitual jactancia, que él bien valía lo que ganaba. Casi todos ellos estuvieron de acuerdo, para sus adentros.

Sin embargo, ese día la expresión engreída de Fiske estaba ausente y su actitud era de inseguridad. Estaba en la sombra, llevaba en sus manos un pequeño envoltorio y su mirada era suplicante.

—Señora Wentworth —repitió, y Julia se acercó a él.

—¿Sí, señor Fiske? —le preguntó ella con cierta preocupación—. ¿Sucede algo malo?

Él alzó sus anchos hombros y apretó con más fuerza el paquete.

—No exactamente. Quisiera pedirle algo... si no le molesta... —se interrumpió, lanzó un explosivo suspiro y su rostro agradable se crispó en una expresión de duda—. No tendría que haberla molestado. Por favor, señora Wentworth, olvídelo...

—Dígame —insistió ella, sonriéndole para darle ánimos—. No creo que sea tan terrible.

Con semblante de trágica resignación, Fiske le tendió el paquete envuelto en papel.

—Por favor, dé esto a la señorita Barry.

Ella aceptó el objeto que él le tendía y lo sostuvo con cuidado.

—¿Es un regalo para Arlyss? Si me disculpa por preguntárselo, ¿por qué no lo entrega usted mismo?

El rostro delgado del joven se cubrió de rubor.

—Todos sabemos que usted es la mejor amiga de la señorita Barry. Usted le agrada y ella le tiene confianza. Si usted quisiera darle esto y hablarle en mi nombre...

Julia comenzó a comprender.

—Señor Fiske —preguntó con dulzura—, ¿acaso siente usted un interés romántico hacia Arlyss?

El otro dejó caer la cabeza y lanzó un gruñido afirmativo.

Su evidente sinceridad conmovió a Julia.

—Bueno, no me sorprende. Ella es una mujer atractiva, ¿verdad?

—Es la muchacha más adorable, más encantadora que he visto jamás —barbotó él—. Es tan maravillosa que no puedo armarme de suficiente valor para hablarle. Cuando ella está cerca, siento mis rodillas como si fuesen de gelatina y no puedo respirar, casi. Y ella, por su parte, no sabe que existo, siquiera.

Julia sonrió con simpatía.

—Si conozco bien a Arlyss, estoy segura de que preferiría que usted la abordase en persona...

—No puedo. Es demasiado importante. Ya he pensado en confesarle lo que siento, pero... ella podría reírse de mí o compadecerme...

—No, yo le aseguro que ella no es de esa clase —se apresuró a decirle Julia—. Arlyss se sentiría muy afortunada de que un hombre como usted se interesara por ella.

Él negó con la cabeza y cruzó y descruzó los brazos.

—Yo no soy un caballero elegante —dijo él, pesaroso—. No tengo ropas finas ni una gran mansión... y no tengo demasiadas expectativas. Ella no me querrá.

—Usted es un buen hombre y un pintor de maravilloso talento —replicó Julia, como para darle confianza, aunque por dentro sospechó que tal vez tuviese razón.

Arlyss siempre se había dejado convencer por brillantes promesas y obsequios tentadores. En los últimos años, habían pasado por su vida una sucesión de hombres hastiados que la usaban para satisfacer sus propios placeres egoístas y luego la abandonaban sin el menor remordimiento. Además, era preciso tener en cuenta el enamoramiento sin esperanzas que Arlyss tenía por Logan Scott, quien, por cierto, jamás pensaría, siquiera, en una relación con ella. Arlyss no había ocultado el hecho de que le atraían los hombres poderosos. Qué bueno sería que se enamorase de alguien como Fiske, un hombre joven y sincero que, si bien no era rico, la respetaba y la amaba.

—Le daré su regalo a ella —dijo Julia, en tono firme—. Y le hablaré en su nombre, señor Fiske.

De algún modo, el semblante de él reflejó alivio y desesperación al mismo tiempo.

—Gracias... aunque, de todos modos, es una causa perdida.

—No dé eso por seguro —dijo Julia, tocándole el hombro a manera de consuelo—. Veré qué puedo hacer.

—Que Dios la bendiga, señora Wentworth —dijo él, y se alejó con las manos en los bolsillos.

Julia se encaminó hacia la sala de espera, donde encontró a los demás actores ensayando por su cuenta. Les dirigió una sonrisa avergonzada.

—El señor Scott quiere que volváis al escenario. Lo lamento, pero creo que lo puse de muy mal humor. Os ruego que me disculpéis.

—No es necesario que te disculpes —le aseguró el señor Kerwin, y sus patillas se movieron al ritmo de su risa—. Todos tenemos nuestros días difíciles de vez en cuando, hasta una gran actriz como tú, querida.

Julia sonrió agradecida e hizo una seña a Arlyss mientras los demás salían de la sala.

—Ven aquí, un momento... tengo un regalo para ti.

—¿Para mí? —preguntó Arlyss, frunciendo la frente—. No es mi cumpleaños.

—No es de parte mía sino de un admirador secreto.

—¿En serio? —se asombró Arlyss que, contenta y halagada, jugueteó con sus rizos—. ¿De quién es, Jessica?

Julia le tendió el paquete.

—Ábrelo y mira si puedes adivinar.

Arlyss le arrebató el envoltorio, riendo de excitación,

y desgarró el papel con infantil regocijo. Después de haber destruido varias capas de papeles protectores, las dos contemplaron con deleite el regalo. Era un pequeño y exquisito retrato de Arlyss, vestida de Musa Cómica, con su piel luminosa, sus mejillas sonrosadas y una dulce sonrisa en sus labios. Era una interpretación idealizada, pues había representado su figura un poco más esbelta de lo que era en realidad, sus ojos un poco más grandes, pero no cabía duda de que era un retrato de Arlyss. La habilidad y el talento del artista eran notables, y la obra resultante era un trabajo de delicados matices que captaba la esencia alegre del sujeto.

—Es maravilloso —murmuró Julia, pensando que Michael Fiske podría tener un futuro en la pintura, más allá de la escenografía.

Arlyss observó el retrato con evidente placer.

—¡Es demasiado bella para tratarse de mí! Bueno... casi.

Julia tocó con cuidado el borde del marco dorado.

—Es obvio que lo ha pintado alguien que te ama.

Por completo perpleja, Arlyss movió la cabeza.

—¿Quién puede ser?

Julia le lanzó una mirada significativa.

—¿Conoces a algún caballero capaz de pintar algo así?

—A nadie por aquí, aunque... —Arlyss estalló en una carcajada incrédula—. ¡No me digas que se trata del señor Fiske! ¡Oh!, por Dios, él no se parece en nada al tipo de hombre en quien yo suelo interesarme.

—Eso es verdad. Él es honesto, trabajador y respetuoso: bien diferente de los hombres disipados de quienes te quejas desde hace tanto tiempo.

—Al menos, ellos son capaces de mantenerme.

—¿Qué te dan ellos? —preguntó Julia con suavidad—. ¿Algún regalo? ¿Una o dos noches de pasión? Después, desaparecen.

—Es que todavía no he encontrado al más apropiado.

—Tal vez, ahora sí lo hayas encontrado.

—Pero, Jessica, es un escenógrafo...

Julia miró a su amiga directamente a los ojos verde mar.

—Sé bondadosa con Fiske, Arlyss; estoy convencida de que él te quiere de verdad.

La menuda actriz se sintió incómoda y frunció el entrecejo. —Le agradeceré el retrato.

—Sí, habla con él —la animó Julia—. Quizá descubras que te agrada. A juzgar por su obra, es un hombre de espíritu profundo; además, es bastante apuesto.

—Puede que tengas razón —dijo Arlyss, pensativa. Echó una mirada más prolongada al retrato y se lo dio a Julia—. No debo hacer esperar al señor Scott. ¿Tendrías la bondad de dejar esto en mi camarín?

—Claro.

Mientras Arlyss se alejaba, Julia cruzó los dedos. Una sonrisa irónica se extendió por su cara. Ella estaba convencida de que era una mujer mundana, cínica casi; sin embargo había una parte de ella que era incurablemente romántica. Esperaba que Arlyss encontrase el amor en alguien que la apreciara y no le importase cuáles fuesen sus defectos ni qué errores hubiese cometido en el pasado. Julia reconoció con amargura que se sentiría mejor sabiendo que alguna otra persona era feliz en el amor, por más que su propia situación fuese desdichada.

Pauline levantó su vista de la montaña de paquetes que había sobre el suelo alfombrado de su dormitorio, donde predominaban el malva y el dorado. Estaba arrebatadora, rodeada de montañas espumosas de cintas y telas, con su cabello oscuro sensualmente revuelto, cayendo sobre sus hombros desnudos. Sus labios se abrieron en sonrisa incitante cuando Damon entró en la habitación.

—Llegas justo a tiempo para ver mis nuevas adquisiciones —le informó—. Esta mañana, he hecho una agradable salida de compras —dijo y, poniéndose de pie, sostuvo desde la altura de sus pechos una especie de funda que parecía una fina telaraña dorada—. Mira, querido: está hecho para usar sobre otro vestido, como adorno, pero cuando estemos solos lo usaré así, sobre la piel.

Lo pasó por su cabeza con movimientos graciosos y dejó que la tela de resplandeciente tejido se deslizara sobre su cuerpo, al mismo tiempo que dejaba caer el vestido que llevaba debajo. La trama dorada realzaba la rotunda belleza de su cuerpo y no hacía nada por ocultar el triángulo oscuro del pubis ni las puntas entre rosadas y marrones de los pezones erectos. En sus ojos aterciopelados brilló la excitación y, lamiéndose los labios, se acercó lentamente a él.

—Hazme el amor —murmuró—. Tengo la impresión de que hace siglos que no me tocas.

Damon miró a Pauline sin expresión, asombrado de comprobar que no le causaba la menor impresión la misma mujer a la que, en otro tiempo, había hallado tan excitante.

—No he venido para eso —dijo, conservando sus brazos a los lados aun cuando ella ronroneaba y se frotaba contra él—. Quiero hablar.

—Sí... después.

Le tomó la mano y trató de llevarla hacia su pecho. Ceñudo, Damon retiró la mano.

—Quiero saber el apellido de tu médico. El que ha confirmado tu embarazo.

El interés sexual desapareció del semblante de Pauline y fue reemplazado por una expresión preocupada y defensiva.

—¿Por qué?

Damon siguió mirándola, imperturbable.

—¿Cómo se llama?

Pauline fue hasta la cama y se envolvió en el grueso cubrecama de brocado. Con felina languidez, trazó un dibujo sobre la tela con la yema de un dedo.

—Es el doctor Chambers. Es un médico muy viejo y respetado, que ha atendido a mi familia durante años.

—Quiero conocerlo.

—Es muy dulce de tu parte que te intereses, querido, pero no es necesario que...

—¿Harás tú el arreglo, o debo hacerlo yo?

La piel de Pauline se cubrió de sonrojo, aunque Damon no pudo discernir si era de culpa o de ira.

—Lo dices de un modo tan acusador... ¿No crees que esté diciéndote la verdad con respecto al niño?

—Lo que creo es que este «accidental» embarazo ha sido sospechosamente oportuno para ti —dijo él, sin rodeos—. Y pienso que ya es hora de que acabemos con los juegos.

—Yo nunca he jugado contigo...

—¿Ah, no? —la interrumpió él con sonrisa despectiva.

Pauline abandonó su actitud felina y se sentó erguida.

—¡No quiero discutir nada contigo cuando estás tan contrariado!

Él la miró con frialdad.

—Quiero que arregles una cita para mí con el doctor Chambers.

—A él no puedes darle órdenes como si fuese un criado... y a mí tampoco, ya que estamos.

—Creo que he pagado por tener ese privilegio.

Pauline lanzó una exclamación de rabia y le arrojó un almohadón dorado que aterrizó en el suelo, a los pies de él.

—No tienes por qué darte esos aires de superioridad. Yo no tengo la culpa de que me dejaras embarazada, tampoco de que tengas que cargar con una esposa a la que no puedes localizar. ¿Has hecho algún avance en ese sentido?

—Eso no es asunto tuyo.

—¡Tengo derecho a saber si mi hijo será bastardo!

—Ya te he dicho que me ocuparé de ti y del niño. Y tengo intenciones de atenerme a esa promesa.

—¡Eso dista mucho de casarte conmigo!

—Mi padre me obligó a contraer un matrimonio de conveniencia. Sería capaz de irme al infierno antes de permitir que tú, o cualquier otra persona, vuelva a hacerme lo mismo.

—¿De modo que ahora se trata de lo que te han hecho a ti? —preguntó Pauline, alzando la voz—. ¿Y qué me dices de lo que me han hecho a mí? Fui seducida por ti, me has preñado, y ahora, al parecer, estás pensando en abandonarme...

—Mal se podría decir que tú fueses una escolar inocente —dijo él, mientras una sonrisa irónica cruzaba su rostro al recordar la escandalosa persecución a que lo había sometido Pauline, las tretas que había empleado para atraerlo a su cama. ¿Y ahora afirmaba que ella había sido seducida?—. Eras una viuda rica y arrastrabas una historia de aventuras que se remontaba a antes de la muerte de tu anciano esposo. Yo no he sido tu primer protector, y Dios es testigo de que no seré el último.

—Eres un canalla sin sentimientos —dijo ella, y su hermoso rostro se crispó en una expresión desdeñosa—. Vete. ¡Sal de aquí en este mismo momento! Estoy segura de que haría daño al niño que yo me pusiera nerviosa.

Damon la complació con una reverencia burlona y abandonó la explosiva y perfumada atmósfera del dormitorio preguntándose cómo había llegado a estar tan embrollado con Pauline.

Cayó en la cuenta de que ya casi era la hora de reunirse con dos administradores para tratar asuntos concernientes a sus propiedades; subió a su carruaje e indicó al cochero que lo llevara a su hogar de Londres. No quería llegar tarde, pues siempre se había enorgullecido de ser puntual y responsable, cualidades que su padre, jugador compulsivo, jamás había poseído. Por más que intentara concentrar su mente en los negocios, surgían en ella pensamientos relacionados con Pauline y su embarazo.

Damon confió en sus instintos, y éstos le decían que el «niño» era un simple invento para atraparlo... aunque debía darle cierto crédito y admitir la posibilidad de que Pauline estuviese diciendo la verdad. Le abrumaba el resentimiento. Otros hombres aceptaban despreocupadamente el hecho de concebir hijos con sus queridas; hasta hacían bromas al respecto, pero para él no era un tema que pudiese abordarse a la ligera. Un hijo suyo sería una responsabilidad para toda la vida.

Fatigado, Damon gimió y se frotó los ojos.

—No hay ningún niño —musitó, con una mezcla de esperanza e irritación—. Ella está mintiendo... estoy seguro.

Cuando llegó a su casa y traspuso la puerta principal, su mayordomo le informó que los administradores ya estaban esperándolo en la biblioteca.

—Bien —respondió Damon con aspereza—. Haga llevar té y una bandeja con bocadillos. Calculo que la reunión durará un tiempo.

—Sí, milord, pero... —el mayordomo tomó una pequeña bandeja de plata sobre la cual había una nota sellada—. Tal vez quiera leer esto. Ha llegado hace poco rato; la trajo un mensajero que parecía tener mucha prisa.

Damon frunció el entrecejo, rompió el sello sesgado y reconoció la escritura apresurada de su hermano William. Su vista recorrió rápidamente la hoja:

Damon:

Esta vez, estoy en verdaderos problemas. Me he visto arrastrado a un duelo que deberá realizarse mañana. Te pido que seas mi padrino y me des los consejos que mucho necesito. Por favor, ven a Warwickshire de inmediato y salva el pellejo de tu único hermano.

WILLIAM

Damon sintió que de pronto sus nervios se tensaban de preocupación. Él estaba acostumbrado a los apuros y fechorías de su hermano pero nunca había llegado tan lejos.

—Por Dios, Will, ¿qué has hecho ahora? —su rostro se puso ceñudo y sombrío—. Maldición, mi hermano debe ser el único hombre en Inglaterra que no sabe que el duelo ha pasado de moda —ironizó y, al alzar la vista, vio un destello de simpatía en los ojos del mayordomo, por lo general implacables—. Parece que William ha vuelto a las andadas —refunfuñó—. Esta vez, ha sido retado a duelo.

El mayordomo no manifestó la menor sorpresa. Todos en la casa conocían la veta temeraria del menor de los Savage.

—¿Podría ayudarlo en algo, milord?

—Sí —respondió Damon, indicando con la cabeza

en dirección a la biblioteca—. Diga a esos dos que he tenido que atender un asunto urgente. Que pasen la reunión para el próximo lunes. Entre tanto, voy a escribir una nota que deberá ser entregada a la señora Jessica Wentworth, en la calle Somerset. Deberá recibirla esta tarde, sin demora.

Una fría y húmeda brisa otoñal barría el pequeño jardín que había en la parte de atrás de la casa de Julia. El viento agitaba y desordenaba su cabello suelto y ella lo pasaba sobre un hombro. Estaba sentada sobre un pequeño banco blanco, rodeada por las fragancias embriagadoras del romero, la menta silvestre y otras hierbas perfumadas; abrió la carta que tenía sobre el regazo.

Querida Julia:
Por desgracia, he debido alterar mi plan de verte esta noche. Debo partir de inmediato para mi casa de Warwickshire para ocuparme de un asunto urgente relacionado con mi hermano, lord William. Iré a visitarte de inmediato, en cuanto regrese a Londres.

Tuyo,
SAVAGE

Casi como si se le hubiera ocurrido a último momento, agregó al pie de la página una última frase:
«No me arrepiento de lo sucedido entre nosotros. Espero que tú sientas lo mismo.»
Preocupada por la sucinta nota, Julia la releyó y frunció el entrecejo. Sin duda, esa última frase tenía la intención de resultar tranquilizadora, pero ella no sabía si el efecto que le causaba era de alivio o de consternación.

Comenzó a estrujar la carta pero, de pronto, se sorprendió apretándola contra su cintura.

Lord William Savage, ese cuñado al que ella nunca había conocido. Se preguntó si, en verdad, el muchacho estaría en problemas o bien habría servido a Damon de excusa para no verla. Pese a lo que él mismo decía, era posible que se arrepintiese de haber pasado la noche con ella. Tal vez fuese una convención decir a una mujer que uno no se arrepentía, aunque en verdad fuese al revés.

Roja de vergüenza e incertidumbre, Julia se preguntó si, de algún modo, lo habría disgustado, si le había parecido menos apasionada o excitante que lady Ashton. Ella no sabía qué hacer o cómo satisfacerlo. Quizá, para él, la experiencia había sido decepcionante o, peor aun, divertida. Tal vez, Damon había esperado acostarse con una amante experta y no con una torpe virgen.

Julia hizo una mueca y se regañó a sí misma. No debía olvidar que ella quería una anulación, que nunca podría abandonar su carrera y su independencia, y vivir atada a un hombre de fuerte voluntad. Sería bueno que lo hubiese decepcionado pues, así, él accedería a poner fin al matrimonio y no tendría escrúpulos.

Los muros dorado pálido del castillo de Warwickshire se elevaban, serenos, sobre la campiña, sin revelar nada del torbellino que lo agitaba por dentro. El sol estaba poniéndose, y proyectaba largas sombras en el suelo, haciendo relucir los cristales emplomados de las ventanas del edificio medieval.

Damon había vivido allí buena parte de su vida, renunciando a los placeres que podría ofrecer Londres a un joven, para quedarse, en cambio, con su madre durante sus últimos años. Ella había sufrido la larga y dolorosa agonía de los que morían de tisis y él había sufrido junto con ella. Aún recordaba las numerosas ocasiones en que había levantado la vista de la página de un libro o periódico que había estado leyéndole en voz alta y había sorprendido la mirada ansiosa de ella fija en él.

—Cuida de tu hermano y de tu padre —había rogado ella—. Ellos necesitarán de tu guía y de tu protección. Me temo que tú serás lo único que pueda impedirles llegar a la ruina total.

Durante los cinco años transcurridos desde la muerte de su madre, él había hecho todo lo posible por cumplir su promesa, aunque no había sido fácil.

Recorrió a grandes pasos el gran salón y la sala de la primera planta, y encontró a su hermano sentado desmadejadamente en un sofá tapizado de damasco, con una copa de coñac en la mano. A juzgar por sus ojos inyectados en sangre y su aspecto desaliñado, William debía de haber pasado allí buena parte del día, lamiendo sus heridas con la ayuda de una generosa dosis de alcohol.

—Dios mío, qué alegría verte —dijo William con fervor, levantándose dificultosamente del sofá—. Ya empezaba a pensar que te habías quedado en Londres, dejándome librado a mi suerte.

Damon lo contempló con afecto y fastidio, a la vez.

—De ningún modo lo haría, después de todo lo que he invertido en ti...

William se movió para hacerle lugar y exhaló un prolongado suspiro.

—Nunca me he batido a duelo. Y no quisiera empezar ahora.

—No tengo intenciones de dejar que lo hagas —replicó su hermano mayor, ceñudo—. ¿Cómo ha reaccionado papá?

—Todos se han puesto de acuerdo para que él no lo

sepa. Como su salud es tan frágil, sin duda lo mataría si llegara a enterarse.

Damon negó con la cabeza, indicando su desacuerdo.

—Fuera de su pobre sentido de los negocios, papá no es ningún tonto. Él preferiría saber la verdad y no que todos anduviesen sigilosamente a su alrededor, ocultándole cosas.

—Entonces, díselo tú. Yo no tengo coraje para arrojar semejante preocupación a la cabeza de un moribundo.

Damon puso sus ojos en blanco y se sentó al lado de su hermano sacándole de la mano el vaso de coñac.

—No bebas más —le aconsejó—. No te servirá para nada emborracharte.

Buscó con la vista una mesa baja donde dejar el vaso. Como no encontró ningún sitio que le pareciera conveniente, bebió él mismo los últimos tragos y cerró los ojos al sentir el suave y grato calor de la bebida.

—Era mío —le hizo notar William, indignado.

Damon le disparó una mirada de advertencia.

—Yo necesitaba reponerme después del viaje. Y ahora, ¿qué tal si me dices cómo diablos te has metido en este aprieto? Tenía mejores cosas que hacer esta noche que venir a sacarte de un nuevo lío.

—No sé bien cómo sucedió —dijo William, perplejo, mesándose el ya revuelto cabello negro—. Fue algo insignificante. Anoche, fui a un baile que daban los Wyvill, uno de esos sencillos bailes de campo... Bailé el vals con la joven Sybill y nos escabullimos al jardín... ¡y lo único que recuerdo de después es a su hermano George retándome a duelo!

A Damon no le costó trabajo leer entre líneas. Los Wyvill, una familia de sólidos terratenientes con título de nobleza de Warwickshire, eran conocidos por su mal carácter. Por lo que él recordaba, Sybill no debía de te-

174

ner más de dieciséis o diecisiete años y, en consecuencia, cualquier ofensa cometida contra ella sería considerada una afrenta mortal para el honor de la familia.

—¿Qué habéis hecho, William? —preguntó, en tono amenazador.

—¡Sólo la besé! No fue nada... no valía la pena arriesgar el cuello por ella, ¡puedo asegurártelo! George y yo nunca nos hemos llevado bien. Sospecho que él estaba espiándonos con el solo propósito de tener un motivo para desafiarme... ¡ese canalla exaltado!

—Será mejor que dejemos los insultos para más adelante —lo interrumpió Damon con sequedad—. La única manera de resolver esto será acudir al viejo lord Wyvill. Él gobierna a la familia con puño de hierro; sólo él podría cortar de raíz todo el asunto, si lo desea.

Esperanzado, William abrió grandes sus ojos azules.

—¿Hablarás con él, Damon? Si lograses convencerlo de que George debe retirar el desafío...

—Primero, quiero que me digas la verdad. ¿Estás seguro de que lo único que hiciste fue besar a Sybill?

William no pudo mirarlo a la cara.

—En líneas generales.

Damon frunció el entrecejo.

—Maldición, Will, con tantas mujerzuelas y camareras que hay entre aquí y Londres, ¿tenías que molestar precisamente a una niña de buena crianza?

—¡Yo no la he molestado! Ella no me sacaba la vista de encima, y era tan suave, con esos ojos de cierva, como invitándome a que la besara y, cuando lo hice, te puedo asegurar que me retribuyó... y entonces saltó George de entre los arbustos como un loco.

—Y Sybill, para evitar el reproche de su familia, afirmó ser por completo inocente y que tú la habías atraído afuera con engaños y habías intentado seducirla.

William asintió con vehemencia.

—Sí, eso fue exactamente lo que sucedió. ¡Y no me mires como si nunca te hubiese tentado una bonita joven inocente! Diablos, estoy seguro de que, a mi edad, has hecho lo mismo.

—A tu edad, yo estaba rompiéndome el alma para impedir que la familia se hundiera bajo una montaña de deudas. Tenía poco tiempo para hacer el tonto con muchachas como Sybill Wyvill.

Su hermano se cruzó de brazos en postura defensiva.

—Tal vez yo no sea tan santo como algunos, pero no soy tan malo como otros.

Damon sonrió sin humor.

—Ése es un buen lema para la familia Savage.

Damon se lavó, se cambió de ropas y fue hacia la propiedad de los Wyvill, situada a pocos kilómetros del castillo. A pesar de su sólida fortuna, los Wyvill vivían en una pintoresca finca rural, a medias escondida en un bosquecillo de álamos blancos y rododendros. Damon adoptó un semblante de apropiada gravedad y pidió al mayordomo que diese sus saludos a lord Wyvill, y le preguntara si podría verlo unos minutos. El mayordomo desapareció y, al volver poco después, lo condujo a la biblioteca.

Lord Wyvill, que era un poco mayor que Frederick, el padre de Damon, estaba sentado en una gran silla tapizada de cuero, ante un pequeño fuego, con los pies extendidos hacia el calor crepitante. Damon había visto ya muchas veces a Wyvill y sabía que era un hombre ambicioso, imbuido de su propia importancia, y con un enorme orgullo por sus hijos. Sybill era su única hija y él no había ocultado su pretensión de lograr una espléndida unión para ella. Sólo se conformaría con un duque o un

176

conde y, no hacía falta decirlo, el individuo debía tener una fortuna tan impecable como su linaje. Damon no creía que William fuese el candidato que Wyvill tenía en mente para futuro yerno.

Wyvill levantó una mano rolliza indicando a Damon que se sentara en la silla que estaba junto a la suya. La luz del fuego bailoteaba en relucientes ondas sobre su cabeza calva.

—Savage —saludó, en una voz de bajo que parecía no pertenecer a un hombre de tan corta estatura—. Ya veo que su hermano, ¡ese pillastre insolente!, ha acudido a usted para que lo protegiese. Bueno; ésta es una de esas ocasiones en que usted no podrá sacarlo del apuro. Ha actuado de manera deshonrosa y deberá responder por ello.

—Entiendo sus sentimientos, señor —replicó Damon con seriedad—. Al parecer, es verdad que William ha ido demasiado lejos. Con todo, en interés del bienestar de su hija tanto como en el de su hijo, he venido a pedirle que pare el duelo. George retirará el desafío si usted se lo exige.

—¿Y por qué habría de hacerlo? —preguntó Wyvill, con su boca redonda fruncida por el disgusto—. ¡Mi preciosa Sybill, una niña ingenua e inocente, ha sido arruinada, se ha manchado su reputación...!

—¿Por un beso? —preguntó Damon, arqueando una ceja—. ¿No está exagerando un poco? Una muchacha bella, un jardín iluminado por la luna... estoy seguro de que cualquiera podría entender que William haya perdido la cabeza.

—¡Jamás tendría que haber estado a solas con mi hija en el jardín, ofendiéndola en mi propia casa, nada menos!

—Sí, lo sé. Le doy mi palabra de que William ofrecerá reparaciones en la forma que usted elija, si convence a George de que retire el desafío. Estoy seguro de que podemos llegar a otra clase de acuerdo. No me cabe duda de que usted siente tanta repugnancia como yo de que haya pleitos de sangre entre nuestras familias. Sobre todo porque, si el duelo llegara a tener lugar mañana, la reputación de Sybill se vería dañada. Lo que ha sido un pequeño incidente, fácil de olvidar, se convertiría en un gran escándalo. A dondequiera que ella vaya la seguirían los rumores —dijo Damon, e hizo una pausa para observar con atención el semblante del otro, para comprobar con satisfacción que había ganado un tanto.

Si Sybill se convertía en el foco del escándalo, sería mucho más difícil casarla bien.

—¿Qué clase de «acuerdo» tiene en mente? —preguntó Wyvill, suspicaz.

Damon vaciló y luego miró al otro a la cara.

—Eso depende de aquello que lo satisfaga a usted. ¿Se resolvería el problema si William pidiera la mano de Sybill?

No temía hacer semejante propuesta, sabiendo que Wyvill tenía ambiciones mayores que casar a su hija con un hijo segundón.

—No —dijo Wyvill, haciendo oscilar su doble papada al negar con la cabeza—. Su hermano no tiene los medios ni la personalidad que yo estoy buscando para un posible yerno —dijo. Hizo una larga pausa y en su rostro apareció una expresión taimada—. Sin embargo, puedo proponerle una alternativa.

—¿Cuál? —preguntó Damon, mirándolo fijamente.

—En lo que a mí concierne, daré por lavado el honor si usted se casa con Sybill.

Damon sintió que sus cejas se alzaban hasta la raíz de

sus cabellos. Tuvo que carraspear varias veces antes de poder responder.

—Me siento halagado —respondió, en voz ronca.

—Bueno. Llamaré a Sybill y usted podrá proponerle matrimonio de inmediato.

—Lord Wyvill, yo... tengo que confesarle algo —de pronto, Damon percibió toda la ironía de la situación y sintió que una carcajada traicionera pugnaba por escapársele. De algún modo, logró evitar que explotase—. Sybill es una muchacha encantadora, por cierto, y en cualquier otra circunstancia...

—¿Pero? —apremió Wyvill, ceñudo como un bulldog.

—No puedo casarme con su hija.

—¿Por qué no?

—Porque estoy casado.

Durante largo rato, no se oyó otra cosa que el crepitar del pequeño fuego. Los dos hombres clavaron su vista en las llamas mientras Wyvill absorbía tan extraordinaria afirmación. Después de un momento, habló en un tono cargado de suspicacia.

—Ésta es la primera vez que oigo algo al respecto.

—Ha sido un secreto bien guardado durante bastante tiempo.

—¿Quién es ella?

—Julia, la hija de lord Hargate.

—Hargate —repitió Wyvill, arqueando sus cortas cejas como signos de interrogación—. He oído decir que fue enviada a un colegio en Europa o a un convento. ¿Qué ha estado sucediendo todo este tiempo? ¿La ha tenido oculta en el desván o en el sótano, eh?

—No exactamente.

—Entonces, ¿por qué...?

—Me temo que no podré explicarle los detalles, señor.

Wyvill adoptó un aire de amarga decepción y aceptó los hechos con toda la elegancia que pudo.

—Qué pena. Usted habría hecho bien en casarse con mi Sybill.

Damon hizo todo lo posible por asumir una expresión contrita.

—Estoy seguro de eso, lord Wyvill. En cuanto a William...

El otro desechó el tema con un ademán desdeñoso.

—Diré a George que no habrá duelo. Pero sepa usted que me debe un favor; su retribución le será exigida en algún momento del futuro.

Damon dejó escapar un suspiro de alivio apenas perceptible.

—Gracias, señor. Entre tanto, sacaré a William de Warwickshire para aliviar cualquier tensión que pueda haber quedado.

—Se lo agradeceré.

Intercambiaron un cordial saludo, y Damon salió de la habitación con una sensación de alivio. Cuando cruzaba el umbral, oyó a Wyvill musitar para sí:

—Hargate... ninguna hija de él podría esperar equipararse a Sybill.

Tras contar las buenas nuevas a William, Damon tuvo ganas de ir de inmediato a su cuarto y dormir. Había sido un día largo y necesitaba un tiempo a solas para descansar y reflexionar. Sin embargo, le quedaba un deber por atender. Cuadró sus hombros y se encaminó hacia las habitaciones de su padre. Esperaba que el duque ya se hubiese retirado a dormir pero, mientras se acercaba a la puerta del dormitorio, vio una luz que salía desde dentro y oyó una voz de mujer leyendo una novela.

Dio un leve golpe en la puerta entreabierta y entró. Si bien su padre, Frederick, había sufrido varios derrames cerebrales que lo habían dejado parcialmente baldado de su lado derecho, había conservado buena parte de su vigor. Tenía el aspecto toscamente apuesto de un mujeriego, de un hombre que había disfrutado de una buena cantidad de placeres mundanos y nunca había lamentado uno solo de ellos. Le encantaba relatar, una y otra vez, historias de sus pasadas correrías a los numerosos amigos que aún acudían a visitarlo con regularidad y perderse en reminiscencias de su juventud.

Apoyado sobre un montón de almohadas, con un vaso de leche humeante en la mano, el duque parecía muy cómodo. Era difícil saber qué disfrutaba más: si la novela o la atractiva y joven enfermera sentada junto a su lecho. La mujer interrumpió la lectura, y el duque alzó la vista, expectante.

—He estado esperándote —dijo el padre de Damon con una pronunciación un tanto dificultosa, a causa de su estado físico—. ¿Por qué no viniste antes?

—Tenía que resolver un asunto —respondió Damon, y agregó, torvo—: algo relacionado con William.

—¿Otra vez? —al duque le encantaba oír hablar de las escapadas de su hijo menor, y era evidente que estaba convencido de que él y William tenían mucho en común—. Cuéntame.

El duque indicó a la enfermera que dejara libre la silla que ocupaba. En cuanto la muchacha salió de la habitación, Damon se sentó junto a su padre.

—Tienes buen aspecto —comentó.

—Sí, estoy bastante bien.

Frederick metió la mano detrás de la almohada, sacó un frasco de plata y echó una generosa cantidad de coñac en el vaso de leche.

—No cambias nunca —dijo Damon, en tono de reproche, moviendo la cabeza cuando su padre le ofreció el frasco.

Por un momento, el duque pareció desilusionado por la negativa de su hijo, luego se encogió de hombros, resignado.

—Tú tampoco —replicó. Bebió un largo trago de leche con coñac y chasqueó los labios—. Dime, ¿qué pasó con William?

Damon le relató, con la mayor objetividad posible, los sucesos de los últimos dos días. Como él había esperado, el relato divirtió mucho a Frederick. Al principio, pareció un tanto disgustado, pero pronto el disgusto fue reemplazado por un equivocado sentido de orgullo masculino.

—Muchacho tonto, desenfrenado... —dijo el duque, riendo entre dientes—. William tiene la moral de un gato de albañal.

Damon frunció el entrecejo.

—¿Acaso te extraña su conducta, después del ejemplo que tú le has dado durante tantos años?

—¡Ah!, ahí estamos, otra vez —dijo Frederick, resignado, gesticulando con su vaso medio vacío—. Tratas de echarme la culpa a mí, ¿no es cierto?

Damon siempre se enfurecía al ver que su padre jamás se arrepentía, que no estaba dispuesto a aceptar ninguna responsabilidad por sus acciones.

—Me preocupa que William siga tus pasos —musitó—. Daría la impresión de que tiene la misma inclinación que tú por las mujeres y el juego.

—¿Y si es así? ¿Qué es lo peor que podría sucederle?

—Podría acabar muerto en un duelo o debiendo una fortuna.

Su padre lo miró con enervante indiferencia.

—No debería preocuparme por las deudas. De un modo u otro, el dinero siempre aparece.

—Y bien que lo sé yo —dijo Damon, en tono cargado de sarcasmo—. Tú lo encontraste muy fácilmente hace dieciocho años, ¿eh? Empujaste a la familia al límite de la pobreza y diste a lord Hargate la oportunidad perfecta para intervenir, ofreciendo una cuantiosa dote. Lo único que tuviste que hacer fue casar a tu hijo de siete años con su hija que apenas había dejado los pañales.

Frederick suspiró y dejó el vaso vacío sobre la mesilla de noche.

—Bien puedes tú echarme todas las culpas que quieras, incluyendo el apremio que sufre William en este momento y tu propia insatisfacción con la vida. No me cabe duda de que no he sido el padre que debería haber sido. Pero el hecho es que hice lo que tenía que hacer. ¿Por qué debes hurgar en el pasado en lugar de mirar hacia el futuro?

—Porque he enmendado tus embrollos durante años y ahora parecería que tengo que hacer lo mismo por William... ¡y estoy bastante harto de esto!

—Sospecho que, en cierto modo, más bien te gusta —dijo el duque sin alterarse—. Te hace sentirte superior el hecho de llevar adelante tu vida con toda la corrección y la responsabilidad que ni yo ni William fuimos capaces de tener —se interrumpió con un bostezo y se reclinó de nuevo sobre las almohadas—. Que el Cielo ampare a la pobre Julia cuando la encuentres. Me temo que ninguna esposa sería lo bastante recta para satisfacerte, aunque sea una Hargate.

Damon abrió la boca, dispuesto a discutir pero la cerró de pronto cuando resonó en su mente un eco de la voz de Julia: «¿Qué podría resultar de una relación entre nosotros? ... Me he convertido en una persona completamente inadecuada... Tú querrías que yo dejara todo aquello por lo que he trabajado, todo lo que necesito para ser feliz...»

El duque esbozó una leve sonrisa al ver la expresión atribulada de su hijo.

—Sabes que tengo razón, ¿no es así? Quizá, lo que tú necesites sea seguir el ejemplo de William. Un hombre debe tener algunas debilidades... de lo contrario, se convierte en un fastidio mortal.

Al ver que su padre daba muestras de empezar a fatigarse, Damon se puso de pie y le lanzó, de soslayo, una mirada exasperada. Pocas habían sido las ocasiones en que el duque se había molestado en darle algún consejo, y ninguno de ellos había tenido el menor sentido.

—Volveré a verte mañana por la mañana, antes de que William y yo nos marchemos.

Frederick asintió.

—Envía a la enfermera para que me atienda —hizo una pausa y añadió, en tono pensativo—: ¿Sabes?, me recuerdas a lord Hargate cuando era joven. Ejercía tanto control sobre sí mismo y estaba tan decidido a que todos se ajustaran a sus nociones de lo que era correcto como tú lo haces.

Por un momento, Damon se indignó, repugnado ante la idea de que hubiese alguna similitud entre él y lord Hargate. Pero, al mismo tiempo, no pudo menos que preguntarse si no sería cierto, en parte. Y más perturbadora era la posibilidad de que Julia pensara algo semejante. ¿Sería él tan rígido y dominante que ella pudiera temer que él convirtiese su vida en una repetición de lo que había sido su infancia?

De súbito, sintió una vehemente impaciencia por regresar a Londres y hacer entender a Julia que él no trataría de cambiarla, ni de quitarle nada pero, ¿sería cierto eso? No podía asegurar que fuese a aceptar sin inconvenientes su carrera, el mundo del teatro en el que ella habitaba, ni su empecinada independencia. Quizá, lo mejor sería dejar libre a Julia... pero ésa se le aparecía como la alternativa menos viable de todas.

7

La noche del estreno de *Señora Engaño*, la última obra de Logan Scott, la multitud convocada por la novedad era de proporciones asombrosas. Los aristócratas habían enviado a sus criados a que consiguieran y conservaran los asientos para ellos, desde horas antes de la prevista para el comienzo de la función. El teatro estallaba por las costuras, repleto de un público numeroso e impaciente. En la galería donde las localidades costaban un chelín las más baratas, se producían discusiones y hasta riñas a puñetazos, por el celo con que cada uno defendía su territorio de los intrusos.

Damon y William, a salvo del pandemonio que se desarrollaba más abajo, contemplaban todo desde uno de los palcos privados en la fila del tercer círculo. Una cantante a quien el teatro había contratado para entretener al público se esforzaba por hacerse oír por encima del bullicio.

—Qué chusma —comentó William, mirando a Damon con una sonrisa entre irónica y asombrada—. No es propio de ti venir al estreno de una obra. ¿Por qué ahora?

—Soy patrocinante del Capital —respondió Damon, en actitud neutral—. Y quiero ver cómo se utiliza mi inversión.

—Dicen que la obra es muy buena —aseguró William—. Lamento que no me hayas permitido traer a una o dos acompañantes. Es una pena desperdiciar los dos asientos que quedan vacíos en nuestro palco. Da la casualidad de que conozco a dos hermanas gemelas, ambas pelirrojas, que son una delicia...

—¿Acaso no has correteado lo suficiente detrás de las faldas como para toda la semana? —interrumpió Damon, sacudiendo la cabeza con fastidio.

El rostro de William se iluminó con una sonrisa pícara.

—Pensé que me conocías lo suficiente para no tener que hacerme semejante pregunta —y al ver que su hermano mayor no le retribuía la sonrisa, la preocupación suavizó la expresión de William—. ¿Estás pensando en Pauline? —preguntó. En el transcurso del viaje a Londres, Damon le había contado todo lo relacionado con el supuesto embarazo de Pauline y con su propia exigencia de que el médico confirmase la situación—. Yo, en tu lugar, no me preocuparía —había dicho William, en actitud pragmática—. Es casi seguro que Pauline debe estar mintiendo. Ella sabe que, si logra convencerte de que está embarazada, tú te sentirás obligado, por tu sentido del honor, a casarte con ella.

Los labios de Damon se torcieron en una sonrisa irónica.

—Yo no soy tan honorable como crees.

—Nunca en tu vida has adoptado una actitud egoísta. Has hecho sacrificios por el bienestar de la familia que yo jamás...

—Sea como sea, lo hice por motivos enteramente egoístas. Sólo pensaba en mis propias ganancias, en mi propia protección, en no verme obligado, otra vez, a hacer algo que no quería.

William suspiró y asintió.

—Siempre volvemos a ese malhadado matrimonio con Julia Hargate, ¿no es cierto? Hermano, ¿por qué no tratamos de olvidarnos de ella una noche y disfrutamos con la obra?

—Me temo que eso no es posible. El motivo por el que he insistido en venir aquí esta noche es que quiero verla.

—¿Ver a quién? —se asombró William, moviendo la cabeza como si no estuviese seguro de haber oído bien.

Damon no se molestó en aclarárselo y se limitó a mirarlo con la sombra de una sonrisa en los labios.

—¿Quieres decir que... Julia está aquí... esta noche? —preguntó el menor, riendo, incrédulo—. No, estás tratando de tomarme el pelo...

—La encontré —repuso Damon, sereno, disfrutando con la perplejidad que veía en el semblante de su hermano—. Ya sé dónde se ocultaba y qué ha estado haciendo durante los dos últimos años.

William mesó sus cabellos negros dejándolos desordenados.

—Dios mío, no puedo creerlo... ¿cómo has hecho para hallarla? ¿Ya has hablado con ella? ¿Por qué no...?

Damon alzó una mano pidiéndole silencio.

—Espera. Pronto lo comprenderás.

William sacudió la cabeza, farfulló y fijó su mirada en la muchedumbre que los rodeaba y en la que estaba debajo de ellos, como si esperase que Julia Hargate fuese a saltar de un asiento para anunciarse.

La cantante concluyó su actuación e hizo una reverencia para agradecer los escasos aplausos recibidos. Ella salió del escenario y, a continuación, la orquesta se mantuvo en silencio durante un minuto, mientras los músicos se preparaban para tocar la siguiente pieza. Arrancaron con una animada melodía que anunciaba el comienzo de la obra. Las luces que había a los costados del teatro fueron amortiguadas. Por el foso y las galerías se extendieron oleadas de agitación, mientras los aplausos y los gritos expectantes se difundían por los palcos y los asientos de las primeras filas.

Damon imaginó a Julia aguardando, en algún sitio

detrás del escenario, oyendo el rugido de la multitud, sabiendo qué deseaba y esperaba la gente de ella. Esa intuición lo colmaba de una extraña mezcla de orgullo y celos, al comprender que ese público de casi dos mil almas, constituido tanto por pobres como por ricos, clamaba por ver a su esposa. La señora Jessica Wentworth había sido tema de canciones, poemas, retratos y grabados. Todos adoraban su talento, su rostro y su cuerpo. Los hombres la deseaban y las mujeres se esforzaban por imaginar cómo sería estar en su lugar, ser una actriz bella y aclamada, que tenía Londres a sus pies.

Se preguntó si Julia estaría dispuesta a renunciar a tan general adoración a cambio de las compensaciones más tranquilas del matrimonio y de la familia. ¿Qué tenía él para ofrecerle que ella pudiese preferir a esto? La riqueza no tenía importancia para Julia, como había demostrado al hacer a un lado la fortuna de su familia a cambio de su libertad. Y el amor de un solo hombre no podía compararse con el de miles de personas al mismo tiempo. Atormentado por estos pensamientos, ceñudo, Damon fijó su mirada en el telón que se abría, dejando al descubierto una espectacular escena que representaba un paisaje de costa marítima. Sobre el telón de fondo habían pintado un chispeante mar azul y otros telones planos fingían una elegante vivienda en la costa.

Apareció en el escenario una figura solitaria, una esbelta mujer que balanceaba su sombrero asiéndolo por las cintas y contemplaba, con mirada soñadora, la mar rizada. Era Julia... Jessica, que se aferraba a su personaje a pesar de los tumultuosos aplausos con que la recibieron. Otra actriz hubiese reconocido la enloquecida reacción de la sala por medio de un gracioso saludo de reverencia o un ademán, pero Julia seguía manteniendo la ilusión, mientras aguardaba pacientemente que el ruido se desvaneciera. Su be-

189

lleza parecía etérea, realzada por un vestido azul claro, con su rubio cabello cayendo en largos rizos por la espalda.

—Qué criatura arrebatadora —dijo William, entusiasmado—. ¡Qué no daría yo por probar sus encantos!

—No lo harás mientras yo esté con vida —musitó Damon, echándole una significativa mirada de reojo—. Ella es mía.

El comentario dejó estupefacto a William.

—¿Con eso quieres decir que la has convertido en tu amante? ¿No crees que habría sido más prudente deshacerte, primero, de Pauline?

—No, ella no es mi amante. Tiene derechos más sólidos sobre mí.

—No entiendo. Damon, ella no será... —William miró a su hermano con expresión atónita y una risotada incrédula escapó de sus labios—. Dios mío, no querrás decir que ella... no... —reforzó la negativa con su cabeza—. No —repitió, perplejo, pasando la mirada del rostro de Damon al de la mujer que estaba sobre el escenario—. No puedo creer que ella sea Julia Hargate... ¿Cómo es posible?

—Su padre la desheredó cuando ella se marchó de la casa para dedicarse al teatro. Ella se construyó una nueva identidad bajo el nombre de Jessica Wentworth.

William habló en tono bajo y nervioso, con la vista fija en escenario.

—Por Dios, creo que eres el sinvergüenza más afortunado que haya existido jamás. Más aun: tendrías que besar los pies a nuestro padre por haber arreglado un matrimonio con ella...

—Las cosas no son tan sencillas —repuso Damon, con aire torvo—. ¿Acaso crees que estoy en condiciones de reclamarla como esposa, arrastrarla fuera del teatro y llevarla al castillo de Warwickshire?

—Bueno, debes tener en cuenta el tema de Pauline...

—Pauline es lo de menos. Julia no desea abandonar la vida que ha construido para ella.

William estaba completamente atónito.

—¿Quieres decir que Julia no desea ser tu esposa? Cualquier mujer en su sano juicio ambicionaría casarse con un hombre como tú, con título y fortuna...

—A juzgar por todas las apariencias, ella ya tiene todo lo que desea.

—¿Una vida en el teatro? —preguntó William, sin poder convencerse.

—Es una mujer independiente y tiene éxito en su carrera.

—¿Una mujer que prefiera una carrera en vez del matrimonio? —dijo William, como si la sola idea lo indignase—. No es natural.

—Julia quiere tomar sus propias decisiones y no me extraña cuando pienso que ya ha sido manejada y manipulada por lord Hargate durante toda su vida.

—Podría entenderlo si ella fuese una mujer intelectual o una arpía... pero una mujer con ese aspecto y esa educación...

Confuso, William se concentró en la escena que estaba representándose ante ellos en el escenario.

Hicieron su aparición otros personajes: un hombre mayor, de cuerpo robusto, que arrancó muchas carcajadas en su papel del padre de Julia, con ambiciones de ascenso social, y una mujer menuda, de cabello rizado, que hacía de su doncella personal. Pronto apareció, también, un pretendiente alto, relativamente apuesto. Éste estaba empeñado en cortejar a la aristocrática señorita y, además, en conquistar la aprobación del padre de ella. A continuación, se desarrolló una conversación superficial, aunque llena de encanto y cargada de sátira social.

De Julia, en el papel de Christine, emanaba una mezcla de dulzura y soledad haciendo ver que deseaba algo más de lo que le permitían los estrechos confines de su vida. En la siguiente escena, ella buscaba una aventura y había tenido la audacia de hacerse pasar por una criada doméstica, aventurándose por la ciudad sin acompañante. Otro telón, pintado con la misma habilidad, con la contribución de algunas piezas de mobiliario, quedaron al descubierto representando a una bulliciosa ciudad al lado del mar.

Christine, aparentemente perdida en medio de los atareados mercachifles callejeros y los transeúntes, andaba por el escenario hasta que chocaba con un hombre alto, de cabellos color caoba. Antes de que Logan Scott revelase su rostro, el público lo reconoció y estalló en clamorosos aplausos. Fue recibido de manera tan ferviente como lo había sido Julia; los gritos de aprobación y los palmoteos duraron más de un minuto. Al igual que aquélla, él prefirió conservar la actitud del personaje, esperando a que el griterío se apagase.

Entre los dos personajes que dialogaban se percibía una palpable atracción. Julia expresaba la tensión del recelo y de la curiosidad con cada línea de su cuerpo. Logan Scott se presentó como sirviente de un lord de la localidad; sin embargo, el público estalló en carcajadas pues sospechaba que esa identidad respondía a una estratagema. Los dos, irresistiblemente atraídos el uno hacia el otro, intentaron hacer planes para volver a encontrarse en secreto. Desde ese momento, la historia adquirió un ritmo ágil que era, a la vez, romántico y alegre.

Al echar un vistazo a su hermano, Damon vio que William miraba la obra con embelesada atención. La habilidad de los actores impedía pensar en ninguna otra cosa. Los actores secundarios eran sólidos y Logan Scott, tan talentoso como siempre, pero era indiscutible que Julia constituía el alma de la representación. Era como una llama que bailotease sobre el escenario, misteriosa y vibrante. Cada uno de sus gestos parecía natural, cada ascenso y descenso de su voz estaba cargado de punzante significado. Era la mujer de quien todo hombre imaginaría enamorarse alguna vez, deseable e inaccesible, al mismo tiempo. Si Julia no hubiese sido famosa antes de esa noche, su actuación la habría vuelto célebre, sin duda.

Damon sentía que los celos le hacían erizar los cabellos de la nuca viendo actuar a Julia y a Logan como dos amantes. Rechinaba los dientes cada vez que ellos se tocaban. En el momento en que se besaron, en el teatro resonaron nostálgicos y envidiosos suspiros mientras que Damon, por su parte, ansiaba saltar sobre el escenario y separarlos a empellones.

Cuando se produjo la pausa de un cambio de escena, William giró hacia Damon y lo miró con expresión especulativa.

—¿Crees tú que Julia y el señor Scott...?

—No —replicó Damon al instante, sabiendo bien a qué se refería.

—Pues, te aseguro que lo parecen.

—Son actores, Will. Ellos tienen que comportarse como dos amantes: de eso se trata la obra.

—Son demasiado convincentes —repuso William, en tono dubitativo.

Ese comentario atizó las llamas de los celos de Damon; tuvo que esforzarse para controlarlos. Ésa sería la vida, al estar casado con una actriz. Siempre habrían dudas, resentimientos y constantes pretextos para discutir. Sólo un santo podría tolerarlo... y Dios era testigo de que él estaba muy lejos de serlo.

Julia se sentía colmada de excitación y, a la vez, de una calma producto de la certeza de sus propósitos, mientras aguardaba entre bambalinas a que llegara el momento de su próxima entrada. Se secó con la manga el sudor de la frente, cuidando de no estropear el maquillaje. La obra estaba saliendo estupendamente bien; ella tenía la certeza de que estaba logrando todo lo que esperaba en el papel de Christine.

Las risas y el goce del público eran estimulantes y daban un renovado brillo a las actuaciones de los actores. Se acercaba una de sus escenas preferidas, aquella que habían representado, junto con Logan, en la casa de los Brandon, durante la fiesta del fin de semana. Ella y «James» descubrirían sus verdaderas identidades, en una mezcla de comedia y añoranza que haría reír y conmovería a todos, si sucedía como ella esperaba.

Sintió una presencia tras ella y, al darse la vuelta, se encontró allí con Logan, su rostro atravesado por las sombras, en ese lugar mal iluminado del escenario. Ella le sonrió y arqueó las cejas en muda pregunta, y él le hizo un guiño. Era algo que él hacía muy raras veces.

—Debes de estar satisfecho —le dijo Julia en tono seco—. O será que te ha entrado algo en el ojo.

—Estoy contento de que no hayas dejado que tus problemas personales interfiriesen en tu actuación —murmuró él—. Esta noche, tu actuación es bastante decente.

—Nunca dije que tuviese problemas personales.

—No era necesario que lo dijeras —dijo Logan, haciéndola volverse hacia la sección del escenario que se extendía más allá de los laterales—. Pero eso es lo único que importa. La escena jamás te fallará en tanto tú te entregues a ella por completo.

—¿Tú nunca te cansas de la escena? —preguntó Julia en voz queda, contemplando las largas tablas de ma-

194

dera gastadas por miles de marcas de pies y huellas dejadas al arrastrar la escenografía—. ¿Nunca anhelas algo que no puedes hallar aquí?

—No —respondió Logan de inmediato—. Eso es para las personas convencionales... y ni tú ni yo lo somos.

Oyó que decían su pie y, pasando junto a ella, entró en el escenario, ya imbuido del personaje. Julia frunció el entrecejo y, sujetando un pliegue del suave terciopelo de la cortina, acarició la tela gastada. Avanzó para ver mejor el desarrollo de la escena y vio a Arlyss que también esperaba, en el lateral opuesto al de ella. Se sonrieron y se saludaron con las manos, compartiendo entre las dos el placer del éxito de la obra.

Se percibía en el aire un olor intenso y picante, las conocidas fragancias de la pintura, el sudor y los focos de calcio que se usaban para iluminar el escenario. Pero en esa mezcla había algo más. Intrigada, Julia frunció el entrecejo y tendió la mirada más allá de Arlyss, hasta los telones de fondo y los planos. No se veía nada fuera de lo común, pero un sexto sentido le avisó que sucedía algo malo. Preocupada, miró alrededor y vio a unos integrantes del personal, un grupo de tramoyistas y carpinteros que se disponían a realizar el siguiente cambio de escenografía. Se preguntó si ellos también habrían notado que había algo fuera de lo normal, pero le pareció que no se habían inmutado.

De súbito, Julia sintió el olor a humo. Recorrió su cuerpo un estremecimiento de pánico. Pensó que, tal vez, fuese su imaginación y aspiró más a fondo. Esta vez, el olor era más fuerte. Su corazón martilleó en el pecho y sus pensamientos se volvieron caóticos. Hacía dieciocho años, el fuego había destruido los teatros, tanto en Drury Lane como en Covent Garden. En situaciones como ésa, el tributo de la muerte solía ser elevado, no sólo a causa del fuego y del humo sino, también, por el pánico que provocaba en un edificio atestado de gente. Aun cuando dominasen rápidamente el fuego, habría personas aplastadas y atrapadas. Pronto llegaría el pie de Julia para entrar en escena, y ella tenía que decir a alguien lo que sucedía, pero, ¿dónde estaría el fuego que no podía verlo?

Como en respuesta a su pregunta muda, el plano que había a la derecha de la escena estalló en llamas. Una lámpara colocada al descuido debía de haberlo sobrecalentado o encendido, y la llama se difundía, hambrienta, por la superficie pintada. Los actores, tomando súbita conciencia del desastre, se paralizaron en el escenario, y entre el público estallaron los gritos.

—Dios mío —susurró Julia, mientras los miembros del personal pasaban corriendo junto a ella, empujándola, en medio de una catarata de maldiciones.

—¡Dulce Jesús! —exclamó William, sin poder despegar su vista del fuego que había comenzado en un costado del escenario—. ¡Damon, tenemos que salir de aquí!

En los palcos arriba, abajo y alrededor de ellos, se había desatado una locura porque el público había percibido qué estaba sucediendo. Las personas forcejeaban, desesperadas, empujándose y corriendo en una salvaje lucha por escapar de esa trampa mortal. Las mujeres lanzaban gritos de horror, mientras que los hombres bramaban y daban golpes tratando de abrirse camino a través del tumulto.

Damon vio el fuego en el escenario y comprendió que sería un milagro si lograban detenerlo. Los recipientes con agua que había arriba no parecían ser de mucha utilidad, a pesar de los esfuerzos desesperados que hacían los miembros del personal para apagar el fuego. Rojas llamas avanzaban arrastrándose por los paneles pintados y devoraban el telón de fondo, arrojando fragmentos de escenografía enroscados y ardiendo sobre el escenario. En medio del humo y la lluvia de fuego, Damon pudo ver la silueta esbelta de Julia que se arqueaba y se doblaba con un paño empapado en la mano tratando de mantener a raya las llamas. Él sintió que el terror y la furia lo inundaban al ver que ella se había quedado junto con los varones del elenco y del personal de mantenimiento para combatir el fuego.

—¡Maldita seas, Julia! —gritó, aunque su grito se perdió en medio del rugido asustado de la muchedumbre.

La urgencia por llegar a ella barrió con cualquier otro pensamiento consciente.

Salió corriendo del palco y se abrió paso hacia una de las dos escaleras gemelas que llevaban al vestíbulo principal del teatro, en la planta baja. Las escaleras estaban atiborradas de personas que se retorcían y gritaban. William iba pisándole los talones, siguiendo al hermano mayor que se precipitaba al medio de la confusión.

—Probemos de salir por la entrada lateral —jadeó William—. Hay allí menos gente que en la de adelante.

—Tú ve por allí —le dijo Damon por encima del hombro—. Yo vuelvo dentro.

—¿Para qué? ¿Por Julia? Ella está rodeada de una cantidad de personas que están en perfectas condiciones de cuidar de ella. Cuando llegues al escenario, ella ya estará fuera... ¡y es muy probable que tú quedes atrapado!

—Ella no se irá —repuso Damon, ronco, manteniéndose cerca del pasamanos y empujando para poder avanzar unos pasos más.

El esfuerzo de seguirlo hizo resollar a William.

—¡Cualquiera que sea lo bastante tonto para quedarse dentro de este horno se merece lo que pueda suceder-le! —lanzó un taco al comprobar que su hermano no le prestaba atención—. ¡Que me condenen si voy contigo! Yo no soy como tú: no hay en mí un ápice de heroico.

—Yo quiero que te vayas.

—No —replicó William, indignado—. Con la mala suerte que tengo, tú morirás en el fuego y entonces... ¡se-ré yo quien deba cumplir el papel de hijo mayor, respon-sable! Diablos, prefiero correr el riesgo aquí.

Sin hacer caso de las quejas de su hermano, Damon siguió bajando la escalera y saltó por encima del pasama-nos cuando quedaban pocos metros para llegar. William lo siguió hacia el medio de la multitud, en dirección a las puertas que daban al foso de la orquesta. Era casi impo-sible abrirse paso en medio del violento empuje de la tur-ba, pero ellos se las ingeniaron, avanzando metro a me-tro, hasta que quedaron en el centro del infierno. En el aire vibraba el pánico descontrolado.

Al saltar sobre las filas de asientos en su afán por lle-gar al escenario, Damon pudo ver a Julia. Vio que gol-peaba las llamas con vigor, tratando de evitar que se ex-tendieran a los telones. Los hombres de mantenimiento trabajaban cerca, retirando las piezas inflamables que formaban parte de la escenografía y volteaban los pane-les para evitar que el fuego alcanzara la pieza del frente y los andamios de arriba. Damon sintió deseos de estran-gular a su esposa por haberse expuesto a semejante ries-go y, tras avanzar con dificultad por el contorno del foso de la orquesta, trepó al escenario.

Medio enceguecida por el humo y los vapores, Julia golpeaba las llamas amarillas que corrían por el escena-rio, mientras fragmentos de ascuas le asaeteaban los brazos. Le ardía el aire en la garganta inflamada, que salía despedido de su boca en airados sollozos articulando una negación. No debía permitir que se destruyese el teatro, que significaba más para ella de lo que había imaginado. Tenía vaga conciencia de la presencia de Logan cerca de ella, debatiéndose como enloquecido para salvar lo único que le importaba. Él no podría sobrevivir si perdía el Capital, él se quedaría allí, aunque el teatro ardiese hasta los cimientos.

La fatiga hacía temblar los brazos de Julia; sentía que su cuerpo se balanceaba, succionado por las ráfagas de calor. Oyó que alguien, desde cerca, le gritaba una advertencia pero ella no interrumpió su batalla por sofocar las llamas, que habían comenzado a devorar uno de los telones laterales. De súbito, algo la golpeó con fuerza en el centro del cuerpo, oprimiéndole la cintura y los costados hasta hacerle perder el aliento. Se encogió de dolor y de susto y no pudo moverse para defenderse, pues alguien la arrastró varios metros. Sintió un ruido crujiente y sibilante en sus oídos, que se mezcló con el pesado latido de su pulso.

Apartó de sus ojos un mechón de cabello empapado de sudor y, entonces, vio que el personal de mantenimiento había volteado el panel de la derecha del escenario. Julia vio que había estado en el camino de su caída, y que una persona la había sacado de un tirón de ese sitio, la misma persona que, en ese momento, estaba sacudiéndole las faldas y cuya mano iba descendiendo con golpes demoledores en muslos y pantorrillas. Trató de librarse de ese alguien, tosiendo y respirando con dificultad, hasta que vio, con un estremecimiento de horror, que algunos fragmentos del telón de fondo ardiendo habían prendido fuego a su traje.

Una vez que hubo extinguido el fuego en la tela de

su falda, su salvador se enderezó y su semblante se irguió sobre ella, sombrío y enfurecido. Recortado contra un fondo de fuego y humo, parecía un demonio. El sudor hacía brillar su rostro bronceado, su pecho amplio se elevaba a impulsos de inhalaciones profundas y ávidas.

—Damon —dijo ella, sintiendo sus labios ateridos al pronunciar el nombre de él.

Daba la impresión de que él tuviese ganas de matarla. Sus manos se cerraron como prensas, rodeándola, y comenzó a arrastrarla fuera del escenario, sin hacer caso de sus protestas.

—¿Jessica? —oyó ella que la llamaba Logan Scott, desde muy cerca. Él hizo una pausa en sus esfuerzos por contener el fuego y entrecerró sus ojos hasta convertirlos en dos ranuras, al pasar la mirada de ella a Damon—. ¡Por el amor de Dios, sáquela de aquí!

—Para mí será un placer —musitó el aludido.

Julia hizo una mueca por el dolor producido por el modo en que la sujetaba su marido, pero se dejó sacar del escenario en dirección a la sala verde.

—Por aquí —pudo decir Julia, hasta que la acometió un acceso de tos. Lo guió por la parte de atrás del teatro, y sólo se detuvo cuando notó que había alguien más con ellos. Al volverse para ver, fugazmente, quién era, se encontró con un joven que guardaba una asombrosa semejanza con Damon. No podía ser otro que su hermano—. ¿Lo... lord William? —tartamudeó.

—Sí, es William —confirmó Damon, impaciente—. Más tarde, tendremos tiempo para las presentaciones. Salgamos.

Julia, demostrando, con una expresión ceñuda, su disgusto hacia la actitud autoritaria de él, se encaminó hacia la puerta que daba a la calle. Estuvo a punto de chocar con una persona menuda que se precipitaba dentro.

Era Arlyss, que bullía de alivio, pánico y excitación, al mismo tiempo.

—¡Jessica! —exclamó, agradecida—. Cuando advertí que no estabas afuera, supe que debía volver a buscarte... —se interrumpió al ver a los dos hombres altos, de cabello oscuro, que estaban detrás de Julia, y una sonrisa leve y graciosa iluminó su semblante—. Al parecer, ya has sido rescatada. ¡Ya veo que yo debería haberme quedado dentro del teatro, esperando a que me rescatasen a mí también!

William se adelantó galante y le ofreció un brazo para escoltarla.

—La admiro, por haber tenido la sensatez de salir de inmediato, señorita...

—Barry —respondió ella, y su mirada intensa no perdió detalle de la elegancia del atuendo y de lo apuesto que era ese joven moreno—. Arlyss Barry.

—Lord William Savage —dijo él, presentándose con ademán pomposo—. A su servicio, señorita Barry.

Damon puso los ojos en blanco y dio un empellón a Julia para hacerla salir fuera, donde el aire era fresco y puro. Irritada por lo brusco del trato, ella se apartó de él en cuanto sus pies se posaron en el pavimento.

—No es necesario andar cargándome como si fuese un saco de cebada —le reprochó ella, entre dientes, sin prestar atención a las otras personas que merodeaban por la pequeña calleja, en la parte de atrás.

—Tendrás suerte si no hago algo peor contigo. ¡Mira que ponerte en peligro sin ningún motivo...!

—¡Yo quería quedarme! —replicó ella, vehemente—. Tenía que prestar toda la ayuda que pudiera. ¡Si ese teatro se hubiese quemado, a mí no me quedaría nada!

—Te quedaría la vida —señaló él, en un tono que quemaba.

Otro acceso de tos le impidió replicar, aunque Julia logró lanzarle una mirada furibunda, con sus ojos acuosos e irritados.

Al contemplar el rostro enrojecido de Julia, sus mejillas manchadas de sudor y hollín, Damon sintió que parte de su enfado se desvanecía. Jamás había visto a nadie tan valiente y vulnerable al mismo tiempo. Se las ingenió para encontrar un pañuelo dentro de su chaqueta y, acercándose a ella, comenzó a limpiarle la suciedad y el maquillaje de la cara.

—Quédate quieta —murmuró él, rodeándola con un brazo cuando ella intentó apartarlo.

Un momento después, sintió que la rígida espalda de ella empezaba a aflojarse. Ella alzó un poco la cara para facilitar la tarea. Él empleó una punta limpia de su pañuelo para secarle los ojos.

—William —murmuró él, captando los intentos de su hermano por coquetear con la actriz de los rizos que estaba cerca de ellos—, trata de encontrar a nuestro cochero en la parte del frente del teatro y dile que traiga el coche aquí.

—Sería más práctico conseguir un coche de alquiler —dijo William, indudablemente sin ganas de alejarse de la compañía de Arlyss—. Apostaría a que la calle del frente esté atestada de personas, caballos, coches... sería un milagro si yo encontrase...

—Tú ve y hazlo —interrumpió Damon, cortante.

—Está bien, está bien —dijo William, y miró a Arlyss con sonrisa esperanzada—. No te marches. No te muevas de aquí: pronto volveré.

Arlyss le respondió con risillas afectadas, fingió que lo saludaba y se quedó admirándolo mientras él se alejaba.

Julia miró a su esposo con expresión inescrutable.

—No sabía que estarías aquí esta noche.

Después de la dura prueba por la que había pasado dentro, sus nervios estaban a punto de estallar; sin embargo, pese al peligro que había corrido y a la angustia por lo que todavía estaba sucediendo dentro, se sintió extrañamente reconfortada. Tuvo la impresión de que en el mundo no existía lugar más seguro que los brazos de Damon.

El suave pañuelo siguió moviéndose sobre su rostro en cuidadosas pasadas.

—No tuve tiempo de enviarte un mensaje —repuso él—. Fui a buscar a William a Warwickshire y volví a Londres tan pronto como pude.

Ella se encogió de hombros, como si le resultase indiferente. —Podrías haberte quedado en el campo. A mí no me importaba que regresaras.

—A mí me importaba: yo quería verte, sobre todo en tu noche de estreno.

Los labios de Julia dibujaron una mueca amarga. La obra estaba en ruinas; el fuego había impedido lo que podría haber sido un paso significativo en su carrera. Y lo peor de todo era que el teatro y los sueños que en él se albergaban podrían quedar reducidos a cenizas antes de que acabase la noche.

—Todo un espectáculo, ¿verdad? —dijo ella, desalentada.

—Más de lo que hubiese esperado —admitió él, con ligera sonrisa.

Él parecía entender lo que ella sentía: el miedo y la dolorosa conciencia de que la vida nos tenía reservados esta clase de giros. Después del duro trabajo y del sacrificio que había puesto Julia, no era justo que todo pudiese quedar destruido con tanta facilidad.

Julia contempló esos ojos grises con destellos plateados, impresionada por la calma y la fortaleza de él y por la intuición de que él no temía a nada. Esa noche, él le había salvado la vida o, al menos, había impedido que sufriese daños. ¿Por qué se había arriesgado por ella? Tal vez sintiera que le debía su protección porque, desde el punto de vista formal, ella era su esposa.

—Gracias —pudo decir Julia—. Gracias... por lo que hiciste.

Él recorrió la trémula curva de la mandíbula de ella con su pulgar y con la yema de su dedo índice.

—No dejaré que nada malo te suceda, nunca.

Julia sintió como si los dedos de él le quemasen la piel. Trató de bajar la cara pero él no se lo permitió. Dentro de ella, la emoción y las sensaciones se desplegaron y su cuerpo reaccionó al contacto de él de manera instantánea. Él iba a besarla. Julia se sintió impresionada por lo mucho que lo deseaba, por lo intenso de la tentación de aflojarse, de entregarse a él. Ella siempre había recelado de los hombres de fuerte voluntad pero, en ese momento, representaba para ella un bendito alivio que él se hiciera cargo de ella.

—Tienes un sólido sentido del deber —susurró la joven—. Pero no es necesario que...

—Esto no tiene nada que ver con el deber.

Por la puerta del teatro asomó otro rostro.

—¡Señorita Barry! ¡Gracias a Dios! He estado buscándola por todos lados. ¿Está usted bien? ¿Se ha lastimado?

Al volverse, Julia vio a Michael Fiske, el escenógrafo, que corría hacia Arlyss y la aferraba por los hombros, llevado por un impulso. Estaba sucio, manchado, un desgarrón en el hombro de la camisa. En conjunto, tenía la apariencia de un héroe.

—Estoy perfectamente bien —le dijo Arlyss, sorprendida y complacida al verse objeto de tan ferviente admiración—. No tenía por qué preocuparse, señor Fiske...

—¡No podía soportar la idea de que usted hubiese sufrido algún daño!

—Señor Fiske —dijo Julia, interrumpiendo sin poder contenerse—, ¿cómo está el teatro? ¿qué está sucediendo dentro?

Fiske respondió sin quitar el brazo con que rodeaba a Arlyss; ésta, por su parte, no parecía descontenta con la actitud de él.

—Creo que ahora, el fuego está bajo control. Tengo entendido que algunas personas resultaron heridas en la desbandada que se produjo para salir del edificio pero, hasta el momento, no he oído hablar de ninguna muerte.

—Gracias a Dios —dijo Julia, abrumada por el alivio—. ¿Eso significa que, después de algunas reparaciones, el Capital podrá abrir de nuevo?

—Más que unas reparaciones —respondió el escenógrafo, pesaroso—. Lo más probable es que hagan falta meses de trabajo... y sólo el diablo sabe de dónde saldrá el dinero. Yo diría que, por lo que resta de la temporada, estamos acabados.

—¡Oh! —exclamó Julia, presa de una extraña desorientación.

Se sentía despojada de toda sensación de seguridad. ¿Qué ocurriría luego? ¿Logan decidiría suspender la paga de los actores por el resto de la temporada? Si bien ella tenía algunos ahorros, quizá no fuese suficiente para aguantar todo el tiempo que fuese necesario.

La voz alegre de William interrumpió sus pensamientos cuando el muchacho reapareció en escena y dijo a su hermano:

—El cochero traerá el coche, hermano. En cuanto a

mí, prefiero no esperar. Tengo ganas de beber algo fuerte y de tener a una moza entre mis brazos.

Echó una mirada especulativa a Arlyss, captando la indecisión en su semblante y la expresión de desafío y recelo del joven que la tenía abrazada.

—La señorita Barry no pertenece a esa clase de mujeres —dijo Michael Fiske, tenso, prolongando el abrazo con gesto protector.

En el rostro de Arlyss se leían con claridad los pensamientos, mientras miraba, ora a uno de los hombres, ora al otro... Fiske, tan sincero y esperanzado, y lord William Savage, endiabladamente apuesto e irresponsable. Con movimientos lentos, se deshizo del brazo con que Fiske la tenía asida.

Cuando Julia vio lo que Arlyss estaba por hacer, sintió un hondo abatimiento. La menuda actriz nunca había sido capaz de resistir a un apuesto lord, aun cuando fuese evidente que lo único que éste pretendía era una noche de entretenimiento en compañía femenina. Julia deseó para sí que su amiga no hiciera la elección equivocada.

William arqueó una ceja mientras observaba a Arlyss, y en sus ojos azules brillaba una pícara incitación.

—¿Le gustaría acompañarme a una noche de diversión, bonita muchacha?

Arlyss no necesitaba más invitación. Echó una mirada de pesar a Michael Fiske y se acercó a William. Una sonrisa atrevida curvó sus labios y puso su mano sobre el brazo de él.

—¿Adónde iremos primero? —preguntó, haciendo reír a William.

Él se despidió de su hermano con un murmullo y tomó la mano rígida de Julia en la suya inclinándose sobre ella en demostración de galantería.

—Mis más respetuosos saludos, señora... Wentworth —saludó, demostrando, con su actitud, que conocía bien la verdadera identidad de Julia.

Ella, molesta por su desfachatez, no respondió a su sonrisa.

El rostro de Michael Fiske permaneció inexpresivo, con su vista clavada en Arlyss, que se alejaba con William a buscar un coche de alquiler.

—Lo lamento —dijo Julia en voz baja.

Fiske asintió y compuso una breve sonrisa desesperanzada. Con la frente crispada, Julia lo vio volver al interior del edificio. Echó a Damon una mirada acusadora.

—Podrías haber dicho algo a tu hermano. ¡Él debería haber dejado a Arlyss en compañía de ese hombre decente que sin duda la quiere!

—La muchacha tuvo libertad para elegir.

—Bueno, pues ha hecho la elección equivocada. ¡Tengo grandes dudas de que tu hermano albergue intenciones honorables con respecto a ella!

—Yo tiendo a coincidir con esa suposición —dijo Damon con sequedad—. En la mente de William hay sólo una cosa, y tu amiguita ha dejado bien en claro que estaba muy dispuesta a complacerlo —y, al ver que se acercaba su coche, lo señaló con la cabeza en un gesto decidido—. Aquí está el cochero. Ven.

Ella negó, automáticamente, con la cabeza.

—Debo volver a entrar para ver...

—Esta noche, ya no puedes hacer nada aquí. Ven: no me iré sin ti.

—Si estás pensando en repetir la actuación de la otra noche...

—Se ha cruzado ese pensamiento por mi cabeza —interrumpió Damon, con los ojos chispeantes de malicia—. Pero no pensaba insistir en ello. Si prefieres, no haremos más que beber una copa y conversar. Abriré una botella de un Armagnac francés de veinticinco años... es el mejor coñac que hayas probado jamás.

El ofrecimiento tenía su atractivo, por decirlo con levedad. No era el coñac lo que la tentaba sino, más bien, la alarmante necesidad de contar con la compañía de él, con el consuelo que eso le brindaría. No estaba segura de poder confiar en sí misma estando cerca de él, y menos en su presente estado de ánimo.

—No debería.

—¿Tienes miedo de quedarte a solas conmigo? —preguntó él en voz baja.

Esto ya no era sólo un ofrecimiento: era un desafío. Julia sostuvo la mirada directa de él y sintió que la temeridad se agitaba en su interior. La noche se había hecho trizas y ella tendría que enfrentar el mañana cuando llegase. Por el momento, un trago fortificante y la compañía de lord Savage eran lo que ella más quería.

Fue hacia él con pasos lentos.

—Estoy segura de que después lo lamentaré.

Él le sonrió y la llevó hacia el coche, ayudándola a subir. Dio una breve orden al cochero y trepó al vehículo, ocupando el lugar que había junto a ella. El coche se alejó con suave balanceo, y Julia se relajó, recostándose en los cojines del asiento con un suspiro.

Cerró los ojos un momento, pero sus pestañas se elevaron cuando percibió la mirada intensa de Damon. Él estaba observando los restos arrugados y chamuscados de su vestido de color verde pálido cuya delantera se adornaba con cordoncillo dorado. Al notar el modo en que la mirada de él se demoraba en su ceñido corpiño, ella frunció el entrecejo con aire reprobador.

—¿Es preciso que me mires de ese modo?

A desgana, la mirada de Damon pasó al rostro de ella.

—¿De qué modo?

—Como si acabaras de sentarte a cenar y yo fuese el primer plato —respondió Julia y, mientras él se echaba a reír, ella cruzaba los brazos sobre los pechos en gesto defensivo—. ¡Cualquiera diría que habrías quedado satisfecho después de la otra noche!

—Eso no hizo más que acicatear mi apetito y darme ganas de más —replicó él, observándola, y al notar la incomodidad en su expresión, abandonó la actitud juguetona. Se relajó, reclinándose en el asiento con engañoso descuido—. Sé que, aquella noche, te hice daño —dijo él con calma—. Siempre es así la primera vez.

Sobre el rostro de Julia se extendió un intenso sonrojo. Recordó, como en un relámpago, los cuerpos desnudos, juntos, retorciéndose, el dolor de la unión, el quemante placer de ser poseída por él. Ella sabía, más o menos, qué esperar pero nunca había imaginado lo mucho que los acercaría esa clase de intimidad. Era incomprensible que algunas personas pudiesen considerar como pasajera una experiencia así... una experiencia que, a ella, la había modificado en cientos de aspectos indefinibles.

—Está bien —murmuró, sin poder mirarlo.

—La próxima vez, será mejor.

En esta ocasión, el sonrojo cubrió todo el cuerpo de Julia. Ella supo que él podía ver cómo el color iba extendiéndose sobre la piel suave de su garganta y de sus pechos.

—No habrá una próxima vez —dijo ella, agitada—. No estaría bien.

—¿No? —preguntó él, perplejo,

—¡Claro! ¿O has olvidado, acaso, a lady Ashton y el niño que ella tendrá?

La expresión de Damon se endureció aunque, de todos modos, Julia percibió la frustración que bullía dentro de él.

—Todavía no estoy convencido de que haya ningún niño —dijo él—. Estoy tratando de descubrir la verdad. Pero, aun si Pauline estuviese embarazada, no puedo casarme con ella. Si lo hiciera, acabaría matándola.

Julia sintió, por primera vez, un destello de simpatía por él. Era un hombre orgulloso, no tomaba a bien que nadie lo manipulase, y menos una mujer como lady Ashton. Contuvo las ganas de tocarlo para consolarlo y se quedó donde estaba, embutida en el rincón del asiento del coche.

—Debe de ser difícil estar en semejante situación...

—Esta noche, no quiero hablar de Pauline —cortó él con brusquedad. De inmediato, la expresión dura desapareció de su rostro y su boca dibujó un gesto de burla para consigo mismo. Metió la mano dentro de la chaqueta y sacó un pequeño estuche de terciopelo—. Ten... aquí hay algo para ti.

Julia miró con fijeza el regalo pero no hizo ademán de tomarlo.

—Gracias, no —dijo, incómoda—. No quiero un regalo...

—Es tuyo por derecho. Tendría que habértelo dado hace mucho tiempo.

Con gesto vacilante, ella recibió el estuche y aflojó el cordón que lo cerraba. Metió dos dedos dentro y sacó un objeto frío y duro que había allí. Se le cortó el aliento al ver un magnífico anillo, un diamante tallado en forma de rosa, engarzado en una gruesa banda de oro. La piedra era de cuatro quilates, por lo menos, su color casi llegaba al azul y sus facetas lanzaban destellos como de un fuego fantasmagórico.

—Nunca habías recibido un anillo de bodas —dijo Damon.

—No puedo...

—Pruébalo.

Julia ansiaba ver cómo quedaba el diamante en su dedo, pero no se atrevía. El anillo, con todo lo que significaba, estaba prohibido para ella. El matrimonio entre ellos no perduraría. Sus votos carecían de sentido y sólo habían sido pronunciados por dos niños que no tenían idea de lo que hacían. Echó a Damon una mirada de impotencia y vio que él estaba tan conmovido y abrumado como ella por el gesto.

—Quédate con él —dijo ella, en suave ruego.

La boca de él hizo un gesto amargo y tomó el anillo. Pero, antes de que ella pudiese impedírselo, le tomó la muñeca y deslizó la joya en el cuarto dedo de la mano izquierda de Julia. Le iba un poco flojo.

Fascinada, Julia clavó su vista en la gema, como si estuviese hipnotizada.

—Perteneció a mi madre —dijo Damon—. Ella hubiese querido que tú lo tuvieses.

—¿Acaso estás intentando sobornarme? —preguntó Julia, levantando la mano para contemplar la gran piedra.

—Estoy tratando de tentarte.

—¿Y qué me pedirías a cambio?

De pronto, la expresión con que él le devolvía la mirada era de la más absoluta inocencia.

—Considéralo una compensación por todo lo que has tenido que soportar a causa de nuestro «matrimonio».

—No soy tan ingenua —dijo ella, sacando el anillo de su dedo—. Tú no perteneces a esa clase de hombre capaz de dar algo por nada. Te lo agradezco, pero no puedo aceptarlo.

—Si me lo devuelves, lo arrojaré por la ventanilla.

Ella lo miró con completa incredulidad.

—No serías capaz.

Los ojos de Damon desbordaban de diabólico brillo; eso hizo comprender a Julia que era verdad, que él estaba dispuesto a arrojar esa valiosa joya a la calle.

—Ahora, es tuya. Haz con ella lo que quieras —dijo él, extendiendo su mano, con la palma hacia arriba, para recibir la sortija—. ¿La tiras tú o la tiro yo?

Asustada, ella cerró los dedos sobre la joya.

—¡No te permitiré que tires un objeto tan bello!

Complacido, él bajó la mano.

—En ese caso, conserva esa maldita cosa. Sólo te pido que no se la des a tu madre.

Al ver la expresión culpable de ella, él se echó a reír y vio cómo ella volvía a poner el anillo en su dedo.

A Julia la irritaba la sospecha de que su recién hallado esposo estaba volviéndose diestro en el arte de manipularla.

—Tú querrás algo a cambio —dijo ella con altivez—. Ya te conozco bastante como para estar segura de ello.

—Yo sólo querré lo que tú estés dispuesta a dar —replicó él, deslizando su mirada sobre ella—. Y ahora, dime qué clase de relación imaginas para nosotros, señora Wentworth.

Julia maldijo el súbito despertar de sus sentidos, la manera en que su cuerpo, de repente, reaccionaba en aguda percepción de ese hombre. Él era resuelto y tenía confianza en sí mismo, cualidades que ella siempre había admirado en un hombre. Y el hecho de que no perteneciera al mundo del teatro lo hacía más interesante aun. Las vidas de la gente de teatro no tenían nada de permanente. Compartían una existencia superficial como los gitanos; siempre había alguna producción que terminaba y otra que empezaba. Hasta ese momento, ella no habría tenido nada que ver con un hombre como Damon.

—Supongo que... podríamos intentar una suerte de... amistad —dijo Julia, dubitativa—. No es necesario que estemos enemistados. Después de todo, los dos queremos lo mismo.

—¿Y qué sería eso?

—Ser libres. Así, yo podré continuar con mi vida en el teatro y tú podrás cumplir tus obligaciones con lady Ashton.

—Sigues mencionándola... ¿por qué lo haces?

—Porque estoy preocupada, claro...

—Yo no lo creo. Más bien, pienso que haces todo lo posible por levantar un muro entre nosotros.

—¿Y si fuera así? —lo desafió Julia, en voz trémula.

Él estaba demasiado cerca, su duro muslo apretado contra el de ella, su antebrazo pasado sobre la cabeza de Julia. Sería muy fácil treparse al regazo de él y acercar su cabeza a la suya, rendirse al placer que le brindaban sus manos y su boca. Julia hizo una inspiración profunda y trató de aquietar el temblor nervioso que sentía en su interior.

—¿Está mal que quiera protegerme?

—No tienes por qué protegerte de mí. ¿Acaso te he obligado, alguna vez, a hacer algo que tú no quisieras?

Ella lanzó una risa temblorosa.

—Desde que nos encontramos, he sido obligada a cenar contigo, te he entregado mi virginidad, incluso he aceptado esta joya en contra de mis deseos de no...

—Yo no puedo impedir que tú sientas debilidad por las alhajas —repuso él, sonrió al ver la expresión frustrada de ella y bajó su voz—. En lo que se refiere a apoderarme de tu inocencia... ése fue un regalo que yo jamás habría esperado. Y lo valoro más de lo que te imaginas.

Julia cerró los ojos y sintió que los labios de él recorrían su frente y se demoraban en el frágil puente de su nariz. Sintió roces suaves como plumas en sus párpados y mejillas y el contacto de su boca en sus labios. Le cosquilleó la boca y tuvo que hacer uso de toda su fuerza para no volverse de lleno hacia el sitio de donde llegaba esa leve presión, invitándolo al beso profundo e intenso que anhelaba.

—Fuiste tan dulce esa noche —susurró Damon—. Y tan bella. Jamás había vivido antes nada parecido. No puedo dejar de recordar y de desearte de nuevo.

Julia se humedeció los labios resecos y luego replicó:

—No porque tú lo desees estará bien.

—Según las últimas noticias que yo tenía no era pecado que un hombre se acostara con su esposa.

Él llevó las yemas de sus dedos a la parte del pecho de ella que quedaba al descubierto haciendo erizar esa tersa superficie. La respiración de Julia se hizo rápida y superficial. Lo único que podía hacer era aguardar en suspenso, en silencio, con su cuerpo tenso, anticipándose a lo que él podría hacer.

—Bueno —comentó Damon con suavidad—, de modo que quieres intentar tener una amistad conmigo. No tengo objeciones que oponer a ello —dijo, tirando del cordón dorado que mantenía cerrado el corpiño hasta que éste se abrió—. De hecho, pienso que podríamos hacernos amigos muy... íntimos.

Su boca tibia fue bajando por el cuello de ella mientras que su mano se deslizaba dentro del corpiño, debajo de la fina camisa blanca que cubría la carne desnuda de Julia.

Julia cerró los ojos y jadeó al sentir que los largos dedos de él se curvaban sobre su pecho acariciándolo, excitándolo hasta que el pezón le dolió y se endureció. Sintió su cuerpo inundado de calor, laxo y flojo de deseo. Murmuró una protesta cuando sintió que él la levantaba y la sentaba sobre sus piernas pero las protestas quedaron rápidamente silenciadas por la boca de él. Ávida, se abrió a su beso, haciendo a un lado todo pudor, deseando más placer como el que él podía brindarle.

El balanceo del coche apartó las bocas de los dos y Julia buscó que el beso se repitiera, pero él se resistió. Su boca inició una nueva exploración a lo largo de la tierna superficie del cuello, hasta el hueco de la garganta, donde el pulso latía, enloquecido. Él halló el valle entre los pechos de ella y se hundió en sus profundidades, mientras sus dedos tironeaban de la tela que los cubría. De los labios de Julia escapó un grito apagado al sentir que él le mordía con suavidad un pezón. Llevó sus manos a la cabeza de él reteniéndolo en esa posición, enredando sus dedos en el cabello negro y grueso de Damon. La lengua de él rozaba y se enroscaba sobre esa punta sensible una y otra vez, hasta hacer que ella se arquease hacia él, dando un gemido. Se desplazó hacia el otro pecho y jugueteó con ella sin darse prisa, disfrutando los breves quejidos de indefensión de ella.

La respiración de los dos se había vuelto rápida y dificultosa y el deseo latía en sus cuerpos; entonces Damon la apartó un palmo y le dijo:

—Dime que no quieres esto. Dime que puedes verme, conversar conmigo sin pensar en esto... sin necesitarme tanto como yo te necesito a ti. Y ahora, dime que sólo quieres mi amistad.

Julia se apretó contra él, temblando, sus pechos desnudos rozando los finos linos y paños de lana de la ropa de él. Era extraña la lentitud con que su mente daba forma a los pensamientos.

—Te deseo —dijo ella, con un breve gemido, temerosa de sus necesidades y del dolor que la aguardaba si cedía a ellas.

No debía permitirse amarlo ni depender de él, puesto que eso le daría el poder de despojarla de toda su fuerza y su confianza en sí misma. Sería peor que lo vivido todos aquellos años junto a su autoritario padre. Ese hombre sería capaz de apoderarse de su alma.

Damon apartó los largos cabellos de ella, le besó el hombro desnudo y la abrazó con fuerza suficiente para que ella pudiera sentir su erección. Julia tembló y se apretó contra esa forma dura, haciendo coincidir sus carnes suaves con las de él hasta arrancarle un gemido que lanzó con la boca apoyada en su pelo.

—No sigas... o te poseeré aquí mismo.

Él la besó con cierta brutalidad, explorando la boca de la mujer en una tormenta de pasión, y ella respondió a sus exigencias con las propias.

El coche se detuvo y Julia supo que habían llegado a la propiedad de él. Se apartó con esfuerzo, retrocedió hasta el asiento de enfrente y trató de acomodar su corpiño con dedos torpes. No acertaba a unir ambas partes de la tela y tirar del cordón dorado para ajustar los lazos. Cuando hubo logrado recuperar cierta apariencia de decoro, alzó la vista y se encontró con la mirada fija de Damon.

—Ven adentro conmigo —dijo él.

Su rostro mostraba cierta tirantez y un resplandor contenido en sus ojos, que no dejaba lugar a dudas sobre lo que ocurriría si ella lo acompañaba.

«No», gritó ella para sus adentros pero, sin saber por qué, la palabra no salió. Quería estar con él, quería que él aliviase el dolor físico de su cuerpo y le diese la misma paz y la misma plenitud que había experimentado la vez anterior. Una noche más con él... ¿acaso haría más daño que el que ya estaba hecho? Avergonzada de su debilidad, superada por la tentación, se debatió con sus sentimientos.

Damon decidió por ella, abriendo la puerta del coche y estirando su mano hacia Julia. Él le tomó la mano y ella permitió que él la sacara a tirones del vehículo. El cochero se apresuró para adelantarse a ellos y abrir la puerta principal de la mansión, y los dos cruzaron el umbral para entrar en el silencioso vestíbulo. Debía de ser la noche libre de los criados puesto que no se veía a ninguno por allí; el lugar estaba pobremente iluminado.

En cuanto se cerró la puerta, Damon la hizo volverse en sus brazos y la besó con su boca apremiante que se abatió sobre la de ella. El placer hizo temblar a Julia, que se puso de puntillas para acomodarse a él, rodeando sus anchos hombros con los brazos. Damon movió sus labios para susurrarle en el oído algunas palabras tiernas y eróticas... pero Julia se puso rígida al percibir un movimiento detrás de él. Sobresaltada, lo apartó empujándolo por el pecho y se quedó mirando al intruso con ojos agrandados. Damon también miró.

Una mujer bajaba la escalera con un lento y deliberado contoneo, balanceando con gracia sus caderas. Los pliegues de su fino vestido, hecho de capas transparentes de color albaricoque, se movían en torno de sus muslos y tobillos como si fueran líquidos. Era una prenda seductora, pensada para atraer la atención de un hombre. Estaba descalza, como si acabara de levantarse de la cama y saliera a recibir a visitantes inesperados.

—Pauline —murmuró Damon, atónito.

Julia se apartó de él, alisando su falda con movimientos inconscientes. A pesar de la expresión dura de sus ojos, Pauline era extraordinariamente bella, con su cabello oscuro y sedoso volcándose por su espalda, sus ojos sesgados como los de un gato.

—Se me ocurrió darte una sorpresa, querido —dijo Pauline en voz baja, como si estuviese en pleno dominio de la situación—. Nunca imaginé que la sorprendida sería yo. No esperaba que, habiendo entre nosotros tantos asuntos sin resolver, esta noche recibieses a otra mujer

—llegó al final de las escaleras y cruzó los brazos, haciendo más marcada la separación entre sus pechos. Su mirada, fría y divertida, se posó sobre Julia—. ¿Qué te ha pasado, querida? Tienes un aspecto terriblemente desastrado... y ambos apestáis a humo.

—Hubo un accidente en el teatro —respondió Julia.

—¡Ah! —dijo Pauline, mirando otra vez a Damon con sus finas cejas arqueadas—. Últimamente te has hecho muy devoto del teatro, ¿no es así?

—¿Qué diablos estás haciendo aquí? —preguntó él, con voz dura.

El tono de él pareció herirla. Una de sus manos delgadas se posó sobre su vientre para recordarle el embarazo.

—Pensé que teníamos que hablar y, como tú no venías a mí, ésta era mi única alternativa —dijo Pauline, y mirando otra vez a Julia—: tú, sigue viaje, ¿quieres? Damon y yo necesitamos un poco de intimidad. Estoy segura de que podrás encontrar a otro hombre que satisfaga tus necesidades esta noche.

Julia sintió que se le helaba la sangre de furia y de humillación, pero mantuvo una expresión inmutable.

—Por cierto que sí —replicó, en tono controlado—. Quisiera alejarme de vosotros lo más rápido posible.

—Espera —dijo Damon, tomándole el brazo, pero ella se soltó con brusquedad.

Una sonrisa satisfecha se abrió en el semblante de Pauline. Y no pudo resistir la tentación de lanzar una última pulla.

—Señora Wentworth, tal vez crea usted que está muy cerca de lord Savage, pero hay muchas cosas que usted no sabe de él. Sospecho que, entre las cosas que él no le ha dicho hay una muy relevante: que él ya está casado.

Julia se detuvo junto a la puerta.

—Sí, ya lo sé —repuso ella con calma.

Pauline adoptó una expresión de sorpresa y luego, su rostro se crispó de desdén.

—Dios mío, tienes la misma moral que una gata en celo. Mira que entregarte a un hombre que está casado con otra mujer y que ha dejado preñada a una tercera... eres la criatura más desvergonzada que haya conocido jamás.

—Pauline... —dijo Damon, en tono amenazador, pero Julia lo interrumpió.

—¿Desvergonzada? Tú eres la que se pasea casi desnuda por la casa de un hombre casado.

Ardía en deseos de decirle la verdad a esa otra mujer, de decirle que ella era la esposa en cuestión y que quien no tenía derecho a juzgar a nadie, por cierto, era Pauline.

Julia logró, sin saber bien cómo, contener su lengua y, yendo hacia la puerta, la abrió de un tirón. Se detuvo para arrojar a Damon una mirada hacia atrás, pero él dio la impresión de ignorarla, pues toda su atención estaba enfocada en Pauline. Los celos la atenazaron. No pudo discernir con quién estaba más enfadada: si con él o consigo misma.

Julia salió de prisa y llamó al lacayo.

—Diga al cochero que traiga el coche de inmediato. Quiero marcharme ahora.

Mientras el criado se apresuraba a obedecerla, ella se frotaba los brazos desnudos; la brisa fresca la hacía temblar. Pensó en ir a su casa pero rechazó la idea de inmediato. En ese mismo momento, había una persona a la que necesitaba ver, la única persona en el mundo que podía ayudarla a recuperar su cordura y a echar el ancla en la realidad.

Damon guardó silencio largo rato, su vista fija en Pauline hasta que la sonrisa de victoria se borró y ella comenzó a sentirse incómoda. Habló con suavidad, esforzándose por parecer tranquila.

—Supongo que no debo culparte por coquetear con ella, querido. Ella es bastante atractiva, si bien su estilo es un tanto tosco, obvio...

—No deberías haber venido aquí.

Hasta ese momento, a Damon nunca le había desagradado Pauline. Pero, hasta entonces, si bien había sentido suspicacia, exasperación, enfado contra ella, nunca había sentido algo que se asemejaba mucho al odio. Era como una piedra de molino que llevase colgada del cuello, aferrándose a él con inflexible decisión, arrastrándolo hacia un lugar tremendamente oscuro, frío. Ella hacía surgir lo peor que había en él. Se puso tenso cuando ella se acercó a él, apretando contra el suyo su cuerpo perfumado.

—No podía seguir lejos de ti —murmuró Pauline—. Te he echado mucho de menos.

—¿Has hablado con el doctor Chambers?

La mirada de ella eludió rápidamente la de él.

—Todavía no, pero pensaba hacerlo muy pronto —repuso, y sus brazos sedosos comenzaron a rodear los hombros de él—. Entre tanto...

—Entonces, yo lo arreglaré.

La empujó, haciéndola retroceder unos pasos, obligándola a soltarlo. Si bien no la trató con brutalidad, tampoco fue amable. Pauline pareció enfadada y alarmada, a la vez.

—¡No puedes hacer eso!

—¿Por qué no?

—El doctor Chambers es un hombre muy ocupado... no puedes darle órdenes como si fuese un criado.

Y él no hablará contigo acerca de mi estado a menos que yo le dé mi consentimiento.

—Estás jugando conmigo —dijo él, con peligrosa suavidad—. No lo toleraré.

Ella se echó atrás con aire ofendido.

—No tienes por qué ponerte tan amenazador. Hasta ahora, no había conocido ese aspecto tuyo; me resulta bastante desagradable.

—¿Desagradable? —repitió él, con voz densa—. No hay palabras para describir el aspecto de mi persona que tú verás si descubro que has estado mintiéndome.

Ella lo miró a los ojos.

—Te he dicho la verdad.

—Entonces, busca inmediatamente un médico para mí, Pauline... uno que apueste su reputación para respaldar la afirmación de que estás embarazada. Ésa es la única posibilidad que tienes de impedir que te retuerza el cuello.

—Estás de mal humor porque he estropeado tus planes de acostarte con esa pequeña mujerzuela del teatro...

—No digas una sola palabra más sobre ella.

Un ataque de furia le hizo temblar la voz.

Aunque rabiosa, Pauline reconoció la sinceridad de la amenaza que velaban las palabras de él. Durante unos instantes, luchó por controlar sus emociones.

—Entiendo que la desees —dijo ella, al fin—. Quizá la desees tanto como en otro tiempo me deseaste a mí. Pero no me haré a un lado para facilitarte las cosas. Yo tendré lo que quiero, lo que me debes —afirmó y, contemplando el semblante de piedra de él, suavizó su voz; su expresión pasó de enfurruñada a engatusadora—. No podrías decir que es un tormento estar conmigo, ¿no? En el pasado, tú disfrutabas con mi compañía; eso no tiene por qué cambiar. Si nuestros juegos en la cama te han

221

aburrido, puedo inventar otros. Te daré placeres que pocas mujeres se atreverían jamás...

—Ha terminado —dijo él con frialdad.

Los ojos oscuros de la mujer se dilataron.

—¿Qué es, exactamente, lo que se ha terminado?

—Nuestra relación... al menos, del modo como ha venido siendo.

—¿Y qué me dices del niño?

—Si tú das a luz a un niño en los próximos nueve meses, yo decidiré cuál es mi responsabilidad. Si no, no quedarán dudas de que yo no soy el padre... porque no me acostaré contigo, no pienso tocarte y, si Dios me ayuda, ni siquiera te veré.

—Hay un niño —dijo ella, fustigándolo con cada palabra—. Tendrás que comerte tus palabras, Damon. Lamentarás haberme tratado así.

—Puede ser —dijo él. La tomó del brazo con tanta fuerza que le hizo daño y comenzó a empujarla escaleras arriba—. Entre tanto, te vestirás y dejarás mi casa de inmediato.

222

8

—Diga al mayordomo que quiero ver al señor Scott —dijo Julia al lacayo cuando se apeó del carruaje—. Dígale que lamento lo tardío de la hora, pero que se trata de un asunto urgente.

—Sí, señora Wentworth.

El lacayo traspuso sin demora la puerta principal e informó al mayordomo de la presencia de la recién llegada.

Julia lo siguió vacilante, sintiendo que su valor iba esfumándose a cada paso que daba hacia el interior de la lujosa casa de Logan Scott, en ese tranquilo barrio suburbano de St. James Square. La casa tenía un ancho de tres entrepaños y su fachada estaba adornada con macizas columnas ahusadas que parecían puestas allí para intimidar a los visitantes curiosos como ella, por ejemplo. Ella nunca había estado antes allí, pues Logan había prohibido a todos los actores y al personal del Capital que pusieran un pie en su propiedad.

Hasta donde Julia sabía, rara vez Logan recibía en su casa. Las pocas personas que habían tenido el privilegio de visitarlo no habían dicho una sola palabra con respecto a la casa o a sus moradores, por respeto al deseo de intimidad del dueño de casa. Ése era su dominio exclusivo, su pequeña propiedad; daba la impresión de estar cubierto por un velo invisible de misterio. Pero ella quería verlo y no se sentía capaz de esperar hasta la mañana siguiente.

Para Julia, Logan era lo más cercano a un consejero, y el problema que ella tenía era demasiado abrumador para enfrentarlo sola. No había ninguna otra persona en quien pudiese confiar para pedirle un consejo sensato. Se preguntó si Logan la echaría de su casa de inmediato en caso de que lo sorprendiese su inesperada aparición, o lo enfadase, o ambas cosas. También existía la posibilidad de que el conflicto de Julia lo divirtiese y se burlara de ella. Esa idea la hizo encogerse, pero se obligó a seguir caminando.

El alto lacayo que la había precedido estaba hablando con el mayordomo, quien desapareció para reaparecer poco después. Era evidente el perfecto entrenamiento del mayordomo en la falta de expresión de su semblante, aun cuando tuviese ante sí a una joven temblorosa, cubierta con un vestuario teatral chamuscado.

—El señor Scott la recibirá pronto, señora Wentworth —murmuró el criado.

El mayordomo despidió al lacayo y precedió a Julia hacia el interior. Ella pensó que ojalá Logan no se hubiese retirado aún y que no hubiesen tenido que despertarlo. Lo más probable era que no, puesto que no podía imaginarse a Logan durmiendo después de todo lo acontecido esa noche. Julia se distrajo mientras recorría la casa, sin poder creer del todo que, por fin, estaba viendo el mundo privado de Logan.

La decoración de las habitaciones era de estilo italiano, con muebles de profuso tallado, frescos pintados en los cielos rasos y blancos bustos de mármol. De todo emanaba un aire de lujo, todo estaba lustrado, aterciopelado y serenamente atenuado. La tapicería y las cortinas de las ventanas estaban hechas en intensos tonos de azul, oro y borravino.

Llegaron a una sala íntima donde se apilaban cojines de seda y terciopelo sobre los sofás y sillones y donde se veían pequeñas mesas de marquetería, llenas de novelas y libros de estampas. Logan Scott se levantó de una tumbona en el mismo momento en que Julia traspuso el umbral.

—Señora Wentworth —dijo, en voz un tanto ronca—. ¿Cómo está usted? Espero que el fuego no le haya hecho ningún daño.

—Estoy muy bien —aseguró Julia.

Atrajo su mirada la otra persona presente en la sala, una de las mujeres de belleza más exótica que ella hubiese visto jamás. Su piel era como de crema dorada, el cabello negro y liso, y sus ojos impresionantes de color verde claro. Llevaba una pesada bata de seda ceñida a la esbelta cintura, que destacaba la forma de un cuerpo flexible y largo. A Julia la fascinó. De modo que ésta era la misteriosa mujer que vivía con Logan. ¿Sería más que una amante para él o sólo una comodidad?

La mujer sonrió a Julia y se acercó a Logan.

—Os dejaré solos para que podáis conversar —dijo, con tacto, y pasó una mano sobre el cabello de Logan en un gesto de propietaria, para después marcharse.

Logan posó sobre Julia una mirada especulativa. Él tenía los ojos enrojecidos por el humo; en contraste, los iris parecían más azules que nunca.

—Toma asiento —le dijo, señalando una silla acolchada cerca de él—. ¿Quieres una copa?

—Sí, cualquier cosa —dijo Julia, agradecida, acomodándose en la confortable silla.

Él le alcanzó un vaso con un líquido de color ámbar claro, que ella identificó como whisky rebajado con agua, de sabor terso y apenas dulzón. Logan se sirvió un vaso de licor puro, se sentó cerca de ella y estiró las piernas. Igual que Julia, no se había cambiado y seguía llevando la ropa de la obra. Estaba en estado desastroso: manchado de sudor y de humo, la camisa desgarrada en varias partes, los pantalones rotos en la rodilla.

—¿Cómo está el teatro? —preguntó Julia, titubeante, bebiendo un poco de whisky.

No era una bebida que a ella le gustara, en particular, pero le hizo bien su efecto reconfortante.

Un ceño crispado ensombreció el semblante de Logan.

—No quedó destruido, pero habrá que hacer reparaciones que insumirán mucho dinero. Tendremos que reducir a la mitad las representaciones que había planeado para esta temporada y reservar el resto para hacer una gira por el interior. Entre tanto, yo iré y volveré para supervisar las obras que se hagan en el Capital.

—¡Oh! —exclamó Julia.

Ella detestaba las giras, los horarios tardíos, la mala comida y los cuartos sucios. En el pasado, habían sido pocos los espectáculos que llevaron en giras limitadas, por sitios como Bristol, Leicester y Chester. Era cansador enfrentar las muchedumbres que solían esperarla a la salida de su alojamiento y aguantar la celosa observación de que era objeto, fuera adonde fuese.

Pese a su evidente fatiga, Logan sonrió al ver la falta de entusiasmo de ella.

—Nada de quejas —murmuró—. Esta noche, no estoy en condiciones de reñir.

Julia se las arregló para retribuir la sonrisa.

—Yo tampoco lo estoy —repuso, bajando la vista hacia su vestido y jugueteando con un pliegue de la falda—. Esta noche, la obra marchaba espléndidamente antes del incendio. Estoy segura de que habría recibido buenas críticas.

—La semana que viene la llevaremos a Bath.

—¿Tan pronto? —preguntó Julia, arqueando las cejas en señal de perplejidad—. Es que el telón de fondo y las piezas de la escenografía han quedado destruidos...

—Haré que Fiske y los otros improvisen algo. Pueden modificar los paneles del mar y la costa de *El mercader de Venecia* y algunos telones que hemos usado en otras producciones —dijo él, frotándose el puente de la nariz con el pulgar y el índice—. La cuestión es que no podemos permitirnos demorar la gira.

—Tal vez pudiésemos reunir más fondos dando espectáculos a beneficio para reparar el teatro —propuso Julia.

—Yo me preocuparé por el dinero. Entre tanto... —la miró de frente—. ¿Por qué has venido, Jessica?

Ella bebió un sorbo de whisky con disimulo.

—Yo... necesito de tu consejo.

Logan esperó a que ella continuase, haciendo gala de una paciencia poco habitual en él.

Julia inhaló y soltó un largo suspiro.

—Tengo problemas personales —barbotó.

—Ya lo había imaginado. Prosigue.

—No estoy comportándome como solía hacerlo, estoy adoptando decisiones que sé que son erróneas; sin embargo, no puedo evitarlo. Tengo miedo de que mi trabajo se resienta pero, por sobre todo, tengo miedo de lo que podría hacer después...

—Espera —dijo Logan, tratando de interpretar esa catarata de frases confusas—. Deduzco que esto tiene cierta relación con un hombre. Por casualidad, ¿ese hombre es lord Savage?

—Sí.

—Desde luego —dijo él, y un brillo irónico y divertido asomó a sus ojos—. Él ha dado vuelta tu vida como si fuera una media... y ahora tú estás comenzando a pensar que te enamoraste de él.

A Julia le disgustó el modo en que él lo expresaba, como si sus sentimientos fuesen apenas un lugar común y su desazón estuviese fuera de lugar. Logan no percibía el gran nudo frío que ella sentía en su pecho, la desolación que estaba empujándola hacia el desastre. Sin embargo, ella tomó muy en serio las palabras de él. Lo que ella sentía hacia Damon, la potente atracción física, el anhelo de contar con su compañía, la sensación de que se entendían mutuamente... La recorrió un fuerte estremecimiento y se hizo el propósito de enfrentar la verdad. Sí, estaba enamorada de Damon. En sus ojos le escocieron las lágrimas; se apresuró a beber un poco más de whisky hasta sentir que le ardía la garganta.

—No se trata de algo que yo desee sentir —dijo, tosiendo un poco.

—Claro que no —dijo Logan, mesando su cabello de color caoba y tironeándose, distraído, de un reluciente mechón—. ¿Te has acostado con él?

—¡Eso no es asunto tuyo!

—Lo has hecho —confirmó él, sin alterarse, adivinando la respuesta en la expresión ofendida de ella—. Eso explica muchas cosas. Tú no eres una mujer que entregue sus favores así como así. No me cabe duda de que no sabes distinguir el amor de la pasión... y eso es peligroso. Nunca te permitas tener una aventura a menos que puedas ejercer el control por entero. Si tienes la impresión de que Savage te supera y no puedes manejarlo, rompe con él. No importa lo doloroso que te parezca en el momento: es la única decisión prudente.

—No es tan fácil —dijo Julia.

—¿Por qué?

—Porque... da la casualidad de que estoy casada con él.

Si no se hubiese sentido tan desdichada, Julia habría disfrutado al ver la estupefacción que apareció en el semblante de su patrón. No había imaginado que su revelación impresionara de ese modo a Logan, tan mundano y tan sofisticado.

Logan se ahogó con la bebida y tardó unos momentos en recuperarse.

—¿Desde cuándo? —preguntó, confundido.

—Desde hace dieciocho años.

Una nueva oleada de perplejidad ahogó cualquier intento de seguridad en sí mismo.

—Jessica, lo que dices no tiene sentido...

—Nos casaron cuando éramos niños.

Logan, con expresión fascinada y agobiada a la vez, dejó a un lado su bebida.

—Continúa —dijo, en voz baja.

Con palabras que salían a borbotones, ella relató su pasado y ese matrimonio que había pesado sobre ella durante tanto tiempo. Sentía el peso de la mirada fija de él, mientras hablaba, pero ella no tuvo valor para mirarlo. Le daba una sensación extraña estar confesándole la verdad después de haber guardado su secreto durante dos años y, al mismo tiempo, el alivio inundaba su interior a medida que lo confesaba todo, reservándose solamente la parte referida al embarazo de lady Ashton. No sabía bien por qué, pero le parecía que era algo demasiado personal para contarlo; eso los expondría, tanto a Damon como a ella, a la burla.

Al final del monólogo de Julia, Logan daba la impresión de haberse recompuesto un poco.

—Y ahora que me has revelado todo esto, ¿qué esperas de mí?

—Tal vez necesite que alguien me diga qué debo hacer. Y no digas que debo tomar yo misma esta decisión, porque, al parecer, no estoy en condiciones de...

—¿Savage tiene intenciones de seguir adelante con el matrimonio?

—No estoy segura —respondió Julia, cautelosa—. Creo que... tal vez lo quiera.

—Te diré mi opinión. No es bueno, Jessica... Julia. Si te quedas con él, tendrás que hacer todos los sacrificios que él te pida.

—Lo sé —susurró ella, pesarosa.

—Pero hay algo más; yo no creo en el amor. Al menos, no creo en esa emoción grandiosa, apasionada, que nosotros representamos para el público sobre el escenario. Es sólo una ilusión; nunca perdura. Las personas son intrínsecamente egoístas. Cuando se enamoran, intercambian mutuas promesas sólo para conseguir lo que desean. Cuando el amor desaparece o se destruye, lo único que quedan son mentiras y desilusión... y recuerdos que no te dejan dormir por la noche.

La hondura de su cinismo sorprendió un poco a Julia.

—Tengo la impresión de que hablas de tu propia experiencia.

Logan sonrió sin humor.

—Sí; he tenido alguna experiencia. La suficiente para comprender cuáles son los riesgos de confiar tu corazón a otra persona. Nunca es aconsejable hacerlo, Jessica; menos en el caso de una mujer.

—¿Por qué dices eso?

—Por un motivo evidente. En esencia, el matrimonio no es otra cosa que una transacción económica. La ley, la religión y la sociedad, en conjunto, dictaminan que tú eres propiedad de tu esposo. La poesía y el romance son una manera de hacerlo digerible, pero esas cosas sólo pueden engañar a quienes son jóvenes y tontos. Tal vez tú llegues a la conclusión de que amas lo bastante a Savage como para entregar tu cuerpo y tu alma a sus cuidados... pero yo no te lo aconsejaría.

—¿Qué harías tú si estuvieses en mi lugar?

—Yo pensaría en buscar a un juez que invalidara el matrimonio. Eso, siempre y cuando fuese legal, por empezar. Yo estoy seguro de que está basado en una licencia obtenida por medio de perjurio —dijo él y, de pronto, una sonrisa cruzó su rostro—. Vaya padres notables que habéis tenido... son de una codicia casi shakesperiana.

—No puedes imaginarlo —dijo Julia con sequedad.

Reflexionó sobre el consejo de Logan, tan inflexible y realista. Ella había abrigado la esperanza de que después de hablar con él todo sería claro; por el contrario, tenía tantas dudas como antes. Él abogaba por una vida de completa independencia y autosuficiencia, pero eso tenía un precio que habría que pagar. Ella no quería quedarse sola para siempre.

—Todo esto es muy confuso —dijo Julia, más para sí misma que para él—. No quiero dejar la escena y aprecio mi libertad. Y, sin embargo, una parte de mí anhela tener un marido, hijos y un hogar como es debido...

—No puedes tenerlo todo.

Julia suspiró.

—Ya de niña quería lo que no era bueno para mí. En la sala de nuestra casa solía haber una caja de plata llena de golosinas; yo podía tomar sólo una, en ocasiones especiales. A pesar de todo, los dulces desaparecían de manera misteriosa, hasta que a mi padre se le ocurrió empezar a acusar a los criados de robarlos.

—Y no eran los criados —adivinó Logan.

—No, era yo. Por la noche, me escurría a la planta baja y me atiborraba de dulces hasta que me descomponía.

Logan se echó a reír.

—Con los placeres mundanos siempre pasa lo mismo: uno nunca tiene bastante.

Julia intentó sonreír en respuesta pero la aflicción la agobiaba.

Nunca había sentido tal incertidumbre con respecto a su propio raciocinio, pues temía que los placeres de la vida y las facilidades que Damon podría brindarle serían demasiado tentadores para resistirlos. Y luego, cuando descubriese su error, ya sería demasiado tarde. Estaría ligada a él para siempre. Empezaría a culparlo, y a sí misma, por su permanente descontento.

—Quizá no sea tan malo para mí ir de gira —dijo Julia—. Necesito alejarme de aquí, de él, para poder pensar con claridad.

—Adelántate y espéranos en Bath —sugirió Logan—. Si quieres, puedes partir mañana. Yo no diré a nadie dónde estás. Podrás tener unos días para estar a solas, ir a los baños, visitar las tiendas de la calle Bond... lo que tú quieras. Tómate un tiempo para reflexionar acerca de tu decisión.

Julia cedió a un impulso y se estiró para tocar el dorso de la mano huesuda de Logan, cuyo vello rojizo daba la sensación de ser un poco áspera al tacto.

—Gracias. Has sido muy bondadoso.

La mano de él no se movió bajo los dedos de ella.

—Tengo mi propio motivo de interés: sería difícil reemplazarte en el Capital.

Julia se echó atrás y sonrió.

—Señor Scott, ¿has amado, alguna vez, a una persona del modo que amas ese maldito viejo teatro?

—Sólo una vez... y me bastó.

Los efectos combinados del fuego, el humo y el agua habían causado daños en el interior del teatro Capital, pero no eran tan graves como Damon había imaginado. Se abrió paso entre algunos asientos rotos que bloqueaban su camino, y avanzó desde el fondo del patio de butacas hacia el escenario. Había al menos una media docena de hombres trabajando debajo del panel frontal estropeado, y algunos de ellos, encaramados en escaleras de obra, sacaban los jirones quemados de la escenografía, mientras que otros barrían y se llevaban la basura.

En medio de la acción, Logan Scott se dedicaba a desenrollar un telón de fondo que habría sido usado en una producción anterior.

—Sostenga esto para que pueda echarle un vistazo —ordenó al pintor de escena y a un ayudante que estaba por ahí.

Se irguió y observó la pieza con mirada crítica, los brazos cruzados y sacudiendo la cabeza.

Uno de los tramoyistas advirtió la presencia de Damon y, acercándose a Logan, le informó con un murmullo. Scott alzó bruscamente la cabeza y lanzó a Damon una mirada penetrante. Su expresión era, a un tiempo, precavida y amable.

—Lord Savage —saludó, afable—. ¿En qué puedo servirle?

—Estoy buscando a la señora Wentworth.

Cuando los criados de Julia le informaron que ella había dejado Londres y que no volvería por un tiempo, Damon se vio impulsado a acudir al teatro. Los sirvientes no habían querido revelarle nada más, pese a los sobornos y las francas amenazas que él había empleado.

—No la encontrará aquí —dijo Scott.

—¿Dónde está?

Scott bajó del escenario de un salto y se acercó a él con una sonrisa fría y cortés. Habló en voz baja:

—En este momento, la señora Wentworth no quiere ver a nadie, milord.

—Es una gran pena —dijo Damon, sin alterarse—. Yo la encontraré, con su ayuda o sin ella.

Las facciones de Scott adquirieron el aspecto de haber sido talladas en piedra. Hizo una profunda inspiración.

—Yo tengo una idea bastante aproximada de lo que está sucediendo, Savage. No tengo derecho a expresar mi desaprobación. Sin embargo, he invertido mucho en Jessica, y ahora, más que nunca, la compañía necesita de su talento. Espero que usted decida respetar su necesidad de estar sola.

Damon se dejaría condenar antes que hablar de su vida privada con el patrón de Julia. Aun así, debía tener en cuenta una incómoda verdad: que conocía a Julia desde hacía mucho más tiempo que él. Al parecer, ella confiaba en Scott y le estaba agradecida porque él le había brindado la oportunidad de trabajar en el Capital. Si bien ella le había aclarado que la relación entre ellos no iba más allá de eso, Damon no podía menos que abrigar sospechas. ¿Cómo era posible que Scott no se sintiera atraído por una mujer como Julia?

—¿Existe acaso la posibilidad de que tenga usted algún otro interés para mantenerla lejos de mí? —preguntó Damon con sonrisa irónica—. ¿O será que todos los administradores de teatro siempre manifiestan una preocupación tan personal por sus actrices?

Scott se mantuvo imperturbable.

—La señora Wentworth es amiga mía, milord. Y le brindaré mi protección toda vez que lo considere necesario.

—¿Protección contra qué? ¿Contra un hombre que puede ofrecerle algo más que una vida de vertiginosas fantasías ante el público? —replicó Damon, lanzando una mirada despectiva a las paredes calcinadas y a las cortinas chamuscadas del teatro—. Ella necesita algo más que esto, lo admita usted o no.

—¿Puede darle usted todo lo que ella quiere? —preguntó Scott en un murmullo.

—Eso aún está por verse.

Scott meneó la cabeza.

—Al parecer, usted cree tener derechos sobre Jessica; a pesar de ello, no la conoce. Tal vez tenga la intención de apartarla del mundo del teatro y ofrecerle sustitutos pero, en ese caso, ella se marchitaría como una flor cortada.

—¿Habla como un amigo afligido? —preguntó Damon, con engañosa indiferencia—. ¿O como un empresario preocupado por sus ganancias?

Scott no reaccionó a la provocación de manera discernible, pero hubo una súbita rigidez en su postura; eso bastó para que Damon supiera que había dado en el blanco.

—Ella significa para mí mucho más que las ganancias.

—¿Cuánto más? —insistió Damon y, al hallar como respuesta el silencio, rompió a reír—. Ahórreme su hipócrita preocupación con respecto a la señora Wentworth. Sólo le pido que no interfiera en mi relación con ella pues de lo contrario le juro por Dios que haré que se lamente de haber puesto los ojos en mí.

—Ya lo lamento —musitó Scott, irguiéndose como una estatua, mientras veía marcharse a Damon.

Al principio, Bath había sido construida por los romanos en torno a varias fuentes de aguas termales. A comienzos del siglo XVII, la región fue convertida por los gregorianos en un elegante lugar de recreo, con apacibles paseos y altas y elegantes terrazas palatinas. Ahora, ya en su madurez, Bath no sólo era accesible al *ton*, la aristocracia, sino también a la gente de clase media. La gente acudía para mejorar su salud bebiendo las aguas medicinales y tomando baños, y para renovar estimados contactos sociales. La ciudad, levantada a lo largo del río Avon, en medio de colinas de piedra caliza, brindaba diversiones y comercios; allí había alojamiento que iba desde lo simplemente cómodo a lo lujoso.

Mientras iba caminando hacia la casa de baños con la fuente de aguas termales que quedaba cerca de la posada en que se alojaba, Julia contemplaba los últimos rayos del sol, rosados y malva, que desaparecían detrás del Nuevo Teatro. Éste era un elegante edificio que albergaba en su interior un estupendo escenario y tres hileras de palcos; en su magnífica decoración predominaban el púrpura y el oro. Hacía una semana que Julia estaba en Bath, y en los últimos días, había visto descargar cajas llenas de equipo escenográfico que habían llegado para el estreno de *Señora Engaño*. También habían llegado a la ciudad los tramoyistas y parte del elenco. Logan había enviado un mensaje diciendo que todos debían estar en pleno para el ensayo del día siguiente, para preparar la primera función, que sería el jueves.

En el transcurso de sus salidas de compras, y cuando fue a visitar la sala de bombeo, una magnífica construcción con columnas corintias, tanto por fuera como por dentro, Julia había oído los comentarios locales relacionados con la obra. Algunos afirmaban que daba mal de ojo y que, por nada del mundo, irían a verla. Otros, manifestaban un vivo interés por la producción. Se tejían una cantidad de especulaciones acerca de la señora Wentworth, cosa que divirtió a Julia cuando se sentó cerca de los chismosos con un velo que le ocultaba el rostro.

Era necesario que mantuviese su identidad en secreto. Años atrás, Julia había llegado a la conclusión de que jamás satisfaría las expectativas que el público depositaba en ella. Era inevitable que quisieran que se asemejara a una de las heroínas que ella interpretaba, incluyendo el diálogo ingenioso y los gestos vehementes. El propio Logan Scott se había quejado de que las mujeres pretendían, e incluso a veces se lo exigían, que él interpretase al romántico que veían en el escenario.

—Es un problema frecuente para los actores —le había dicho él—. La gente siempre se decepciona cuando descubre que somos seres humanos como todos.

Cuando llegó a la casa de baños, Julia entró en ese pequeño edificio de sencillo diseño griego, y saludó con un movimiento de cabeza a la asistenta que la esperaba en el interior. Julia había hecho previamente arreglos con esa mujer mayor, de modo que no se permitiese el ingreso de ninguna otra persona en los baños mientras ella acudía cada noche. Era la única forma en que ella podría tener una hora de paz sin enfrentar los comentarios, las preguntas y las miradas curiosas de las mujeres. El horario era conveniente, puesto que eran pocas las personas que deseaban visitar la casa de baños al anochecer, cuando estaba menos concurrida. Existía el convencimiento de que era más saludable y, por añadidura, más deseable desde el punto de vista social, tomar los baños por la mañana.

Julia salió de la antecámara y traspuso una puerta de madera combada para entrar en la sala de baños. La superficie del agua era tersa como un cristal y reflejaba la luz de una única lámpara que estaba fija a la pared. De la piscina se elevaba un vapor de olor ácido y mineral que llenaba todo el ambiente. El agua caliente hacía un maravilloso contraste con el aire fresco del exterior. Julia lanzó un suspiro de goce anticipado, se quitó la ropa y la amontonó sobre una silla de madera. Se sujetó el pelo con dos hebillas, formando un moño en la coronilla.

Descendió con cuidado por los gastados peldaños que conducían al agua. El agua tibia le lamió las pantorrillas y fue ascendiendo hasta las caderas, la cintura y, luego, hasta los hombros, cuando sus pies tocaron el fondo de la piscina. El penetrante calor la hizo estremecerse de placer; ella dejó que sus brazos flotaran en el agua vigorizante, salpicándose lánguidamente el cuello.

A medida que su cuerpo se relajaba, su mente pasaba de un pensamiento a otro. Se preguntó cómo habría reaccionado Damon al conocer su súbita desaparición, si habría intentado encontrarla... o si había estado demasiado ocupado con lady Ashton para acordarse de ella. Su imaginación evocó el cuadro que harían él y Pauline, con sus cuerpos abrazados en el acto de amor. Sacudió la cabeza para librarla de esas imágenes. Era para ella fuente de profunda preocupación pensar qué habría sucedido aquella noche del incendio en el teatro, después de que ella se hubo marchado de la casa de Damon. ¿Habría permitido él que su amante se quedara? ¿Habrían discutido? ¿Habrían hecho el amor?

—No me importa, no me importa —musitó Julia, mojándose la cara con las manos.

Sabía que ésa era una mentira. A pesar de sus negativas, sus temores y su terquedad, ella no podía menos que sentir que Damon era suyo. Después de todo lo que había sufrido a causa del matrimonio entre ambos, había conquistado el derecho de amarlo. Pero, por otra parte, si era cierto que había un niño en gestación... no sabía si podría vivir sabiendo que ella había contribuido a que Damon dejase de lado sus responsabilidades.

En el preciso momento en que se salpicaba de nuevo la cara, oyó la voz de la empleada de la casa de baños, que se parecía a un gorjeo, diciéndole:

—Señora Wentworth.

Julia se enjugó los ojos y miró hacia la entrada, donde estaba la anciana.

Los rizos grises de la vieja, sujetos en la coronilla, se balancearon alegremente acompañando el ritmo de sus palabras.

—Señora Wentworth, hay una visita para usted. Estoy segura de que usted se alegrará mucho cuando vea a esta persona.

Julia sacudió la cabeza en gesto enfático.

—Ya le he dicho que nadie debe entrar en el baño mientras yo esté aquí...

—Sí, pero, usted no rechazaría a su propio esposo, ¿no es verdad?

—¿Mi esposo? —preguntó Julia con vivacidad.

La asistenta asintió con tal vehemencia que sus rizos corrieron el riesgo de soltarse.

—Sí; desde luego que es un hombre elegante y apuesto.

Julia se quedó boquiabierta de sorpresa, al tiempo que lord Savage entraba, haciendo a un lado a la asistenta.

—Aquí estás —dijo él, en tono agradable, posando la mirada en Julia, que se hundía más en el agua humeante.

—¿Me has echado de menos, querida?

Julia se recobró rápidamente y miró de reojo a Savage.

—En absoluto.

Ella tuvo grandes deseos de arrojar un poco de agua sobre los inmaculados pantalones y la blanca camisa de lino de él.

La empleada del baño rió con disimulo ante lo que confundió con un juego entre los dos. Damon se volvió y le dedicó una encantadora sonrisa.

—Le agradezco mucho por haberme permitido reunirme con mi esposa, señora. Y ahora, si tuviera la amabilidad de permitirnos unos minutos de intimidad... y de mantener alejados a otros visitantes...

—Ni un alma cruzará este umbral —prometió la mujer, haciendo un guiño mientras se marchaba—. ¡Buenas noches, señor Wentworth!

Ese apellido hizo que Damon frunciera el entrecejo.

—No soy el señor Wentworth —murmuró, pero la mujer ya se había marchado.

Cuando se volvió hacia Julia, vio que ésta aún lo miraba con hostilidad.

—¿Cómo me has encontrado?

Damon se quitó la chaqueta con movimientos descuidados y la colgó del respaldo de una silla.

—Tu amiga Arlyss me dijo que la compañía estaba preparándose para viajar a Bath. Después de haber averiguado en unos pocos hoteles y posadas, he descubierto dónde te alojabas. El propietario de la posada me informó que tenías la costumbre de venir aquí cada tarde.

—Él no tenía derecho a...

—Es que yo he sido muy convincente.

Cuando dijo eso, su mirada se posó sobre la parte superior de los blancos pechos de ella, que la luz vacilante de la lámpara hacía brillar.

—¡Oh!, estoy segura de eso —repuso Julia en tono sarcástico.

Se acercó a la pared de la piscina ocultando así su cuerpo a la vista de él. Tal vez fuese a causa del calor del agua que sintió acelerarse el ritmo de los latidos de su corazón. Ningún otro la había mirado del modo que la miraba él, con sus ojos grises cálidos y apreciativos, desbordantes de posesividad.

Damon se agachó cerca de ella, y se equilibró apoyando los brazos sobre las rodillas flexionadas.

—Tú sigues huyendo de mí y yo sigo encontrándote —dijo en tono suave.

—No pasarás una sola noche conmigo, en la posada. Y tengo la sospecha de que todos los alojamientos de Bath están llenos, por completo. Si no te agrada dormir en la calle esta noche, será mejor que vuelvas a Londres sin demora.

—Tengo una casa con jardín en Laura Place.

—¿Por qué? —replicó ella, tratando de disimular su fastidio—. No eres un hombre que le interese la vida social en Bath.

—He comprado la casa para mi padre. A él le gusta venir aquí cuando su salud le permite viajar. ¿Te agradaría verla?

—No creo. Por si no lo habías notado, he estado tratando de evitarte —dijo, y echó bruscamente la cabeza hacia atrás cuando Damon estiró la mano para enjugarle unas gotas de agua en el mentón—. ¡No me toques!

—Si estás enfadada por lo que sucedió con Pauline la otra noche...

—No me importa en absoluto. Me da lo mismo que hayas convenido con ella que estuviese allí o no. Y estoy más enfadada conmigo misma que con cualquier persona.

—¿Porque habrías querido estar conmigo? —murmuró él.

Se hizo un silencio casi absoluto, sólo quebrado por el suave chapoteo del agua en la piscina. Julia había perdido por completo la sensación de paz que le había dado el baño; había sido reemplazada por una tensión que agarrotaba cada parte de su ser. Clavó la vista en las afiladas facciones de Damon, en el brillo de sus ojos, y entonces comprendió la vastedad del deseo de él. Él estaba ahí porque la deseaba... y no la dejaría libre con tanta facilidad.

—No deberías haberme seguido hasta Bath —dijo ella—. No conseguirás nada de mí; menos aun el tipo de bienvenida que al parecer tú esperas.

En lugar de discutir, él la sometió a un meticuloso escrutinio visual. Posó la mirada sobre la delgada mano de ella, con sus dedos rígidos, apoyados en la piedra resbaladiza que bordeaba el baño.

—Llevas el anillo que te regalé —observó él.

Julia apretó las manos y las sumergió en el agua, ocultando el diamante reluciente.

—No significa nada, salvo que, casualmente, me agrada. Y si das por cierto que puedes comprar mis favores...

—No doy nada por cierto —interrumpió él, y una sonrisa apareció en sus labios—. Al parecer, imaginas que voy a saltar sobre ti en cualquier momento. Casi diría que si no lo hago te sentirás decepcionada.

—Dejémonos de juegos —dijo Julia con altivez—. Tú has venido porque quieres volver a acostarte conmigo.

—Por supuesto que quiero —respondió él, sin inmutarse—. Y tú también quieres lo mismo. Según yo recuerdo, fue una experiencia en la que ambos disfrutamos... ¿o acaso serías capaz de afirmar que sólo estabas fingiendo?

Irritada, Julia enrojeció y echó un brazo atrás a modo de advertencia.

—Si no te marchas, te arrojaré tanta agua que arruinaré esas ropas tuyas tan elegantes.

La sonrisa de Damon perduró:

—En ese caso, no tendría excusas para no reunirme contigo.

El brazo de Julia se aflojó lentamente.

—Por favor, vete —le dijo entre dientes—. Ya llevo demasiado tiempo en el baño y empieza a arrugárseme la piel.

Solícito, él le tendió la mano.

—Yo te ayudaré a salir.

—No, gracias.

—¿Tienes pudor? —preguntó él, arqueando las cejas con expresión burlona—. Yo ya te he visto desnuda. ¿Qué diferencia habría en que volviese a verte así?

—¡No saldré hasta que no te hayas marchado!

Una sonrisa provocativa curvó los labios de Damon:

—No me marcharé.

Sin poder soportar más su irritación, Julia compuso una expresión impávida y extendió una mano hacia él.

—Está bien —dijo con frialdad—. Puedes ayudarme a salir.

Obediente, Damon se estiró hacia ella, que se asió a la muñeca de él con ambas manos. Antes de que él pudiese afirmarse para poder tirar de ella, Julia aplicó toda su fuerza para hacerlo caer al agua. Con una ahogada maldición, Damon perdió el equilibrio y cayó en la piscina.

Julia lanzó un grito de triunfo y retrocedió hacia el costado opuesto del baño. No pudo contener la risa al ver que Damon emergía, con sus cabellos negros pegados al cráneo. Por detrás de sus pestañas pegoteadas, sus ojos grises prometían venganza.

—Pequeña diablesa —musitó él, y se abalanzó hacia ella.

Julia siguió riendo, con una mezcla de humor y alarma, y trató de escapar de él. Pero Damon la aferró por la cintura y, al acercarla a su cuerpo, varias capas de ropa empapada quedaron aplastadas entre los dos.

—Es que necesitabas una inmersión medicinal —explicó ella, todavía sacudida por la risa—. El agua curará todos tus males.

—Hay un mal que no curará —dijo él, en tono cargado de intención y, ahuecando las manos sobre las nalgas desnudas de Julia, la apretó con fuerza contra su cuerpo.

La risa de Julia se desvaneció al sentir la erección de él insinuándose, íntima, entre sus muslos. El cuerpo de Julia flotó en el agua caliente hasta que se aferró a él, sujetándose de los hombros de Damon, rodeándole las caderas con sus piernas. El aliento de los dos se mezclaba, escapando en bocanadas irregulares, y ellos se miraron a los ojos. Estaban inmóviles y, sin embargo, Julia tuvo la sensación de que se revolcaban juntos ante la embestida de una marea creciente, impotentes, atrapados en la succión del agua agitada.

Julia apartó con suavidad los mechones de pelo mojado que se pegaban a la frente de él, y sus dedos pasaron de la sien a la oreja de Damon. Fue rozando su mandíbula con el pulgar y luego tocó el sitio blando que había debajo de su mentón. Estaba fascinada por la sensación de aspereza que le trasmitía la piel de él, por el movimiento del músculo cuando tragaba.

De repente, Damon la alzó en alto, apretándola contra sí, sin tener que hacer fuerza en el agua vigorizante. Con sus manos grandes, la sujetó por debajo de las axilas, sosteniéndola con firmeza mientras inclinaba su cabeza hacia el pecho de ella. Julia se debatió, protestando, hasta que sintió la boca de él que se deslizaba por la curva de su pecho y asía uno de sus erectos pezones. El toque rápido y leve de su lengua le provocó una aguda y dulce reacción, y el pico se contrajo en la boca de él. Damon tironeó y la acarició con su boca, haciéndola jadear y arquearse, en los brazos de él. Las ávidas manos de Julia se clavaron en la camisa de lino de él, convertida en una fina película, cuando ella, en realidad, ansiaba tocar su piel.

Damon la sumergió otra vez en el agua y, deslizando su mano por la cadera de Julia, la llevó a la piel tensa del vientre. Sus dedos resbalaron hacia la unión de los muslos de ella, llegando a la mata de vello, hasta que encontró su parte más sensible. Ella se estremeció, sintiendo un deseo cada vez mayor, queriendo cada vez más de ese placer que él le brindaba. Sin embargo, no podía abandonarse por completo, consciente del sitio en que se hallaban.

—No podemos —jadeó ella, con su boca pegada a la de él—. Aquí, no.

—¿Me deseas? —susurró él, y le dio un profundo beso, saboreando la dulce tibieza de su boca.

Julia se estremeció, pegada a él, sintiendo su cuerpo resbaladizo e ingrávido apretado al de él. Borroneado por las pestañas mojadas, vio el rostro de él próximo al suyo, el leve brillo bronceado de su piel, su mirada que prometía la concreción de eróticas fantasías.

Al ver que ella guardaba silencio, Damon posó su boca en el cuello de ella y fue mordisqueando una línea que lo llevó hasta la oreja.

—Bastará con que me lo digas —murmuró él—. Será suficiente una palabra, Julia: sí o no.

De la boca de Julia escapó un leve gemido. Se sumía en las sensaciones, anhelaba lo que se había prohibido a sí misma, aun sabiendo lo erróneo que era... pero eso no importó. Le pareció que, fuera de ese pequeño recinto, no existía nada ni nadie. Llevó su mano al cabello mojado de la nuca de él y se aferró, febril.

—Sí —susurró.

Damon desabotonó su camisa, sonriendo al ver que Julia trataba de ayudarlo, y los dedos de ambos se resbalaban y se enredaban bajo el agua. Una vez que quedó desnudo el pecho de él, Julia deslizó sus manos por esa tersa extensión, dura como si fuese de mármol mojado. Sus pezones rozaron la piel de él, y la excitación aceleró su respiración.

—Date prisa —lo urgió ella, derramando besos sobre el rostro y el cuello de él.

La tarea de desabrochar sus pantalones mojados era difícil y, arqueando una ceja con expresión irónica, la interrumpió para decir: —Hasta ahora, nunca me había desnudado debajo del agua. No es tan fácil como tú podrías pensar.

—Sigue intentándolo —susurró Julia, besándolo.

Su lengua entró en la boca de él, tentándolo, provocándolo, hasta hacerlo emitir una mezcla de risa y gemido e impulsarlo a tirar con más fuerza de sus pantalones. Por fin, los broches cedieron y su rampante erección se liberó de golpe. La mano de Julia encerró el miembro duro y sedoso, sujetándolo con suavidad y deslizándose sobre él.

Él pronunció su nombre en el oído de ella, con voz entrecortada, hundiendo sus dedos en las caderas, guiando el cuerpo de ella hacia él. La sujetó con firmeza y la penetró lentamente. Ella gimió y se aferró a él, temblando de deleite. Damon penetró más, deseoso de embestirla con rapidez, pero el agua lo obstaculizaba, dando a sus movimientos un ritmo tan lento que era una tortura.

Julia tembló y, rodeándole los hombros con sus brazos, hundió su cara en el cuello mojado de él. Sintió la fuerza potente del aliento que expandía el pecho de él. Daba la sensación de que se habían convertido en un solo ser, que tenía los mismos ritmos en su pulso y en sus nervios. El placer aumentó vertiginosamente, sacudiéndola con su intensidad.

Damon amortiguó el grito de ella con su boca, sintiendo los estremecimientos convulsivos del cuerpo de ella, que llegaba al orgasmo. Los músculos internos de Julia ondularon, apretándose en torno de él, impulsándolo hacia su vehemente liberación. Damon cerró los ojos, con los sentidos revolucionados y la sangre en llamas.

—Julia... —jadeó, con la boca pegada al cuello arqueado de ella—. Nunca te dejaré ir... nunca...

De algún modo, Julia lo oyó, por encima del caótico tumulto de su propia sangre. Una parte de ella se rebeló contra el tono de propietario que vibraba en la voz de él, y otra parte se regocijaba con él. Él también pertenecía a ella; en la unión de los dos, ella también halló un hondo placer y, pese a su inexperiencia, supo que jamás lo encontraría en ningún otro. Laxa, plena y desesperada, a la vez, ella se dejó caer contra él, en el agua. Las manos de él recorrieron todo su cuerpo, moviéndose con suavidad desde la nuca hasta las caderas.

—Déjame pasar la noche contigo —murmuró él.

Julia comprendió que no tenía sentido oponerse; que, después de lo que acababa de suceder, sería una hipocresía negarse. Hizo una breve señal de asentimiento y forcejeó para apartarse, sintiendo que el cuerpo de él se separaba del suyo.

Miró hacia atrás para ver a Damon, una carcajada súbita la ahogó cuando lo descubrió buceando en el fondo de la piscina, en busca de sus zapatos. Cuando él reapareció en la superficie y alzó el arruinado calzado de cuero con gesto triunfal, Julia meneó la cabeza lentamente.

—¿Piensas caminar hasta la posada vestido con tu ropa mojada? Te pescarás un enfriamiento, o algo peor.

Damon la sacó del baño, acariciándola con sus ojos grises que recorrían el cuerpo desnudo de ella.

—Tú podrás calentarme cuando lleguemos a tu cuarto.

9

Julia, llena de vitalidad y de una sensación de levedad, estaba sobre el escenario del Nuevo Teatro de Bath y observaba con satisfacción la actividad que se desarrollaba a su alrededor. Al parecer, el incendio de Londres no había abatido el ánimo del elenco ni de los tramoyistas. Armaban con entusiasmo la nueva escenografía, ensayaban fragmentos del diálogo y las partes en que surgían bloqueos, e intercambiaban bromas relacionadas con los aspectos arduos de la gira.

—Maldita ciudad, pequeña y aburrida —murmuró Arlyss, poniendo los brazos en jarras. Miró a Julia con expresión cómica—. No se ve a un solo hombre joven y saludable. Sólo viejas solteronas desesperadas e inválidos.

Julia sonrió con amargura.

—Yo pensé que habíamos venido aquí a representar una obra, no a buscar hombres.

—El día que yo deje de buscar... —empezó a decir Arlyss y, de pronto, se interrumpió y en su cara apareció una expresión extraña.

Julia siguió la mirada de su amiga y vio que Mary Woods, una de las actrices secundarias del elenco, coqueteaba abiertamente con Michael Fiske. El escenógrafo estaba vivamente interesado en la bonita joven de exuberante sonrisa.

—¿Qué tiene que hacer ella, ocupando el tiempo de

Fiske, cuando debería estar ensayando su parte? —preguntó Arlyss, indignada, frunciendo el entrecejo.

Julia contuvo una sonrisa al percibir la evidente nota de celos en la voz de Arlyss.

—Mary tiene sólo unas pocas líneas. Sin duda, a estas alturas ya las sabe a la perfección.

Arlyss siguió ceñuda.

—El señor Fiske tiene mucho que hacer, y ninguna necesidad de estar distrayéndose con fulanas como ella.

—Tú podrías haber tenido a Fiske si hubieses querido —dijo Julia en tono práctico—. Pero, por lo que yo recuerdo, estabas más entusiasmada con lord William Savage.

—Bueno, pues él no era mejor que ninguno de los otros —replicó Arlyss—. Admito que se porta muy bien en la cama, pero me da la impresión de que no quiere saber nada conmigo fuera de ella. He terminado con él. Con todos los hombres, por el momento.

Cruzó los brazos sobre el pecho y se volvió de espaldas, procurando que se notara que no quería ver a Michael Fiske y a Mary Wood. En ese preciso momento, Julia sorprendió a Fiske echando una mirada furtiva a Arlyss. Llegó a la conclusión de que Fiske estaba tratando de provocar los celos de Arlyss, y le temblaron los labios de risa contenida y simpatía.

—Hablemos, mejor, de tu enamorado —sugirió Arlyss, adoptando una actitud pícara—. En Londres, lord Savage fue a verme, pues estaba tratando de encontrarte. Lo único que yo le dije fue que la compañía iba a comenzar una gira en Bath. ¿Ha venido aquí? ¿Lo has visto?

Julia asintió, después de un titubeo y un intenso sonrojo tiñó sus mejillas.

—¿Y bien? —la animó Arlyss—. ¿Qué sucedió?

Julia sacudió la cabeza y se echó a reír, incómoda. Aun cuando hubiese tenido ganas de contárselo, no iba a describirle la noche pasada. Al salir de la casa de baños, habían ido caminando a la posada. La brisa vivaz de la noche había resultado refrescante para Julia y, al mismo tiempo, había percibido los escalofríos que recorrían en todos sentidos el cuerpo de Damon, con esas prendas mojadas y frías pegadas a él. Llegaron a la habitación de Julia y allí ella había avivado el fuego de la chimenea y habían puesto la ropa de él a secar.

Se habían metido en la cama, pequeña pero acogedora, apretando los cuerpos desnudos uno contra el otro, hasta que la piel de Damon estuvo tan tibia como la de ella. Sin hablar, él le había hecho el amor, afanoso por expresarle sus sentimientos con el roce suave de las yemas de sus dedos, el calor de su boca y los movimientos de su cuerpo. Al evocar el éxtasis que había sentido en aquella oscuridad salpicada de fuego, el sonrojo de Julia se intensificó. Aquella mañana, Damon había demorado en despertarse y, cuando lo hizo, bostezó, se desperezó y refunfuñó, atrayéndola hacia él cuando vio que ella pretendía dejar la cama. La había poseído una vez más, penetrando en su cuerpo con lentas embestidas que habían arrebatado los sentidos de Julia.

Julia logró, de algún modo, apartar su mente de esos turbulentos recuerdos.

—Es algo que me resultaría muy incómodo comentar —murmuró.

Con gozoso aire conspirativo, Arlyss se inclinó para quedar más cerca de ella.

—¡Me siento muy feliz por ti, Jessica! Hasta ahora, nunca te había visto así. Debes de estar enamorada. Ha demorado mucho en llegarte, ¿no es cierto?

—No se lo digas a nadie, por favor.

—¡Oh!, no lo haré... aunque, de todos modos, lo adivinarán. Ya sabes cómo son los rumores. Además, cuando estás enamorada no puedes disimularlo puesto que se da a conocer de mil maneras diferentes.

La llegada de Logan Scott, que había sido demorado por una bandada de políticos, clérigos y habitantes de la localidad ansiosos por trabar relación con él y darle la bienvenida a Bath, evitó que Julia tuviese que responder. Los vivaces ojos azules de Logan no perdieron detalle de la actividad que se desarrollaba sobre el escenario y la aprobó con un movimiento de la cabeza. Varias personas se agolparon a su alrededor, pero él los contuvo con un murmullo y se acercó a Julia.

—Señora Wentworth —dijo él con animación—, ¿cómo está usted?

Julia le sostuvo la mirada y dijo, con leve sonrisa:

—Después de una semana de descanso, estoy perfectamente bien, señor Scott.

—Bien.

Arlyss percibió que su presencia estaba de más y se encaminó de prisa hacia Michael Fiske, que todavía estaba ocupado con Mary Woods.

Logan no apartó su mirada penetrante del rostro de Julia.

—He oído decir que Savage está en Bath —comentó.

Si bien lo dijo en un tono neutro, Julia tuvo la impresión de que estaba acusándola de algo.

—Sí —dijo ella, de un modo que tanto podía interpretarse como confirmación o como pregunta.

—¿Ya lo has visto?

Julia no tuvo suficiente coraje para contestar, pero él no tuvo dificultad en adivinarlo, por la expresión de ella.

—¿Otra vez has estado atiborrándote de golosinas? —preguntó él. La referencia a la conversación que habían sostenido en Londres hizo sonrojar a Julia. Alzó los hombros en gesto defensivo.

—Yo no tengo la culpa de que él quiera seguirme.

Una de las cejas cobrizas de Logan se arqueó, irónica.

—¿No la tienes?

—Si lo que insinúas es que yo lo he provocado...

—Me importa un comino que tú lo hayas provocado o no. Sólo te pido que tengas cuidado de que tu trabajo no resulte afectado. La primera mañana que llegues tarde al ensayo por haber estado retozando con...

—No he llegado tarde esta mañana —lo interrumpió Julia, con cierto matiz helado en la voz—. Usted sí, señor Scott.

Logan le dirigió una mirada fría, se volvió y se alejó, disparando órdenes a derecha e izquierda.

Julia se sintió perturbada y un tanto intrigada. Era la primera vez que llegaban a algo que se asemejaba a una discusión, y ella no entendía bien el motivo. Si ellos hubiesen sido personas diferentes de lo que eran, ella habría supuesto que Logan Scott actuaba movido por los celos. Pero eso era absurdo. Él, por cierto, no abrigaba sentimientos románticos hacia ella y, aunque así hubiese sido, él habría preferido morir antes que romper su estricta regla, según la cual nunca debía entablar una relación con ninguna actriz de la compañía.

¿Acaso Logan estaría preocupado por la posibilidad de que ella abandonase su carrera para dedicarse a su matrimonio? «Sería difícil reemplazarte en el Capital», le había dicho él, la semana anterior. Era posible que fuese cierto, pero no imposible. Siempre surgían nuevas actrices jóvenes y talentosas; Julia no se engañaba, no se consideraba imprescindible.

Mientras realizaban un ensayo general de la obra, la compañía tuvo el alivio de comprobar que la producción

253

casi no tenía defectos, salvo algunos problemas de menor importancia en el ritmo. Aun así, Logan no parecía nada satisfecho e interrumpió varias veces el ensayo para fustigar al elenco y a los tramoyistas con verborrágicos sermones. La tarde se alargaba, y Julia se preguntó hasta qué punto pensaría él presionar a los actores. Recorrieron el grupo murmullos de rebeldía hasta que por fin se dio por terminado el ensayo en las primeras horas del anochecer.

—Mañana, quiero veros a todos aquí a las nueve en punto de la mañana —dijo Logan.

Los actores, refunfuñando por lo bajo, se dispersaron rápidamente.

—Deberías estar muy complacido por lo bien que salió —se atrevió a decirle Julia a Logan, que estaba de pie en medio del escenario. Las facciones de éste se habían endurecido—. En cambio, te comportaste como si el ensayo hubiese sido un desastre.

Él le lanzó una mirada amenazadora.

—Cuando alguien te nombre directora de la compañía, podrás decidir cómo manejar las cosas. En tanto, te ruego que dejes esa responsabilidad en mis manos.

Ese arrebato sorprendió y lastimó a Julia.

—Ojalá todos pudiéramos ser tan perfectos como usted, señor Scott —repuso en tono sarcástico y se marchó.

Con movimientos bruscos, tomó su capa y su sombrero, que había dejado en uno de los asientos del teatro y se encaminó hacia la entrada. La prisa le hizo olvidar que debía de haber una multitud fuera. Como los habitantes de Bath estaban enterados de la presencia de la compañía teatral, sin duda se agolparían para poder echar un vistazo a Logan Scott y a los demás actores del Capital.

En cuanto ella abrió la puerta y dio un paso hacia fuera, una horda de personas la empujó de nuevo hacia dentro en sus intentos por entrar en el teatro cerrado.

—¡Es ella! —gritó alguien—. ¡Señora Wentworth!

Se oyeron gritos impacientes, tanto de parte de los hombres como de las mujeres, y manos ávidas trataron de aferrarla. Asustada, Julia apoyó todo su peso contra la puerta y logró cerrarla, no sin que antes dos hombres hubiesen entrado por la fuerza.

Julia retrocedió, jadeando por el esfuerzo, y miró a esos dos. Uno era corpulento, de mediana edad, y el otro, alto, flaco y mucho más joven. El robusto se quitó el sombrero y la contempló con visible lujuria. Entre sus labios hinchados asomó la punta roja de su lengua. Cuando habló, exhaló un aliento pesado, que hedía a tabaco y a licor. Se presentó como si estuviese convencido de que ella se impresionaría con su título:

—Lord Langate, querida, y éste es mi compañero, lord Strathearn —dijo, quitándose el sombrero y dejando al descubierto una escasa cabellera, untada con fijador y que olía a colonia—. Permítame decirle que usted es aun más apetecible de cerca que desde lejos.

—Gracias —dijo Julia, asustada. Se encasquetó el pequeño sombrero en la cabeza y lo sujetó sobre su pulcro peinado de rodete—. Disculpadme, caballeros...

Los dos sujetos se acercaron más a ella, haciéndole retroceder contra la puerta. Los ojos de Langate, como dos guijarros, despedían un brillo ávido mientras recorrían la esbelta figura de Julia.

—Como Strathearn y yo conocemos la ciudad y todos sus placeres, hemos decidido ofrecerle nuestros servicios para esta noche.

—No es necesario —repuso Julia en tono cortante.

—La llevaríamos a cenar a un lugar excelente, luego

daríamos un paseo en mi coche, señora. Le aseguro que lo disfrutará mucho.

—Tengo otros planes para esta noche.

—Sin duda —replicó Langate, relamiéndose los gruesos labios, y sonrió dejando al descubierto unos dientes manchados de tabaco—. Pero estoy seguro de que podremos convencerla de cambiar esos planes para acompañar a un par de caballeros que la admiramos tanto.

—Me temo que no —respondió Julia, tratando de empujarlos y pasar, pero fue arrinconada otra vez contra la puerta.

Para su horror, sintió que el sujeto le manoseaba el corpiño y que sus dedos cortos y regordetes le metían un pequeño fajo de billetes entre los pechos. Julia se echó atrás, con un estremecimiento de asco y extrajo el dinero de su vestido. Con el rostro teñido de rubor abrió la boca para pedir auxilio.

Pero, antes de que pudiese emitir el menor sonido, una especie de torbellino oscuro se abatió sobre los sujetos. Julia parpadeó y se paralizó, mientras a su alrededor se sucedían movimientos vertiginosos. Los dos hombres que la habían aplastado contra la puerta desaparecieron de repente, como si los hubiese arrancado de allí la mano gigante de un dios olímpico. El fajo de billetes cayó de los dedos de Julia y se desparramó en el suelo. Aturdida, miró a su salvador: era Damon, con su rostro convertido en una fría máscara, sus ojos encendidos de una furia mortífera. Había estampado contra la pared a los dos desdichados lores, como si fuesen un par de temerosos cachorros. Damon no daba señales de escuchar las balbucientes disculpas y explicaciones de los dos hombres. Al fin, los dos guardaron silencio y él habló entre dientes.

—Si volvéis a aproximaros a ella, os haré pedazos...

y no me detendré hasta haber esparcido vuestros restos por todo Bath.

El rostro morado de Langate se tornó purpúreo.

—Nosotros no sabíamos que ella estaba comprometida —logró decir.

Damon soltó a Strathearn y concentró toda su atención en Langate. Sus dedos apretaron el cuello del hombre.

—Tóquela, háblele, mírela, siquiera... y lo mataré.

—No es necesario... —jadeó el hombre, resollando—. Por favor... me iré.

Damon lo soltó de repente y Langate se derrumbó junto a la puerta. Strathearn se acercó a él apresuradamente, pálido, acobardado y ofreció a su compañero el brazo para que se apoyara. Los dos se encaminaron juntos hacia la puerta para sumarse a la ansiosa multitud que esperaba fuera. Damon se volvió hacia Julia, con sus ojos aún reluciendo de rabia.

—¿Cómo...? —preguntó ella, agitada.

—Entré por la puerta trasera. Allí también hay una multitud esperándote.

A mí y a los otros actores —dijo ella, recuperando un fragmento de su ánimo.

—Sobre todo, a ti —corrigió él, con sonrisa dura—. Señora Wentworth, parece que es usted una propiedad pública.

—No soy propiedad de nadie.

—Yo puedo exhibir un certificado de matrimonio que afirma lo contrario.

—Esto es lo que vale tu certificado —repuso ella, chasqueando los dedos—. La legalidad de nuestro matrimonio es dudosa, como tú bien sabes. Cualquier tribunal lo desecharía, teniendo en cuenta que ninguno de nosotros tenía la edad legal.

Pasó un largo rato, Julia bajó la vista y se preguntó por qué, de pronto, los dos estaban tan enfadados el uno con el otro. Suavizó en buena medida el tono de su voz.

—Gracias por haberme librado de esos payasos.

Damon no respondió, pero sus facciones seguían estando tensas.

—Tendré que aguardar aquí hasta que la gente comience a dispersarse —comentó Julia.

—Eso no será necesario —dijo él, con aire torvo—. Yo te escoltaré hasta mi coche.

Ella negó con la cabeza y retrocedió.

—No, gracias. No me parece prudente pasar otra velada contigo.

—¿Ni una cena, siquiera? Por lo que sé, todavía no has comido.

—No tengo inconvenientes en cenar contigo, lo que sucede es que... después...

Al ver hasta qué punto ella se acaloraba, Damon adoptó una actitud extrañamente dulce. Extendió la mano hacia el sombrero de ella y lo acomodó unos milímetros, alisando unos suaves mechones de cabello rubio hacia atrás.

—No he venido a Bath sólo para perseguirte por el dormitorio... si bien esa idea tiene su encanto.

—Entonces, ¿por qué estás aquí?

—Quiero pasar un poco de tiempo contigo. Quiero conocer mejor la vida que llevas y por qué esa vida es tan atractiva para ti. De hecho, todavía somos unos desconocidos. No estaría mal que, antes de hablar de cómo poner fin a nuestro matrimonio, nos conociéramos mejor.

—Pienso que no —coincidió Julia, cautelosa, alzando la mirada hacia él.

Hizo el ademán de desenrollar el velo negro que pendía de la parte alta de su sombrero, pero él se le adelantó, arreglando con cuidado la redecilla sobre la cara de ella.

—En ese caso, cena esta noche conmigo, en mi casa. Después, yo te llevaré hasta la posada sin tocarte. Te doy mi palabra.

Julia reflexionó sobre la proposición. En ese momento, la perspectiva de comer sola en la posada o acompañada por otros integrantes de la compañía no le resultaba muy grata.

—Estoy segura de que cualquier cosa que prepare tu cocinera será mejor que la comida de la posada —dijo ella.

Esa aceptación tan renuente hizo sonreír a Damon.

—En ese sentido, también tienes mi palabra.

Julia siempre había tenido que defenderse sola de pretendientes y admiradores demasiado entusiastas. Por eso, era un cambio agradable ir del brazo de un hombre fuerte y permitir que él asumiera el control de la situación. No protestó cuando Damon pasó una mano por su espalda en gesto protector y la guió por entre la turba de desconocidos curiosos que había fuera. De inmediato, recibió el asalto de ansiosas preguntas y manos que tironeaban de su sombrero, su velo y su capa.

Sobresaltada, Julia sintió que le arrebataban el sombrero de la cabeza. Sus ojos se llenaron de lágrimas cuando el alfiler que lo sujetaba le provocó un fuerte tirón. Dio la espalda a esa avalancha de gritos excitados y se pegó a Damon hasta que llegaron al carruaje. Hizo un esfuerzo y sonrió a la multitud antes de entrar en el vehículo. Damon, en cambio, no fue tan indulgente y apartó a empellones a la gente que estaba en la primera fila de la turba para alejarla, sin hacer caso de sus protestas.

Una vez instalada y a salvo dentro del carruaje, Julia suspiró aliviada y se frotó el cuero cabelludo dolorido.

—Pensé que iban a arrancarme el pelo de raíz —exclamó, mientras el coche emprendía la marcha.

La mirada de Damon era imperturbable.

—Regodearse en la adoración del público, que todos te persigan... es lo que cualquier actriz podría desear.

Julia reflexionó acerca del comentario y respondió con cautela:

—No niego que me agrada saber que a la gente le gusta lo que hago... y la aprobación de ellos significa que mi puesto en el Capital y mi paga estarán seguros.

—La aprobación del público significa más que eso para ti.

El tono desdeñoso de la voz de él irritó a Julia, que abrió la boca para replicar. Reconocía que él estaba en lo cierto, pero la exasperaba la perspicacia de él porque no quería que nadie adivinara con tanta facilidad sus sentimientos. Era cierto que le gustaba la sensación de ser admirada por el público, un público que estaba más que dispuesto a consagrarle toda la atención y el afecto que su padre siempre le había negado.

—En comparación, cualquier vida ordinaria debe de palidecer —comentó Damon.

—No lo sé —dijo ella, con cierto sarcasmo, alisando su cabello revuelto—. Cuéntame cómo es una vida ordinaria... ¡ah!, pero olvidaba que tú tampoco lo sabes.

—Yo he llevado la clase de vida para la cual me prepararon.

—Yo también —dijo ella, a la defensiva.

Apareció un sesgo irónico en la comisura de la boca de él, pero prefirió no discutir. La contempló atentamente mientras ella utilizaba una peineta de carey para ordenar sus cabellos, arreglar el rodete y sujetarlo.

La casa era tan elegante como podía serlo cualquier vivienda de un barrio tan elegante como Laura Place. Los relucientes suelos de roble estaban cubiertos con alfombras inglesas hechas a mano; sobre ellas estaban distribuidos los muebles de palo de rosa lustrado y tiestos de lozanas plantas. De las altas ventanas colgaban cortinas amarillo pálido y verde, y unos espejos con ornamentados marcos daban a las habitaciones un aspecto aireado y abierto.

Julia se relajó en el ambiente lujoso del pequeño comedor iluminado con velas y se concentró, hambrienta, en la comida. Dentro de la variedad de platos franceses había pollo con trufas en salsa de champaña, escalopes de ternera a las hierbas y verduras que relucían, porque habían sido pinceladas con mantequilla. Como postre, les sirvieron una fuente de frutas al vino y unas diminutas tarteletas de almendras coronadas con frambuesas y merengue.

—Después de una cena tan copiosa, no voy a caber en mis vestidos —dijo Julia, mordisqueando una tarteleta y lanzando una exclamación de placer.

—Ya no cabes, casi.

El matiz de celos que había en su voz hizo sonreír a Julia.

—Comparados con los de otras actrices, mis vestidos son muy recatados.

Recogió una frambuesa que había caído de su plato y la comió con gestos delicados.

La expresión de disgusto perduró en el rostro de Damon.

—No me agrada que otros hombres puedan ver tantas partes del cuerpo de mi esposa. Yo sé muy bien qué piensan cuando te miran. Su actitud posesiva divirtió a Julia, que apoyó el mentón en la mano y lo contempló.

—¿Qué piensan? —preguntó.

Con el pretexto de servirle más vino, Damon se puso de pie y se acercó a Julia. Llenó su copa y la miró. Julia no se movió, ni siquiera cuando la cálida mirada de él se posó en sus pechos y luego volvió a su rostro. Él tomó entre sus dedos, levemente, el contorno frágil de su mandíbula y le hizo echar la cabeza hacia atrás.

—Se imaginan cómo es la textura de tu piel y si, en verdad, es posible que sea tan suave como aparenta serlo —dijo, recorriendo con el dedo índice la curva de la mejilla femenina y sus labios—. Se preguntan cómo será tu sabor... piensan que soltarían tu cabello y lo dejarían caer sobre tu cuerpo... lo acomodarían sobre tus pechos...

En una lenta caricia, su mano bajó por la garganta de ellos y, luego, el dorso de sus nudillos pasó una, dos veces sobre las cúspides de esos pechos.

La respiración de Julia se aceleró y sus dedos se aferraron al borde de la silla, mientras trataba de recuperar la compostura. Sintió el impulso de ponerse de pie, de apretarse entre sus piernas, de recibir, gozosa, la tibieza de sus manos sobre la piel. Damon siguió jugueteando con ella, sin apartar un instante la mirada de sus ojos grises, de reflejos plateados, de cada mínimo cambio en la expresión de la mujer.

—Querrían hacerte el amor —murmuró—, y encerrarte en algún lugar, para gozarte en privado.

Sus dedos se deslizaron por el borde del corpiño y se zambulleron cerca del sensibilizado capullo del pezón.

Temblando, Julia le retuvo la mano.

—Habías dicho que no me tocarías antes de llevarme de regreso a la posada.

—Eso dije —confirmó él, retirando poco a poco sus dedos del vestido de ella. Sus labios se cernieron sobre los de ella, haciéndole sentir su aliento cálido y dulce sobre la piel—. Tienes una pizca de merengue en los labios.

Con gesto automático, Julia sacó la lengua, encontró una pequeña cantidad de materia pegajosa y la dejó disolver en su boca. La mirada de Damon no perdió el fugaz movimiento. Sus manos, aún retenidas en las de ella, eran duras como el acero.

Julia fue soltándolo lentamente y miró, como al pasar, el diamante que brillaba en su dedo. A la luz de las velas, la belleza de la piedra era notable, despidiendo relumbres que cambiaban todo el tiempo. Se sintió culpable por haberla aceptado de manos de él, por usar una alhaja que no tenía derecho a conservar.

—Tendrías que aceptar que te la devuelva —dijo ella, quitándose la joya y tendiéndosela.

—No me sirve para nada.

—A mí no me pertenece.

—Sí, te pertenece —corrigió él—. Tú eres mi esposa.

Julia frunció el entrecejo, sosteniendo el anillo en la mano.

—Éste es el símbolo de un matrimonio que nunca ha existido para mí... y que nunca existirá.

—Quiero que lo conserves. Pase lo que pase en el futuro, cada vez que mires ese anillo sabrás que, una vez, has sido mía.

Julia no había caído en la cuenta de que, para él, la joya era un símbolo de posesión. La dejó sobre la mesa y, con esfuerzo, se desprendió del bello diamante. La alhaja tenía un precio que ella no estaba segura de querer pagar.

—Lo siento —dijo, sin poder mirar a Damon.

Por más que no pudiese ver el semblante de Damon, ella percibió el cambio en el ambiente... la feroz voluntad de un guerrero en batalla, el fuerte impulso de conquistar y dominar. Julia tuvo conciencia de la violencia que Damon a duras penas contenía y permaneció inmóvil. Mantuvo su rostro vuelto prestando oídos a la respiración de él, hasta que los movimientos del pecho de Damon que acompañaban a su respiración volvieron a ser calmos.

—Algún día, me la pedirás.

Sorprendida, Julia cometió el desliz de mirarlo. El rostro de él estaba muy cerca, sus ojos relucían como la hoja afilada de un cuchillo. Ella tuvo que echar mano de toda su capacidad de control para que el susto no le hiciera temblar. En ese momento, le fue fácil comprender cómo había hecho él para sacar solo a su familia de la pobreza y llenarla de riqueza con la única ayuda de su fuerza de voluntad.

—No —dijo ella con suavidad—. Aun cuando me enamorase de ti, no aceptaría el anillo ni me convertiría en una propiedad tuya.

—Propiedad —repitió él, en un tono que fustigaba como un látigo—. ¿Así es como tú crees que yo te trataría?

Julia se puso de pie y lo miró cara a cara, mientras él seguía sentado en el borde de la mesa.

—Si yo fuera tu esposa, ¿me permitirías que yo fuese adonde quisiera, que hiciera lo que se me antojase, sin preguntas ni recriminaciones? ¿No protestarías si yo continuase con mi profesión, si fuese a los ensayos por las mañanas y volviese de las funciones a medianoche o aun más tarde? ¿Y qué pasaría con tus amigos y con tus pares? Con los comentarios lascivos y malintencionados que harían de mi persona, en su suposición de que yo sería casi una prostituta. ¿Encontrarías la forma de aceptar todo eso?

El semblante de Damon oscureció varios tonos, y Julia confirmó lo que sospechaba.

—¿Por qué el teatro significa tanto para ti? —preguntó él con acento áspero—. ¿Acaso es un sacrificio tan grande abandonar una vida de gitana?

—Nunca he podido depender de ninguna otra cosa. Es lo único en lo que me siento segura. No quiero un título y una ronda interminable de acontecimientos sociales y una propiedad tranquila en el campo: ésa es la clase de vida que mi padre habría elegido para mí.

Damon sujetó las caderas de Julia con las manos y la aprisionó entre sus muslos.

—Una parte de ti desea esa clase de vida.

Julia se retorció, lo empujó en el pecho tratando de soltarse, pero él la sujetó con más fuerza. La atrajo más hacia él hasta que los forcejeos de ella se convirtieron en una fricción entre los dos. Ella se paralizó súbitamente, al comprender el efecto que estaban ejerciendo sus movimientos en él. La prueba era su rígida erección junto al vientre de ella, provocando, a su vez, una reacción inmediata en su cuerpo.

—Quiero marcharme ahora mismo —dijo, agitada.

Damon la soltó, pero su mirada clavada en la de ella no le permitió moverse.

—No te facilitaré las cosas. No vas a poder eludirme ni librarte de mí sin luchar.

Julia lo miró con una mezcla de furia y anhelo. Ya era bastante difícil negarse a sí misma algo que deseaba con tanta intensidad. Todavía persistía el sueño que ella albergaba en su interior, el sueño de tener su propia familia, su hogar, dormirse todas las noches en brazos de su esposo y pasar largas horas jugando con sus hijos. Y ahora esas imágenes sin rostro habían definido su forma en la mente de ella: quería ser la esposa de Damon y concebir con él hijos de cabellos oscuros. Ahora, los sueños tenían la posibilidad de concretarse y desistir de ellos sería lo más duro que le habría tocado hacer en la vida.

De pronto, recordó la voz fría y burlona de Logan, diciéndole: «Tal vez llegues a la conclusión de que amas lo bastante a Savage como para entregar tu cuerpo y tu alma a sus cuidados... pero yo no te lo aconsejaría».

Julia retrocedió con pasos vacilantes, se volvió y apretó las manos sobre el pecho agitado. Hizo varias inspiraciones profundas, procurando que no se desataran las emociones que se agazapaban dentro de ella. Damon se le acercó por detrás, próximo pero sin tocarla y, cuando habló, lo hizo con voz inexpresiva, por encima de la cabeza de ella.

—Yo te acompañaré hasta la posada.

—No tienes por qué hacerlo... —comenzó a decir ella.

Pero él no le hizo caso y fue a tocar la campanilla para pedir el carruaje.

Se mantuvieron en silencio durante el trayecto hasta la posada; el ambiente entre ellos era tenso. Los muslos de ambos se tocaban ayudados por los tumbos del vehículo en los baches de la calle. Julia trató de apartarse pero seguía resbalando hacia Damon. Prefería morirse antes que cambiarse al asiento de enfrente bajo la fija, fría y sarcástica mirada de él. Por fin, el desdichado viaje terminó y él la ayudó a apearse del coche.

—Subiré sola hasta mi cuarto —dijo Julia, intuyendo que él tenía intenciones de acompañarla.

Damon negó con la cabeza.

—Es peligroso. Te acompañaré hasta la puerta.

—He estado aquí sola más de una semana y me he arreglado perfectamente bien sin tu protección —destacó Julia.

—Por el amor de Dios, no voy a tocarte. Si esta noche hubiese tenido intenciones de seducirte, tú estarías en mi cama. Sólo quiero comprobar que entras en tu cuarto sana y salva.

—No necesito...

—Dame el gusto —dijo él entre dientes, como si tuviese ganas de estrangularla.

Exasperada, Julia alzó los brazos y entró antes que él en el edificio, pasando ante la mesa del propietario y por el comedor vacío, en dirección a la escalera que llevaba a la planta alta. Damon la siguió, andando a paso más lento, sus cejas negras unidas en un ceño de disgusto. Avanzaron por un largo corredor mal iluminado hasta que llegaron a la habitación de ella. Julia sacó una llave del bolso y concentró su atención en la cerradura. La llave giró con demasiada facilidad.

Supuso que quizás había olvidado cerrar el cuarto con llave esa mañana al marcharse y fingió dar muchas vueltas con la llave en la cerradura. Esa noche, ya tenía bastante sin necesidad de que se la acusara de descuido e incompetencia. Mientras hacía girar el tirador, se detuvo y miró a Damon.

—Ya has cumplido con tu deber de caballero —le informó—. Me has dejado sana y salva ante mi puerta. Buenas noches.

Tras un indicio tan poco sutil, Damon la miró con expresión enfurruñada en sus ojos grises, luego le dio la espalda y se alejó a zancadas.

Julia lanzó un suspiro, entró en su habitación y tanteó en busca de la caja de fósforos. Encendió uno, con cuidado, y acercó la pequeña llama amarilla a la lámpara que había sobre el tocador. Volvió a colocar el globo de cristal y ajustó la mecha hasta que la habitación se llenó de un suave resplandor. Los pensamientos que desbordaban su mente le provocaban dolor de cabeza. No captaba lo que la rodeaba, perdida como estaba en sus preocupaciones pero, cuando miró el espejo de cuerpo entero vio, con el rabillo del ojo, un atisbo de movimiento en el cuarto. Al mismo tiempo, se dejó oír un extraño ruido como de algo que rascaba el suelo.

No estaba sola. Un estremecimiento de miedo la recorrió. Julia giró sobre sí misma y lanzó un grito que fue sofocado por la mano de un hombre aplastándose sobre su boca. Alguien la levantó y la apretó contra un cuerpo que, si bien era flaco, poseía una fuerza considerable. Con sus fosas nasales dilatadas, sus ojos agrandados, clavó la mirada en el cuerpo robusto de lord Langate, que se acercaba a ella. El que la sujetaba era su compañero, Strathearn. Eran los dos sujetos que la habían acosado en el Teatro Nuevo, ese mismo día. Era evidente que habían acrecentado su coraje por medio de una gran cantidad de alcohol; ambos despedían un apestoso aliento agrio y tenían una actitud insoportablemente petulante.

—No esperaba volver a vernos, ¿verdad? —ronroneó Langate, alisando con su mano regordeta las grasosas hebras de su escaso cabello que atravesaban su calva. Recorrió con mirada complacida el cuerpo de Julia que se retorcía—. ¡Eres una hembra de primera... la mejor mercadería que hayamos visto jamás! ¿No es así, Strathearn?

El hombre más alto asintió y cloqueó entusiasmado.

La boca pequeña de Langate se abrió en una sonrisa jactanciosa mientras se dirigía a Julia:

—No tienes por qué asustarte. Nosotros nos refociларemos contigo y, después, te pagaremos generosamente. Así, tú podrás comprar cualquier chuchería que desees. No te indignes de ese modo, querida. Apuesto a que has recibido a muchos caballeros ansiosos como nosotros, entre tus bonitos muslos —dijo, acercándose y, tras atrapar una de las manos de Julia, que se debatía, la llevó por la fuerza hasta su hinchada erección. Una mueca lasciva crispó su cara redonda—.

Eso —arrulló—. Esto no está tan mal, ¿verdad? Creo que vas a disfrutar con...

Pero jamás pudo completar su frase. Julia oyó el estampido de la puerta que se abría de golpe y sintió que la soltaban. No logró conservar el equilibrio y cayó hacia delante, dando de manos y rodillas contra el duro suelo. Fue arrastrándose hasta un rincón y apoyó la espalda contra la pared. Un mechón de cabello cayó sobre su cara obstruyéndole la visión de la acción que se desarrollaba delante de ella. Oyó el ruido sordo, carnoso, de los puños que se incrustaban en la carne en golpes repetidos y los aullidos de dolor que llenaban el ambiente.

Julia apartó su pelo caído y comprobó que Damon había regresado y que tenía toda la intención de matar a los sujetos que la habían atacado. Una vez que dejó a Strathearn tirado en el suelo hecho un montón, concentró su atención en Langate, golpeándolo hasta que el sujeto gimió pidiendo piedad. Pese a su susto y su miedo, Julia cobró conciencia de que realmente Damon estaba dispuesto a matar.

—¡Por favor, detente! —jadeó ella—. Yo estoy bien. Si no te detienes, vas a matarlo... ¡Damon!

Al oír su nombre él paró y la miró con ojos oscuros como el carbón. Fuera lo que fuese lo que vio en su rostro, bastó para sacarlo del trance de rabia mortal en que había caído. Bajó la vista hacia el hombre tembloroso que tenía debajo de él y sacudió la cabeza como para despejarla de la roja niebla de sangre. Se limpió los puños ensangrentados en la chaqueta de Langate, se incorporó y atravesó la habitación acercándose a Julia. Langate y Strathearn aprovecharon el momento y escaparon con rapidez, gimiendo y maldiciendo mientras se marchaban.

Julia supo que no podría ponerse en pie por sus propios medios y tendió, hacia las de su esposo, sus manos, que temblaban de manera evidente. Damon se inclinó y la alzó como si ella fuese una niña, apretándola contra su pecho. Ella se aferró con fuerza a él, esforzándose por comprender qué había sucedido.

—Gracias —jadeó ella, tragando con dificultad—. Gracias... Damon se sentó sobre la cama con ella sobre su regazo, alisándole el cabello revuelto. Ella sintió que él enjugaba las lágrimas de sus mejillas con los dedos. A pesar del retumbar que vibraba en sus oídos, pudo oír el sonido de la voz de él que la tranquilizaba con palabras serenas, repitiéndole que estaba a salvo, que nadie le haría daño.

Julia mantuvo los ojos cerrados, concentrando toda su voluntad dentro de sí, esforzándose por no volver a estallar en lágrimas. Si Damon no hubiese regresado, Langate y su compañero la habrían violado. La idea de ser sometida a semejante brutalidad era aterradora.

—¿Por qué... por qué has vuelto? —logró preguntar ella, al fin. La caricia de la mano de él sobre su cuello era de una exquisita ternura.

—Al llegar al extremo del pasillo, tuve la impresión de que te había oído gritar. A riesgo de quedar como un tonto, decidí volver a ver cómo estabas.

Ella llevó su mano a la de él y le oprimió con fuerza los dedos.

—Al parecer, siempre estás rescatándome.

Damon la obligó a levantar el mentón, impidiéndole volver el rostro para poder mirarla a los ojos.

—Escúchame, Julia... no siempre estaré en condiciones de llegar a tu lado justo a tiempo. El hecho de que yo estuviese aquí esta noche ha sido un golpe de suerte...

—Ya ha terminado —interrumpió ella, al percibir que la ternura se había esfumado y ahora había en la voz de él una nueva nota de reproche.

—No ha terminado —replicó él con aspereza—. De ahora en adelante no hará más que empeorar. Habrá más tipos como Langate que quieran llevarse algo de ti, y que harán cualquier cosa por estar cerca de ti. Si quieres continuar con tu carrera como actriz, necesitarás protección día y noche; ésa no es una función que yo tenga intenciones de ocupar.

Sin ninguna ceremonia, él la dejó caer sobre la cama y se irguió, mirándola con aire implacable.

—Si ésta es la vida que tú quieres, pues bien; así sea. Detestaría privarte de un placer como ése. Pero sigue mi consejo y contrata a alguien que te proteja de tu legión de admiradores. Y cierra con llave esa maldita puerta cuando yo me marche.

Julia se quedó sobre la cama y observó en silencio cómo él dejaba la habitación. Sintió deseos de pedirle que se quedara. «No me dejes... te necesito...» Pero las palabras permanecieron presas dentro de ella, y mantuvo su boca fuertemente cerrada. La puerta se cerró con estrépito marcando la salida de él. Julia tomó la almohada y la arrojó con todas sus fuerzas, pero no obtuvo ni pizca de satisfacción cuando golpeó sin ruido el marco de la puerta.

¡Cómo se atrevía él a lanzarle acusaciones como si ella se hubiese buscado lo que le había sucedido! ¿Acaso el hecho de que ella se ganara la vida sobre un escenario daba a alguien el derecho de atacarla? ¿Por qué era obligatorio que una mujer viviese bajo la protección de un hombre? Se levantó de un salto, fue hasta la puerta y la cerró con llave, para que no pudiesen entrar ni Damon ni el resto del mundo, encerrándose en la pequeña habitación. Se frotó vigorosamente la cara con las palmas de las manos y descubrió que sus mejillas aún estaban húmedas de lágrimas.

Por alguna razón desconocida, hasta ese momento

ella no había comprendido hasta qué punto Damon desaprobaba su carrera. Los dos se encontraban en una impasse. Él la obligaría a elegir: jamás toleraría un acuerdo entre los dos. La profesión de actriz exponía a una mujer a la censura y al peligro y no dejaba espacio para las necesidades de un esposo y de una familia.

Julia se paseó por la habitación sintiéndose desdichada, rodeando su cintura con los brazos. Quizás, unos años después, conocería a algún otro, a un hombre que no tuviese ni asomo de la exigente arrogancia de lord Savage. Sería un hombre de carácter más suave, que aceptaría mejor su independencia y no tendría nada que ver con el extraño, absurdo pasado que ella había compartido con Damon.

Sin embargo, ese pasado siempre los ligaría, por mucho que tratasen de ignorarlo. Ella y Damon habían sido moldeados por las mismas fuerzas, templados, durante años, por la secreta conciencia de la existencia del otro. Había sido un error evitar a su marido en la esperanza de que, contra toda lógica, él desapareciera en forma milagrosa y creer que al cambiar de apellido y de vida tendría la seguridad de que ellos nunca se encontrarían. Ella no debió haber huido sino que, al contrario, debió haberlo enfrentado hacía ya mucho tiempo.

Por desgracia, ya era demasiado tarde para eso. Ella sabía que el parentesco entre ellos, el resplandor de la pasión entre los dos, el ardiente deleite que encontraban en la mutua compañía no lo tendría nunca con ningún otro. Si lo prefería por encima de todas las otras cosas que ella valoraba, gozaría de amplias compensaciones. Pero, sacrificarle su profesión sería como amputar una parte de sí misma; llegaría el momento en que aparecería el resentimiento contra él por no haber sido capaz de llenar el espacio vacío que ella dejaría atrás.

Se recostó en la ventana y apretó su frente en el pequeño y frío panel, su visión borroneada por las sutiles ondas y distorsiones del cristal. Pensó que lady Ashton sería mejor para Damon. Pauline no querría ser otra cosa que su esposa y la madre de sus hijos; no le pediría que aceptara acuerdos que él no estaba en condiciones de cumplir.

Fatigada después de una noche de insomnio, Julia se vistió y caminó hasta el Teatro Nuevo cubriéndose la cara con un velo. A hora tan temprana de la mañana no había curiosos a la vista. Entró en el teatro y vio a Logan Scott solo sobre el escenario. Tenía el rostro vuelto hacia el telón de fondo recién pintado y estaba observándolo. Había algo en su postura que revelaba su preocupación por otros asuntos, que en su mente persistían pensamientos que nadie tendría el privilegio de conocer.

Al oír a Julia que se acercaba al escenario, Logan volvió su mirada hacia ella y no demostró sorpresa al verla llegar tan temprano. La ayudó, con mano firme, a subir a las tablas y luego la soltó.

—Tienes un aspecto horrible —le dijo.

—No he podido dormir —explicó Julia, obligándose a esbozar una sonrisa cansada—. Me atormentó la conciencia.

—Harías bien en librarte de tu conciencia para siempre —aconsejó Logan—. Yo lo he hecho hace años; desde entonces, duermo cada noche como un recién nacido.

—Debes decirme cómo lo has hecho —dijo ella, bromeando a medias.

—En otra ocasión. Tengo algunas novedades —dijo él, con expresión inescrutable—. Llegó un mensaje para ti al Capital; hace unos minutos lo han traído aquí. Al parecer, alguien de tu familia está enfermo.

—Mi madre —dijo Julia, en forma automática, percibiendo que la preocupación imprimía a su corazón un tamborileo acelerado.

—Creo que se trata de tu padre. No conozco los detalles.

—Mi padre... —repitió Julia, moviendo la cabeza, confundida—. No puede ser. Él nunca se enferma, él...

Guardó silencio, con la mirada al frente sin ver, sintiendo que todas las palabras que pugnaban por salir eran inútiles. Debía de estar sucediendo algo muy malo pues, de lo contrario, Eva jamás habría mandado a buscarla. Le resultaba imposible imaginar a su padre enfermo, acostado en su cama. Durante su infancia, Julia jamás lo había visto sufrir ni un simple resfriado.

—¿Estás pensando en ir a verlo? —le preguntó Logan, sin inflexiones en su voz.

—No puedo... no hay tiempo... mañana por la noche estrenamos la obra.

—Cancelaré la función de mañana por la noche. Estrenaremos el martes que viene, por la noche.

Desasosegada, Julia contempló los intensos ojos azules de él. Logan jamás cancelaba una función, pues esa regla formaba parte de sus estrictos códigos.

—¿Por qué? —preguntó ella, en voz baja.

Él ignoró la pregunta.

—¿Podrás regresar el martes?

—Sí, creo que sí —respondió ella, conmovida por la inesperada bondad de él—. En tu lugar, casi ningún otro director habría permitido que me marchara. Jamás habría esperado algo así.

Logan se encogió de hombros, restándole importancia.

—Si yo te obligara a quedarte, no estarías en condiciones de realizar una buena actuación.

—Podrías dar mi parte a Arlyss —sugirió Julia—. Ella la conoce toda. No hay necesidad de que suspendas la función de mañana por la noche.

—El papel es tuyo. Nadie podría hacerlo como tú.

—Gracias, pero...

—Ve junto a tu padre. Trata de hacer las paces con él. Y vuelve pronto... o te reduciré la paga.

—Sí, señor —dijo Julia, obediente, aunque el esfuerzo de Logan por parecer endurecido no la engañaba. Le sonrió, agradecida—. Acabo de comprender que, en el fondo, eres un hombre bueno. Pero no te preocupes: no se lo contaré a nadie pues eso estropearía tu reputación.

10

Julia emprendió el viaje de medio día a la propiedad Hargate en el carruaje de Logan Scott, pintado de rojo oscuro; entre tanto, reflexionaba si debería haber informado a Damon que se marchaba de Bath. Le preocupaba la inquietante sensación de que debería habérselo confiado. ¿Estaría mal que ella deseara el consuelo que él le brindaba? Damon podría comprender mejor que nadie los complejos sentimientos que ella abrigaba hacia su padre.

El recuerdo del tono amargo que había reinado en la despedida entre ambos le hizo encogerse y luego apretar las mandíbulas en gesto tozudo. Damon no le habría ofrecido su consuelo; lo más probable era que hubiese hecho algún comentario desdeñoso, diciéndole que bien podría arreglárselas sola con sus dificultades. Ella sería una hipócrita si estuviese repitiendo siempre lo mismo respecto de su libertad y su independencia y, después, recurrir a él en busca de ayuda al primer problema.

A medida que el coche y los jinetes que lo acompañaban avanzaban por esa zona de colinas y se acercaban a la propiedad de los Hargate, el apremio de Julia se convertía en aprensión. Cayó en la cuenta de que tenía miedo de lo que podría encontrar en su casa familiar, de ver enfermo a su padre; estaba convencida de que él la iba a echar de la propiedad en cuanto la viese. La alta casa se encaramaba en las colinas como un águila oscura y espléndida, con sus torres que se elevaban hacia el cielo.

El vehículo se detuvo frente a la entrada principal. Un par de lacayos ayudaron a Julia a bajar del carruaje, mientras otros sirvientes se ocupaban de los caballos y de mostrar al cochero dónde estaban los establos y la cochera. Antes de que Julia hubiese llegado al primer peldaño, la maciza puerta se abrió y apareció en ella el mayordomo para recibirla.

En pocos instantes, apareció Eva que, sin hablar, estrechó a Julia entre sus brazos.

—Mamá —exclamó Julia, sorprendida, con su mejilla aplastada contra el lino azul plisado del vestido de su madre.

La salud de Eva siempre había sido muy inestable; sin embargo, Julia nunca la había visto tan bien como en ese momento. De algún modo, su madre había hecho acopio de una fortaleza y de un propósito que no manifestaba desde hacía años. Todavía estaba demasiado delgada, pero los huesos ya no sobresalían en su cara y en sus ojos castaños se veía un brillo tranquilo. Al parecer, a Eva le sentaba bien esta insólita situación en que su esposo la necesitaba a ella. Por una vez, él era el inválido y ella estaba a cargo de la dirección de la casa.

—Me alegra que hayas venido —murmuró Eva—. Tenía miedo de que tus compromisos no te permitieran venir a visitarnos.

—¿Cómo está mi padre? —preguntó Julia, mientras atravesaban juntas el vestíbulo de entrada hacia la escalera.

Daba la impresión de que la casa estaba amortajada; todo estaba silencioso y quieto hasta un punto que resultaba antinatural.

Eva respondió con calma, aunque la ansiedad tensaba su rostro.

—Hace ya varios días tu padre tuvo que guardar cama a causa de una fiebre. Fue bastante grave, y el doctor dijo que ha debilitado todos sus órganos. No sabemos a ciencia cierta si va a vivir aunque ahora parecería que ha pasado lo peor.

—¿Se recobrará por completo?

—Según el médico, él nunca volverá a ser el mismo. La fiebre hubiese matado a un hombre menos fuerte que él. Edward necesitará cierto tiempo para recuperar sus fuerzas.

—Él no querrá verme —dijo Julia, sintiéndose por dentro tan tensa como las cuerdas de un violín.

—Eso no es verdad. Ha estado preguntando por ti.

—¿Por qué? —preguntó, recelosa—. Si él quiere repetir su opinión de que yo he arruinado mi vida y atraído la desgracia sobre la familia, yo ya soy consciente de...

—Dale una oportunidad —murmuró Eva—. Julia, tu padre ha pasado por una dura prueba y quiere ver a su única hija. No sé qué quiere decirte pero yo te pido que te acerques a él con ánimo de perdonar.

Después de un titubeo, Julia respondió: —Lo intentaré.

Pesarosa, Eva sacudió la cabeza.

—Si supieras hasta qué punto te asemejas a él. Yo estoy segura de que, a pesar de todo, tú lo quieres, pero no puedes hacer a un lado tu orgullo el tiempo suficiente para admitirlo.

—Por supuesto que lo amo —admitió Julia, en actitud de desafío—, pero eso no borra las cosas que él me ha dicho y me ha hecho. El amor no impide que las personas se hagan daño.

Las dos guardaron silencio mientras subían la escalera.

—¿Quieres refrescarte en tu cuarto? —le preguntó Eva.

—No, preferiría ver a mi padre de inmediato —respondió Julia. Ella estaba demasiado nerviosa para esperar; su tensión crecía por momentos.

—Siempre y cuando mi padre esté lo bastante fuerte. Eva la acompañó hasta la habitación de Edward.

—Julia... —dijo ella con suavidad—, tienes que admitir el hecho de que las personas son capaces de cambiar. Incluso tu padre. Acercarse tanto a la muerte produce pavor. Y yo creo que, en el caso de Edward, lo ha obligado a enfrentar ciertos sucesos de su pasado que él ha tratado de ignorar durante años. Por favor, sé buena con él y escucha lo que tenga para decirte.

—Por supuesto. Mamá, no puedes pensar que voy a precipitarme dentro de su cuarto de enfermo y comenzar a lanzarle acusaciones.

Julia se detuvo en la entrada y esperó a que entrara Eva. La figura esbelta de su madre se recortaba contra la banda de sol que había logrado colarse entre las cortinas de color limón. Su madre se inclinó sobre el cuerpo delgado que estaba tendido sobre la cama, tocó el cabello de Edward y le habló con un murmullo.

Julia observaba la escena, afligida por la ausencia de emociones en sí misma. Su corazón estaba vacío y aterido, sin que lo agitasen la pena ni la ira. No podía convocar ningún sentimiento hacia su padre y eso la desasosegaba hasta lo más hondo.

Eva levantó la mirada e hizo señas a Julia para que entrase. Ella cruzó lentamente el umbral y se acercó a la cama donde su padre yacía, ensombrecido por el baldaquino de cretona. De repente, la asaltó una cascada de sentimientos, tal marea de remordimientos y simpatía, que quedó abrumada. Edward siempre había tenido una figura imponente; ahora, en cambio, estaba pequeño y solitario sobre la cama, con las mantas hasta los hombros. Su gran robustez había desaparecido, dejándolo enormemente envejecido. Su piel tenía un aspecto ceroso, como consecuencia de la sangría que le había practicado el médico.

Julia se sentó con cuidado en el borde del colchón. Le tomó la mano y sintió que la piel se movía con excesiva facilidad sobre los largos huesos. Había bajado de peso. Ella le oprimió la mano con toda la fuerza que se atrevió a ejercer, con el deseo de trasmitirle a su padre una parte de su vitalidad.

—Padre —dijo en voz suave—. Soy Julia.

Pasó un largo rato y las claras pestañas del hombre se elevaron. Los ojos de él, que la observaban, eran tan brillantes y perspicaces como siempre. Julia nunca había tenido noticia de que su padre hubiese tenido un solo instante de torpeza, al contrario, él siempre estaba al mando de cualquier situación. Y, sin embargo, por extraño que pareciera, él parecía compartir la misma incertidumbre de ella y buscar en vano las palabras.

—Gracias —dijo el padre, con un hilo de voz que alarmó a su hija.

La mano de él se estremeció y, por una fracción de segundo, Julia pensó que la retiraría. Pero, al contrario, sus dedos se aferraron con más fuerza a los de ella. Era el mayor gesto de afecto que le hubiese dispensado desde hacía años.

—Yo pensé que tal vez ibas a hacerme echar de la casa —dijo Julia, con una sonrisa avergonzada.

—Y yo pensé que tal vez tú no vinieras —repuso Edward exhalando un suspiro; su pecho hizo un pequeño movimiento de ascenso y descenso—. Y yo te habría comprendido.

—Mamá me contó que has estado muy enfermo —murmuró Julia, sin soltar la mano de su padre—. Yo les habría dicho, a ella y al médico, que tú eres demasiado obstinado para permitir que una simple fiebre te pueda superar.

Su padre hizo un esfuerzo por incorporarse en la cama y Eva hizo ademán de ir a ayudarlo pero Julia ya estaba acercando una almohada y colocándola detrás de él. Edward dirigió a su esposa una mirada enigmática.

—Querida... quisiera hablar con Julia a solas.

Eva esbozó una sonrisa débil.

—Lo entiendo.

Salió de la habitación con la levedad de un espíritu dejando solos a padre e hija.

Julia se sentó en una silla cercana y clavó en Edward una mirada perpleja. No podía imaginar qué querría decirle, después de tantas discusiones que habían tenido y tantos sentimientos amargos que había entre ellos.

—¿De qué se trata? —preguntó en voz baja—. ¿Quieres hablar de mi vida profesional o de la personal?

—De ninguna de las dos —respondió su padre con esfuerzo—. Quiero hablar de mí —dijo, estirando la mano hacia un vaso, que Julia llenó con agua fresca de una pequeña jarra de porcelana que había junto al vaso. Él bebió con cuidado—. Nunca te he hablado de mi pasado. Hay... detalles de los Hargate que nunca te he mencionado.

—Detalles —repitió Julia, arqueando sus finas cejas.

La historia de los Hargate era simple y sin complicaciones. Se trataba de una familia de moderado prestigio y de considerable riqueza, ávida por conquistar un elevado nivel social que sólo podía obtenerse por medio del matrimonio con personas de sangre más noble que la de ellos.

—Me dije que eso era necesario para protegerte de la verdad —dijo Edward—, pero no fue más que pura cobardía de mi parte.

—No. Yo te adjudicaría numerosas características, padre, pero la cobardía nunca sería una de ellas.

Decidido, Edward siguió hablando.

—Hay cosas de las que nunca he podido hablar porque me resultaban dolorosas... y te he castigado a causa de ellas.

En su voz bronca se notaba un pesar tan agudo que Julia quedó atónita. Fue una revelación... una revelación inquietante ver que su padre era capaz de semejante emoción.

—¿Qué cosas? —preguntó ella con suavidad—. ¿Qué quieres decirme?

—Nunca has sabido nada con respecto a... Anna.

El nombre dejó un sabor agridulce en sus labios.

—¿Quién es ella, padre?

—Ella era tu tía... mi hermana.

Julia quedó estupefacta. Jamás supo que existiera nadie de la familia de su padre, con excepción de un par de tíos que se habían casado, ambos, y que llevaban una vida tranquila en el campo.

—¿Por qué nunca me la habías mencionado? ¿Dónde está ella ahora y qué...?

Edward levantó su mano para detener el flujo de preguntas y, lentamente, comenzó a explicarle:

—Anna era mi hermana mayor. Era la criatura más bella sobre la tierra. De no haber sido por Anna, yo habría tenido la infancia más desolada que se pueda imaginar. Ella inventaba juegos y cuentos para entretenerme... ella fue una madre, una hermana, una amiga... ella fue...

No pudo encontrar la palabra apropiada y se interrumpió, impotente.

Julia escuchaba con suma atención. Hasta entonces, su padre jamás le había hablado de ese modo, con el semblante suavizado por sus reflexiones, sus ojos acerados velados por los recuerdos.

—A nuestros progenitores no les agradaban los niños —dijo él—. Ni siquiera los suyos. Poco tuvieron que ver con nosotros hasta que llegamos a la madurez, e incluso entonces, poco interés teníamos para ellos. Su única preocupación era transmitirnos el sentido de la disciplina y del deber. Yo no podría decir que sintiese cariño alguno hacia ellos, tampoco. En cambio, amaba a Anna... y yo sabía que ella era la única persona en el mundo que me amaba de verdad.

—¿Cómo era ella? —preguntó Julia, después del silencio que siguió.

Al parecer, a Edward le resultaba difícil continuar el relato, pues los recuerdos lo enredaban entre sus frágiles hilos.

Él tenía la mirada desenfocada como si estuviese concentrada a una gran distancia.

—Era salvaje y caprichosa, muy diferente de mis otros hermanos y de mí. A Anna no le importaban las reglas ni las responsabilidades. Ella era un ser de emociones, por completo impredecible. Nuestros padres jamás la comprendieron y, en ocasiones, los volvía locos.

—¿Qué fue de ella?

—Cuando Anna tenía dieciocho años, conoció a un diplomático extranjero que tenía un puesto en una embajada en Londres. Sin duda, para Anna habrá sido la encarnación de todos sus sueños. Mi padre no aprobaba a ese individuo y prohibió a Anna que lo viese. Como era natural, ella se rebeló y aprovechó cualquier oportunidad para escabullirse y encontrarse con él. Se enamoró de él como lo hacía todo; hasta el fondo del corazón, y se comprometió en cuerpo y alma. Pero no había elegido bien. Ella...

Una sombra oscureció el rostro de Edward y pareció que quería detenerse. De todos modos, ya había dicho demasiado. Ya había llegado hasta un punto en que se vería obligado a continuar la narración hasta su doloroso final.

—Anna concibió un niño —dijo, en voz un tanto estrangulada—. Su amante la abandonó, después de informarle que ya estaba casado y que no tenía nada que ofrecerle. Mi familia aborrecía cualquier clase de escándalo y la echó de la casa. Fue como si de pronto ella hubiese dejado de existir. Mi padre desheredó a Anna, dejándola casi en la miseria. Ella decidió partir para Europa para sobrellevar sola las consecuencias de su vergüenza.

»Antes de marcharse, ella acudió a mí. No me pidió dinero ni ayuda de ninguna clase... sólo me pidió que le confirmase que todavía la amaba. Y yo no pude hacerlo. Le di la espalda. Ni siquiera le dirigí la palabra. Y cuando ella siguió llamándome por mi nombre y trató de rodearme con sus brazos, yo... le dije que era una ramera y me marché.

Edward rompió a llorar abiertamente; las lágrimas lo despojaron de la poca energía que le había quedado.

—Ésa fue la última vez que la vi. Anna fue a Francia, a alojarse en la casa de un primo lejano. Después, supimos que ella había muerto al dar a luz. Durante varios años, yo conseguí sacármela de la cabeza pues, de lo contrario, me habría vuelto loco pensando en ella. Y en el preciso momento en que creí que había logrado olvidar que ella hubiese existido alguna vez, naciste tú.

Él se secó la cara con un pañuelo pero las lágrimas no paraban.

—Tú te parecías tanto a ella que me impresionaba

cada vez que te miraba. Se me ocurrió que el destino me había hecho una cruel jugarreta al verla a ella en tu rostro, tus ojos... Tú me recordabas constantemente la maldad que había hecho con Anna. Y, lo peor fue que tú tenías su mismo carácter, su modo de ver la vida. Era como si mi hermana hubiese renacido. Y yo no quería perderte como me pasó con ella. Pensé que si pudiera convertirte en una persona más semejante a mí... sensata, seria, carente por completo de imaginación, nunca me dejarías. Pero, cuanto más trataba de modelarte, más te resistías tú, más te asemejabas a ella. Todo lo que yo creía estar haciendo por tu bien era un error.

Julia se enjugó las lágrimas que corrían por sus mejillas.

—Incluso, el casamiento con lord Savage.

—Eso, sobre todo —admitió Edward en voz ahogada—. Yo suponía que no tendrías más alternativa que convertirte en quien yo quería que fueses. Pero tú te rebelaste del mismo modo que lo había hecho Anna. Renegaste de tu apellido y te dedicaste a la escena y, lo que es peor, tuviste éxito. Intenté castigarte desheredándote, pero eso no te importó.

—Tienes razón: el dinero no me importó —dijo Julia en voz insegura—. Lo único que quería de ti era que me amaras.

Su padre sacudió la cabeza y el movimiento parecía el de un juguete roto.

—Yo no quería amarte si no podía modificarte. No podía soportar ese riesgo.

«¿Y ahora?», quiso preguntar Julia, y más preguntas pugnaban por escapar de sus labios. ¿Sería demasiado tarde para ellos? ¿Por qué se había decidido a decirle todas estas cosas? Ella tenía miedo de entregarse a la esperanza de que él quisiera reincorporarla a su vida, de que él hiciera un esfuerzo por aceptarla, como no había podido hacerlo antes. Era demasiado pronto para preguntas. Por el momento, era suficiente con entender.

Miró fijamente a su padre y vio reflejada la fatiga en cada una de las líneas de su rostro. Sus párpados bajaron, su mentón se abatió sobre su pecho.

—Gracias por decírmelo —susurró ella, y se inclinó sobre él para acomodarle las almohadas—. Ahora, duerme, estás cansado.

—¿Te quedarás? —alcanzó a decir él.

Ella asintió y le sonrió con ternura.

—Me quedaré hasta que estés mejor, padre.

Si bien las confidencias de su padre habían dejado a Julia demasiado estupefacta para tener hambre, Julia acabó, de manera automática, una pequeña ración de pollo con verduras hervidas, que llevaron a su habitación en una bandeja. Había contado a Eva todo lo hablado, y su madre no había manifestado mucha sorpresa.

—Yo sabía todo lo relativo a la pobre Anna —admitió Eva—, pero ningún Hargate quería hablar de ella. Tu padre jamás me había dicho que tú le recordases tanto a su hermana. Supongo que debería haberlo adivinado. Eso explica muchas cosas.

—¿Por qué me lo ha dicho ahora? —se preguntó Julia en voz alta—. ¿Qué pretende?

—Trata de decirte que lo lamenta —respondió su madre con suavidad.

Era raro dormir otra vez bajo el techo de sus padres, oír los remotos crujidos de la casa, el ruido del viento que fustigaba las ventanas, los sonidos nocturnos del campo que estaba más allá de la casa. Todo le resultaba intensamente familiar. Julia casi podía imaginar que de nuevo era una niña pequeña y que despertaría por la mañana y pasaría el día estudiando sus lecciones y buscando lugares reservados para leer montañas de libros.

Con los ojos abiertos en la oscuridad, Julia vio imágenes de su infancia que pasaban ante ella en lento desfile: la manera de su padre de gobernar la casa con mano de hierro, la tímida presencia de su madre, la compleja trama de sus propias fantasías y, como siempre, la sombra de Damon. A lo largo de toda su adolescencia, él había sido el foco de su curiosidad, su temor y su resentimiento. Él había sido una carga invisible de la que ella anhelaba librarse. Y, cuando lo conoció, había descubierto que no era un tormento sino, más bien, una tentación que la atraía peligrosamente, empujándola a traicionar su libertad, que tanto le había costado ganar.

Damon le había demostrado qué podía perder si dedicaba su vida sólo a interpretar papeles en el escenario y, cuando volvía a su hogar, la casa estaba vacía y la cama, solitaria. Ahora, ella lo amaba a pesar de su voluntad de resistir; ¡cuánto más llegaría ella a amarlo si se lo permitía! Lo quería aun a pesar de su enredo con lady Ashton. Por debajo de su aspecto controlado, Damon era un hombre apasionado, de carne y hueso, que se debatía con las cuestiones relativas al deseo, el honor y la responsabilidad. Ella admiraba el denuedo con que él perseguía sus objetivos, sus esfuerzos para someter al mundo a su voluntad. Si ella lo hubiese conocido a él antes de convertirse en actriz, ¿cómo habría modificado su vida?

Cuando por fin se durmió, sus sueños no le dieron tregua. Su mente se llenó con imágenes de Damon, y el sonido de su voz le provocaba un dulce tormento. Se despertó varias veces durante la noche, acomodando su almohada, cambiando todo el tiempo de posición, en un esfuerzo por lograr comodidad.

—¿Mandarás a buscarlo? —le había preguntado su madre esa noche.

La pregunta seguía persiguiendo a Julia, que anhelaba sentir sus brazos rodeándola. Aun así, no enviaría por él. No quería depender de nadie más que de sí misma.

Durante los tres días que siguieron, Julia pasó horas interminables junto al lecho de su padre, ayudando a cuidarlo, entreteniéndolo con la lectura de novelas en voz alta. Edward la escuchaba con embelesada atención, su mirada clavada en el rostro de su hija.

—Estoy seguro de que debes de ser una actriz de méritos —le dijo él en un momento dado, sorprendiéndola en medio del silencio. Por ser un hombre que se oponía con tanta vehemencia a su carrera, debió de haberle sido muy difícil admitir semejante cosa—. Cuando lees, haces que el mundo de las páginas impresas parezca vivo.

—Algún día, podrías ir a verme al Capital —dijo Julia, con un acento en el que había más añoranza de la que quería poner—. Eso, si puedes soportar la idea de ver a tu hija sobre un escenario.

—Quizá —fue la dudosa respuesta de Edward.

Julia sonrió. El simple hecho de admitir la posibilidad era mucho más de lo que ella hubiese esperado jamás de su padre.

—Es posible que lo disfrutes —dijo ella—. Tengo fama de ser una actriz de bastante talento.

—Tienes fama de ser una gran actriz —corrigió él—. Al parecer, jamás puedo saltearme la mención que hacen los periódicos de ninguna de tus actuaciones. Eres la víctima preferida de las murmuraciones; casi todas esas habladurías son inquietantes para un padre, podría decir.

—¡Oh!, las murmuraciones —replicó Julia con altivez, gozando con la experiencia de conversar, realmente, con su padre—. La mayor parte de ellas son falsas, te lo aseguro. En Londres, llevo una vida muy tranquila; no puedo jactarme de aventuras ni escándalos.

—Se te menciona a menudo, al mismo tiempo que a tu director teatral.

—El señor Scott es un amigo y nada más —aclaró Julia, mirándolo directamente a los ojos—. El teatro es su único amor genuino y no hay ninguna otra pasión que pueda aproximársele.

—¿Y qué me dices de lord Savage? Tu madre piensa que sientes algo por él.

Julia apartó la vista, ceñuda.

—Es cierto —admitió, a desgana—. Pero nada podrá salir de todo ello. Él es demasiado... rígido.

Edward dio muestras de entender toda la carga de significados que encerraba esa palabra; la miró en silencio, con expresión meditativa.

—Sin duda, tú debes seguir queriendo que yo ocupe mi lugar como esposa de él y que, algún día, me convierta en duquesa —dijo Julia.

El padre dejó escapar una carcajada seca.

—Como lo has demostrado con total claridad durante años, la elección no está en mis manos.

—¿Qué pasaría si yo hiciera anular el matrimonio? —preguntó ella—. ¿Volverías a desheredarme?

—No —respondió él tras una breve pausa—. Apoyaría tu decisión, cualquiera que fuese.

Julia sintió que la gratitud la inundaba y, para su propia sorpresa, se acercó a su padre y cerró con fuerza su mano sobre la de él.

—Gracias —dijo, con la garganta hecha un nudo—. Nunca sabrás lo mucho que esto significa para mí.

Para alivio de Julia y de Eva, Edward fue recuperando su salud de manera lenta pero firme y su color y sus fuerzas aumentaban un poco cada día. Mientras Julia se preparaba para regresar a Bath, disfrutaba el nuevo comienzo que había logrado con su familia. La actitud de Edward para con ella se había suavizado, y sus modales autoritarios se habían ablandado por medio de la tolerancia y hasta por ocasionales muestras de afecto. También era más considerado con Eva, como si hubiese comprendido el gran esfuerzo que había exigido a su esposa al dar por descontada su devoción a lo largo del matrimonio.

El lunes por la mañana, después de haber cerrado la última maleta, Julia fue a la habitación de su padre a despedirse. Era importante que llegara a Bath con el tiempo suficiente de prepararse para el ensayo y la actuación del día siguiente. Para su sorpresa, Edward no estaba solo. Había llamado al abogado que estaba al servicio de los Hargate desde hacía décadas.

—Entra, Julia —dijo Edward—. Acabo de concluir algunos asuntos con el señor Bridgeman.

Julia y el abogado intercambiaron corteses saludos, y ella esperó hasta que éste hubiese salido de la habitación para luego mirar a su padre con expresión interrogante.

El semblante de Edward era solemne, aunque el brillo de sus ojos revelara su satisfacción. Indicó a Julia con un ademán que se sentara junto a él.

—Tengo un regalo para ti.

—¿Sí? —dijo Julia, empleando adrede un tono ligero y despreocupado. Se instaló en la silla, junto a la cama—. ¿Puedo atreverme a albergar la esperanza de estar otra vez en el testamento?

—Sí, has recuperado tu lugar en él. Pero, además, he incluido otra cosa.

Le tendió un envoltorio, un fajo de papeles envueltos en pergamino.

—¿Qué es? —preguntó ella, titubeando.

—Tu libertad.

Con cautela, Julia aceptó el envoltorio y lo apoyó en su regazo.

—Ahí dentro está tu contrato de matrimonio —dijo Edward—. Entre tanto, yo me ocuparé de hacer que el sacerdote que llevó a cabo la ceremonia borre la inscripción del registro. No quedarán rastros de que la ceremonia se ha realizado alguna vez.

Julia se quedó callada. Edward frunció el entrecejo, esperando al parecer una demostración de gratitud.

—¿Y bien? Deberías estar contenta. Ahora tienes lo que siempre has querido.

—Para empezar, yo siempre he querido que no me casaran —murmuró Julia, tratando de salir de su desasosiego.

No sabía bien cómo se sentía... quizá, como una prisionera a quien el carcelero le hubiese arrojado las llaves sin ningún miramiento. Había llegado sin aviso previo, sin darle oportunidad de prepararse.

—Eso no puedo cambiarlo —replicó su padre—. Pero puedo intentar repararlo.

Él, a su modo, admitía que había cometido un error y estaba haciendo el máximo esfuerzo posible para devolverle lo que le había arrebatado. Él decía algo cierto: el pasado no podía cambiarse. Por el contrario, sí tenían control sobre el futuro y eran libres de darle la forma que quisieran. Julia levantó el paquete, miró a su padre por encima del borde y le sonrió.

Al ver que los ojos de su hija le sonreían, él le retribuyó la sonrisa.

—Entonces, a tu juicio yo he hecho lo correcto.

Ella bajó el paquete y pasó los dedos sobre su superficie tersa y seca.

—Me has dado la posibilidad de fijar el rumbo de mi propia vida. No hay nada que pudiera complacerme más.

Su padre movió lentamente la cabeza y clavó la vista en su hija.

—Eres una mujer poco común, Julia. Supongo que habría sido más fácil para todos que fueras más parecida a tu madre.

—Pero no lo soy —repuso Julia, con el resto de una sonrisa perdurando en sus labios—. Me parezco a ti, padre.

Las diversiones en Bath habían comenzado a aburrir a Damon. No le interesaba demasiado hacer compras ni los entretenimientos sociales, y Dios era testigo de que él no necesitaba de las aguas minerales ni de sus efectos vigorizantes sobre los órganos digestivos. No tenía nada por hacer, salvo esperar el regreso de Julia, cosa que lo aburría e irritaba de una manera notable. En Londres lo esperaba una vida llena de movimiento, había asuntos tanto personales como de negocios que requerían su inmediata atención, y ahí estaba él, languideciendo en Bath.

Después de una cuidadosa meditación había tomado la decisión de quedarse en la ciudad en lugar de seguir a Julia. Había logrado que Arlyss y algunos parlanchines, entre los miembros del personal de la compañía, le dieran detalles; así Damon sabía que Julia se había marchado de Bath porque había un enfermo en su familia y que probablemente regresaría el martes. Dedujo que Eva debía de haber empeorado, y que eso había movido a Edward a mandar a buscar a su hija, en contra de sus propios deseos.

Julia había preferido ir sola al encuentro de su familia, sin el apoyo de ningún extraño. Ella tenía ese derecho, y Damon no quería imponerse en una reunión íntima de la familia Hargate. Por otra parte, se habría dejado condenar antes de echarse a trotar detrás de Julia como un perro faldero.

El segundo día después de la partida de Julia, cuando volvió de una caminata hasta la vecina aldea de Weston, Damon tuvo la sorpresa de comprobar que su hermano había llegado a la casa de Laura Place. William estaba, como siempre, en excelente forma, extendido sobre un sofá de estilo griego, en la biblioteca, con un coñac en la mano. Cuando Damon entró, él levantó la vista y le dedicó una sonrisa de recibimiento.

—¿Estabas haciendo ejercicio? —dijo William, al notar el color rubicundo en las mejillas de su hermano y la picante fragancia de las hojas otoñales que todavía se adhería a él—. No me digas que has agotado todas las demás posibilidades de pasar una tarde agradable en Bath. A falta de algo mejor, podrías encontrar a alguna solterona atractiva con quien retozar: la ciudad está llena de ellas. Como se las estima poco, he descubierto que compensan su falta de belleza con una abundancia de gratitud y buena disposición...

—Ahórrame tus teorías acerca de las mujeres —dijo Damon con acritud, sirviéndose una copa y sentándose en un pesado sillón de cuero.

William se incorporó y miró a su hermano con aire cordial.

—¿Cómo está tu esposa, hermano querido?

—Hasta donde yo sé, Julia está bien —dijo Damon y, tras una pausa, agregó—: No está en Bath.

—¡Ah!, ¿sí? —exclamó William, ladeando la cabeza como un papagayo intrigado—. ¿Cuándo regresará?

—Lo más probable es que regrese el martes. Ella no me lo ha dicho.

William observó la expresión torva de su hermano y, de repente, estalló en incontenibles carcajadas.

—Dios mío —jadeó—. Qué ironía que, habiendo cantidades de mujeres tratando de pescarte y a pesar de la persecución de lady Ashton, Julia sólo desee escapar de ti.

—Bueno; ríe, si quieres —dijo Damon sonriendo, aunque aún ceñudo—. Algún día, ella verá mis encantos bajo una luz diferente.

William siguió riendo con socarronería, como un escolar en vacaciones.

—Como te conozco, me imagino cuál debe de ser el problema. Permíteme que te dé un consejo, hermano...

—Preferiría que no —dijo Damon, pero William prosiguió.

—Las mujeres no buscan la honestidad en un hombre. Quieren ser conquistadas, engañadas, seducidas y, por sobre todo, no les interesa estar seguras de un hombre. A las mujeres les gusta jugar. Y antes de que sigas mirándome con ese aire de superioridad, piensa en el hecho de que yo he conseguido a toda mujer que he intentado conquistar.

Damon esbozó una sonrisa irónica.

—Es fácil conquistar a camareras de bar y actrices, Will.

Del rostro de William se borró la expresión jactanciosa y fue suplantada por otra de ofendido.

—Bueno, no debería resultarte difícil conquistar a Julia. ¡El hecho de estar casado con ella debería darte cierta ventaja sobre la competencia!

Damon miró a su hermano sin parpadear. Por mucho que William tratase de fingir que la conversación le entretenía, había un matiz apenas discernible de tensión en su expresión. Conocía lo bastante a su hermano para saber que debía de tener algo en mente. Cambió de tema de manera repentina.

—¿Para qué has venido a Bath, William?

—Para ver *Señora Engaño*, claro. No puedo estar más tiempo sin conocer el final de la historia —repuso William, con una sonrisa ladeada que no tardó en esfumarse. Cruzó por su semblante una crispación de incomodidad—. Y.. hay otra razón.

—Me lo imaginé —dijo Damon con sequedad—. ¿Estás en dificultades otra vez?

—No. En realidad, tú estás en dificultades, y yo he quedado atrapado en ellas.

—Explícate.

William se encogió y bebió un buen trago de su bebida.

—Pauline fue a visitarme en Londres, en mis aposentos privados —dijo, sin rodeos—. Dijo que quería conocerme mejor, pues pronto estaríamos emparentados. Dijo que no había motivos para que no nos hiciéramos «amigos» y nos apoyásemos mutuamente, como hacen los hermanos.

—¿A qué clase de «apoyo» se refería ella?

—No lo dijo con precisión pero, teniendo en cuenta el vestido que llevaba puesto y el modo insistente en que me tocaba, ¡pienso que estaba tratando de seducirme! Te juro que no dije nada para alentarla, Damon, jamás me inmiscuiría en tus asuntos. Por el amor de Dios, somos hermanos...

—Está bien —lo interrumpió Damon con calma—. Cuéntame qué más te dijo Pauline.

—Me halagó mucho; dijo que ella y yo teníamos mucho en común y que quizá yo tuviese interés en descubrir hasta qué punto era así. Por supuesto, yo fingí que no entendía e hice todo lo posible para que se marchara cuanto antes... pero ella dijo que se sentía sola cuando tú no estabas en Londres y que esperaba poder acudir a mí en procura de ayuda si alguna vez le resultaba necesario.

Damon reflexionó acerca de la situación y exhaló un prolongado suspiro para expresar el alivio que lo desbordaba.

—Muy interesante —murmuró él.

La información que William le traía confirmaba sus mayores esperanzas. Ya no tenía dudas en su mente: Pauline no estaba embarazada. Lo único que lo sorprendía era que hubiese caído tan bajo e intentara seducir a su propio hermano. Con todo, tenía lógica. Si Pauline lograba ser preñada por William, la semejanza con la familia sería incontrovertible y, como era una de las partes culpables, William jamás revelaría un secreto tan desagradable como ése: que el heredero de su hermano era, en realidad, su propio hijo bastardo.

—¿No estás enfadado? —preguntó William, expresando un inmenso alivio.

—Todo lo contrario —respondió Damon, levantando la copa para hacer un brindis con su hermano; una sonrisa le iluminaba la cara—. Gracias, Will.

—¿Por qué?

—Por haber venido a contármelo tan pronto. Y por el control que has tenido sobre ti mismo. Estoy seguro de que muchos hombres habrían encontrado demasiado tentador el ofrecimiento de Pauline para rechazarlo.

—Por favor —dijo William, indignado—. Hasta yo tengo mis límites.

A veces —reflexionó Damon en voz alta—, realmente creo que hay esperanzas para ti.

—¿Eso significaría que he pagado por el asunto de Sybill Wyvill?

—Casi —dijo Damon—. Si encuentras el modo de

ayudarme en una última cuestión relacionada con Pauline...

William se inclinó hacia delante, y sus ojos azules bailotearon, expectantes.

—¿En qué estás pensando?

Cuando Julia regresó la mañana del martes, el elenco y el personal de *Señora Engaño* se reunieron en el Teatro Nuevo. Todos se sintieron gratificados al ver que el ensayo resultaba animado y fluido. Ni aun Logan, el eterno perfeccionista, pudo ocultar su satisfacción. Dedicó unas frases de elogio al conjunto y los despidió temprano, de modo que tuvieran tiempo sobrado para descansar y prepararse para la función de estreno de esa noche.

Julia no pudo menos que notar que algo había sucedido a Arlyss durante su ausencia. La menuda actriz parecía despedir chispas y emanaba de ella un aire de juvenil impaciencia. Mientras aguardaba a recibir el pie que le indicaría su entrada, Arlyss miraba con picardía a Michael Fiske y coqueteaba descaradamente con él. Fiske, por su parte daba muestras de haber perdido por completo el interés en Mary Wood y concentraba toda su atención en Arlyss. Cada vez que los dos estaban cerca, el aire que los rodeaba crepitaba de tensión amorosa.

En cuanto terminó el ensayo, Julia arrinconó a Arlyss y la miró con expectante sonrisa.

—¿Y bien? —quiso saber—. Entre tú y el señor Fiske ha ocurrido algo durante mi ausencia, y yo tengo que enterarme.

Una sonrisa de satisfacción iluminó el rostro de Arlyss.

—He llegado a la conclusión de que estabas en lo

297

cierto. Merezco estar con un hombre que me aprecie. Una noche, ya tarde, después de que la compañía había cenado en el hotel, me acerqué a Michael, le susurré unas palabras dulces al oído y se derritió como mantequilla. ¡Él me ama, Jessica! A Michael no le importa quién soy yo ni lo que haya hecho... y cuando le pregunté cómo era posible que sintiera eso, él me ha dicho que me ha amado desde el primer momento en que me vio. ¿Puedes creer que un hombre me diga a mí cosas como ésas?

—Claro que puedo —repuso Julia, realmente encantada—. Estoy contenta de que, por fin, hayas tenido la prudencia de elegir a alguien que no se aproveche de ti —hizo una pausa y contempló atentamente a Arlyss—. Pero, ¿qué quedó de tu enamoramiento del señor Scott?

—Ha desaparecido por completo —respondió Arlyss, inclinándose más hacia ella y diciéndole, con aire conspirativo—: Ya que me lo preguntas, te diré que el señor Scott es como un pescado frío. Nunca entregará su corazón a nadie —su mirada acertó a caer sobre Michael Fiske, que estaba ajustando una parte de la escenografía y su expresión se iluminó—. Esta tarde, Michael y yo iremos a ver qué hay en los puestos de libros, y luego haremos una parada en una pastelería para comprar pan de jengibre. Ven con nosotros, Jessica: por lo que veo, me parece que necesitas un poco de diversión.

La idea de pasearse entre pilas de libros era muy tentadora.

—Gracias —dijo Julia, con una sonrisa que iba creciendo—. Tal vez vaya con vosotros.

—Señora Wentworth, quisiera conversar unas palabras con usted.

Logan interrumpía la conversación con su habitual brusquedad, llevándose aparte a Julia para hablar en privado. Arlyss sonrió y fue hacia Fiske, poniendo los brazos en jarras y meneando las caderas con atrevimiento.

Julia miró a Logan con aire inquisitivo. Aquel día, horas antes, lo escueto de su saludo y el hecho de que él no le hubiese preguntado por la salud de su padre la habían asombrado. Se habían metido de lleno en la cuestión del ensayo y ella había dado por supuesto que Logan estaba muy atareado o que no le interesaba tener noticias de la vida personal de ella.

La brillante iluminación del teatro proyectaba reflejos de fuego en el cabello de Logan y hacía que sus facciones pareciesen más angulosas que de costumbre.

—¿Cómo está tu padre? —preguntó sin preámbulos.

—Mucho mejor, gracias.

—¿Y que hay de las diferencias entre vosotros? ¿Habéis resuelto alguna?

Por alguna razón, ella vaciló antes de responder, presa de la sensación de que era un tema demasiado íntimo para comentarlo abiertamente. Pero ella ya le había confesado antes sus secretos y sabía que podía confiar en su discreción.

—Sí, en verdad fue así. Mi padre lamenta lo que ha hecho y ha expresado su deseo de repararlo. Hasta me ha proporcionado el medio de conseguir una anulación, si así lo deseara.

En los ojos de él apareció una chispa de interés.

—¿Qué decidirás?

Julia imaginó volver a enfrentarse con Damon y una tensión extraña, casi agradable, le oprimió el estómago.

—No lo sé —respondió, y se formó un profundo ceño en su frente—. Una parte de mí no quiere otra cosa que reunirse con él, decirle cuánto lo amo, y que él es digno de cualquier sacrificio, y la otra parte quiere aferrarse al teatro de tal modo que todo lo demás se pierda. Jamás imaginé que sería tan difícil hacer una elección.

—Hay otras posibilidades —dijo Logan, con expresión enigmática.

—¿Cuáles?

—Quizás hablemos de eso otro día.

Perpleja, Julia se quedó mirando a Logan que se alejaba y una breve carcajada asomó a sus labios. Era muy característico de Logan eso de lanzar una afirmación misteriosa y luego marcharse. Era un consumado hombre del espectáculo; sabía exactamente cómo captar la atención de cualquier público y cómo retenerla.

Julia se desplazaba lentamente entre los puestos de libros al aire libre, gozando con la fragancia picante del aire mezclada con el olor del cuero y el polvo de los libros. Algunos textos eran nuevos, otros usados, pero todos encerraban la tentadora promesa de mundos nuevos en los que era posible internarse y huir de la realidad. Sus compras aumentaron hasta convertirse en una desgarbada torre de libros que se balanceaba peligrosamente en sus brazos. Arlyss y Michael tenían menos interés en el material de lectura que en ellos mismos. Se reían y susurraban, intercambiando miradas significativas y caricias ocasionales que, a juicio de ellos, nadie podía ver.

Julia ya había decidido que tenía suficientes libros cuando uno más, de cubierta roja y dorada, atrapó su vista; ella abrió el grueso volumen. Mientras hojeaba las primeras páginas, oyó cerca de ella una voz vagamente familiar. Prestó atención y observó tras la pantalla de su velo hasta que vio al que hablaba.

El corazón de Julia dio un vuelco cuando una figura alta y oscura apareció ante sus ojos a pocos puestos de ella; era un hombre de cabellos renegridos e impactante perfil de nítido contorno. «Damon», pensó de inmediato, pero no era su esposo sino el hermano menor de éste, lord William. No parecía muy entusiasmado con los libros que lo rodeaban; decía a un acompañante que ella no podía ver que ya era hora de marcharse.

—Tenía la intención de hacer cosas mucho más interesantes que mirar libros —dijo, irritado—. Hermano, ¿todavía no has visto suficiente de estos malditos objetos?

De modo que Damon estaba allí. La mirada de Julia voló por su alrededor y localizó de inmediato la inconfundible figura de anchos hombros. De alguna manera, la intensidad de su mirada debió de haberla traicionado, pues él se volvió con un súbito movimiento y la miró directamente. Al instante, un brillo de reconocimiento relució en sus ojos. A ciegas, Julia se volvió otra vez hacia la mesa de libros sintiendo que su corazón golpeaba, desordenado, dentro del pecho. Sostuvo la pesada pila de libros junto a su cuerpo y aguardó, con los ojos semicerrados, preguntándose si él se acercaría a ella.

Poco a poco, percibió su presencia detrás de ella, muy cerca aunque sin tocarla, y sintió que su aliento agitaba el velo que caía desde el ala estrecha de su sombrero. Él le habló en un susurro que logró dominar el bullicio de la feria de libros, y su voz le recordó la íntima conversación de la última noche pasada juntos.

—¿Cómo resultó tu visita a Buckinghamshire?

Julia quería mirarlo de frente pero sus pies parecían haber echado raíces en el suelo. Estuvo a punto de dejar escapar un nervioso flujo de palabras. De algún modo logró contenerlas y respondió con calma.

—Mi padre había contraído una fiebre. En cuanto lo supe, fui a verlo.

—Tu padre —repitió él, en tono de asombro—. Yo supuse que se trataba de lady Hargate...

—No, en realidad, ella está muy bien. Está cuidando a mi padre, que ahora está mucho mejor. Él y yo hemos llegado a una especie de tregua.

Julia sintió que la mano de él en su brazo le hacía girar de cara a él. Ella cedió, sin soltar el montón de libros. El gris luminoso de los ojos de él era discernible aun a través del velo; su expresión era remota.

—Me alegro por ti —dijo Damon en voz baja—. Hacía tiempo que debía haber sucedido. Sin duda, habrá sido un alivio para él, igual que para ti.

—Sí —dijo Julia, sintiendo que le faltaba la respiración mientras lo miraba.

¿Por qué tenía que ser tan devastadoramente atractivo? ¿Por qué tenía que parecer tan serio y melancólico? ¿Por qué era tan difícil resistir a la profana tentación de lograr que esa boca firme adquiriese esa apasionada suavidad que ella conocía tan bien? Quiso soltar los libros, aferrar sus grandes manos cálidas y atraerlas hacia su cuerpo. Lo deseaba, tenía hambre de él... y él no le proporcionaba ningún indicio de sentir lo mismo.

—Yo... lamento no haberte dicho que me iba, pero hubo muy poco tiempo...

—No importa —dijo él como al descuido, tendiendo sus manos hacia los libros que ella llevaba en sus brazos—. ¿Me permites que los lleve?

—No, gracias.

Ella retrocedió un paso, aferrando con fuerza su carga.

Damon aceptó con un breve cabeceo, como si hubiese estado esperando su negativa.

—Tengo algo que decirte —dijo, en tono práctico—. Esta noche me marcho a Londres. Hay asuntos que he dejado demasiado tiempo sin atender.

—¡Ah! —exhaló Julia, con sonrisa que aparentaba indiferencia, agradecida de tener puesto el velo. A él no le serviría descubrir en ella signos de su súbita decepción, de la sensación de vacío que se había filtrado en cada uno de sus nervios y de sus fibras—. ¿Verás a lady Ashton? —preguntó, impulsada por algún demonio interior.

—Eso espero.

La brusca respuesta no dejaba lugar a posteriores comentarios. Las preguntas bullían dentro de ella, y Julia se sintió presa de una corrosiva ansiedad. ¿Qué ocurriría entre Damon y lady Ashton? Tal vez, él intentara alguna clase de reconciliación y, desde luego, Pauline la aceptaría. Ella lo recibiría de nuevo de buena gana, y empezarían a trazar planes para la vida que compartirían con el hijo que esperaban.

Julia se esforzó por apartar de su mente las flamígeras imágenes y preguntó en voz queda:

—¿Regresarás a Bath?

Él titubeó, mientras le sostenía la mirada.

—¿Tú quieres?

«¡Sí!», gritó su corazón, pero la indecisión la paralizó. Sólo atinó a mirarlo, muda.

—Maldita sea —musitó él—. ¿Qué quieres de mí, Julia?

Antes de que ella pudiese responder, oyó la voz animada de Arlyss que, en un tono mitad acusador, mitad bromista decía, cerca de allí:

—... me sorprende que aún recuerde mi nombre, milord... Había dicho con mucha claridad que yo sólo sería un capricho pasajero.

Para consternación de Julia, William había descubierto a Arlyss entre los puestos de libros y no había demorado en acercarse a ella. Al volverse, Julia observó la escena que se desarrollaba ante sus ojos: William contemplando a la menuda actriz con maliciosa admiración, la postura de audaz desafío de Arlyss, y la crispada virilidad de Michael Fiske, que caminaba hacia ellos a zancadas. Era inminente que se desatara una riña. Julia odiaba la posibilidad de que semejante escena pudiera causar daño al incipiente romance entre Arlyss y Fiske.

—Por favor —dijo Julia, volviendo la mirada en forma instintiva hacia Damon, en procura de ayuda—, no permitas que tu hermano provoque problemas.

Damon no demostró simpatía alguna.

—No los habrá, a menos que tu pequeña amiga, con su cerebro de mosquito, anime a William.

Julia maldijo por lo bajo. William, con sus azarosos impulsos, iba a arruinar las perspectivas de Arlyss. Él apaciguaría el orgullo herido de su amiga por medio de audaces avances y la dejaría de nuevo cuando la seducción hubiese acabado. Y, entonces, Michael Fiske no querría saber nada más de ella.

William sonrió a Arlyss y sus ojos azules echaron chispas de irresistible encanto.

—Por supuesto que recuerdo su nombre, mi dulce. Recuerdo eso y mucho más. He venido a Bath porque la echaba de menos a usted y a sus numerosos encantos.

Era evidente que Arlyss no podría resistir unos halagos tan francos.

—¿Ha venido a Bath sólo para verme? —preguntó ella, dubitativa.

—Por supuesto que sí. Aquí no hay ninguna otra atracción.

Michael terció en la conversación, echando a su rival feroces miradas; fue como si un bonito perro mestizo desafiara a un peripuesto perro de raza.

—Ahora, Arlyss está conmigo. Váyase, y no vuelva a molestarla.

Con aire divertido, William dirigió su réplica a la propia Arlyss.

—¿Estoy molestándola, tesoro?

Allí, entre los dos hombres, la masa de rizos de Arlyss se balanceaba mientras ella miraba, ora a uno, ora al otro. Como si probara, se acercó un poco hacia Michael Fiske.

—Ahora estoy con el señor Fiske —murmuró, en un tono que distaba mucho de ser seguro.

Era un pequeño paso, pero Fiske no necesitó más.

Aprovechó esa magra ventaja y, atrayendo con brusquedad a Arlyss hacia él, le estampó un rotundo beso en los labios. Ella se echó a reír ante la osada demostración, y Fiske la levantó en el aire y se la echó al hombro. Provocó con ello femeninos chillidos e incontrolables risas e hizo que todos los que estaban en el mercado se diesen vuelta para contemplar a esos dos, mientras Fiske se llevaba a Arlyss a cuestas.

—Vamos, espere... —protestó William, comenzando a seguirlos.

Pero pronto Damon lo tomó por el brazo impidiéndole hacerlo.

—Will, encuentra a otra paloma con quien divertirte.

William vaciló, con la vista fija en la pareja que se alejaba.

—Tú sabes que a mí me atrae el desafío —dijo, pesaroso.

—Déjala en paz —dijo Damon—. Ya has causado suficientes problemas. Además, esta noche viajas a Londres conmigo, ¿recuerdas?

William refunfuñó y asintió. Recuperó rápidamente su previo buen humor y lanzó una mirada maliciosa a Julia, y luego a Damon.

—Y tú recuerda el consejo que yo te he dado a ti —dijo, haciendo un guiño, antes de marcharse él también.

Julia se volvió hacia Damon.

—¿Qué consejo?

—Él me dijo que a las mujeres les agrada ser conquistadas y seducidas.

Julia hizo una mueca.

—Tu hermano tiene mucho que aprender con respecto a las mujeres.

—Parece que tus amigos te han abandonado. ¿Quieres que te acompañe a algún sitio?

Julia negó con la cabeza y murmuró un rechazo.

—De aquí a la posada hay apenas unos pasos.

—Tú me alejas con una mano y me llamas con la otra. Alguien podría decir que estás burlándote de mí, señora Wentworth.

—¿Eso piensas de mí?

—Pienso que eres la mujer más enloquecedora que he conocido —repuso él, acariciándola con la mirada aun cuando su acento burlón hiriese los oídos de Julia—. Decide pronto qué quieres, Julia. Pronto. Mi paciencia tiene límites.

La dejó ahí, entre los puestos de libros, su rostro delicado, ceñudo bajo el velo.

A pesar de las noticias que se referían a la mala suerte que *Señora Engaño* había tenido en Londres, todos los asientos del Teatro Nuevo estaban ocupados, y el edificio daba la impresión de estar a punto de desbordar. Parecía que todo Bath había asistido y el público ardía de entusiasmo mientras aguardaba el comienzo de la obra. Julia fue a uno de los laterales a esperar que llegase el momento de su primera entrada, sonriendo al pasar junto al personal que le daba ánimos en la penumbra.

Ella hizo un esfuerzo para concentrarse en el trabajo que tenía por delante para convertir la obra en el éxito que merecía ser. Sin embargo, le resultaba difícil apartar de su mente los hechos de los últimos días. Seguía reflexionando acerca de la propuesta de paz que le había formulado su padre, de la escena con Damon de ese día, de la noción de que podría ser libre de él en el momento que quisiera. Damon tenía razón: pronto, ella tendría que adoptar una decisión, aunque más no fuese para conservar su paz mental.

Pese a las asperezas de su profesión, ella amaba su trabajo de actriz, amaba la excitación y la plenitud que le brindaba. La perspectiva de dejar para siempre el escenario era inconcebible. Pero no volver a ver a Damon o, peor aun, verlo casado con otra mientras su propia vida quedaba privada de compañerismo, le resultaba igualmente repugnante.

—Tú no estás pensando en la obra —dijo una voz a sus espaldas y, al mirar por encima del hombro, Julia vio que se trataba de Logan Scott.

—En mil cosas diversas —confesó—. ¿Cómo te diste cuenta?

—Estás tan tensa que los hombros te llegan a las orejas.

Julia le hizo una mueca y aflojó los hombros. Aspiró profundamente, retuvo el aire unos instantes y luego lo exhaló con lentitud. Volvió a mirar a Logan y le pareció que se había tranquilizado.

—Así está mejor.

Pensativa, Julia contempló el escenario donde casi no se distinguían los contornos de las piezas de escenografía y de los puntales, tras el telón bajo. Siempre le había encantado ese momento, el instante previo al comienzo de la obra, sintiendo que la expectativa corría por todo su cuerpo. Sin embargo, en ese momento ese sentimiento estaba teñido de tristeza. Se sentía como si fuese una niña pequeña que había abierto un paquete envuelto en papel de brillantes colores y lo había encontrado vacío.

—¿Cuánto tiempo durará mi vida en el teatro? —preguntó, hablando para sí misma—. ¿Contaré con otros diez años? ¿Veinte, incluso?

Logan se aproximó a ella y la examinó con mirada crítica.

—Yo diría que tienes una larga carrera por delante. A medida que madures, tendrás el talento de desempeñar otra clase de papeles, incluso los mejores personajes característicos.

Una sonrisa lúgubre asomó a los labios de ella.

—Me pregunto si eso será suficiente para mí.

—Tú eres la única que puede responder a esa pregunta.

Aguardaron juntos, en silencio, a que se levantase el telón y la vida real se esfumara para dar paso al comienzo de la ilusión.

La función se desarrolló con vertiginosa velocidad. Durante dos horas, una escena sucedió a la otra y se fundieron en un todo sin fisuras. Cuando Julia no estaba en escena o cambiándose de ropa, esperaba impaciente, en los laterales, su atención cautiva de la acción que tenía fascinado al público. Cuando estaba sobre las tablas diciendo su parte, se sentía como si estuviese extrayendo magia del aire mismo. Percibía a la multitud pendiente de cada una de sus palabras, sus miradas siguiendo cada gesto suyo, cada movimiento de su cabeza.

Julia supo que nunca había actuado tan bien con Logan; las escenas de ambos vibraban de emoción, desbordaban de un humor chispeante y nostálgico, a la vez. Durante un lapso, dejó de existir como ella misma. No había en su cabeza ningún otro pensamiento que aquellos que pronunciaba para entretener al público. Cuando cayó el telón final, comprendió que había cubierto las expectativas que los demás tenían sobre ella, que había desempeñado su papel lo mejor que era capaz de hacerlo. Se dejó llevar por Logan ante el telón para recibir una clamorosa ovación de aplausos y gritos.

Su rostro resplandecía e hizo una reverencia para agradecer el clamor del público. Los aplausos persistieron durante largos minutos hasta que ella se desplazó hacia un lateral, tratando de escabullirse. Logan no la dejó marcharse y la tomó de la mano llevándola hacia delante mientras las exclamaciones de aprobación arreciaban. Comenzaron a llover sobre el escenario flores y pequeños obsequios, que iban formando montones. Logan se agachó para recoger una rosa blanca y la entregó a Julia. Ella asió entre sus dedos el largo tallo y volvió a hacer una reverencia y a encaminarse hacia el lateral, a pesar de la multitud de voces que insistían en que se quedaran.

El elenco y el personal de tramoya la colmaron de felicitaciones, haciéndola reírse, un poco avergonzada. Betsy, su doncella, la acompañó a su camarín privado.

—Hay una jarra de limonada para usted —le informó Betsy, señalando la puerta, sabiendo que Julia querría contar con unos minutos a solas, después de la función—. Volveré pronto para recoger sus vestidos.

—Gracias —dijo Julia, lanzando un suspiro de alivio ante la paz y el silencio que reinaban en el pequeño ambiente.

Se detuvo ante el espejo, y comenzó a desatar los lazos de la delantera de su vestido. Ahora que comenzaba a esfumarse la euforia de la función, se sentía exhausta. Tenía manchas de sudor en las axilas, y el maquillaje de rubor en sus mejillas comenzaba a resquebrajarse y a palidecer.

Mientras se contemplaba, vio que una silueta oscura se deslizaba en el camarín. Sobresaltada, giró en redondo y una débil exhalación escapó de sus labios al ver a Damon ante ella. No esperaba que él estuviese allí esa noche. No sabía qué opinaba él de la función, aunque sin duda no sentía deleite ni orgullo. Había un fuerte sonrojo en la parte alta de las mejillas de Damon, y sobre el puente de la nariz y en sus ojos grises ardía un brillo intenso. Él estaba enfadado con ella, y no le ahorraría ni una pizca de su furia candente.

11

Intrigada, silenciosa, Julia no se resistió cuando su marido se acercó a ella en dos zancadas y la aplastó contra el espejo.

Con una de sus grandes manos le aferró el brazo y llevó la otra al rostro de ella, rodeándole la mandíbula con sus dedos.

—Creí que te marchabas a Londres esta noche —logró decir ella.

—Antes de marcharme, tenía que verte.

—Has visto la obra...

—Sí, la he visto. Vi el placer que te proporciona la actuación. Vi lo mucho que significa para ti y para todos los presentes en ese condenado lugar.

Confundida por su cólera, Julia meneó la cabeza.

Damon apretó los dedos en la mandíbula de ella lastimándola, casi.

—Tú elegirás esto, ¿no es así? —dijo él entre dientes—. No serás capaz de abandonarlo. Dime la verdad, Julia.

—Ahora no...

—Sí, ahora. Necesito oír las palabras de tus labios antes de marcharme.

—¿Cómo reaccionarías tú si yo te pidiera que lo sacrificaras todo por mí?

—¿Ésa es tu respuesta?

—Ni siquiera estoy segura de cuál sería la pregunta —exclamó ella, tratando de soltarse.

—Te quiero —musitó él.

—Pero sólo bajo tus propias condiciones.

—Sí, bajo mis condiciones. Quiero que lleves mi apellido, que vivas en mi casa, duermas en mi cama todas las noches. Quiero que seas mía sin límite... que cada parte de ti lo sea, cada pensamiento, cada palabra que pronuncies.

De súbito, cuando Julia sintió la boca de él sobre la suya, el calor de sus labios y su lengua que le arrebataba el aliento, sus forcejeos cesaron. Era como si él quisiera marcarla a fuego con su beso, grabar en ella su alma misma con la fuerza de su ardorosa pasión. Sus brazos, que la encerraban, eran duros. Con manos bruscas, aferró las curvas de su cuerpo e inclinó su cabeza sobre la de ella, obligándola a arquearse contra él. Ella no quería reaccionar, pero la locura surgió en ella haciéndola someterse con un sollozo de desesperación.

Ella llevó las manos a la nuca de él, entrelazó sus dedos en su cabello oscuro para aproximarlo más. De la garganta de Damon escapó un sonido apremiante y sus manos se ahuecaron en las nalgas de ella, levantándola y apretándola contra su cuerpo.

—Tú eres mía —dijo él, con la boca apoyada en el hueco de su garganta, raspando con dientes y barba crecida la piel suave de Julia—. Nunca estarás libre de mí, hagas lo que hagas.

Ella sólo oyó a medias sus palabras, mientras su cuerpo pugnaba desesperado por apretarse al de él, buscando ese placer que sólo él podía brindarle. Las palmas de Damon subieron hasta su corpiño, sujetaron los bordes de la tela y la separaron de modo que los lazos se soltaron. Le bajó la camisa y buscó los pechos de ella. Sus dedos cálidos se curvaron bajo el tierno peso de esos pechos y sus pulgares pasaron sobre los pezones. Julia jadeó y se ofreció a él, abriendo la boca bajo la de él, alzando sus pechos hacia las manos de Damon.

Él la empujó hasta la mesa del tocador y, bajando la cabeza hacia el pecho de ella, atrajo el turgente pezón con los labios hasta apoyarlo contra su lengua. Julia se aferró a él para conservar el equilibrio y retuvo el cuerpo tenso de él entre sus muslos, rodeando la cintura de Damon con sus brazos. Él pasó su atención al otro pecho, lamiendo y tironeando del sonrosado pico. Julia quedó atrapada entre el deseo y la negativa, aun sabiendo que esa intimidad que ella ansiaba con tanta desesperación sería su perdición final.

—Por favor, detente —dijo, entre ásperas bocanadas de aire que parecían salir a la fuerza de su garganta—. Por favor, no quiero esto.

Al principio, Damon no dio señales de oírla pues su atención estaba clavada en la madura promesa de su cuerpo, y su boca se desplazaba, ávida, sobre la piel de ella. Ella lo empujó una vez por el pecho y por la cabeza y, luego, otra vez con mayor fuerza hasta que el abrazo se quebró. Él la taladró con su mirada y sostuvo la cabeza de ella con sus manos.

—Me marcho a Londres —dijo él en voz turbia—; después volveré a buscarte.

—No...

—Nunca te dejaré ir. No te dejaré, hasta que puedas mirarme a los ojos y decirme que no me amas, que puedes pasar el resto de tu vida sin necesitar esto, sin desearme.

A ella le temblaron los labios pero no emitió ningún sonido.

Se oyó el chasquido de la puerta al abrirse; aunque

fue leve, sobresaltó a ambos. En la puerta estaba la doncella, Betsy, con una cesta de ropa.

—¡Oh! —exclamó la muchacha, y sus ojos se agrandaron al ver a la persona que visitaba a Julia.

Damon se colocó delante de Julia para ocultarla de la vista, mientras ella se arreglaba, con dedos torpes, los lazos del corpiño.

—Discúlpeme, señora Wentworth —murmuró la doncella, y desapareció al instante, cerrando firmemente la puerta tras de sí.

Julia enrojeció y prosiguió acomodando sus ropas bajo la intensa mirada de Damon.

—Por favor, no vuelvas a buscarme —dijo Julia, evitando la mirada de él—. No puedo verte durante un tiempo. Necesito tiempo para pensar.

—Tú quieres decir que necesitas tiempo para convencerte de que todo podría volver a ser como era antes de que nos conociéramos. No dará resultado, Julia. Tú nunca serás la misma... y yo tampoco.

—Tú me harás imposible actuar. No podré concentrarme en nada.

—Yo regresaré pronto —insistió él—, y entonces solucionaremos las cosas de una vez y para siempre.

Cuando Damon se marchó, Julia no se movió. Quedó apoyada en la mesa del tocador y exhaló un suspiro trémulo. Parecía que había perdido el recio control que había ejercido sobre su vida desde que abandonó su hogar. Pensó en los documentos que le había dado su padre: la llave de su libertad. ¿Ella tendría el valor de usarlos? Detestaba esa sensación de parálisis que la dominaba, pues el miedo de perder a Damon era casi tan grande como el de entregarse a él.

Se desvistió lentamente, dejando caer al suelo la ropa, que quedó amontonada.

—¿Señora Wentworth? —oyó la voz de Betsy, acompañada por un tímido golpe en la puerta.

—Sí, pasa.

El rostro de la doncella tenía manchas de rubor.

—Lamento haberla interrumpido antes, señora; yo no sabía...

—No hay ningún problema —dijo Julia, en voz calma—. Ayúdame a vestirme.

La doncella ayudó a Julia a vestirse, abotonando la fila de botones que había en la espalda del vestido de seda verde. Sujetó el cabello con firmeza en la coronilla de Julia, y luego ésta se lavó la cara y observó su reflejo en el espejo. Tenía los labios suaves e hinchados, las mejillas sonrosadas, y reveladoras marcas dejadas por la barba de él en el cuello. Julia acomodó con cuidado el alto cuello fruncido de su vestido de modo que cubriese las marcas. Se interrumpió al oír el murmullo de la voz de bajo de Logan Scott fuera del camarín.

—Señora Wentworth, quisiera hablar unas palabras con usted.

Julia indicó a la doncella que lo hiciera entrar. Logan también se había cambiado de ropa y se había lavado; la humedad que aún perduraba en su reluciente cabello le daba un tono de madera de cerezo.

Betsy recogió la ropa, dio las buenas noches y los dejó solos.

—¿Te sentiste conforme con la función de esta noche —preguntó Julia—, o has venido a criticarme?

Logan sonrió.

—Has sobrepasado todas las esperanzas que tenía cifradas en ti. Lograste que todos los integrantes del elenco se iluminaran con el reflejo de tu gloria, incluso yo mismo.

El generoso elogio era tan inesperado que Julia quedó desconcertada. Le dirigió una sonrisa insegura y se volvió como para arreglar los objetos que había sobre su tocador.

—Vi a lord Savage cuando venía a verte —comentó Logan—. A juzgar por su expresión, no tenía intenciones de felicitarte.

—No, no me felicitó.

Las manos de Julia seguían sobre la mesa del tocador y las yemas de sus dedos se apretaban sobre la lisa superficie hasta quedar blancas. Procuró no dar indicios de lo que había sucedido.

Logan la contempló, pensativo, y cabeceó con vigor, como si hubiese llegado a una decisión.

—Ven conmigo, Julia. Quiero hablarte de una idea en la que he estado pensando últimamente.

Ella giró hacia él sin poder ocultar su sorpresa.

—Es tarde.

—Yo te llevaré a la posada a medianoche —dijo él, y su ancha boca se curvó en una gran sonrisa—. Quiero hacerte una proposición que está relacionada con tu futuro.

Julia estaba intrigada.

—Dímelo.

—Cuando estemos a solas.

Logan la sujetó suavemente por el brazo y la sacó fuera del camarín.

—¿Adónde iremos? —preguntó ella, tomando su capa al tiempo que salían.

—Yo tengo una casa cerca del río.

Picada su curiosidad, Julia lo acompañó sin hacer más preguntas. No acertaba a comprender por qué motivo él permitiría que ella viese otra de sus residencias, como si la invitase a internarse un poco más en ese mundo privado que él custodiaba con tanto celo.

Después de haber sorteado a la multitud que aguardaba ante el teatro, hicieron un viaje en coche hasta llegar a una villa pequeña y elegante levantada en un terreno densamente boscoso. Al igual que la casa de Logan en Londres, estaba decorada en estilo italiano y su ambiente era lujoso pero sereno.

Sentada en la sala, con una copa de vino en la mano, Julia se relajó reclinándose en el respaldo tapizado de un sofá de estilo Imperio. Expectante, miró a Logan y vio que él jugueteaba, distraído, con objetos dispuestos con buen gusto sobre una mesa con tapa de mármol: un jarrón chino, una caja de malaquita, un reloj de mesa Luis XIV, de ébano. Él le dirigió una mirada de soslayo, como tratando de adivinar su estado de ánimo.

—Tengo la impresión de que te dispones a convencerme de algo —comentó Julia.

—Es cierto —confirmó él, con una franqueza que desarmaba—. Pero antes dime cómo están las cosas entre tú y lord Savage.

Julia fingió estar muy atareada quitando una minúscula partícula de corcho del interior de su copa. Por último, alzó la vista hacia él y le dirigió una sonrisa que revelaba incomodidad.

—¿Puedo saber por qué lo preguntas?

—Porque no quiero interferir en la relación entre vosotros... en vuestro matrimonio.

—No puede haber un verdadero matrimonio —replicó ella, en tono opaco y llano—. Para mí, es claro que los dos estaríamos mejor si pidiésemos una anulación. Por desgracia, lord Savage no está de acuerdo, y él tiende a ser un tanto prepotente cuando se trata de obtener lo que quiere.

—Y te quiere —dijo Logan, tranquilo.

—Quiere una esposa tradicional —replicó Julia, bebiendo un trago de vino—. Quiere que me convierta en lady Savage y que deje en el pasado hasta la última huella de Jessica Wentworth.

—Eso no sería posible. Y menos en una persona de tu talento.

—¡Ah!, si yo fuese un hombre... —dijo ella con amargura—. De ese modo, podría tenerlo todo: trabajo, familia y la libertad de decidir las cosas sin dar cuentas a nadie. Pero soy una mujer y haga lo que haga, seré desdichada.

—Quizá sí, por un tiempo. El dolor de perder algo o a alguien se desvanece con el tiempo.

Logan se mostraba tan pragmático, tan dueño de sí mismo como si su corazón estuviese revestido de acero. Julia no sabía bien si sentía envidia o consternación al percibir su frialdad.

—Tú habías dicho que tenías algo que proponerme.

Él se aproximó al sofá y se sentó en el otro extremo. Habló en tono animado, como si se refiriese a un negocio.

—En los próximos años, pienso hacer algunos cambios en el Capital.

—¿Ah, sí?

—Pienso transformar la compañía en el grupo de actores más famoso del mundo. Y necesito que tú formes parte de él.

—Me halaga que tengas a mi trabajo en tan alto concepto.

—Yo nunca engatuso a nadie, Julia; menos aun a una persona a quien respeto. A estas alturas, deberías entender que tú eres un bien importante para la compañía. Tengo la intención de que te conviertas en la piedra angular de su éxito. Estoy dispuesto a ofrecerte una participación en las ganancias del Capital para garantizar tu presencia.

La estupefacción enmudeció a Julia. Jamás había

sabido que Logan hiciera una oferta semejante a nadie.

—Haré lo que sea necesario para proteger la inversión que he hecho en ti —siguió diciendo él—, y para facilitar a una amiga una elección difícil.

Ella ladeó su cabeza mientras pensaba en lo que él había dicho, con el entrecejo crispado de perplejidad.

—Por lo que entiendo, estás ofreciéndome cierto tipo de... ¿sociedad comercial?

—Podrías describirlo de ese modo, aunque la sociedad abarcaría otras cosas, además del negocio.

¿Además del negocio? Julia lo miró con atención. No halló en su expresión nada de depredador, nada que diese a sus palabras una intención sexual. ¿Qué querría decir? No podía creer que estuviese teniendo este tipo de conversación con Logan, y por eso le lanzó una mirada interrogante.

—Creo que deberías explicármelo.

Logan tironeó, distraído, de un mechón de sus cabellos rojizos.

—Ya te he dicho, en otra ocasión, que yo no creo en el amor. Por el contrario, sí creo en la amistad, en esa clase de amistad que significa, entre otras cosas, respeto y honestidad. Jamás me casaría por amor aunque podría casarme por motivos prácticos.

—¿Casarte? —repitió ella, soltando una carcajada atónita—. ¿No estarás sugiriendo que tú y yo ...? ¡Es que yo jamás podría casarme con un hombre al que no amo!

—¿Por qué no? —preguntó él, sin alterarse—. Tendrías todos los beneficios del matrimonio: protección, compañerismo, intereses compartidos, y no estarías atada a ninguna de sus responsabilidades. Nada de falsas promesas, de vínculos emocionales, nada más que la seguridad que dos amigos pueden brindarse uno al otro.

Piénsalo, Julia. Entre los dos podríamos erigir una compañía de teatro diferente a todo lo que se ha visto en el mundo hasta ahora. Nosotros somos más similares de lo que tú crees, pues los dos vivimos al margen de la sociedad, que nos mira desde arriba mientras que, al mismo tiempo, necesita lo que nosotros tenemos para dar.

—¿Y para eso es necesario que nos casemos?

—Si ocupas el lugar de mi esposa, podrías acompañarme a los sucesos sociales de Londres, París y Roma. Podrías dedicar a la actuación todo el tiempo que se te diese la gana, elegir tú misma los papeles, adaptar obras para el teatro... No conozco a ninguna mujer que haya tenido semejante influencia en esta profesión.

—Lo último que hubiese esperado es recibir otra propuesta de matrimonio —dijo Julia, aturdida.

—Hay una diferencia fundamental. Savage quiere casarse contigo para tenerte en exclusividad. Yo te ofrezco matrimonio para que los dos tengamos éxito, tanto en lo económico como en lo artístico.

Agitada, Julia acabó su vino y dejó la copa. Se puso de pie y echó a andar por la habitación alisando una y otra vez las largas mangas de su vestido verde.

—¿Y cómo sería el tema de... dormir juntos? —preguntó, sin mirarlo—. ¿Eso formaría parte del acuerdo?

—Si la idea llegara a ser agradable para ambos, no veo por qué no. De todos modos, hasta esa instancia, cada uno atendería a sus propios intereses. Yo no quiero apropiarme de ti, Julia. No quiero tener derechos sobre ti, ni que tú tengas ninguno sobre mí.

Julia trató de salir de su asombro y, volviéndose, miró a Logan de frente. Él estaba en el sofá, con el aire de quien se encuentra por entero a sus anchas, como si la hubiese invitado a tomar el té y no le hubiese hecho una propuesta de matrimonio.

—¿Por qué yo? —preguntó Julia, directamente—. Hay muchas mujeres con quienes podrías casarte, por ejemplo, la hija de una familia noble que recibiría con beneplácito a un hombre de tus recursos.

—No quiero a una señorita que se pegue a mí como una lapa o que tenga aspiraciones sociales. Quiero a alguien con quien pueda compartir mis metas. Como actriz, tú tienes el potencial más grande que yo haya visto. Como persona, da la casualidad de que me agradas. Estoy convencido de que podríamos llevarnos bien —dijo, enfocando sus intensos ojos azules en el rostro pálido de ella—. Más aun —agregó él con suavidad—, esto resolvería tu conflicto, ¿no lo crees? Si te convirtieses en mi esposa, Savage no volvería a molestarte más.

Julia le devolvió la mirada y, al hacerlo, no vio unos ojos azules sino otros grises con reflejos de plata. Llenó su mente la voz de Damon: «Tú eres mía. Nunca estarás libre de mí, hagas lo que hagas».

Éste era el único modo seguro de terminar con la amenaza que Damon había planteado a su independencia y a su carrera. Si ella no aceptaba la protección de Logan sabía, con absoluta convicción, que no sería capaz de resistirse a la insistente pasión de Damon. Ella se dejaría seducir, persuadir, convencer y luego tendría una vida entera para arrepentirse. Si bien amaba a Damon, no podía transformarse en la mujer que él quería.

Estaba llena de dudas y, en medio del pantano de contradicciones en que se debatía, no veía ninguna otra alternativa. Cuando habló, su voz sonaba débil y un tanto lejana.

—Yo... yo tendré que ocuparme de ciertas cosas, primero.

—Por supuesto —respondió él, con un brillo de satisfacción en sus ojos—. ¿Cuándo quieres que sea la boda?

—Lo más pronto posible —dijo Julia, envarada—. Me gustaría terminar con esto ahora mismo.

Logan se acercó a ella con la preocupación marcada en sus facciones de tosco atractivo, suavizándolas.

Julia, si quieres cambiar de idea...

—No —lo interrumpió ella, cuadrando los hombros—. Ésta es la decisión correcta.

—Estoy de acuerdo —dijo él, tomándola por los antebrazos y oprimiéndola con suavidad—. Comprobarás que soy un buen amigo, Julia. Me conservo bien con el tiempo.

Ella asintió y sonrió, aunque tenía una pesada sensación interna, como si tuviese alojado en el pecho un bloque de granito.

A la mañana siguiente, en la posada de Bath, Julia recibió una nota de su antigua amiga y profesora, la señora Florence. La anciana actriz había llegado a la ciudad por motivos de salud y en busca de entretenimiento social; desbordaba elogios por la actuación de Julia en *Señora Engaño*. La señora Florence la invitaba a encontrarse con ella en los baños a esa hora de la mañana en que se dejaba ver la gente elegante; Julia no titubeó en aceptar. Habían transcurrido varios meses desde la última vez que ella visitara a la anciana en Londres a pesar de que vivían en la misma calle. El tiempo pasaba con excesiva rapidez y a Julia le remordía la culpa por no haberse empeñado en ir a ver a su amiga.

Cuando Julia llegó a los baños, le alegró ver que la señora Florence estaba tan animada como siempre y que llevaba su descolorido cabello rojizo peinado en un elegante rodete en la coronilla y que su rostro reflejaba una aguda inteligencia. Exhibía elegantemente su edad, como una estatua de mármol a la que el paso del tiempo hubiese desgastado y suavizado con delicadeza. Sentada ante una pequeña mesa, con un vaso de agua mineral junto a ella, la señora Florence escuchaba la música de un cuarteto de cuerdas. En cuanto vio a Julia, sus ojos se iluminaron.

—Señora Florence — exclamó Julia, demostrando la sincera alegría que sentía al verla.

Parecía obra de la Providencia que su profesora hubiese ido a Bath en el preciso momento en que ella la necesitaba. Se sentó en la silla que estaba junto a ella y tomó entre las suyas las manos de la anciana, surcadas de finas arrugas. Los dedos de la señora Florence estaban adornados con una variedad de joyas importantes; un fino hilo de perlas y granates le rodeaba la muñeca.

—Tiene usted un aspecto maravilloso, como siempre.

—Pasó mucho tiempo desde la última vez que fuiste a visitarme —dijo la señora Florence, regañándola amistosamente—. Entonces, llegué a la conclusión de que tendría que venir a Bath si quería verte.

Julia empezó a derramar disculpas y explicaciones y le dirigió una sonrisa avergonzada.

—He estado muy atareada. No puede usted imaginarse...

—¡Oh!, sí; creo que puedo —la interrumpió con sequedad la señora Florence—. No soy tan vieja como para no poder recordar las exigencias que enfrenta una actriz popular —replicó, mirando a Julia con cariño—. Podrías quitarte el velo, niña. Yo soy capaz de mantener a raya a los admiradores y a los curiosos.

Julia la obedeció, levantando el velo que pendía de su pequeño sombrero, percibiendo la repentina oleada de interés que recorría el salón y las miradas que se fijaban en ella. Un par de mujeres regordetas, de expresiones excitadas, se levantaron de inmediato para aproximarse a la mesa. La señora Florence, con aire experto, levantó el bastón que había estado enganchado en el respaldo de su silla y lo blandió como si fuese a golpear con él a esas mujeres, para alejarlas.

—En otra ocasión —les dijo con firmeza—. Mi joven amiga y yo queremos conversar en privado.

Acobardadas, las mujeres retrocedieron y se quejaron por lo bajo, mientras Julia admirada, contenía la risa.

—Es usted una tigresa, señora Florence.

La anciana hizo un gesto como desechando el elogio.

—Yo bendije el día en que por fin pude ser grosera con la gente y me perdonaran a causa de mi edad —dijo, devolviéndole la sonrisa a Julia—. A medida que maduras, vas convirtiéndote en una espléndida actriz, Jessica. Me sentí muy complacida y orgullosa anoche, cuando te vi en el escenario y pensé que tal vez yo haya contribuido un poco a tu éxito.

—Yo le debo todo a usted, a su consejo y a su orientación, y al modo en que me alentó para que me uniese a los actores del Capital.

—Parecería que has logrado todo lo que soñabas —comentó la señora Florence con una expresión un tanto dubitativa—. ¿Por qué, entonces, no pareces feliz, querida?

Julia comprendió con amargura que su amiga la conocía demasiado bien como para dejarse engañar por una ficción. Se reclinó en el respaldo de su silla y suspiró.

—¿Recuerda aquella conversación que tuvimos hace años, cuando usted me dijo que no se había casado con el hombre que amaba porque él quería que usted abandonase el teatro? Usted me dijo que quizá yo enfrentase algún día el mismo dilema, y yo no le creía.

—Y ese día llegó —dijo la señora Florence, y en sus ojos brilló, de inmediato, la comprensión—. No me produce la menor satisfacción comprobar que tenía razón, Jessica. Yo no quería que esto te sucediese; se trata de un dolor muy peculiar, ¿no es verdad?

Julia asintió; de repente, sintió que no podía hablar. Una insoportable opresión le pesaba en el pecho y le cerraba la garganta.

—Supongo que él te ha propuesto matrimonio —dijo la señora Florence—. ¿Qué le respondiste?

—Yo... he roto nuestra relación. Y, entonces, anoche, he recibido una propuesta de otro hombre: del señor Scott.

En el rostro de la anciana apareció una expresión intrigada.

—¿Está él enamorado de ti?

—No, nada de eso. Él lo ha descrito como un matrimonio de conveniencia.

—¡Ah!, ya comprendo —dijo la señora Florence riendo suavemente—. La ambición de tu señor Scott no conoce límites, ¿no es verdad? Si tú abandonases el Capital, dejarías un vacío muy difícil de llenar. En cambio, si te convirtieras en su esposa, él podría transformar a su compañía teatral en algo extraordinario, y está dispuesto a casarse contigo para poder lograrlo. La pregunta sería si tú estás dispuesta a sacrificar al otro hombre, el que tú amas, por el bien de tu profesión.

—Usted lo ha hecho —puntualizó Julia.

La señora Florence se apretó la nariz y bebió un sorbo de la amarga agua mineral.

—También te he dicho que había lamentado esa decisión —le dijo, secándose los labios con un pañuelo de encaje.

—Si usted pudiera hacer de nuevo esa elección...

—No —interrumpió con delicadeza la señora Florence—. Una vez que la decisión ha sido hecha, es inútil mirar hacia atrás. Sigue avanzando en la dirección que hayas elegido, cualquiera sea, y convéncete de que es la mejor elección de tu vida.

Julia le dirigió una mirada suplicante.

—Si usted pudiese aconsejarme como lo ha hecho con tanta frecuencia...

—Te daré todos los consejos sobre actuación que puedas necesitar, pero ninguno sobre tu vida personal. No puedo tomar esa decisión por ti. Y no me agrada pensar en lo que yo podría haber hecho de forma diferente. El pasado no puede modificarse.

Julia hizo una mueca; en ese instante comprendió hasta qué punto había abrigado la esperanza de que la señora Florence le dijera qué debía hacer.

—Hay una sola cosa de la que estoy segura —dijo, enfurruñada—. Estaría más segura si siguiera lo que me indica la cabeza que lo que me dice el corazón.

—Desde luego —dijo la anciana, observándola con una mezcla de humor y simpatía—. Y tenemos que sentirnos seguras cueste lo que cueste, ¿no es así?

William entró en la sala de su apartamento de St. James poco después de que su mayordomo hubiese hecho entrar a lady Ashton. No le sorprendió que Pauline hubiese ido a visitarlo a una hora tan avanzada de la noche. En cuanto hubo regresado a Londres, William hizo saber en los círculos sociales apropiados, que permanecería en su residencia de la ciudad durante cierto tiempo. Por añadidura, había dejado caer poco sutiles insinuaciones de que tenía urgente necesidad de compañía femenina. Pauline, como una mosca atraída por la miel, no había perdido tiempo en caer sobre él.

Pauline estaba de pie ante la ventana, exhibiendo su

silueta con pose de experta. Con un movimiento que tenía bien ensayado, giró hacia él con el atisbo de una sonrisa en sus labios rojos. Estaba arrebatadoramente bella, con un vestido de terciopelo borgoña que se fundía, creando una suntuosa armonía, con los masculinos colores de esa sala. El corpiño tenía un escote muy profundo y dejaba ver sus blancos y tersos pechos un par de centímetros más de lo que indicaba el buen gusto. El efecto era estimulante, por decirlo con discreción.

—Lady Ashton, qué sorpresa —murmuró William, cruzando la habitación en dirección a ella, que le tendía sus manos.

—Lord William —ronroneó ella, rodeando los dedos de él con los suyos—. Tenía que verlo de inmediato. Espero que no le moleste. Me siento muy desasosegada.

Él la miró a la cara, con expresión preocupada.

—¿Qué sucede, lady Ashton?

De la manera más súbita, apareció un brillo húmedo en los ojos oscuros de la mujer.

—Llámame Pauline. Estoy segura de que puedes hacerlo; hace mucho que nos conocemos.

—Pauline —repitió él, obediente—. ¿Quiere sentarse, por favor?

Ella le soltó las manos a desgana y fue hasta el sofá, extendiendo su falda sobre el tapizado de damasco.

—¿Quiere beber algo? —le ofreció William.

Ella afirmó con la cabeza, y él fue a servir un poco de vino para los dos y se sentó en el otro extremo del sofá. Pauline sostenía la copa entre sus largos dedos, jugueteando con ella, recorriendo con delicadeza el pie y el borde.

—Espero no haber interferido en tus planes para la velada —dijo ella, mirándolo fija e intensamente.

—No ha interferido en nada —aseguró él.

—Pareces solitario, pobre muchacho —dijo ella, bajando la voz hasta convertirla en un susurro gutural—. Da la casualidad de que yo también me encuentro sola.

Apoyó su cabeza en el hombro de él, haciéndolo removerse, incómodo.

—Lady Ashton... Pauline... por favor, no crea que me cae mal. Pero sucede que, para una persona suspicaz, esta situación podría parecer comprometedora. Yo debo cierto grado de lealtad a mi hermano...

—Precisamente, tu hermano es la causa de mi desasosiego —interrumpió ella, alisando la tela de la chaqueta de William, para luego apoyar su mejilla en el hombro de él—. No soporto oír hablar de lo que se le debe a él mientras que él, por su parte, está convencido de que no me debe a mí. No tengo a quién confiar mis sentimientos más profundos, como no seas tú. No serás tan desalmado como para rechazarme, ¿no es así?

Incómodo, William se retorció.

—Yo no puedo inmiscuirme en la relación entre usted y Damon...

—Yo no quiero que te inmiscuyas —replicó ella, mientras con su mano iniciaba una lenta caricia por el pecho del muchacho—. Lo único que quiero es que seas mi amigo. ¿Eso es mucho pedir, William? En los últimos tiempos, tu hermano no ha sido muy bondadoso conmigo. ¿Puedes imaginar qué significa eso para una mujer en mi situación? Yo necesito compañía.

—No dudo de que podría obtenerla de algún otro que no fuese yo.

—Nadie puede ofrecerme lo mismo que tú, William.

—Pero, mi hermano...

—De momento, Damon no está. A él no le importa lo que yo haga en su ausencia, en tanto esté disponible cuando él me requiera. Y él no me ha reclamado, tú lo sabes. Vamos, William, tú eres un hombre de mundo. No hay nada de malo en que dos amigos pasen un tiempo juntos a solas.

Antes de que él pudiera responder, ella se inclinó sobre él y aplastó sus rojos labios en los de él. Sus manos pequeñas treparon, ávidas, por el cuerpo de él y su exótico perfume lo rodeó en una especie de nube invisible.

—¡Pauline! —gritó él, encogiéndose cuando ella exploró entre sus muslos, apretándolo con sus dedos.

—Está bien —musitó ella, apoyando su cuerpo sobre el de él—. No se lo diremos a nadie. ¿Nunca has imaginado cómo sería estar conmigo, William? Yo te brindaré un placer que va más allá de lo que puedas soñar. No te aflijas por tu hermano. Debes de estar celoso de él pues cualquiera, en tu situación, lo estaría. Él es el primogénito y tiene todo el dinero y la influencia. Tú mereces probar un poco de lo que él tiene, y yo voy a dártelo —dijo y, mientras lo decía, aferró la mano de él con movimiento agresivo y la llevó a su pecho—. Sí, tócame —ronroneó—. Tócame por todas partes, llévame a tu dormitorio... ¡oh!, William.

Mientras ella se retorcía alrededor del joven, una sombra cruzó el rostro de Pauline y le hizo levantar apenas sus espesas pestañas. De repente, abrió completamente los ojos y palideció de asombro al ver a Damon de pie ante ellos. La mirada de él era fría y su expresión dura como el mármol.

Hubo un momento de explosiva tensión, hasta que Pauline empujó a William, alejándolo con gesto decidido. Tiró de su corpiño en un inútil esfuerzo por cubrir sus generosos pechos. Volvió su mirada hacia Damon y habló con voz temblorosa.

—Lamento que hayas tenido que presenciar esto, querido. Debe de ser doloroso para ti ver que tu hermano estaba tratando de aprovecharse de mí.

En los labios de Damon apareció una sonrisa cínica.

—Lo he oído todo, Pauline.

William se levantó del sofá de un salto y se acomodó la corbata y la chaqueta, exhibiendo ante el mundo un aire de virgen ofendida.

—Estaba preguntándome cuánto tiempo te ibas a demorar —dijo el menor, mirando a su hermano con torvo ceño.

—¿Tú planeaste esto? —preguntó Pauline, con furia creciente, mirando ora a un hermano, ora al otro—. ¿Habéis conspirado para tenderme una trampa? —dijo, enfrentando a Damon con los puños apretados. Su cara se cubrió de un sonrojo de ira—. ¡No tenéis decencia! ¡No permitiré que me manipules ni me engañes, canalla!

Ante eso, Damon estalló en estruendosas carcajadas.

—¿Tú no permitirás que te manipule?

—Así es. Eso me lo debes, por todos los meses que hemos pasado juntos, por el uso que has hecho de mi cuerpo y por el modo en que me has inducido a engaño...

—Te he pagado por el uso de tu cuerpo; debo decirte que estaba sobrevaluado —dijo Damon, y en sus ojos aún perduraba un brillo de hilaridad—. En cuanto a que hayas sido inducida a engaño, tendrás que explicármelo puesto que no me queda claro.

—¡Me has hecho creer que te harías responsable por este niño!

—No hay tal niño, y no porque no lo hayas intentado.

—Lo hacía por nosotros —repuso ella con vehemencia—. Tú sabes que haríamos un buen matrimonio, Damon. Tú sabes que yo soy la mejor mujer que tendrías jamás y que somos el uno para el otro...

—Y yo sé que tú has planeado imponerme el bastardo de mi hermano —replicó Damon sin alzar su voz—.

Ése hubiese sido un golpe maestro, Pauline, si bien no es halagador para William ni para mí.

—Hubiese podido tener éxito. Pero no calculé que él estuviese tan supeditado a ti —dijo ella, echando a William una mirada despectiva—. No tienes voluntad propia, ¿eh? —le dijo con odio—. Pasarás toda la vida a la sombra de tu hermano mayor...

—Ya está bien —dijo William, adelantándose para tomarla por el brazo—. Que me condenen si permito que me insulten en mi propia casa.

La condujo fuera de la habitación, mientras ella escupía y siseaba como una gata enfurecida.

Cuando William regresó, tenía el aspecto exhausto de quien ha sido acosado, y se veía la nítida marca de una bofetada en su mejilla derecha.

—¿Se ha marchado?

—Sí, pero antes me ha dejado un regalo de despedida —respondió William, frotándose la mejilla con expresión reflexiva—. Dios mío, debe de ser una tigresa en la cama. Es un milagro que no te haya comido vivo. Tú eres un hombre superior a mí, hermano: yo prefiero a las mujeres un poco más complacientes que ésta.

—Gracias a Dios, por fin me he librado de ella —dijo Damon, dejándose caer en una silla y estirando las piernas.

William sonrió al descubrir la fatiga y el alivio en el semblante de su hermano. Fue hasta el aparador y sirvió dos coñacs.

—Supongo que irás a decírselo a Julia de inmediato.

—Sí, aunque eso no va a resolver el problema que hay entre nosotros.

—¿Qué otro problema podría haber ahora?

Ceñudo, Damon aceptó la bebida que William le ofrecía.

—La última vez que vi a nuestro padre, él me dijo que no existía ninguna mujer lo suficientemente recta para complacerme: tenía razón. Le he dicho a Julia, con toda claridad, que quiero que desempeñe otro papel: el de esposa correcta, dependiente y devota, que sólo viva para complacer mis necesidades.

—No veo qué hay de malo en ello.

Damon sacudió la cabeza y gimió por lo bajo.

—Julia no se parece a ninguna otra mujer que yo haya conocido. Lamentablemente, lo mismo que la hace única constituye un obstáculo para un matrimonio apacible entre nosotros.

—Tú quieres que deje el teatro para siempre —afirmó William, más que preguntar.

—No se me ocurre que pueda ser de otro modo. Dios es testigo de que no podría vivir sabiendo que mi esposa se exhibe sobre un escenario ante miles de personas. He tratado de imaginármelo... —Damon se interrumpió y se frotó las sienes—. Pero no puedo —dijo, en tono quejoso—. Y tampoco puedo dejar de desearla.

—Quizás ese deseo se desvanezca a su debido tiempo —dijo William, esforzándose por ser diplomático—. Hay otras mujeres en el mundo, y algunas de ellas son tan bellas y talentosas como Julia, y se abalanzarían sobre la oportunidad de sacrificar cualquier cosa que fuese necesario con tal de casarse con el futuro duque de Leeds.

—No quiero a ninguna otra.

—Tú y tus mujeres —dijo William, meneando la cabeza y sonriendo—. Siempre eliges a las más complicadas. Gracias a Dios, yo soy un hombre de gustos simples. Te aseguro que mis camareras de bar y mis mujeres ligeras de cascos nunca me provocarán problemas como los que tú has estado sufriendo.

Damon fue a su casa de Londres con la intención de viajar a Bath a la mañana siguiente después de una buena noche de descanso. Pero lo despertaron, antes del alba, los insistentes golpes de su mayordomo que siguió aporreando la puerta del dormitorio hasta que él se incorporó en la cama.

—¿Qué sucede? —refunfuñó.

La puerta se entreabrió apenas.

—Le ruego me disculpe, milord, pero ha venido uno de los lacayos de Warwickshire con una carta para usted. Es un asunto de cierta urgencia; yo supuse que usted querría saberlo de inmediato.

Damon sacudió la cabeza para despejar la niebla que velaba su cerebro.

—¿Saber qué cosa?

El mayordomo entró en la habitación llevando consigo una lámpara de aceite que apoyó sobre la mesilla de noche y entregó a Damon un sobre sellado.

La luz amarillenta hizo parpadear a Damon, que rompió el sello de lacre y leyó rápidamente la carta. La había escrito el médico que atendía a su padre.

—Maldición —dijo por lo bajo y, para su sorpresa, vio que el pergamino le temblaba en las manos.

El mayordomo apartó la mirada pero su rostro siguió expresando una serena comprensión.

—¿Quiere que informe a su hermano, Su Gracia?

Tras una semana de funciones de *Señora Engaño*, recibidas con fervoroso entusiasmo, el éxito de la obra fue divulgado por toda Inglaterra. Desde Bristol hasta York, los teatros reclamaban que se los incluyese en la lista de destinos que tocaría la compañía teatral del Capital en su gira. Los críticos habían comenzado a calificar al personaje de Christine como uno de los papeles a los que Jessica Wentworth le había puesto su marca, y que sólo ella podría interpretar con tal perfección.

A Julia le parecía irónico que ese éxito con el que había soñado no le diese ni un poco de esa plenitud que ella había esperado. Sólo se sentía viva en el resplandor de las candilejas; en cambio, todos los momentos lejos de las tablas se le antojaban chatos y carentes de vida. Ahora comprendía qué era lo que sentía Logan con respecto al teatro. Como ella había sacrificado todo lo que tenía valor en su vida, lo único que le quedaba eran las ilusiones vividas en el escenario.

Logan le había ofrecido dar una gran fiesta de bodas, pero esa posibilidad incomodaba a Julia. Le pidió que en cambio organizara una ceremonia íntima y que mantuviese en secreto las intenciones de ambos. Ella todavía no estaba preparada como para dar explicaciones ni para enfrentar la sorpresa de amigos y familiares cuando se enterasen de que había decidido casarse con Logan. Como él no era ningún sentimental, no había tenido inconvenientes en acceder. Entre tanto, Julia había consultado a un abogado quien le confirmó lo que su padre le había dicho. En cualquier momento a partir de entonces, Damon recibiría una carta en la que se le solicitaría la devolución de la dote de Julia.

Después de haber terminado una de las últimas funciones de la obra en Bath, Julia estaba sentada en su camarín, quitándose el maquillaje y el sudor de la cara. Se contemplaba, sin entusiasmo, en el espejo pensando cómo hacer para disipar el entumecimiento que sentía por dentro.

—¡Jessica! —dijo Arlyss, irrumpiendo en el camarín sin anuncio previo, con el rostro resplandeciente de excitación—. Tenía que verte enseguida. Tú serás la primera en saberlo.

Con desganada sonrisa, Julia giró hacia ella. —¿La primera en saber qué cosa?

La sonrisa de Arlyss se tornó tímida; extendió la mano:

—Michael acaba de darme esto.

Todavía sentada, Julia se inclinó hacia ella y miró el dedo medio de Arlyss, donde brillaba un pequeño diamante engarzado en una fina sortija de oro.

—¡Oh!, caramba —exhaló, y levantó la vista hacia el semblante de su amiga—. ¿Acaso esto significa que...?

—¡Sí! —respondió Arlyss, radiante.

—Es demasiado apresurado, ¿no crees?

—Quizá parezca así a los demás, pero a mí no. Michael es el único hombre que me amará así alguna vez, y yo también lo amo del mismo modo —afirmó Arlyss, contemplando orgullosa el anillo y moviendo la mano para hacerlo brillar—. ¿No es bonito?

—Es hermoso —confirmó Julia.

—También me regaló esto —dijo Arlyss, mostrándole la mitad de una moneda de plata—. En la familia Fiske existe la tradición de romper una moneda cuando se compromete una pareja. Michael tiene la otra mitad. ¿No te parece romántico?

Julia recibió la moneda de manos de su amiga y la observó de cerca con la boca curvada en una sonrisa agridulce.

—Eres muy afortunada, Arlyss. Es poco común poder casarse con alguien que una ama.

Al ver la nostalgia en el semblante de Julia, Arlyss apoyó una cadera en la mesa del tocador y echó a su amiga una mirada perspicaz.

—¿Qué sucede, Jessica? ¿Tienes problemas con tu amante? ¿Se trata de lord Savage?

—Él no es mi amante. Ya no lo es más. Yo he... —Julia vaciló y prosiguió, eligiendo con cuidado las palabras—. Me he ocupado de que la relación se acabe.

—No entiendo por qué. Él es apuesto, rico, y tengo la impresión de que es un caballero...

—He llegado a la conclusión de que no tengo futuro con él.

—Aun cuando eso fuese cierto, ¿por qué no podrías disfrutar con la aventura mientras dure?

—Porque voy a... Julia se interrumpió de golpe, consciente de que sería sobremanera imprudente confiarle cualquier cosa a Arlyss, si quería guardar el secreto.

Sin embargo, sentía el impulso de decírselo a alguien. Las palabras no pronunciadas le quemaban los labios.

—¿De qué se trata? —preguntó Arlyss, frunciendo el entrecejo, preocupada—. Puedes decírmelo, Jessica.

Julia bajó la cabeza y fijó la vista en el regazo.

—Voy a casarme con el señor Scott.

Los ojos de Arlyss se agrandaron de sorpresa.

—No puedo creerlo. ¿Por qué diantres ibas a hacer algo como eso?

A modo de respuesta, Julia no pudo hacer otra cosa que alzarse de hombros, contrita.

—Tú no lo amas —siguió diciendo Arlyss—. Cualquiera puede darse cuenta de eso. ¿Lo haces en bien de tu carrera?

—No, es que... sencillamente, me parece la mejor alternativa.

—Estás cometiendo un error —dijo Arlyss, convencida—. Tú no eres para el señor Scott. ¿Cuándo piensas casarte con él?

—Pasado mañana.

—Gracias a Dios, todavía estás a tiempo de cancelarlo.

Por alguna razón, Julia había creído que cuando contara a su amiga la decisión que había adoptado, quizá se aliviaría la depresión y la pesadez que sentía en su interior. Pero sus esperanzas se desvanecieron rápidamente al comprobar que ni toda la simpatía ni todas las bien intencionadas objeciones del mundo bastarían para cambiar la situación.

—No puedo hacer eso —dijo en voz queda y devolvió a Arlyss la media moneda de plata.

Tomó un paño mojado y se limpió con él las mejillas, borrando los últimos restos de maquillaje.

Arlyss contemplaba a Julia y, mientras tanto, su mente ágil pasaba de una especulación a otra.

—¡Oh!, Jessica, no estarás embarazada, ¿verdad?

Julia negó con la cabeza, sintiendo que se le estrechaba la garganta como para impedir el paso de una oleada de emoción.

—No, nada de eso. Sucede que no puedo tener al hombre que quiero y las razones son demasiado numerosas para explicarlas. Y, si mi vida con él es imposible, bien puedo casarme con el señor Scott.

—¡Pe... pero... —barbotó Arlyss— tú eres la que siempre está diciéndome que elija a un hombre por amor y no por otro motivo! ¡Tú me has dicho...!

—Hablaba muy en serio —dijo Julia en voz un poco ronca—. Pero, por desgracia, hay ciertos sueños que no son posibles para todos.

—Quizás haya algo que yo pueda hacer para ayudarte.

Julia se estiró para tocar la mano de su amiga, le sonrió con cariño y sus ojos despidieron un súbito brillo.

—No —murmuró—. De todos modos, gracias, Arlyss. Eres una amiga de verdad y me siento dichosa por ti.

Arlyss no respondió, pero la expresión preocupada perduró en su rostro.

El funeral del duque de Leeds tenía un aire irreal; sólo habían asistido algunos escasos parientes y amigos íntimos. A Damon le costaba comprender que, por fin, su padre había entrado en el reposo eterno, de que no habría más discusiones interminables ni, tampoco, las frustraciones y la diversión que su padre le había proporcionado durante años. Al echar una mirada al rostro tenso de su hermano, él supo que William sentía la misma mezcla de tristeza y perplejidad.

El ataúd fue bajado al frío suelo otoñal, las paladas de tierra cayeron sobre la pulida superficie de madera y los que habían acompañado el féretro emprendieron el regreso al castillo para tener un refrigerio. Damon y William cerraban la marcha a paso lento, y sus largas piernas mantenían el mismo ritmo lánguido.

Una ráfaga de viento agitó los cabellos de Damon y refrescó su rostro, mientras él contemplaba el paisaje gris verdoso que había a su alrededor. El aspecto familiar del castillo, sereno y resistente como siempre, lo reconfortó, y sintió un arrebato de orgullo al pensar que, gracias a sus esfuerzos la familia había conservado la propiedad. Frederick había estado a punto de perder todas las posesiones de los Savage. Aun así, a pesar de las actitudes egoístas y caprichosas del duque, su deceso no producía la menor satisfacción. Damon sabía que iba a echar de menos a su padre; más aun, ya lo echaba de menos.

—Nuestro padre lo ha pasado de maravillas, ¿no? —murmuró William—. Ha hecho lo que se le ha antojado sin pararse a pensar en las consecuencias. Si no logra ir al Cielo, apuesto a que se las ingeniará para tentar al viejo Lucifer y convencerlo de jugar una gran partida de naipes.

Damon sonrió casi al evocar la imagen.

—Yo soy muy semejante a él —siguió diciendo William, sombrío—. Yo acabaré exactamente igual que él, solo, relatando mis juergas y tratando de pellizcar a las criadas que pasen cerca.

—No será así —le aseguró Damon—. Yo no permitiré que suceda eso.

William exhaló un profundo suspiro.

—Hasta el momento, es bastante poco lo que has podido hacer para impedírmelo. Yo tengo que asumir mi destino en la vida, Damon. Debo hacer algo, aparte de perseguir faldas y derrochar mi asignación en bebidas, ropa y caballos.

—Tú no eres el único que debe cambiar.

Al percibir el tono lúgubre de Damon, William, sorprendido, se volvió hacia él.

—No estarás refiriéndote a ti mismo, ¿verdad? —dijo—. Tú eres concienzudo, responsable. No tienes malos hábitos...

—Soy dominante como el demonio. Siempre obligo a todos a que se ajusten a los moldes que yo he destinado a cada uno.

—Yo siempre había considerado como cierto que eso formaba parte del papel de hijo mayor. Para algunas personas, es una virtud.

—Julia no es una de esas personas.

—Bueno, pero sucede que ella no es una mujer común, ¿no es cierto? —dijo William, echando un vistazo al castillo que se erguía ante ellos, sus dignos contornos y los grandes arcos de piedra sobre los cuales el lago proyectaba reflejos plateados—. ¿Puedes imaginarla viviendo lejos de las diversiones de Londres?

A decir verdad, Damon sí podía. No era difícil imaginar a Julia cabalgando junto a él entre las colinas y los bosques que rodeaban la propiedad, con su cabello rubio revuelto por el viento o desempeñándose como anfitriona en una fiesta en el gran salón, con su esbelta figura iluminada por las luces de los grandes candelabros, o abrazada a él en el enorme lecho que había en la habitación que miraba al este o despertando juntos al salir el sol.

Cuando entraron en el castillo, la mente de Damon aún estaba llena de imágenes de Julia. Pasaron junto al grupo de sirvientes que pululaba por la sala, atravesaron el comedor y enfilaron hacia la biblioteca, donde los aguardaba el señor Archibald Lane. Lane era el abogado a quien Damon había empleado hacía años ya, para que lo ayudase a revisar sus asuntos. Si bien Lane tenía unos modales y una apariencia un tanto reservados, tenía una aguda inteligencia. Era un poco mayor que Damon, aunque su cabello era escaso y sus gafas le daban un aire de tranquila madurez.

—Milord... quiero decir, Su Gracia... —murmuró Lane al tiempo que estrechaba la mano de Damon—. Espero que esté usted bien, es decir, lo mejor posible, dadas las circunstancias.

Damon hizo un gesto afirmativo y ofreció una copa al letrado, pero éste la rechazó.

—Debo suponer que no hay sorpresas en el testamento de mi padre —comentó Damon, indicando con la cabeza el pulcro fajo de papeles que había sobre el escritorio cerca de ellos.

—Nada que parezca estar fuera de lo corriente, Su Gracia. Sin embargo, antes de que nos aboquemos a eso, hay un asunto que... — se interrumpió, y una expresión de inquietud apareció en el rostro delgado de Lane—. Hace poco tiempo he recibido copia de una carta que se refiere a las cuestiones relacionadas con la señora Wentworth y con las circunstancias de su... bueno, matrimonio.

Damon lo miró en actitud alerta.

—Al parecer, esa unión no ha tenido nunca valor legal —prosiguió diciendo el abogado—. Deberá considerarse como un compromiso conyugal que jamás ha sido consumado. En tal sentido, lord Hargate ha solicitado la devolución de la dote que han recibido los Savage.

Damon sacudió la cabeza tratando de comprender qué decía Lane.

—Según Hargate, su hija Julia considera que tanto ella como usted están libres de cualquier obligación, de ahora en adelante.

—Tengo que hablar con ella —se oyó murmurar el propio Damon. Julia quería acabar con toda esperanza de cualquier relación posible entre ellos, y él tenía que convencerla de lo contrario—. Maldición; ella es mi esposa.

Si bien él sabía que eso, en realidad, no era cierto, no podía verla bajo ninguna otra luz. Él la amaba, la necesitaba.

—Su Gracia —dijo el abogado—, usted no tiene esposa. De acuerdo con la definición legal, nunca la ha tenido.

«Usted no tiene esposa.» Damon sintió que las palabras resonaban en sus oídos bajas y, al mismo tiempo, con aturdidora intensidad. «Usted no tiene esposa.»

En ese momento, a William se le ocurrió intervenir.

—Damon, tal vez éste sea el modo en que el destino te dice que comiences de nuevo. Padre ya no está; ahora, eres un hombre libre. No existe ningún motivo para que no comiences a disfrutar ciertas cosas de la vida que siempre te habías negado a ti mismo.

—Después de tanto tiempo... —dijo Damon—. Después de tantos años que pasé tratando de hallarla, ella corre a buscar al primer abogado que encuentre y envía una carta como ésta. Dios mío, cuando la alcance...

—Deberías dar las gracias a Julia —interrumpió William—. En mi opinión, ella ha hecho la única cosa sensata que podía hacer. Es evidente que no son el uno para el otro; ella es lo bastante prudente como para saberlo...

Su voz fue apagándose hasta silenciarse del todo cuando se encontró atravesado por una mirada gélida.

—Tú no tienes idea de lo que estás diciendo —le espetó Damon.

—Es verdad, no la tengo —se apresuró a confirmar William—. En ocasiones, parece que mi boca funciona en forma independiente de mi cerebro... y eso es muy poco conveniente. Creo que será mejor que vaya arriba.

Sin perder tiempo, se retiró de la habitación después de haber dirigido una mirada de advertencia al abogado, haciendo que Lane se removiera inquieto.

—Su Gracia, si lo prefiere, yo puedo volver a venir más tarde, cuando usted considere conveniente que hablemos acerca de los asuntos de su padre...

—Puede marcharse —le dijo Damon.

—Sí, Su Gracia.

El abogado desapareció más rápido aun que William.

Damon necesitó bastante tiempo para poder pensar, pues tuvo que dejar pasar el arrebato de ira. Se encontró sentado ante su escritorio, con una copa en una mano y una botella de coñac en la otra. El fuego terso del alcohol empezó a derretir la piedra de hielo que tenía en el estómago.

O bien Julia no lo quería a él o no deseaba la vida que él podía brindarle. Deseó que ella estuviese allí, en ese momento, como blanco fácil de las palabras desdeñosas que él quería arrojarle. Era una tonta por preferir la vida en el teatro a la de una duquesa. No cabía duda de que cualquiera se lo habría dicho, incluso ella debía de saberlo, pese a su empecinamiento en seguir adelante con su condenada carrera.

Bailoteaban ante él ideas de venganza. Deseó estrangularla, forzarla a aceptar lo que él quería, aunque sabía que ella nunca se doblegaría ante él. Era demasiado terca para hacerlo. Quizás, él debería elegir como esposa a la hija núbil de algún par y llevarla a todos los sitios donde Julia la vería, con toda seguridad. Él despertaría sus celos exhibiendo a una joven esposa hasta que la envidia y el arrepentimiento carcomiesen a Julia. La convencería de que ese matrimonio falso no había significado nada para él y que se alegraba de haberse librado de ella.

Damon se sirvió otra copa y bebió, procurando un olvido que no conseguía alcanzar. La amargura disminuyó un poco y clavó su vista en los papeles que tenía ante sí hasta que las palabras y las letras fueron convirtiéndose en un embrollo de jeroglíficos. La voz de Julia invadió su mente.

«Tú querrías que yo abandonase todo aquello por lo cual he trabajado, todo lo que necesito para ser feliz...»

«Si yo fuese tu esposa, ¿me permitirías ir adonde se me antojara, hacer lo que quisiera, sin preguntas ni recriminaciones?»

«No vuelvas a buscarme.»

Y el recuerdo de la irónica pregunta de Logan Scott, que todavía lo punzaba: «¿Usted puede darle todo lo que ella quiere?».

Evocó a Julia en todos sus diferentes atuendos. Nunca había conocido a una mujer tan fascinante. Empezó a entender, por primera vez, que aprisionar a Julia en una jaula de oro, como él pensaba hacerlo, sería intolerable para ella.

—¿Damon? —la voz brusca de William precedió su entrada. Entró en la biblioteca sin ser invitado y agitó una nota sellada ante los ojos de su hermano—. Esto acaba de llegar de Bath.

Damon clavó su vista en la carta, sin tomarla.

—¿Es de Julia?

—Por extraño que parezca, la carta ha sido enviada por Arlyss Barry, su amiga. Pensé que era preferible que te la trajese antes de que quedaras inconsciente de tanto beber.

—Ya estoy borracho —musitó Damon, volviendo a beber de su copa—. Léemela tú.

—Está bien —respondió William, en tono alegre—, pero ten en cuenta que yo odio entrometerme en los asuntos de otras personas.

Rompió el sello de lacre y leyó para sí. La expresión divertida se esfumó de sus ojos y echó a Damon una mirada recelosa.

—¿Qué dice nuestra señorita Barry? —preguntó Damon, en tono agrio.

William se rascó la nuca y sacudió la cabeza, vacilante.

—Si tenemos en cuenta tu actual estado de ánimo, tal vez sea mejor que hablemos de esto más tarde.

—¡Léemela, maldita sea!

—Está bien. La señorita Barry dice que sabe que no tiene derecho a meterse en tus asuntos pero que se siente movida a informarte que Jessica Wentworth tiene pensado casarse con Logan Scott... mañana.

William se encogió al ver que la copa de Damon, llena por la mitad, se hacía trizas contra la pared que estaba a sus espaldas, lanzando una lluvia de gotas ambarinas y de fragmentos de cristal hacia todas partes. Damon se levantó con brusquedad, respirando pesadamente.

—¿Qué vas a hacer? —preguntó William.

—Ir a Bath.

—Creo que debo ir contigo.

—Tú te quedas.

—Damon, nunca te había visto así; me asusta mucho. Deberías permitirme que...

Pero antes de que la última palabra saliera de los labios de William, su hermano mayor ya había dejado la estancia a grandes zancadas.

12

Era frecuente que durante la última representación de una obra hubiese un poco más de magia en el ambiente. Los actores aparecían nimbados de un resplandor especial mientras actuaban. El público de Bath se mostró generoso en risas y aplausos, y se involucró intensamente en la historia de *Señora Engaño* desde la primera hasta la última escena.

Esa noche, Julia no pudo impedir un sentimiento de lejanía con la obra. Era consciente de que su actuación era buena pero no podía sumergirse en su parte como de costumbre. Quizá se debiese a que iba a casarse con Logan Scott al día siguiente, uniendo su futuro al de él en forma permanente, aunque impersonal. Su mente estaba concentrada en ese hecho, aunque al mismo tiempo hablara, riese y actuara sobre el escenario.

A esa hora, Damon debía de haber recibido la carta. ¿Qué habría dicho? ¿Cómo se sentiría? Se preguntó cómo sería la siguiente ocasión en que lo viese, cuando se presentara como la esposa de Logan Scott. Pensó que era lo mejor para los dos; de todas maneras, las razones prácticas no aliviaban en absoluto el dolor y la angustia que sentía por dentro. ¡Ah!, si las cosas fuesen diferentes, si...

Cuando acabó la obra, estallaron grandes aplausos, y los actores agradecieron tanto entusiasmo haciendo reverencias. Julia se sintió aliviada cuando al fin Logan la condujo fuera del escenario, y ella tironeó de su corpiño húmedo de transpiración.

Logan le dirigió una mirada observadora.

—Pareces un poco irritada. Trata de descansar esta noche —le aconsejó, sabiendo que el elenco trataría de convencerla de que esa noche compartiera con ellos un festejo consistente en copiosas cantidades de bebida y de comida—. Nos ocuparemos de la ceremonia mañana por la mañana, antes de marcharnos para Bristol.

Julia logró esbozar una desganada sonrisa.

—Más giras, más actuaciones. No será una luna de miel corriente, ¿verdad?

Él la miró como si esa idea no se le hubiese pasado por la cabeza hasta ese momento.

—¿Te gustaría tener una luna de miel?

Por una fracción de segundo, ella tuvo la tentación de decir que sí. Le hubiese gustado ir a algún sitio exótico, un lugar donde pudiera relajarse y permitirse olvidarlo todo, aunque más no fuese por un breve lapso. Pero la perspectiva de ir a cualquier lugar sola con Logan la ponía nerviosa. Además, él se sentiría contrariado si debía interrumpir su programa de giras por cualquier motivo que fuese, más aun teniendo en cuenta que deseaba supervisar la reconstrucción del teatro Capital.

—No —murmuró Julia—. Ahora no es el momento oportuno. Quizás en otra ocasión, tal vez.

—Roma —prometió él—. O Grecia. Iremos al festival que hay en Atenas y veremos obras en teatro al aire libre.

Julia sonrió, le dio las buenas noches con un murmullo y se encaminó hacia su camarín, alisándose el cabello. Al pasar, vio a una cantidad de personas que circulaban por la zona oscura de atrás del escenario y, de pronto, se vio apretada hacia un costado donde quedó esperando que terminara de pasar la gente.

—Señora Wentworth —oyó que decía una voz baja de alguien que estaba a su lado.

Reconoció a uno de los trabajadores del teatro. Él y otro compañero se colocaron uno a cada lado de ella, empujados por la gente que circulaba por ahí.

—Sí —dijo Julia, incómoda—. Esto está atiborrado, ¿verdad?

Aguardó hasta que tuviese ocasión de marcharse y se alejó del tramoyista y de su compañero. Para su sorpresa, ellos echaron a andar en la misma dirección, siguiéndola de cerca. Julia sintió una vaga inquietud y apretó el paso casi hasta haber llegado a su camarín.

Antes de que ella hubiese traspuesto el umbral, sintió que la sujetaban por detrás, amortiguaban su grito con una mordaza de algodón y le ataban con eficiencia los brazos a la espalda. Dentro de ella hubo una explosión de terror. En vano se retorció mientras ellos le echaban una capa encima, bajando la caperuza para ocultar su rostro. Los dos sujetos la condujeron afuera con rápidos pasos, aferrándole los brazos de modo de sostenerla erguida.

—Lo siento, señora Wentworth —musitó uno de ellos—, es que afuera hay un caballero esperándola, y nos ha pagado para que la llevásemos hasta él. Dice que sólo quiere hablar con usted unos minutos. Eso no es mucho pedir, ¿verdad?

Rígida de miedo, Julia fue llevada, medio a la rastra, hacia la parte de atrás del teatro y subida a un carruaje que aguardaba. La caperuza le obstruía la visual por completo. Aguardó a ciegas con los brazos atados y apretados entre el asiento y la espalda. Dejaba escapar el aliento en ásperas bocanadas. En ese vehículo sólo reinaba el silencio. El coche arrancó con una sacudida y comenzó a moverse alejándose del teatro.

348

Heladas gotas de sudor resbalaban por el cuello de Julia y entre sus pechos. Ella suponía que estaba sola en el coche, pero alguien se movió y ocupó el sitio que había a su lado. Se encogió y bajó la cabeza cuando una mano aferró el borde de la caperuza y la echó hacia atrás dejando su rostro al descubierto. Ella levantó la vista lentamente y, con sus ojos dilatados, vio el rostro de su marido —de su ex marido—, lord Savage.

Su primera reacción fue un arranque de furia pero, después de haberlo observado, la furia se esfumó rápidamente. Sintió que su rostro palidecía bajo las capas de maquillaje. Ése era un Damon que ella todavía no había visto nunca, desaliñado y apestando a coñac.

Habló con un acento arrastrado, casi irreconocible.

—Buenas noches, señora Wentworth. Muy amable de su parte concederme una hora de su valioso tiempo. Yo tendría que haber ido a buscarla en persona pero me pareció que sería más fácil de este modo.

Sus dedos ardientes se posaron en el costado de su mandíbula y acariciaron su piel suave. Julia echó bruscamente la cabeza hacia atrás y le lanzó una mirada colérica, exigiéndole sin palabras que quitara la mordaza de su boca.

—No —musitó él, adivinándole el pensamiento—. No necesito oír lo que puedas decirme. Lo has dejado bien en claro al cortar el lazo que te unía a mí y al haber aceptado casarte con Scott. Sí, lo sé. Deberías haber sabido que no podías confiar tus secretos a Arlyss.

Él le quitó la capa de los hombros y contempló abiertamente su cuerpo, la redondez de sus pechos que se proyectaban hacia delante por la posición de los brazos que estaban detrás de la espalda. Julia hizo una fuerte inhalación, con la espalda rígida como si fuese de acero.

—¿Él ya te ha tomado como amante? —preguntó Damon—. No tienes el aspecto de una mujer satisfecha, el que tenías después de que yo te hice el amor. ¿Has gozado sus manos sobre tu piel, su boca sobre la tuya? ¿Qué sientes al acostarte con un hombre a quien no amas?

Julia pensó en sacudir la cabeza para negar pero se obstinó, y permaneció inmóvil, con los ojos fijos en el semblante sombrío de él. «¡Maldito sea por hacerme esto, canalla egoísta!», pensó. Él quería vengarse, quería darle un susto mortal. Esa noche, vio algo diferente en él, una aspereza que hacía desaparecer su apostura y le daba el aire de un sátiro. Esa noche, daba la impresión de ser capaz de cualquier cosa, como si fuese una bestia herida a quien le proporcionara placer lastimar a cualquiera que estuviese a su alcance, a todos.

—Él no te ama —dijo Damon—. Yo tampoco te amaría si pudiese evitarlo. Haría cualquier cosa por sacarte de mi cabeza, por no recordar tu cara, tu dulce cuerpo —dijo, tocándole el pecho, al principio con delicadeza y luego, apretándolo con sus dedos y aferrándolo hasta que Julia soltó una exclamación de dolor—. Esto es mío —dijo, y ella sintió el aliento de él en la cara y el cuello—. Todavía eres mi esposa. Eso nunca cambiará. Ninguna ley de Dios ni de los hombres te apartará de mí.

Indignada, Julia intentó apartarse de él, pero él la retuvo apretada sobre el asiento. A Julia le dio vueltas la cabeza cuando él se inclinó sobre su cuerpo murmurando algo incomprensible, buscando con sus labios el cuello de ella, y sus manos la acariciaron en intentos torpes aunque apasionados. Ella cerró los ojos y luchó por contener su propia reacción, pero nada podía reprimir la súbita vibración de sus nervios, la erección de sus pezones en las manos de él, el erizarse que recorría toda su piel. Su cuerpo gozaba con el olor familiar de Damon, el roce áspero de su cabello en la mejilla de ella, mientras su boca se desplazaba desde la garganta de ella hacia el hueco entre sus pechos.

Damon lamió el rastro de sal en la piel de Julia, y su aliento iba quemándola como vapor sobre el trayecto húmedo que había dejado su boca. Al oír el débil gemido de ella, él levantó la cabeza y la miró con expresión triunfante. Julia sabía que su cara estaba acalorada y su pulso acelerado, que las señales de su excitación eran evidentes. Él le arrancó con brusquedad la mordaza de la boca y aplastó sus labios sobre los de ella, penetrándola con su lengua en ardiente exploración.

En cuanto él levantó la cabeza, Julia lo miró con severidad y se esforzó por serenar sus nervios.

—Desátame las manos —dijo, con la respiración agitada.

—No lo haré hasta que no hayamos dejado en claro algunos puntos.

—No discutiré nada contigo hasta que no estés sobrio.

—No estoy borracho, aunque haya estado bebiendo. Es lo único que podía hacer para no enloquecer durante mi viaje a Londres.

—¿Qué piensas hacer? —preguntó ella—. ¿Raptarme? ¿Impedir la boda de alguna manera? Eso no importa: sólo lograrás retrasar algo que es inevitable.

—Voy a arruinarte, de modo que no puedas estar con ningún otro hombre —dijo, y rozó con sus manos el frágil cuello de ella, bajando hasta sus pechos—. Tal vez lo elijas a él, pero nunca tendrás lo que yo puedo darte.

—¿Ahora piensas recurrir a la violación? —preguntó ella con frialdad, sin hacer caso de la ardiente respuesta que daba su cuerpo a las caricias de él.

—No será una violación.

Su egoísmo y su arrogancia enfurecieron a Julia.

—Vas a hacer que lamente todo lo que ha pasado, alguna vez, entre nosotros.

—Tú lo lamentarás. Lamentarás haber sabido lo que es ser amada cuando estés acostada junto a un hombre a quien no le importa nada aparte de su profesión.

—Eso es lo que yo quiero. Y no me he acostado con Logan: sólo será un matrimonio de conveniencia.

Esa afirmación hizo resoplar por la nariz a Damon.

—Tarde o temprano, acabarás en su cama. Eres demasiado bella para que él no te desee. Tú, en cambio, despertarás deseándome a mí.

—¿Acaso crees que no lo sé? —preguntó ella, con la voz repentinamente quebrada—. ¿Acaso crees que ha sido fácil para mí aceptar la propuesta de un matrimonio sin amor en lugar de quedarme junto al hombre que yo...

La frase fue extinguiéndose, pero Damon quiso oírla completa.

—¿El hombre que qué? Dilo, Julia. Al menos, me debes eso.

Ella apretó con fuerza sus labios temblorosos y clavó en él la mirada de sus ojos relucientes.

Al mirarla, a él se le cortó el aliento.

—Por Dios, voy a obligarte a admitirlo antes de que acabe esta noche.

—¿Para qué serviría eso? —preguntó ella, y una lágrima cayó de sus ojos y resbaló por la mejilla.

Damon recorrió la huella mojada con el pulgar.

—Tengo que oír las palabras. Necesito convencerme de que tú sabes lo que estás haciendo.

Su rostro estaba muy próximo al de ella, su revuelto cabello negro le caía sobre la frente, sus ojos estaban inyectados en sangre. La rodeó con sus brazos y ella sintió que sus dedos desataban las ligaduras que le sujetaban las muñecas. Cuando tuvo los brazos libres, ella lo empujó con fuerza en el pecho, pero él siguió teniéndola ceñida, con su boca en el oído de ella.

—Yo sé qué quieres tú —dijo él con aspereza—. Quieres aquello que más temes: amar a un hombre, entregarte a él sin reservar nada. Y estás demasiado asustada para confiar en mí. Tú crees que utilizaré tus sentimientos contra ti, como ha hecho tu padre con tu madre.

—¿Y qué me dices de ti? —preguntó ella, retorciéndose—. ¡Todo tiene que ser a tu manera, según tu conveniencia, sin que importe lo que yo deba sacrificar para poder complacerte!

—No tiene por qué ser de ese modo.

Los dos permanecieron inmóviles, ligados, como dos guerreros en batalla. El coche se detuvo y Damon sacó a Julia del vehículo a la rastra, a pesar de sus protestas. Estaban en la casa de Savage, en Laura Place. Dos lacayos perplejos se esforzaron por desempeñar sus deberes mientras su patrón cargaba a una mujer contra su voluntad, y la llevaba hacia el interior de la residencia. A Julia se le ocurrió gritar pidiendo ayuda a los sirvientes de la casa, pero Damon se lo impidió con una breve afirmación:

—No te molestes. No te ayudarán.

Julia siguió forcejeando mientras él la llevaba en brazos hacia la escalera, hasta que se detuvo y la cargó sobre un hombro. Ella lanzó un grito de sorpresa y se sintió mareada al ver los peldaños que iban pasando bajo los pies de Damon. Por fin, llegaron al dormitorio de él, amueblado con una sólida cama cubierta por un baldaquino de color azul cobalto. Damon depositó a Julia sobre el colchón y, luego, fue hacia la puerta y la cerró con llave. Giró hacia ella y tiró la llave sobre el piso alfombrado.

Julia salió gateando de la cama, con los músculos endurecidos por la indignación.

—¿Esto te da resultado con lady Ashton? Te aseguro que conmigo no funcionará.

—Ya he roto la relación con Pauline. Ella no está embarazada. No tiene ningún derecho sobre mí.

Julia no quiso mostrar ninguna reacción ante la novedad, por más que su corazón dio un inesperado salto de alegría.

—Qué ironía. Te has quedado sin esposa y sin querida al mismo tiempo.

—Me alegra que no estemos casados.

—¿Y eso a qué se debe? —preguntó ella, tratando de sostener su posición al tiempo que él se acercaba a ella.

Damon se detuvo a menos de medio metro de Julia y se quitó la chaqueta. La dejó caer al suelo y comenzó a desabrochar los botones de la camisa.

—Ahora, sólo se trata de ti y de mí; todo lo que habían hecho nuestros padres ha terminado.

—¿Has hablado con tu padre sobre la carta? —preguntó Julia, si bien ella aún no se había resuelto a decir a su propia familia lo que había hecho.

Una extraña y tensa expresión atravesó el semblante de Damon.

—No —dijo él, cortante—. Él murió antes de que yo lo supiera.

—¿Qué? —preguntó Julia, desconcertada, mirándolo con expresión atónita hasta que captó el sentido de lo que él le había dicho—. ¡Oh! —dijo, con voz débil—. Fue por eso que no regresaste a Bath. Yo... lo siento.

Damon cortó la condolencia con un gesto impaciente de los hombros, mostrando a las claras que no tenía deseos de hablar de ello.

—Él estaba enfermo desde hacía mucho tiempo.

La pena y el arrepentimiento se abrieron paso entre el tumulto de emociones que bullían dentro de ella. Si ella hubiese conocido la situación, por cierto no habría enviado la carta.

—Parece que mi sentido de la oportunidad no ha sido muy considerado... —empezó a decir ella, contrita.

—Yo no quiero tu consideración.

Él se sacó los faldones de la camisa de dentro de los pantalones. Al abrirse, el lino blanco dejó al descubierto la ondulación de los músculos del vientre.

—Quiero que te desnudes y te metas en la cama.

A Julia se le resecó la boca y sintió la precipitación frenética de la sangre en sus venas.

—No es posible que hables en serio.

—¿Prefieres que yo te ayude?

—¿Te has vuelto loco? —preguntó ella en voz que hubiese sonado controlada, de no haber sido por el jadeo que subrayó la pregunta.

—Creo que no falta mucho —repuso él. Aunque su boca tenía una expresión irónica, Julia percibió, con un escalofrío de temor, que él estaba siendo sincero—. Lo estoy desde el momento en que te conocí —continuó—. Me he preguntado por qué no pude enamorarme de alguna otra, de una mujer que quisiera la vida que yo podía ofrecerle. Pero yo nunca he tenido posibilidad de elegir.

»Te amé desde mucho antes de saber que eras mi esposa. Para mí, descubrir que tú eras Julia Hargate fue un golpe de suerte que jamás había esperado. Tenía la esperanza de que eso te atase a mí pero, tal como tú lo has señalado una vez, el matrimonio nunca ha sido real. Yo no podía sujetarte a los votos que te habían obligado a hacer cuando eras niña. Además, estabas empecinada en salirte con la tuya, tanto como lo estaba yo. Me temo que ninguno de los dos es muy habilidoso en el arte del acuerdo. Y ninguno de los dos puede obligar al otro a cambiar. Por lo tanto, sólo me queda un deseo. Por una vez en mi vida, quiero hacerte el amor y escuchar tu admisión de que me amas.

Se miraron uno al otro, conscientes del aumento de la tensión en el aire, del chisporroteo de una esperanza sin fundamentos. En medio del tenso silencio, llegó una voz de hombre desde la escalera, profiriendo amenazas y preguntas mientras los criados trataban de disuadirlo.

—¡Savage! ¡Quiero saber dónde diablos está Jessica! ¡Maldito cobarde... quiero verla ahora mismo!

Julia estaba muy asustada. No cabía duda de que se trataba de la voz de Logan; ella nunca lo había oído gritar de ese modo, excepto en el escenario. Era obvio que había tenido un ataque de ira al descubrir la repentina desaparición de Julia. Sin apartar su vista de Damon, ella gritó en voz tensa aunque firme:

—Estoy bien, Logan.

La voz de él se elevó más aun, mientras seguía ascendiendo la escalera.

—¿Dónde estás?

Julia lanzó una mirada cautelosa a Damon, y éste no se movió. Era evidente que la perspectiva de encontrarse cara a cara con Logan no le molestaba en absoluto.

—Estoy en la *suite* a la derecha de la escalera —respondió ella. Hizo la prueba de avanzar hacia el sitio donde estaba la llave, sobre la alfombra, preguntándose si Damon le impediría abrir la puerta. Pero, antes de que ella llegara a la llave, la puerta se sacudió con un golpe sordo y explosivo, luego otro, y sus goznes chirriaron. Tras otros dos golpes devastadores, la puerta se abrió violentamente.

Ahí estaba Logan, con expresión torva, con su cabello cobrizo muy revuelto. Su mirada se paseó rápidamente por la escena: vio el estado de desarreglo de Julia, la chaqueta abandonada y la llave en el suelo, la camisa abierta de Damon. Una mueca despectiva crispó la ancha boca de Logan.

—Cuando termine con usted, habrá aprendido a mantenerse lejos de ella.

En el rostro de Damon se extendió una sombra de oscuro placer.

—Ella todavía no es suya.

—Estoy perfectamente bien —dijo Julia a Logan, agitada al percibir el odio que reinaba en la habitación—. Por favor, sácame de aquí; después, arreglaremos esto como adultos...

—El único sitio al que vas a ir es a mi cama —dijo Damon, en voz densa—. Y eso va a ser en cuanto eche a tu prometido de mi casa.

Sin duda, para Logan ésa fue la gota que desbordó la copa. Se abalanzó hacia delante con vertiginosa rapidez, balanceando su puño en un amplio arco, que se estrelló con golpe sordo en la cara de Damon.

—No —resolló Julia, precipitándose hacia ellos.

Pero, entonces, Damon se arrojó sobre su rival y ella tuvo que detenerse en seco. Los dos hombres lucharon violentamente aporreándose con los puños, sin hacer caso de los chillidos de Julia que les pedía que pararan. Damon empujó a Logan, gruñendo por el esfuerzo y haciéndolo retroceder varios pasos, mientras ambos se lanzaban miradas asesinas.

Julia no perdió tiempo y aprovechó la oportunidad para interponerse entre ellos. Le bastó un solo vistazo al semblante de Damon, que manifestaba una furia irracional, para optar por volverse hacia Logan y ponerle una mano en el centro del pecho para contenerlo. Él la miró con candentes ojos azules; las aletas de su nariz se movían al compás de su respiración.

—Por favor —dijo ella en voz queda—, esto no es necesario.

—Ven conmigo, ahora —murmuró Logan.

Por la cabeza de Julia cruzó la idea de acceder, pero algo en su interior se resistió a esa perspectiva. Sólo atinó a tartamudear:

—Yo... no pu... puedo.

—¿A pesar de lo que él ha hecho? —preguntó Logan con vehemencia—. Uno de los tramoyistas vio cómo te secuestraban y te llevaban desde la parte de atrás del escenario. De inmediato, supe que era cosa de Savage. Dios es testigo de que su conducta no me sorprendió —dijo, aferrando a Julia por los hombros y clavándole los dedos en la carne—. Él cree que tú le perteneces, Julia. Aléjate ahora mismo de él y acaba con este condenado embrollo.

Ella bajó la vista. Ya no podía mirarlo a la cara.

—Todavía no —dijo, por lo bajo—. Las cosas no están aclaradas. Por favor, trata de entender.

—¡Oh!, sí entiendo —repuso Logan con frialdad. Julia sintió que él aflojaba los dedos y dejaba caer las manos—. ¿Debo esperarte abajo?

—No, pero... te doy las gracias por haber venido. Para mí es muy importante que hayas querido protegerme.

—¡Ah!, si pudiera protegerte de ti misma —dijo él, con un matiz irónico en su voz.

Él y Damon intercambiaron una mirada de odio, luego Logan se volvió y salió de la habitación, cerrando la puerta rota al salir, en una exhibición burlona.

Julia se volvió hacia Damon y descubrió que, al parecer, él había perdido todo deseo por estar con ella.

—Vete —dijo, empleando la manga de la camisa para restañar la sangre que manaba de su nariz, arruinando la exquisita tela blanca. Julia apretó los labios en una mueca de exasperación. Fue hasta el lavamanos, encontró una toalla y la humedeció con agua de una jarra de porcelana. Damon se sentó en el borde de la cama y, cuando ella trató de limpiarle la cara, echó la cabeza hacia atrás.

—¿Tienes la nariz rota? —preguntó Julia, insistiendo en su cometido hasta haberle quitado la sangre del labio superior.

—No —respondió él, quitándole el paño—. Ya puedes dejar de jugar al ángel curador. No te necesito.

Julia movió lentamente la cabeza y sintió una oleada abrumadora de amor por él, por ese hombre obstinado, arrogante, de pésimo carácter. Echó hacia atrás los mechones de cabello que le habían caído sobre la cara y se sentó junto a él. Deslizó con suavidad su mano por la mejilla afeitada y lo invitó a mirarla. El rostro de él estaba pétreo.

—Yo te necesito a ti —dijo ella en voz baja.

Damon no se movió, pero ella sintió que su mejilla se endurecía bajo la mano de ella.

—Tenías razón —continuó diciendo Julia—. Tengo miedo de confiar en ti. Pero, si no lo hago, jamás podré confiar en nadie. Me asusta terriblemente la idea de que tú puedas querer más de lo que yo puedo darte. Aun así, si tú estás dispuesto a aceptar lo que soy capaz de ofrecerte...

Damon se debatió en silencio con lo que quedaba de su arrebato de celos. La locura que había hecho presa de él desde que había descubierto que Julia pensaba convertirse en la esposa de Logan comenzó a disminuir un poco. Miró a Julia y vio las señales de la tensión en su cara.

Sintió la mano suave de ella en la mejilla y vio que sus ojos azul verdoso estaban colmados de una emoción que le provocó una dolorosa opresión en el pecho. La deseaba con tal intensidad que se sofocaba, quería tenerla de cualquier modo que pudiese. Todavía quedaban muchas palabras por decir, explicaciones que era urgente dar, temas por resolver, pero él los ignoró todos y se estiró hacia Julia con un movimiento que la tomó por sorpresa.

Ella no protestó cuando él cubrió su boca con la de él, en un beso voraz. Sus labios se abrieron y deslizó sus brazos por debajo de la camisa abierta, apoyando sus manos en la espalda de él. Cuántas noches había soñado él con tener a Julia así, suave y deseosa en sus brazos, apretándose con fuerza contra él.

Giró hacia ella y la tendió sobre la cama, haciendo que sus cabellos se esparcieran detrás de su cabeza como un torrente de oro. Se inclinó sobre ella y le besó en el cuello y el escote, bajando hasta los pechos. Los pezones se endurecieron y levantaron la tela del vestido, y en su garganta vibró una suave exclamación cuando Damon la mordió tiernamente a través del corpiño.

La ausencia de resistencia de Julia, el modo en que ella aceptaba sus caricias parecía un milagro; él comprendió que esa noche ella le permitiría lo que quisiera, y su corazón comenzó a martillear en un furioso ritmo de deseo. Desató los lazos de su corpiño con dedos inseguros y, quitándole el vestido por los hombros, lo bajó hasta la cintura. Ella alzó sus caderas para ayudarlo a sacarle del todo el vestido, quedando sólo con la ropa interior de lino. Con movimiento flexible, ella se elevó sobre sus rodillas y se quitó la camisa por la cabeza, dejando al descubierto las tentadoras curvas y huecos de su cuerpo. Damon tocó la redondez de un pecho, rozando con sus nudillos el tenso pico. Levantó su mirada hacia el rostro iluminado de Julia y vio en él una ternura que lo devastó.

—Haz lo prometido —dijo ella, en voz queda—. Hazme el amor esta noche, y déjame que te diga cuánto te amo.

—¿Y por la mañana? —preguntó él, sin poder contenerse.

Ella sonrió como si la pregunta fuese tonta y se inclinó hacia delante para besarlo en la boca.

—Apaga las luces —susurró ella.

Damon fue a apagar las lámparas, dejando sólo una pequeña llama en una de ellas, y volvió a la cama. El cuerpo de Julia, tendido sobre la cama, bruñido y plateado, relumbraba en la penumbra. El brillo sedoso de sus medias y sus ligas era lo único que aún la cubría. Damon se quitó la ropa y se tendió sobre el colchón, con sus sentidos hechos un remolino cuando atrajo el cuerpo desnudo de ella, sintiendo que se encendía el fuego en cada punto donde la piel de ambos se tocaba.

Las manos provocativas de Julia se desplazaron por su espalda y sus caderas, descendiendo hasta sus duras nalgas. Ella se conducía de un modo más audaz de lo que había hecho hasta entonces, haciendo con su boca y sus dedos cosas que lo enloquecían por su inventiva, mientras lo exploraba como una ninfa juguetona, dispuesta a torturarlo.

Damon se esforzó por contener el impulso de poseerla de inmediato, pues quería hacer durar el placer. Le quitó una liga y fue enrollando la media, besando cada centímetro de piel que iba dejando al descubierto, hasta haber recorrido el trayecto completo entre la parte interior del muslo y el arco del pie. Julia ronroneaba y le ofrecía la otra pierna, trazando caprichosos dibujos con el pie, enfundado en seda, sobre la cintura de él. Damon le sacó también esa media, haciéndola retorcerse con las cosquillas que le provocaba su boca en el hueco de la rodilla. Una vez completada la tarea, la hizo rodar hasta que quedó debajo de él.

—Dímelo —le ordenó, rozando con la nariz la curva de su mandíbula.

Julia abrió los ojos y él vio el brillo de coquetería que develaba cuánto estaba gozándolo.

—¿Qué quieres que te diga?

—Lo que habías prometido decirme.

—Más tarde —dijo ella, aferrando la dura erección de él en la mano, y guiándola hacia sus muslos.

Damon se resistió, mirándola con el entrecejo crispado, deseando escuchar las palabras que ella le negaba. Julia realizó astutos esfuerzos por engatusarlo, por lograr que se acercara más, murmurándole eróticas promesas, ciñéndolo con sus esbeltos muslos. A su pesar, una carcajada escapó de la garganta de Damon. La acarició y la besó, disfrutando con la respuesta de ella, con la aceleración de su respiración, con el temblor que la recorrió.

—Poséeme ahora, por favor —dijo ella, agitada—. Ahora, ahora...

—¿Me amas? —preguntó él, acariciando el vientre de ella con la mano, hundiendo un dedo en el ombligo.

—Sí —confesó Julia, abriendo los muslos—. No me hagas esperar más.

Él sintió que ella le quemaba los oídos con una letanía de palabras de amor, súplicas y amenazas hasta que, al fin, él cedió y metió dos dedos dentro de ella, deslizándolos en rítmico movimiento que la arrastró a un rápido orgasmo. Ella se arqueó hacia arriba, apretando la mata de suaves rizos contra la mano de él y se abandonó al placer lanzando un gemido y sacudiéndose con un interminable estremecimiento.

Mucho tiempo después, las pestañas de Julia se agitaron y ella respondió al beso de Damon, entrelazando su lengua con la de él. Él acercó sus caderas a las de ella y unió los cuerpos de los dos en una embestida que la hizo gemir de placer. La penetró con movimientos demorados, sin prisa, y ella se aferró a su espalda y a sus caderas para atraerlo más aun. Él le sujetó las muñecas con una mano, las estiró por encima de la cabeza de ella y la incrustó pesadamente en el colchón.

Julia sintió la boca de él en el cuello, sintió que sus labios se movían pronunciando palabras mudas. Sus manos se deslizaron desde los pechos hasta el punto donde sus cuerpos se unían, atormentándola suavemente hasta que ella no pudo respirar más. En el preciso momento en que creía que iría a desmayarse, las sensaciones la inundaron, bañando cada uno de sus nervios. Se echó a temblar violentamente y sus caderas se elevaron para recibirlo, al tiempo que él dejaba escapar un flujo de lujuria y anhelo hacia el interior del cuerpo de ella.

Cuando ambos pudieron moverse, se volvieron de costado. Julia sonrió, adormilada, sintiendo que las largas piernas de él se metían entre las suyas, que su pecho se apretaba contra la espalda de ella.

—Me gusta ser raptada —murmuró, atrayendo la mano de él por la cintura hasta el pecho.

—Yo no sabía qué otra cosa podía hacer. He estado enloquecido desde esta mañana —dijo él, mientras sus dedos recorrían el pezón en suaves círculos—. Julia, ¿vas a casarte con Scott, mañana?

—¿Acaso tú me ofreces otra alternativa?

La mano de Damon envolvió el pecho de ella hasta que pudo sentir el acelerado latido de su corazón. Él guardó silencio durante largo rato, y ella creyó que no iba a responderle.

—Cásate conmigo —dijo él con tono gruñón—. Esta vez, de verdad.

Julia cerró los ojos y exhaló una trémula bocanada de aire.

—¿Y cuáles son tus condiciones?

—No hay condiciones. No te pediré que dejes el teatro.

—¿Y si la gente se burla de ti por haberte casado con una actriz famosa? —preguntó ella en voz queda.

—Al diablo con ellos.

De modo que, al fin, a eso habían llegado. Él la amaba lo suficiente para realizar la más grande de las concesiones. Ella jamás habría imaginado que el orgulloso Damon, el hombre más exigente que ella había conocido, haría a un lado sus propios deseos por respeto a los de ella. Ella comprendió que le debía la misma generosidad y consideración.

—Yo podría poner límites a mi participación en el teatro —dijo, titubeando—. Sólo elegiría los papeles que más me interesaran y no haría giras.

—¿Scott permitirá eso?

—No tiene más remedio si quiere que yo siga en el Capital.

—Tu carrera no será la misma.

—Eso no me importará en tanto te tenga a ti.

Con cautela, él giró hacia ella. El semblante de Julia resplandecía de esperanza y de felicidad, pero el de Damon no respondió con otra sonrisa.

—Yo quiero hijos, Julia.

Lo dijo en voz baja, ronca; Julia pudo imaginar las emociones que lo sacudían.

—Sí, yo también —dijo ella, encogiéndose de hombros—. No sé cómo nos arreglaremos, pero ya encontraremos la manera. No será fácil.

—Más fácil que vivir separados. Julia asintió y lo besó con ternura.

—¿Qué hay de tus sentimientos hacia Scott? —preguntó Damon, cuando los labios de ambos se separaron.

—No hay amor entre él y yo. Ya comprenderá por qué no puedo casarme con él. Además, yo no estaba destinada a ser la esposa de otro que no fueses tú.

—Bueno. Porque yo llevo tanto tiempo siendo tu marido que ya no puedo imaginar otra cosa.

Ella sonrió y le acarició el pecho.

—Qué extraño es que los dos hayamos querido librarnos del otro durante tanto tiempo y, en el preciso momento en que lo logramos, lo único que queremos es estar juntos otra vez.

—Entonces, aceptarás de nuevo el anillo.

—El anillo y todo lo que venga con él.

Damon se apoderó de su mano y la apretó con tanta fuerza que le hizo hacer una mueca. Se llevó la palma de la mano de Julia a la boca y depositó un beso en el suave hueco. La emoción lo dejó sin palabras... el amor y la dicha se mezclaban dentro de él... miedo de que eso fuese un sueño y de que la mujer que estaba a su lado fuese una fantasía urdida en medio de la soledad y el anhelo que él había sentido durante toda su vida.

Julia puso una mano en la nuca de Damon y lo atrajo hacia ella otra vez, invitándolo a besarla y retribuyéndolo sin reservas.

Cuando Logan recibió a Julia en su villa de Bath, temprano a la mañana siguiente, en su rostro no había expresión y sólo un leve ceño entre las cejas cobrizas. Escudriñó el rostro de ella y notó el sonrojo de sus mejillas y el brillo de felicidad en sus ojos.

—Buenos días —dijo ella, sin aliento.

Él cabeceó en respuesta, comprendiendo de inmediato que ese día no habría boda. Nunca más volverían a mencionar los planes que habían forjado.

Logan, sentado junto a Julia en la sala, parecía relajado mientras un criado les servía café en doradas tazas de porcelana. Logan hizo al criado una señal para que se marchara y dirigió a Julia una mirada resignada.

—Estás cometiendo un error —dijo, sin rodeos.

Una sonrisa curvó los labios de ella.

—Tal vez tengas razón. Puede suceder que casarme con Damon resulte un desastre. Pero yo nunca me perdonaría si no lo intentara.

—Te deseo suerte.

—¿No vas a advertirme que no lo haga? ¿No vas a puntualizar todas las razones prudentes por las cuales el matrimonio no funcionaría, ni a decirme que...?

—Tú ya conoces mi opinión con respecto al matrimonio por amor. Mi única preocupación es el modo en que tus actos afectarán a mi compañía teatral. Es obvio que las cosas tendrán que cambiar.

—Sí —dijo Julia, intentando copiar el tono práctico de él—. Me gustaría seguir siendo una de las actrices del Capital. Pero no podría salir de gira, además tendré que limitar la cantidad de obras en las que podré actuar.

—Puedes permanecer en el elenco todo el tiempo que quieras. Tendría que ser un tonto para rechazar la presencia de una actriz como tú en la compañía, aunque pongas límites a tu participación.

—Gracias.

—Yo quería para ti algo más que esto —dijo él, de pronto—. Ni siquiera has comenzado a acercarte a los límites de tu talento. Podrías haber sido la actriz más aclamada de la escena inglesa...

—En lugar de ser feliz —interrumpió Julia—. Ni todas las aclamaciones ni todo el dinero del mundo impedirían que me sintiera sola. Yo quiero ser amada, quiero risas y compañerismo. Quiero más que lo que me brinda la vida ficticia del teatro.

—¿Estás segura de que Savage te permitirá seguir estando en el Capital?

—¡Oh!, sí —afirmó ella. Una sonrisa pícara iluminó su cara—. Es probable que no le agrade, pero está dispuesto a soportar mi carrera con tal de tenerme a su lado.

Ella bebió su café, miró a Logan por encima del borde de la taza y su sonrisa se tornó triste.

—Me consideras una tonta, ¿no es así? No eres capaz de imaginar un compromiso que te aleje del teatro.

—No, no puedo —dijo Logan, tranquilo y, por primera vez, en sus ojos azules apareció un atisbo de amistad—. Pero no creo que seas una tonta. En cierto sentido, te envidio. Y no me preguntes por qué. Dios sabe que no puedo explicármelo ni a mí mismo.

Epílogo

Julia y Damon celebraron una pequeña y discreta boda en la capilla del castillo de Warwick, a la que asistió la familia y unos pocos amigos íntimos. La madre de Julia, Eva, evidenció su alegría al ver que su hija se casaba con Damon. Por la expresión de lord Hargate, era obvio que él tenía una visión más cínica de los hechos aunque, de todos modos, expresó su alegría por la unión.

Durante los meses que siguieron, Julia asumió su papel de esposa de Damon con una facilidad que sorprendió a ambos. Si había ocupado la mente de Julia alguna idea de que ser la duquesa de Leeds resultaría aburrido y pomposo, esa idea no tardó en evaporarse. Damon la consentía como nadie lo había hecho, llenándola de extravagantes regalos y procurando apropiarse de todos los momentos posibles que ella pasaba lejos del teatro.

A diferencia de ella, Damon era un entusiasta de la vida al aire libre; ella se encontró acompañándolo en prolongadas caminatas y paseos a caballo por el campo. De vez en cuando, ella participaba en las partidas de tiro y de pesca que a él le gustaban, y si bien ella no profesaba mucho amor por tales deportes, admiraba la destreza de él.

Mientras Damon pescaba truchas en un arroyo, en una de sus propiedades, Julia holgazaneaba sobre un puentecillo que cruzaba sobre el agua. Para disfrutar mejor del sol, se alzó la falda y dejó las piernas desnudas balanceándose sobre el borde. Observaba en silencio a su marido mientras arrojaba la línea donde una trucha castaña nadaba a flor de agua. De pie sobre la orilla opuesta, Damon operaba con la gracia parsimoniosa de un experto pescador. Cada anzuelo se extendía con ritmo regular, mientras que la línea flotaba, ora hacia delante, ora hacia atrás.

—No te muevas —dijo Damon en voz baja, al notar el resplandor de las blancas piernas de Julia, pero ya era demasiado tarde. Asustada por ese resplandor desconocido, la astuta trucha desapareció, demasiado desconfiada para alimentarse cerca de la superficie del agua. Damon frunció el entrecejo:

—¡Maldición!

—¿Yo la he espantado? —preguntó Julia, tratando de disculparse—. Me asombra que un simple pez pueda ser tan sensible. Ya sabes que nunca puedo permanecer quieta mucho tiempo —dijo, levantando las manos en gesto de resignación y, echándose de espaldas sobre el puente, suspiró—. Está bien, la próxima vez, no vendré contigo.

No había transcurrido un minuto cuando sintió que Damon estaba de pie detrás de ella.

—No te escaparás con tanta facilidad.

Julia sonrió, sin abrir los ojos.

—Tú podrás pescar mejor sin distracciones.

Damon se acuclilló junto a ella, pasando su mano sobre la rodilla desnuda.

—Pero sucede que me agradan las distracciones —murmuró, y apoyó sus labios en el cuello de ella, entibiado por el sol.

Para complacer a Julia, Damon la acompañaba de buena gana a interminables bailes, soirées y veladas musicales. Para ella fue una alegría descubrir que su esposo era un excelente bailarín y que tenía una inagotable energía para permanecer levantado toda la noche, si ella lo deseaba. Lo mejor de todo eran las horas de la noche, después de los acontecimientos sociales, cuando él despedía a la doncella y la desnudaba con sus propias manos, haciéndole el amor hasta que ella se quedaba dormida, exhausta y plena.

Damon era el compañero con el que Julia no se había atrevido a soñar nunca, el que escuchaba sus opiniones con interés y discutía los puntos con los que no estaba de acuerdo, quien se enorgullecía de su inteligencia, a diferencia de la mayoría de los hombres, a quienes tal característica hacía sentirse amenazados. Julia pronto supo que podía acudir a él con cualquier problema, por insignificante que fuese, segura de que él lo abordaría con seriedad. Cuando ella necesitaba ser reconfortada, se sentaba sobre las piernas de él y apoyaba la cabeza en el hombro de Damon, hasta que sus preocupaciones adoptaban una perspectiva más moderada. A veces, le asustaba comprobar hasta qué punto había llegado a depender de él.

—Nunca esperé sentirme así con alguien —dijo a Damon una noche, cuando estaban juntos en la cama y contemplaban el fuego en el hogar—. Y menos todavía, con un hombre como tú.

—¿Un hombre como yo? —repitió Damon, divertido.

—Sí, con todas tus especulaciones de negocios, tus inversiones y tus conversaciones acerca de arrendatarios y labores de granja...

—Debe de parecerte aburrido, en comparación con el teatro.

—Debes admitir que tenemos intereses muy diferentes.

Damon rompió a reír y apartó las mantas de los hombros de ella hasta que el aire fresco provocó la erección de sus pezones. El fuego moteaba la piel de Julia de luces y sombras, y él deslizó lentamente su mano por esa sedosa superficie.

—En cierto modo, sí —dijo él, inclinando la cabeza sobre el cuello de su esposa—. Pero, por otra parte, tenemos algunas cosas importantes en común —sonrió, al sentir cómo ella se estremecía en reacción a su contacto—. ¿Quieres que te lo aclare? —preguntó, mordisqueando la zona sensible del costado del cuello.

Julia lo rodeó con sus brazos y se arqueó hacia arriba, tan ansiosa como siempre de recibir el placer que él le ofrecía.

Damon era un amante generoso que en ocasiones se demoraba en el cuerpo de ella durante largas, dulces horas, poseyéndola en otras con un brusco ardor que la llenaba de excitación. Julia adquirió la confianza necesaria para seducirlo cuando sentía deseos de hacerlo, se ponía vestidos provocativos y lo tentaba hasta que él la atraía a sus brazos y le daba aquello que ella había pedido con sus actos. Cuando estaban juntos, ella podía dejar a un lado las preocupaciones de su profesión y se convertía en una persona por completo diferente, llena de contento y de serenidad.

A medida que se aproximaba septiembre y, con él, aumentaban los ensayos para la inminente temporada, Julia iba y volvía de la residencia londinense de los Savage al Capital. Al principio, los miembros de la compañía se sentían incómodos ante ella, en su nueva jerarquía de duquesa de Leeds, pero pronto lo olvidaron merced al trabajo entre ellos. Arlyss era feliz en su matrimonio con Michael Fiske y estaba satisfecha con la persistencia como actriz cómica en el favor del público.

Logan Scott, por su parte, era el mismo de siempre: exigente, arrogante y obsesionado por convertir a su teatro en la atracción más espectacular de Londres. Cada vez que terminaba una renovación en el Capital, su ánimo crecía.

—Tu único gran amor —comentaba Julia, riéndose, al verlo inspeccionar el proscenio recién pintado de dorado, un día, después del ensayo—. ¡Cuántas mujeres darían cualquier cosa para que tú las mirases de esa forma! Pero ten en cuenta que un simple edificio nunca retribuirá tu amor.

—Estás equivocada —informó Logan, dirigiéndole una sonrisa ladeada. Su mano grande pasó sobre los complejos tallados del proscenio—. El teatro, ella, me da mucho más de lo que podría darme cualquier mujer de carne y hueso.

—¿Acaso el teatro podría ser ella?

—¿Qué otra cosa podría ser?

Julia cruzó los brazos sobre el pecho y lo observó de un modo especulativo, contenta hasta lo más hondo de no haberse casado con él. Logan era, y sin duda siempre sería, muy limitado en las cuestiones del corazón. Había algo en él que impedía la confianza y la intimidad necesarias para amar a una persona real, para correr el riesgo que toda relación implica.

Cuando comenzó la temporada teatral, Julia se vio asaltada por hordas de admiradores, algunos respetuosos, otros invasores. Para garantizar la seguridad de Julia, Damon se aseguró de que la acompañasen, tanto de ida como de vuelta, jinetes que marchaban junto al coche y lacayos armados, y de que contase con una escolta de confianza cada vez que iba de compras o de visita. Al principio, Julia consideraba que las medidas de seguridad eran exageradas, pero pronto comprendió que eran necesarias. Cuando salía del Capital, después de una función, llenaban sus oídos los gritos clamando: «¡Señora Wentworth!» o «¡Duquesa!», y se echaban encima de ella personas que trataban de arrancar un trozo de encaje de su vestido o, aunque fuese, algunos cabellos de su cabeza.

Logan estaba francamente contento con la popularidad de Julia, sabiendo que era una de las razones de las rentas espectaculares que obtenía el Capital.

—Tal vez no haya sido una decisión tan errónea la de casarte con Savage —dijo, pensativo, después de presenciar las multitudes que se reunían para aguardar las salidas y entradas de Julia en el Capital—. Al público le agrada la idea de que una duquesa actúe para entretenerlos. Me hace pensar que habría sido bueno nacer con un título: piensa en las alturas a las que habría llegado.

—Me alegra mucho que mi matrimonio traiga algún beneficio a tu teatro —repuso Julia con acritud—. De ese modo, el mal trago ha valido la pena.

Su sarcasmo hizo reír a Logan.

—Tú eres la que ha preferido casarse con un duque en lugar de hacerlo con un simple actor dramático —señaló él—. No es mi culpa que el Capital se haya beneficiado con tus actos.

—Sí pero, ¿tienes que jactarte de ello? —le preguntó Julia, y su expresión reprobatoria se convirtió en una carcajada desganada. Hacía poco se había producido cierta tensión entre ellos. En una reunión social, la semana anterior, Logan había intentado demostrar a Julia que, además de ser la duquesa de Leeds, era su empleada y que, al menos parte del tiempo, debía hacer lo que él decía. Cuando llegó el momento de entretener a los invitados, Logan había hecho una señal a Julia, que estaba junto a su esposo.

—¿Querrá Su Gracia actuar conmigo? —propuso.

Julia le lanzó una discreta mirada de advertencia, pues ya antes le había dicho que esa noche no colaboraría con él en ninguna escena. Estaba allí como esposa de Damon y no como actriz a quien Logan podía hacer desfilar para pedir donaciones para el teatro. Los invitados a la fiesta la animaron, pero ella se quedó junto a Damon.

—Estoy segura de que el señor Scott puede representar algo sin necesidad de contar con mi ayuda —dijo, con una sonrisa fija en los labios.

La mirada de Logan se encontró con la de ella y se trenzaron en una batalla de voluntades.

—Venga, Su Gracia. No nos prive a todos del placer que nos brinda su talento.

En ese momento, lo interrumpió Damon con su rostro convertido en una máscara sin expresión.

—Mi esposa sabe que esta noche yo quiero contar con su exclusiva compañía. Quizá pueda usted imponerse a ella en otra ocasión.

Logan dirigió su siguiente comentario a la sala en general.

—Es evidente que el duque no está enterado de qué poco elegante es una demostración de celos.

Damon rodeó con su brazo la cintura esbelta de Julia.

—Pero, con una esposa como la mía, es muy comprensible —dijo, mirando el semblante perturbado de Julia y sonriéndole, tranquilizador—. Ve a representar la escena, si tú quieres.

Ella asintió y le devolvió la sonrisa.

—Por ti, lo haré.

Más tarde esa noche, Julia se acurrucó junto a Damon en la cama y le dio un beso de agradecimiento.

—El comportamiento de Logan fue apabullante —dijo—. Nunca piensa en otra cosa que no sea la ganancia que obtendrá el teatro. Tú te mostraste comprensivo. ¡Gracias a Dios, no eres uno de esos maridos posesivos que hubiese armado un escándalo!

Con movimientos cautelosos, Damon se volvió hacia ella.

—Yo te quiero toda para mí —dijo, con mirada seria—. Siempre querré eso. Estoy condenadamente celoso de cada minuto que Scott pasa contigo en ese maldito teatro. Y sólo porque te amo, no me interpongo entre ti y lo que deseas. No cometas nunca el error de pensar que no soy posesivo.

Julia asintió, contrita. Se inclinó sobre él y lo besó, para demostrarle qué poca necesidad tenía de estar celoso.

Jane Patrick fue una de las obras con las que se inició la nueva temporada en el Capital. La historia se basaba en la vida de una extravagante escritora, y en los numerosos fracasos, triunfos y desastrosas aventuras amorosas que la habían convertido en una de las figuras más complejas del mundo literario. Logan había expresado sus dudas con respecto a que la apariencia de Julia tal vez fuese demasiado delicada para hacer el papel de una mujer que tenía fama de haber sido robusta y de aspecto masculino.

Julia asumió con valor el papel de Jane Patrick, compensando su falta de estatura física con una personalidad exagerada; Logan quedó satisfecho con el resultado. Él tomó el papel de uno de los amigos más íntimos de Jane, un hombre que había estado enamorado en secreto de ella durante tres décadas pero nunca había llegado a una relación. Encontraron un armonioso equilibrio sobre el escenario, al enfatizar Julia la audaz arrogancia de su personaje y contener Logan su actuación.

La obra fue un éxito, tanto de público como de crítica; cuando comenzó la segunda semana, Julia tuvo la alegría de ver que la sala estaba llena a desbordar. Estaría contenta cuando terminara el programa de un mes de representaciones de la obra. Era agotador actuar en un papel de mujer tan diferente de ella misma. Todas las noches regresaba a su casa demasiado fatigada para comer o para conversar, y caía dormida no bien se metía en la cama.

La noche que Damon asistió a la función de *Jane Patrick*, Julia se esforzó por hacer su mejor actuación. Sabía que su esposo iba a estar en el palco privado de la segunda fila con su hermano William y algunos amigos. Llena de determinación, Julia puso en su parte todo lo que ésta requería, recitando apasionadas diatribas y agudezas de gran ingenio y caminaba por el escenario con un jactancioso contoneo, como si le perteneciera. El público respondió con risas, exclamaciones de sorpresa y silencios absortos casi hasta el final del primer acto. Llegaron a una escena en la que Julia y Logan entablaban una violenta discusión, cuando el amigo de Jane intentaba reprocharle su vida irresponsable y ella reaccionaba con una furibunda explosión.

Cuando Julia comenzaba uno de sus parlamentos, el rostro se le cubrió de sudor a consecuencia del esfuerzo. Percibió una sensación de frío debajo del vestido, sintió que unos finos hilos de sudor le resbalaban por el cuello y el pecho. Julia se concentró en la cara de Logan y continuó la escena a pesar de sentir mareos. Comprendió que algo malo le sucedía y deseó, con desesperación, que la escena acabara pronto. Si pudieran terminar el primer acto, ella podría sentarse en algún sitio, beber un vaso de agua y así se calmaría el palpitar que sentía en su cabeza.

Para su horror, sintió que las tablas oscilaban bajo sus pies como si el escenario fuese un barco que el oleaje balanceaba. La voz de Logan le llegaba desde muy lejos, aunque supiera que él estaba a su lado. El rostro de él se borroneó, sus ojos azules se convirtieron en remotos puntos de color en la niebla gris que se cernía sobre ella. Nunca le había sucedido algo semejante. «Voy a desmayarme», pensó, presa de pánico; al mismo tiempo, sintió que se le aflojaban las piernas.

En un instante, Logan la sujetó y la sostuvo con fuerza. Julia tuvo la vaga noción de que él estaba improvisando unas líneas, diciendo algo con respecto a que su personaje se había intoxicado, y luego la alzaba en los brazos y la sacaba del escenario. El público, sin saber que el desmayo no formaba parte de la obra, estalló en aplausos mientras caía el telón.

Empapada de sudor, silenciosa en los brazos de Logan, Julia no podía responder a las preguntas de él, que la llevaba a su camarín. Logan la sentó con cuidado en una silla y comenzó a disparar órdenes a los miembros de la compañía que merodeaban alrededor de ellos.

—Trae un poco de agua —gruñó a uno de ellos—, y los demás, no os agolpéis.

Los curiosos obedecieron y salieron del cuarto. Logan, de pie ante ella, apretaba entre las suyas las manos frías de Julia.

—Dime qué te pasa —le dijo, obligándola a mirarlo—. Estás blanca como un papel. ¿Has comido hoy? ¿Quieres beber un poco de té? ¿Un coñac?

—Nada —murmuró ella, poniéndose una mano en la boca pues las sugerencias de él le habían provocado náuseas.

El gesto hizo que Logan entornase los ojos, si bien mantuvo silencio y su mirada se hizo perspicaz y especulativa.

Alguien entró en la habitación y Logan se apartó.

—Ella está bien —dijo.

Julia alzó la vista y vio el semblante implacable y sombrío de su esposo; su boca se abrió en una sonrisa vacilante. Damon no le retribuyó la sonrisa y se agachó ante ella. Su mano cálida se deslizó debajo del mentón de su mujer y él observó la cara de ella.

—¿Qué sucedió? —le preguntó.

—Me desmayé —respondió Julia, sorprendida y avergonzada a la vez—. Estaba mareada. Pero ahora me siento mucho mejor —aventuró una mirada hacia Logan—. Ya estoy bien; creo que podré terminar la obra.

Antes de que Logan pudiese replicar, Damon interrumpió sin alzar la voz.

—Tú te vienes a casa conmigo.

—¿No es ésa una decisión que debe tomar Julia? —preguntó Logan.

Las miradas de los esposos se encontraron, y él retiró la mano del mentón de Julia.

—Que la termine la actriz suplente. ¿O acaso quiere arriesgarse a que se desmaye otra vez?

—Jamás he dejado una función sin acabar —murmuró ella, asustada ante esa idea.

—Lo más probable es que nunca te hayas desmayado en medio de una escena —dijo Damon; aunque él se controlaba, Julia percibió la mezcla de enfado y preocupación que se ocultaba tras esa fachada—. Ven conmigo, Julia. No tienes buen aspecto.

Julia se levantó lentamente para mirarse en el espejo y, al hacerlo, descubrió que no podía erguirse con firmeza. Damon estaba en lo cierto: tenía un aspecto enfermizo y macilento. El solo hecho de pensar en terminar la obra, con el esfuerzo físico y emocional que exigía, le parecía imposible.

Logan comprendió que ella no estaba en condiciones de continuar. Se mesó los cabellos con ambas manos.

—Vete —musitó—. Yo me ocuparé de las cosas, aquí —hizo una pausa y agregó, dirigiéndose a Damon—: Mañana por la mañana hágame saber cómo se encuentra ella.

A pesar de las protestas de Julia, Damon la sacó en brazos del teatro por la parte de atrás, donde había indicado al cochero que llevara el vehículo. Ella se apoyó en él mientras iban hacia su hogar, reconfortada al sentir que el brazo de él la rodeaba.

—No sé qué me pasa —murmuró—. Me siento agotada... debe de ser eso, supongo. Es un papel muy agotador.

Damon no respondió; en cambio, le acarició el pelo y le secó la cara con su pañuelo.

El médico salió de la habitación y se detuvo a hablar unos instantes con Damon, que estaba esperándolo afuera junto a la puerta. Sentada en la cama, Julia observaba cómo se sucedían en el semblante de su marido una cómica variedad de expresiones, entre las cuales distinguió la preocupación y la alegría. Logró esbozar una sonrisa cuando él entró en el dormitorio y se sentó a su lado, sobre el colchón. Le tomó la mano como si fuese demasiado frágil para soportar una presión que no fuese muy leve.

—¿No sospechaste nada? —le preguntó, en voz ronca.

—No estaba segura —admitió ella, con sonrisa vacilante—. Pensé que debía esperar unas semanas más antes de decirte algo. ¿Estás contento con lo del niño?

—Por Dios, Julia... ¡me lo preguntas!

Damon se echó hacia delante y depositó en su boca un beso reverente. Julia respondió con ansias, entrelazando sus dedos en el cabello negro de él.

Damon se apartó y la miró a los ojos, Julia percibió las preguntas que pugnaban por escapar de sus labios, sabiendo que él necesitaría de todo su control para no formularlas.

—Últimamente he estado pensando en algunas cosas —dijo ella, poniendo las manos en el pecho de él.

Damon esperó en silencio a que ella continuase. Era importante que ella pudiese elegir las palabras apropiadas, para hacerle comprender las revelaciones que le habían sobrevenido.

Ella nunca había conocido la seguridad propia del cariño y la aprobación de un padre; por eso, nunca había podido confiar por entero en nadie ni sentirse segura sabiendo que su amor no se esfumaría ni le sería arrebatado. Pero Damon había logrado cambiar la situación. Él la había convencido de que sus sentimientos por ella eran perdurables, y eso le daba valor para dejar de aferrarse con tanta fuerza a su carrera de actriz. Ella quería explorar otros aspectos de su persona. Quería entregarse al amor con tanta libertad como se había entregado a su ambición.

Siempre se había protegido a sí misma, evitando todo aquello que representara una amenaza a su independencia. En cierto sentido, ella había erigido una prisión a su alrededor; en ese momento los muros de esa prisión se derrumbaban, mostrándole una parte de sí misma que ella nunca había tenido en cuenta hasta entonces.

Pensar en lo que podría aguardarle si por fin se atrevía a dejar atrás el pasado, llenaba a Julia de una sensación de aventura. Llevó la mano de Damon hacia su vientre y la apretó sobre la pequeña vida que comenzaba dentro de ella. Se imaginó a Damon como padre y esa imagen le hizo sonreír. Era extraño: las mismas cosas que ella creyó que le robarían su preciada libertad, por ejemplo, un esposo y un hijo, le habían dado, en cambio, más libertad de la que jamás hubiese soñado. Ellos le darían fuerzas a ella; Julia les devolvería esas fuerzas.

—He decidido que me gustaría dejar la actuación por un tiempo —dijo—. Se me ha ocurrido una alternativa que creo será mejor para mí, al menos por ahora. Me gustaría hacer una inversión financiera en el teatro Capital, una inversión importante, de modo que mi nombre figure en la carta constitucional de la compañía. Eso me convertiría en socia del señor Scott y, si bien sería una socia menor, de cualquier manera tendría cierta influencia.

—¿Para qué serviría eso?

—Podría ayudar a administrar el Capital, llamar a escritores que estuviesen creando obras; supervisar a los escenógrafos, músicos y carpinteros; trabajar en la oficina y colaborar en la programación, la selección del elenco, el vestuario. ¡Oh, hay miles de cosas de las que yo podría ocuparme, para las que Scott nunca tiene tiempo! De ese modo, yo podría trabajar tanto o tan poco como quisiera y, aun así, no soportaría la carga de estar bajo la mirada del público. ¿No ves que eso sería un arreglo perfecto? Yo seguiría estando en el teatro, pero también tendría más tiempo para estar contigo y con el pequeño. Estaría toda la noche aquí, en lugar de regresar a casa tarde después de la función.

—Tú querrás volver a actuar —dijo Damon, contemplando la mano de ella, que jugueteaba con el diamante en su dedo.

—Quizá quiera hacerlo de vez en cuando, si aparece un papel irresistible.

—En tu opinión, ¿cómo reaccionará Scott ante semejante idea? ¿Podría soportar que una mujer fuera su socia en la empresa?

—Si hubiera bastante dinero, él toleraría cualquier cosa —aseguró Julia con súbita sonrisa.

Se miraron durante largo rato, hasta que una sonrisa renuente apareció en el rostro de Damon. Con delicadeza, la hizo tenderse sobre la cama y se acostó a su lado. Su mano jugueteó sobre el cuerpo de ella y se posó sobre su vientre.

—Yo quiero que seas feliz —dijo, rozando la mejilla de Julia con sus labios.

Julia entrelazó sus piernas con las de él.

—¿Cómo podría no serlo? Me has dado todas las cosas que yo jamás había imaginado que tendría: amor, un hogar, una familia.

—Dime qué más quieres —dijo Damon, rodeando su cara con las manos y dándole un vehemente beso en los labios—. Dímelo y yo te lo daré.

—Sólo te quiero a ti —dijo ella, con sus ojos resplandecientes—. Para siempre.

—Eso lo tienes desde el comienzo —susurró él, acercándola a sí y besándola otra vez.